古典文學研究輯刊

初 編

曾 永 義 主編

第 2 冊

興象風神‧天機自張
——論興之自然觀與道家思想

鄭 幸 雅 著

國家圖書館出版品預行編目資料

興象風神，天機自張——論興之自然觀與道家思想／鄭幸雅
著 — 初版 — 台北縣永和市：花木蘭文化出版社，2010〔民
99〕
目 2+252 面；19×26 公分
（古典文學研究輯刊　初編；第 2 冊）
ISBN：978-986-254-366-5（精裝）
1. 中國文學 2. 文學哲學 3. 文學評論 4. 道家
820.1　　　　　　　　　　　　　　　　　99018474

ISBN - 978-986-2543-66-5

9 789862 543665

古典文學研究輯刊
初 編 第 二 冊　　　　　　ISBN：978-986-254-366-5

興象風神，天機自張——論興之自然觀與道家思想

作　　者　鄭幸雅
主　　編　曾永義
總 編 輯　杜潔祥
出　　版　花木蘭文化出版社
發 行 所　花木蘭文化出版社
發 行 人　高小娟
聯絡地址　台北縣永和市中正路五九五號七樓之三
　　　　　電話：02-2923-1455／傳眞：02-2923-1452
網　　址　http://www.huamulan.tw 信箱 sut81518@ms59.hinet.net
印　　刷　普羅文化出版廣告事業
初　　版　2010 年 9 月
定　　價　初編 28 冊（精裝）新台幣 45,000 元　　　　版權所有・請勿翻印

興象風神，天機自張
——論興之自然觀與道家思想

鄭幸雅　著

作者簡介

鄭幸雅，生於臺灣省雲林縣的農村。1996 年榮獲趙廷箴文教基會贊助「晚明清言研究」之博士論文撰寫，2000 年獲頒國立中正大學中國文學博士學位，現為南華大學文學系副教授，發表學術期刊論文二十餘篇。2010 年獲「行政院國家科學委員會補助人文及社會科學領域學者國內訪問研究」之獎助，前往中央研究院文哲所研究一年。個人之研究領域在中國文藝美學、明代學術、晚明清言與文化以及明清小品。近年的研究成果圍繞在晚明的審美經驗，關心審美意識、審美經驗、審美情趣與文化表現等課題。

提　　要

　　本論文以「興之自然觀與道家思想」為研究課題，乃是緣於關注藝術與哲學具內在脈絡之關連而生。由於文學和思想皆為探討人性與真理的方式，環繞著人的存在，以追尋生命的終極關懷為核心。立足于人之生命存在的探索，企圖將兩者間原有的橋樑，藉由「興之自然觀與道家思想」的論述，針對興之自然觀與道家思想的關連加以釐析，闡發內蘊於兩者中的自然觀，彰現藝術與哲學的結合，揭櫫哲學與文學藝術彼此互滲的文化特性。全文的論述中心有三：其一是釐清眾說紛紜的興義，對興之本意及其衍生義加以解析。藉由歷史之追溯，掌握興義由經學轉為文學之脈絡，標舉出興具有"寄託"、"有感"和"言有盡而意有餘"三基盤意。由興之基盤義出發，觀察其運用於文藝理論之發展，闡述興義之網絡，進而析論興在文藝理論諸層面之意蘊，呈顯興之確意及其美學旨趣。其二是解析興與自然觀之關連，通過自然觀在審美感知、藝術表現、審美效果以及讀者感發等外在理論層面的表現，以及自然觀與興之理論的內在意義脈絡的釐析，確認自然觀在興之理論中居於核心地位，凸顯自然審美原則貫串整個興之理論，形成以自然審美原則為重心的興之自然觀。其三則是論證興之自然觀的哲學根源，歸屬於道家思想之下。興之自然觀與道家思想在本體的虛靜無為、直覺觀照的觀物方式以及神妙入化的境界型態上具備密切之關連。二者的密切關連，以「遊」為精核，以「和」為會通的關鍵，藉由遊的藝術精神的開展，以及廣大和諧生命境界的示現，凝聚出自然成為文學藝術普遍要求的哲學意義，抉發中國文化在哲學與文學藝術交融互融的特質。

目

次

第一章　緒　論

壹、研究緣起與題旨

一、研究緣起

　　本論文以「興之自然觀與道家思想」為研究課題，研究動機可由二方面來加以說明，一是依個人因素而起。二是就藝術與哲學具內在脈絡之關連而生。首先，說明個人因素，緣於個人在大學與研究所修習期間，久受李師正治之薰陶，再加上一己對人之生命懷著強烈的好奇心，天真地想找尋一種具有普遍性的人生哲學，以安頓自己的生命，因此對文學與思想的領域產生濃厚的興趣。由於文學和思想皆為探討人性與真理的方式，環繞著人的存在，以追尋生命的終極關懷為核心。大體上說來，“文學善感，思想善知”，在表面上看起來，兩者在目的、表現型態、語言使用和思維方式上多所不同。如文學表其情，呈現問題，思想逞其智，對治問題。不過，立足于人之生命存在的探索，二者都是在處理人的問題，其關係實密不可分。據此，對於論文的撰寫，自是循著一己之偏好，打破文學與思想之界限，企圖將兩者間原有的橋樑，藉由「興之自然觀與道家思想」的論述，稍作呈顯，以滿足私欲。當然，對文學與思想世界的探索，採取二者並重的態度，旨在期待感性之感，能成銳感，知性之知，能成深知，以便對心性與真理能有更深入的知解與體驗。自期一己對文學與思想世界的追尋，是永不憩止的堅持，至於存在的實踐，當須步步展開，所以本論文之撰述，對文學與思想世界之探索來說，僅

是一個始點而已。〔註1〕

　　其次，就藝術與哲學的關連著眼，藝術是一種精神現象，同時又是一種社會現象，當我們把藝術作為一種精神現象來加以研究，這種研究便離不開哲學、心理學以及社會學。依循中國文化之特性來看，文學藝術僅是人生之餘事。藝術之偉大，往往是體貼人的生命而來，所以產生「文以載道」的藝術傳統。至於成熟的文學藝術，更是直接流露作者的人格、性情。因為在存在的過程中，人所抱持的思想意識，最初乃是承受傳統及當代的哲學思潮而生。當傳統及當代思潮內化為觀看世界及生命的方式時，文學內容之表現，除了含括作者的個性外，自是深受哲學思潮之影響。所以立足傳統文化之下，藝術與哲學的關連實在密不可分。文學家與哲學家本身對自我的理解、自我存在方式的體會、對自我存在環境的看法、乃至對人類之存在的認識，即構成文學與哲學共同的內容。哲學自身不但是一門獨立的學問，同時也是文學的基本骨幹，作者的人生觀及其對人生的處理，往往映現當代哲學的色彩。

　　由於藝術與哲學關連密切，對藝術作哲學的思考和分析，從哲學的高度說明其本質與規律，當可進一步地深入瞭解與掌握藝術。所謂對藝術作「哲學的分析」主要有兩層意思：一是針對藝術中那些與哲學所關注根本問題直接相關者，作內在相互關連之分析。二是將藝術中各個重大問題的分析，上升到哲學的高度，找出它內在必然的普遍規律。通過哲學對藝術作分析思考，足以把藝術掌握得更為清晰，不致於產生空洞模糊之虞。這樣的知性解析，雖然不能保證藝術家的創作必然成功，更不能替代具體的創作實踐，但它能給創作指出前進的方向和努力的目標，幫助創作者創造出真正稱得上藝術的藝術品，並且讓讀者在鑑賞藝術品時有跡可尋。這也是筆者以「興之自然觀與道家思想」為題的動機所在。〔註2〕

二、研究題旨

　　現存國學方面的研究，舉凡文學理論之闡發、哲學體系的析論、經學之

〔註1〕　參引李正治著《至情祇可酬知己》（臺北：業強出版社，1986年10月初版），龔序及自序二。

〔註2〕　參引劉綱紀著《藝術哲學》（湖北：人民出版社，1986年9月初版第一次印刷），〈緒論〉部分，頁4～17。龔鵬程著《文學散步》（臺北：漢光文化事業公司，1985年9月初版），頁185。李正治著《中國詩的追尋》（臺北：業強出版社，1990年9月修訂再版），頁64。

鑽研或史學的探索皆有足以傲人的成就。並且每個範疇的研究，大都是後出轉精，對各自的研究領域皆日趨專門細緻。不過居此資訊發展快如閃電的社會，實由不得人局限於自己僅有的一點專業知識而自足。科際整合成為必然之趨勢，作研究同時跨越兩個範疇，成了理所當然之事。因此，本論文之撰寫便打破文學與哲學兩個領域的界限。

在以往諸多研究中，對興之研究著作不可謂不多。或就興之定義為主要論題、或循著興之心物關係、或依興之審美方式加以論述，所採取的研究角度雖多，但獨缺對興之理論體系作完整而周延的全面性論述。如葉師嘉瑩在〈中國古典詩歌中形象與情意之關係例說——從形象與情意之關係看「賦、比、興」之說〉，〔註3〕文中對興義作過精確的釐清，所以此文一出，興義便定於一尊。不過葉老師之文，對興義的歷史衍生過程未能加以說明，實有所遺憾。

趙沛霖先生在《興的源起——歷史的積殿與詩歌藝術》一書中，〔註4〕認為興是一個歷史性的範疇，採取發生學的觀點研究興的起源。全文論述的重點，落在歷史積澱下，興的源起，關注原始社會中，興象的原始性。指陳原始興象的產生，既非出於審美動機，抑非出於實用動機，而是出於一種深刻的宗教原因。居此前提下，分別論及興的歷史積澱、興起源的社會宗教文化背景、興出現前的詩歌—原始詩歌，旁及殘存的興的歷史形態以及比興古今研究概說。《興的起源》一書中，以發生學的觀點研究興的源起，的確發人所未發，見人所未見。但就興義在歷史之流中，興展為具有審美意涵的藝術體系，則未涉及。

蔡英俊先生在《比興物色與情景交融》一書中，〔註5〕對比興與物色的關係多所論述，並將中國抒情詩之重點落在「情景交融」的課題上，此一論題之提舉，自是隻眼獨俱。不過，就中國傳統文化的角度加以審視，「情景交融」的觀念與美學，實根源於中國獨特的哲學體系，若能就哲學的根源作內在的分析，定使後輩獲益更多。

成復旺先生在《神與物遊——論中國傳統審美方式》一書中，〔註6〕分

〔註3〕葉嘉瑩著〈中國古典詩歌中形象與情意之關係例說——從形象與情意之關係看「賦、比、興」之說〉收於《嘉陵談詩二集》（臺北：東大書局印行，1985年2月初版），頁115～149。

〔註4〕趙沛霖著《興的源起——歷史的積殿與詩歌藝術》（北京：中國社會社學出版社，1987年11月一版一刷）。

〔註5〕蔡英俊著《比興物色與情景交融》（臺北：大安出版社，1990年8月一版二刷）。

〔註6〕成復旺著《神與物遊——論中國傳統審美方式》（臺北：商鼎文化出版社，1992年4月臺灣初版）。

別就由形入神、緣心感物與以人合天諸層面的角度切入，指出中國審美方式是採取由觀到悟的神會態度。並對興之概念群作了精詳之論述，標明了中國傳統審美方式的獨特，其獨到之見解所形成的廣泛影響自不在話下。只是對中國審美意識與哲學的密切關連，未能進一步留心，實令人抱憾。

　　本論文鑑於以往研究的不足，便以興之自然觀與道家思想為課題。研究之題旨，總的來說，主要有三個面向：一是對興義作歷史之追溯，依據其衍生的過程，以簡馭繁地標舉出“有感”、“託喻”以及“言有盡而意有餘”的核心三義，並將興定位于以審美直覺為基本性質的審美經驗上，於此，將興義之脈絡間架凸顯出來。二是由於興義在文藝理論諸層面所形成之審美意識，呈現以「自然」為首要審美原則的趨勢，而且于興之理論諸層面展現不同之面目。據此，闡述興之理論諸層面與自然審美原則間的關係，說明興與「自然」觀念的密切關連，進而標舉出以自然審美原則為綱領的興之自然觀。三是在哲學的高度下，對興之自然觀與道家思想作關連的論述。興之自然觀與道家的關連，乃是藉由哲學的分析，指出興之自然審美原則與哲學思想間的內在關連。如此一來，不但對興之概念的釐清多所助益，並且對興之自然觀能有更清晰的掌握，進而透顯藝術與哲學的密切關連。此概為本論文之主要題旨。

貳、研究原則與途徑

一、研究原則

　　本文之研究原則主要有兩個：一是藝術的論述部分，包括興義之釐析和興之自然觀方面的引證說明，皆以詩論為主，偶援引畫論為輔助。二是哲學的論述部分，主要針對興之自然觀歸屬於道家思想之下加以探討。茲說明如下。

（一）藝術的論述

　　在論述藝術部分，專引詩論為證的主要原因，可由中國藝術的特殊性、論證的系統性和統一性的要求兩方面來加以說明。首先，說明中國藝術的特殊性，統觀中國藝術，不同的藝術類別當然各具獨特的精神。不過中國藝術家往往兼擅數技，主要原因在於中國各種藝術類別，深具相通共契的特質。

此一特質可由媒介形式與內在精神兩方面加以說明：一是就使用的媒介形式而論，中國藝術於外在形式往往具咫尺見千里的特性，如雕刻，能於徑寸的面積內，刻數百字或赤壁泛舟圖。而書畫，恆以寥寥的數種點線，表現出無窮之意境。另如中國之音樂，多以微弱的振動傳達深厚的情思。至於中國詩文，尤以文約義豐見長。諸如此類，皆展現中國藝術納大於小，運用最少的媒介物質，容納豐富的義蘊之美。由精緻細微的文本中，顯露豐厚的精神活動或心之活動的特性。

二是就內在精神而論，藝術與哲學在生命精神諸層面多所暗合。中國藝術精神深受哲學思潮之影響，如藝術中「神遊」的精神，主體之能與客體「遊」，必待人之眞精神入乎客體之內，物與我同情交感，以精神染色相，直透物我內在的生命精神，交攝渾融而發爲外在生機盎然的生命氣象，人與宇宙充滿圓融和諧。一如中國建築中，屋簷下有迴廊、林園中有曲徑迴環、方亭、樓闕、塔等，皆在使人之精神隨處可遊。而畫中之虛白、書法中線條之流轉等，皆是受哲學上天人和諧思想所影響，藝術因此而被視爲人之性情胸襟的自然流露。所以，不論依藝術外在形式或就內在藝術精神而爲言，中國藝術深具相通共契的特質，實爲顯明易見之事。〔註7〕

其次，立於理論體系之系統性與統一性的要求而言，可分由歷時性、共時性、個體性三個要點來加以析述。第一是直就縱切面的歷時性來看，本論文的論述不限於某一特定的時代，而是循著觀念的發展加以論述。由於詩論在中國文藝理論史上的發展是最成熟的，每個階段間的連結皆有跡可尋，詩論對一個觀念形成的論述，具有系統性。以詩論作爲本論文主要的研究對象，對興之自然觀與道家思想加以探討，應是較爲強而有力的明證，對觀念周遍性的展示，多所助益。

第二是就橫剖面的共時性而爲言，同一時代的詩學觀念往往具備多面性，或呈現相對而矛盾的面向，或對同一觀念作呼應唱和，或展現同一觀念的不同角度。一時代中詩學理論諸多層面的展示，對一個概念所蘊藏的意涵是比較充分而完整的。據此，有助於洞悉同時期不同詩學主張的衝突點，對各家各派所持的論點，不但可以作比較切合時代思潮的論斷，而且使論述的主題具有統一性。

〔註 7〕參引唐君毅著《中國文化之精神價值》（臺北：正中書局印行，1984 年 11 月初版五刷），〈第十章中國藝術精神〉部分，頁 291～316。

第三就各類藝術媒材的個體性而言，各類藝術所使用媒材的不同，產生理解的方式與理解程度多所不同。就媒材來說，各種藝術通過不同媒材所蘊含的獨特意義，呈現各自的精神，因此對藝術所使用的媒材必須掌握相當的知識，方能理解所蘊含之精神所在。譬如詩歌所使用的媒材是文字，而其他藝術所運用之媒材或為用色運筆、或為飛簷窗櫺個個不同。就媒材所蘊含之意義的掌握方面來說，對各種媒材知識積累的多寡，以及對各種藝術類別所形成之理論的理解，便有生熟之別。而詩論所使用的媒材，以文字為主，文字於人來說是較為普遍而易曉的，因此佔有較大的優勢，掌握起來比較準確。因此本論文在論證藝術的部分，便專取詩論來闡發。

概括地說，本文於論述興之自然觀的藝術部分，僅取歷朝詩論為例證之因有二：一是中國藝術具相通共契的特質。二是立於論證時系統性、周遍性與統一性的要求而為言。據此，本論文在說明興之自然觀的藝術部分時，僅取詩論為例，對興之意義脈絡和興之自然觀的理論體系作論述。

（二）哲學的論述

在論述哲學部分，將興之自然觀歸屬于道家之原因，可由兩個面向來加以說明：一是就儒道基本性格所衍生不同的美學思想而言。二就興之自然觀的理論體系與道家思想多所相應之處來加以說明。其一，說明儒道不同的美學思想，儒道思想皆以立人之生命的終極價值為歸趨，但兩者之性格大不相同。就道的內容規定、主體精神的修持或生命的境界型態來說，二者實為迥異。儒家之道以仁心、善性為內容，道家之道則以自然無為作綱領。在主體精神的修持工夫上，儒家主張以求放失之仁心善性來節制與引導自然生命感性之欲，進而彰顯道德理性。而道家則立基於虛靜心之修持，避免生命的紛馳、心理的情緒及意念的造作，以呈現精神主體的自由解放。在生命之境界型態上，儒道二家皆以生命之有限通向自然無限之境為終極價值。不過儒家的生命境界是通過人倫教化的完成，以展現極度人文道德化的和諧境界。至於道家則是藉由虛靜工夫的總持，通過欲望與知執的超脫，成就物我連而不相及，動而不相害的自然生命，顯現萬物無待、逍遙自適的生命境界。

由於儒道兩家之基本性格有所不同，自然開顯不同的美學思想。首先，就審美觀念來說，儒家基於人文德化之性格，以中和為美，視人倫教化為首要目標，所以開出美善合一，含帶目的性和理性主義的審美觀念。而道家基於虛靜無為的性格，特重素樸天真的本然之性，合美與真而且含具大（無窮、

無限、無形、無聲）和全（整體）之特性的自然爲美，產生非理性並且無目的性的審美觀念。其次，在美感經驗的認識上，儒家特重理性判斷，強調通過道德修養，以成就人倫教化。而道家主心齋坐忘，順性任眞，強調物我同一，以展現精神絕對的自由。最後，就審美趣味的取向來說，儒家主張美善合一，通過仁心善性的護持、人倫教化的要求，趨向道德化的生命。而道家則重天然而來的自然本性，不受規矩方圓的約束，尋求人之精神的絕對自由，趨向逍遙自適的生命。據上文所述可知，儒道二家所開顯的美學思想，一是循著人文理智之路而行，一是循著任性自然之路而行，當中有著極大的不同。〔註8〕

　　其二，就興之自然觀的理論體系與道家思想多所相應之處立論，興之自然觀與道家思想相應之處甚多，舉凡主體精神定于虛靜無爲之上、物我相接時採直覺觀照的方式或在境界之呈顯，以天機自張、神妙入化爲上的標準等等，在在皆呈顯出興之自然觀與道家思想相吻合的軌跡。所以本論文在論述哲學的部分，將興之自然觀歸屬于道家思想之下，便是根據儒道性格的差異，開顯出不同的美學思想，以及興之自然觀的理論體系與道家思想多所相應之處兩大點來加以立論。

二、研究途徑

　　本論文以「興之自然觀與道家思想」爲課題，首先必須釐清的是興之自然觀「與」道家思想的關係如何下定？因爲「與」字所代表的意涵相當豐富，或爲包含的關係，或爲小大相對的關係，甚或等同對應的關係，至於本文中「與」字的意涵不採取小大相對的關係。在總體的理論範疇上，所採取的是對應關係的論述，而在意義內涵方面，則是將興之自然觀歸屬于道家思想體系之下，呈現包含的關係。

　　在「興之自然觀與道家思想」的命題下，所作的論述取向有三：其一是對興義的體系作確切而周延的說明。其二是對興之自然觀的形成加以論述。其三是說明興之自然觀與道家思想的對應關係，進而對興之自然觀的自然概念加以說明。以下由正文各章之相互關係略作闡述，說明在「興之自然觀與道家思想」的命題下，三個主要的論述取向。

　　第一對興義之體系的說明，在論述興義的體系部分，首先，由歷史之追

〔註8〕參引張文勛著《儒道佛美學思想探索》（中國：社會科學出版社，1991年2月初版二刷），〈儒道佛美學思想之比較〉部分，頁1～22。

溯著手，以釐清興義在衍生過程中意義指涉的分歧。其次，由審美感知、藝術表現、藝術效果和讀者感發諸層面對興義之體系作周詳的析述。最後，以簡馭繁，就興義之基本性質和美學旨趣之說明，對興義作總提的展現。

　　第二對興之自然觀形成之論述，首先，循著興之理論諸層面所透露的自然審美原則，作表面概括的闡述。其次，就興之基本性質及其確意，由內在的意義脈絡，論述興與自然審美原則之關連，以說明興之自然觀的形成。最後，通過對藝術表現與自然之矛盾與統合的論述，對興之自然觀作進一步的釐析。

　　第三是析述興之自然觀與道家思想的對應關係，首先，對道家思想作適切的理解，指出中國藝術精神深受道家思想之影響，以「遊」之藝術精神總提藝術與哲學間的密切關係。其次，在藝術與哲學會通的前提下，致力於主體精神、觀物方式與境界型態三方面的論述，將興之自然觀歸屬於道家思想之下。通過內在本體定於虛靜無為，而主體精神發於外，則是藉由直覺為用的觀物方式，對客體加以觀照。在內外合一、體用畢舉的相互交攝下，產生神妙入化的境界型態。據此，將興之自然觀與道家思想的對應關係，作內在的分析說明。最後，以中國文化之重心落在主體性與道德性的特質為前提，借助于興之自然觀與道家思想具內在關連的論述，透過生命的終極關懷與廣大和諧之生命的闡發，呈現哲學與文學藝術彼此互滲的文化特性，指出自然成為文學藝術普遍要求的哲學意義。此概為本論文主要的研究途徑。

第二章　興義體系的尋繹

　　興字早見於《周禮・春官》，後依詩經學之發展，興和比之義一直混淆不明，再加上運用於文藝理論之中，興義之內涵更爲豐富、更加不易確認。本章爲釐清興義，故就興之理論的諸層面予以探討，論述之角度有三：一是興義之考察，藉歷史之追溯，掌握興義由經學轉爲文學之脈絡，再通過歷史之溯源，標舉出興之基盤意義。二是由基盤義出發，巡視其運用於文藝理論之發展，對興義之脈絡網作進一步而完整地闡述。三是依據基盤義與興在文藝理論諸層面之析論下，呈顯興之確意及其美學旨趣。

第一節　興之意義的考察

　　在中國詩論中，「興」字實居關鍵的地位，由於「興」義之發展過程甚爲複雜，本就難以正確地理解和說明，因此對「興」義之探討，所引發之爭論亦最爲熱烈。所以在意義之界定上，往往莫衷一是。鑑於「興」義發展過程之複雜，本文在興義的考察上，主要之取徑有二：其一是對「興」義作歷史的溯源，釐析「興」義之發展，由經學之意義，拓展至文學之意義的過程。其二是通過「興」義之溯源，提舉出興之基盤諸義。

一、興義之歷史追溯

　　由興義的歷史溯源可知，〔註1〕「興」之名最早見於《周禮・春官》：「太

〔註1〕　本節對興義作歷史追溯，主要依據有二：一是以有明確之文字記載者爲肇始。二是以經學研究所常言的興意爲追溯源頭。至於陳世驤在〈原興：兼論中國

師教六詩：曰風、曰賦、曰比、曰興、曰雅、曰頌。」〔註2〕後來漢人作〈詩大序〉全承《周禮》之說：「故詩有六義焉：一曰風，二曰賦，三曰比，四曰興，五曰雅，六曰頌。」二者對興之含義全未加以解說，一直到鄭玄於周禮注方道出：「比者，比方於物。」「興者，託事於物。」。接著鄭玄於周禮注又言：「比見今之失，不敢斥言，取比類以言之。」「興，見今之美，嫌於媚諛，取善事以喻勸之。」〔註3〕就漢之經學家而言，興同賦、比一般，只是一種修辭手段，旨在強調美刺作用，發揮《詩經》的政教功能。興既是一種修辭手段，則其表現之手法乃是一種「以象喻義」的隱喻方式，意即運用自然景物的形象，隱喻政教之得失。其意旨見例可知：

> 《鄭風·風雨》「風雨淒淒，雞鳴喈喈。」毛傳：「興也。」鄭箋：「興者，喻君子雖居亂世，不變改其節度。」
>
> 《邶風·北風》「北風其涼，與雪其雱。」毛傳：「興也。」鄭箋：「興者，喻君政酷暴，使民散亂。」
>
> 《曹風·蜉蝣》「蜉蝣之羽，衣裳楚楚。」毛傳：「興也。」鄭箋：「興者，喻昭公之朝，其群臣皆小人也。徒整飾其衣裳，不知國之將迫脅，君臣死亡無日，如渠略然。」〔註4〕

漢儒之說興義，著重在政治教化之層面，興定為「以象喻義」的隱喻方式，實為一種間接的表現法。此種以興為喻的觀念，將興視為修辭學上的隱喻概念，即是漢人之所謂興義。〔註5〕

漢人說興義著重在美刺作用及政教功能，漢以後的經學家對興之界定，亦多承鄭玄之說，不出政治教化之層面。如唐代孔穎達所編的《五經正義》，在《詩經》便取鄭玄之注，如《毛詩正義》云：

文學特質〉一文中以原始社會為依據，不拘泥於周代的社會史實，來欣賞詩經原素。以及趙沛霖撰《興的源起——歷史積澱與詩歌藝術》一書中，以人類文化學的角度對興意作精彩論述，兩者雖各有獨到之見解，本文為集中論點，便不對陳世驤和趙沛霖兩位先生所持之詮釋角度多作贅述。

〔註2〕 引自《周禮鄭氏注》上下二編，百部叢書集成《士禮居叢書》（臺北：中華書局），頁7。

〔註3〕 同註2。上述引文皆出於《周禮鄭氏注》，頁7。

〔註4〕 引自屈萬里著《詩經釋義》（臺北：中國文化大學出版部印行，1983年新二版），頁122、頁70及頁182。

〔註5〕 參引《中外文學》第二十卷、第七期，李師正治撰〈興義轉向的關鍵——鐘嶸對「興」的新解〉，頁69。

賦云鋪陳今之政教善惡，其言通正變，兼美刺也。比云見今之失，
取比類以言之，謂刺詩之比也。興云見今之美，取善事以勸之，謂
美詩之興也。其實美刺俱有比興者也。

言事之道，直陳爲正，故《詩經》多賦，在比、興之先。比之與興，
雖同是附托外物，比顯而興隱，當先顯後隱，故比居興先也。《毛傳》
特言興也，爲其理隱故也。〔註6〕

由漢到唐的經學家，對興義之理解，並無太大的差異只道出比顯興隱。直到
宋代之經學家出，方有些許的突破，宋代學者中對比、興之辨，用功最深、
解說最爲詳盡者，當屬朱熹。其於《朱子語類》云：「大抵興之有意者，似比；
其不取義者，得興之體而已。」〔註7〕朱熹解興，其說法不一。一以託物興辭，
與比相近釋之。一以僅取其聲，於意無所取，與比完全無關釋之，至此，比
興開始有所區別。

至於清代陳啓源釋興，對比興之分，說得更爲精詳。其於《毛詩稽古編》
有云：

比、興雖皆託諭，但興隱而比顯，興婉而比直，興廣而比狹。比者
以彼況此，猶文之譬喻，與興絕不相似也。

興比皆喻，而體不同。興者，興會所至，非即非離，言在此，意在
彼，其詞微，其旨遠。比者一正一喻，兩相比況，其詞決，其旨顯，
且與賦交錯而成文，不若興語之用以發端，多在前章也。〔註8〕

陳啓源釋興，雖師承前人「托物興詞」之說，以隱顯、婉直、廣狹，作爲興
比之分，又因毛傳多在章首標興，故又以興用於發端作爲比、興之別。〔註9〕
陳氏言「興者，興會所至」此顯然溢出經學之諷諭義，暗示了興之異於比，
乃因興較偏重情感，非僅側重比喻之義。

綜觀漢至清諸經學家對比、興之辨，確屬聚訟紛紜，莫終一是。但大體
言之，其解說興義，多定位於興近比者。興屬於委婉的隱喻方式，比則爲一

〔註6〕 引自孔穎達《毛詩正義》，卷一，〈周南關雎詁訓傳第一〉，十三經注疏本（上
海：上海古籍出版社），頁17。

〔註7〕 引自〔宋〕黎靖德編《朱子語類》，〈詩一‧綱領〉（臺北：文津出版社，1986
年12月），頁2070。

〔註8〕 引自陳啓源著《毛詩稽古編》，轉引自黃振民編著《詩經研究》（臺北：正中
書局印行，1981年），頁176。

〔註9〕 同註5。李師正治撰〈興義轉向的關鍵——鐘嶸對「興」的新解〉，頁69。

種較直接的顯喻，二者同爲藝術表現之手法，其旨皆在表現政治教化之意義，深具美刺之諷喻作用。

　　魏晉六朝由於局勢之動亂，政治之衰弱，個體意識於雜亂的社會中逐漸抬頭，連帶對文學思想產生作用。魏晉時期的文壇，普遍瀰漫文學緣情之說，因此魏晉人對興義之界定，自有異於漢儒之處。如齊梁時的劉勰於《文心雕龍‧比興篇》即言：

> 詩文弘奧，包韞六義，毛公述傳，獨標興體，豈不以風通而賦同？
> 比顯而興隱哉？故比者，附也；興者，起也。附理者，切類以指事，起情者，依微以擬議。起情故興體以立，附理故比例以生。比則蓄憤以斥言，興則環譬以托諷。蓋隨時之義不一，故詩人之志有二也。
> 觀夫興之託喻，婉而成章，稱名也小，取類也大。〔註10〕

劉勰論比、興，一方面沿襲漢儒視興爲隱喻之理解，一方面則認爲「興者，起情也」、「蓋隨時之義不一，故詩人之志有二也。」，興雖不離「以象喻義」的表現手法，但所側重之點並不以政治教化之內容爲限，連帶對個人情感之抒發亦不輕忽。

　　晉代摯虞對興與情之關係的重視，較之劉勰更爲明顯純粹，其於《文章流別論》便說：「賦者，敷陳之稱也；比者，喻類之言也；興者，有感之辭也。」〔註11〕文中是以"喻類"釋比，以"有感"釋興，"有感"顯然已非純屬譬喻修辭之問題，而是出於某種心理感受而爲言。興跳脫"喻類"之義，逐漸遠離政治教化之功能及美刺之作用，而向文學的範疇靠攏。漢人重視興之表現，主因象可喻義，六朝之人卻由興之表現推回使其可能的興之經驗，〔註12〕此興之經驗是立足於感物緣情之重視與體驗。此類例證甚多，如：

> 遵四時以嘆逝，瞻萬物而思紛。悲落葉於勁秋，喜柔條於芳春。〔註13〕
>
> 歲有其物，物有其容。情以物遷，辭以情發。（《文心雕龍‧物色》，頁845）
>
> 草區禽族，庶品雜類，則觸興致情，因變取會；……原夫登高之旨，

〔註10〕引自劉勰著，周振甫注《文心雕龍》（臺北，里仁書局印行，1984年5月出版），〈比興篇〉，頁677。

〔註11〕引自郭紹虞編《中國歷代文學論著精選》三冊上編（臺北：華正書局，1984年8月版），摯虞〈文章流別論〉，頁157。

〔註12〕同註5，李正治撰〈興義轉向的關鍵──鍾嶸對「興」的新解〉，頁71。

〔註13〕同註11，陸機《文賦》，頁136。

蓋睹物興情。情以物興，故義必明雅；（《文心雕龍・詮賦》，頁 138）

氣之動物，物之感人，故搖蕩性情，形諸舞詠。〔註14〕

六朝文論家強調「睹物興情」的興之經驗，可見一般，而且據此深入理解興義，對興之表現有一親切的體會，並擴大了興義的範疇。摯虞和劉勰對興義之認識有二：其一肯定興為「以象喻義」的藝術表現手法，其二著重感物起情之作用而說興之經驗。

與劉勰、摯虞同時期的鍾嶸，對興義之解釋，並不以「隱喻」和「感物起情」為限，〈詩品序〉有云：

故詩有三義焉：一曰興，二曰比，三曰賦。文已盡而意有餘，興也；因物喻志，比也；直書其事，寓言寫物，賦也。……若專用比興，則患在意深，意深則詞躓。若但用賦體，則患在意浮，意浮則文散，嬉成流移，文無止泊，有蕪漫之累矣。〔註15〕

由〈詩品序〉可知，興不僅具有語言構造的特殊質性，而且具有一種藝術境界的價值意義。換言之，鍾嶸對興義之看法，一方面認同興為藝術表現之手法，一方面指出「言有盡而意有餘」的美感情趣，強調美感效果的洞察。

魏晉文論，基於文學緣情說之潮流所趨，對興之經驗特為注重，與經學家所言之興義相較，實具長足之進步。待鍾嶸〈詩品序〉一出，標明「言有盡而意有餘」的美感情趣，留心到興之表現的價值問題，對興義之理解又轉進一層。概括地說，魏晉時期之說興義大致有三個面向：一是興之表現，就興為隱喻託諷之藝術手法而為言。二是興之經驗，就興為感物起情之作用而論。三是興之價值，就興為美感情趣，強調美感效果之洞察立論。興義於魏晉時期，早已踰越經學之義，向文學之途奔馳而去。

唐代文藝論著之解興義，或紹述六朝"有感"之說，或承繼漢儒"託喻"之說，各有其發展。如題為賈島所著《二南密旨》有言：「感物曰興。興者，情也，謂外感於物，內動於情，情不可遏，故曰興。」〔註16〕賈島雖紹述有感之說，視興為感物起情的經驗，文中直言所動之情不可遏止，此實為一種強烈的審美感受，不但遠離以譬喻釋興的方式，並且明確地把興字與情、物結合。興

〔註14〕引自汪中選注《詩品注》（臺北：正中書局，1985 年 8 月初版第九次印行），頁 16。

〔註15〕同註14。

〔註16〕引自〔清〕顧龍振編輯《詩學指南》卷三（臺北：廣文書局，1973 年 4 月）賈島著《二南密旨》，頁 76。

與情、物一結合，日後衍生許多以「興」爲中心的概念群，如興象、興會、興趣（或意興）等。至於繼承"託喻"之說者，如陳子昂於〈修竹篇序〉有云：

> 文章道弊五百年矣。漢魏風骨，晉宋莫傳，然有文獻可徵者。僕嘗暇時觀齊梁間詩，彩麗競繁，而興寄都絕。〔註17〕

此處強調興寄，要求文學作品須有內容，看似承繼隱喻寄託之意，實則並非僅以政教美刺爲託喻內容，牽強附會地解釋興義。興由藝術表現之說發展而至興寄，實已超出修辭手法之局限，轉爲一種創作態度、創作原則。唐人釋興義，表面上依循經學家之說，但就興義之內涵觀，實有其自身之發展。

宋代學者對興義之理解又較唐人深入，不僅對漢儒解詩穿鑿附會之風提出批評，對興義之說明頗爲賅洽，如李仲蒙認爲：

> 敘物以言情謂之賦，情物盡也；索物以托情謂之比，情附物者也；觸物以起情謂之興，物動情者也。〔註18〕

文中指出賦、比、興三者之根本差異，乃居於情與物關係之不同立論。亦即就心與物間相互作用之先後的差別而爲言，興是觸物以起情的作用，故物的觸引在先，心的情意之感發在後，而且興之感發大多由於感興的直覺觸引，不必有理性的思索安排。〔註19〕李氏之說簡明扼要，後人對賦、比、興之定義多採其說，據此，比、興之義界，大抵確切而不再相混。

宋人對興義之認識，除了李氏就表現手法作說明外，嚴羽承"言有盡而意有餘"之美感效果立論，促使興義之發展更上層樓。嚴羽《滄浪詩話‧詩辨》有云：

> 夫詩有別材，非關書也；詩有別趣，非關理也。然非多讀書，多窮理，則不能極其至。所謂不涉理路，不落言筌者，上也。詩者，吟詠情性也。盛唐諸人惟在興趣，羚羊挂角，無跡可求。故其妙處透徹玲瓏，不可湊泊，如空中之音，相中之色，水中之月，鏡中之像，言有盡而意無窮。〔註20〕

〔註17〕引自陳子昂著《新校陳子昂集》（臺北：世界書局，1964年初版），〈修竹篇序〉，頁15。

〔註18〕引自〔清〕丁福保輯《歷代詩話續編》三冊中編（臺北：木鐸出版社，1988年7月），王世貞撰《藝苑卮言》，卷一，頁954。

〔註19〕參引葉嘉瑩著《迦陵談詩》（臺北：三民書局印行，1986年8月五版），頁118～128。

〔註20〕引自嚴羽著，郭紹虞校釋《滄浪詩話校釋》（臺北：里仁書局，1987年4月），〈詩辨〉，頁26。

嚴羽標示之「興趣」，當指由於內心興發感動所產生的一種情趣。興趣之產生不僅暗示「感興」之意，而且根源於興之藝術表現，要求表現手法無跡、自然，興於此凸顯美感效果、美感情趣的意義。蓋宋人之論興義，涵括興之表現、興之經驗及興之價值三面。

元代之論興義，以楊萬里最值得留心，其於〈答建康府大軍庫監門徐達書〉有云：

> 我初無意于作是詩，而是事是物適然觸乎我，我之意亦適然感乎是物是事，觸先焉，感隨焉，而是詩出焉。我何與哉？天也，斯謂之興。〔註21〕

楊氏之說偏重在興之經驗層面，對興之經驗作周詳的說明。首先，將興之經驗定於心與物之關係立論，指出由於物先碰觸到人，而人心亦恰有所感，於是造成心與物的自然契合，而產生美感經驗，創出文藝作品。其次，點明興必須心與物相因自然，了無作意。此為楊氏對興之理解與前人大相逕庭之所在。

明代對興義之研究，值得留意的有李東陽和謝榛，李東陽於《懷麓堂詩話》有云：

> 詩有三義，賦居其一，而比興居其二。所謂比與興者，皆託物寓情而為之者也。蓋正言直述，則易於窮盡，而難於感發。惟有所寓託，形容摹寫，反復諷詠，以俟人之自得，言有盡而意無窮，則神爽飛動，手舞足蹈而不自覺，此詩所以貴情思而輕事實也。〔註22〕

又謝榛《四溟詩話》云：

> 詩有不立意造句，以興為主，漫然成篇，此詩之入化也。〔註23〕

> 詩以兩聯為主，起結輔之，渾然一氣。或以起句為主，此順流之勢，興在一時。（卷二，第三二則）

> 夫情景相觸而成詩，此作家之常也。或有時不拘形勢，面西而言東，但假山川以發豪興爾。……予客晉陽，對西山詩云「好山俱在目，樓上坐移時。碧樹亦佳侶，白雲非遠期。心閒聊對景，興轉別成詩。操筆有兵變，兵家韓信知。」（卷四，第六九則）

〔註21〕引自楊萬里著《誠齋集》卷六十七，四部叢刊本（上海：商務印書館），頁555～556。
〔註22〕同註18，《歷代詩話續編》三冊下編，李東陽撰《麓堂詩話》，頁1374～1375。
〔註23〕同註18，《歷代詩話續編》三冊下編，引謝榛撰《四溟詩話》，卷一，頁1152。

觀明人之論興義，除了承繼前人之解說，融合"託喻"、"有感"、以及"美感效果"三者外，對詩篇要求渾然天成、漫然成篇的入化境界。詩篇之形成雖從有意之託喻入，但以美感效果之產生，足以感人爲目的，而且"有感"須以人之不自覺爲上，是故明人對興義之解說，留心於有意與自然的對比，此又爲興義之一大發展。

清代之探討興義，除紹述先人之說外，王夫之和李重華之解說另具新意，最值得留心。王夫之於《薑齋詩話》有云：

> 興在有意無意之間，比亦不容雕刻。關情者景，自與情相爲珀芥也。情、景雖有在心在物之分，而景生情、情生景，哀樂之觸、榮悴之迎，互藏其宅。天情物理，可哀而可樂，用之無窮，流而不滯，窮且滯者不知爾。……唐末人不能及此，爲玉合底蓋之說，孟郊、溫庭筠分爲二壘。天與物，其能爲閫分乎？〔註24〕

> 「詩可以興，可以觀，可以群，可以怨。」盡矣。……「可以」云者，隨所以而皆可也。……出於四情之外，以生起四情；遊於四情之中，情無所窒。作者用一致之思，讀者各以其情而自得。……人情之遊也無涯，而各以其情遇，斯所貴於詩。（同上，第二則）

王夫之解興義，首先，承繼明人強調興之運用須渾然天成、不容雕刻之意，所以對情景交融、心物互涉之闡述多所用心。其次，對興義之"託喻"和"有感"之詮釋，跳脫作者之層面轉由讀者層面立論，把作品視爲一個完整的審美對象，強調讀者面對作品時，依自己之情性而起心理感受，再度形成一種美感經驗。上述之論點不僅是興義之轉向，而且是中國文學批評史上的重大發展。

另則李重華對興爲"審美情趣"之意，解說得更爲精詳，其於《貞一齋詩話》有言：

> 興之爲義，是詩家大得力處。無端說一件鳥獸草木，不明指天時而天時恍在其中；不顯言地境而地境宛在其中；且不實說人事而人事已隱約流露其中。故有興而詩之神理全具也。〔註25〕

所謂「無端說一件鳥獸草木」而天時、地境、人事恍在其中，就是一種藝術

〔註24〕引自王夫之等撰《清詩話》二冊上編（臺北：西南書局，1979 年 11 月初版），清代王夫之《薑齋詩話》，上卷，第十六則，頁 4～5。

〔註25〕同註24，《清詩話》二冊上編，引李重華《貞一齋詩話》，下卷，〈詩談雜錄〉第三三則，頁 856。

境界，此境界即由意在言外、若有若無的審美情趣而生。審美情趣、審美效果之洞察促使詩之神理具現，故言「有興而詩之神理全具」，此即明指興具有藝術境界之意涵。

　　縱論興義之發展過程，由漢儒至魏晉時期，對比、興之義所衍生之種種特殊觀念，大可歸屬成兩大類，一是興爲託喻之藝術表現，強調詩歌的社會意義與教化功能。一是受文學緣情說的影響，著重詩歌的美感意義與藝術效果。六朝以下文藝論著之解興義，實承繼二者之說而加以發展，或就作者面著重"有感"之意，或依作品面強調"文有盡而意無窮"之藝術境界，或由讀者面論述興發感動之情，各朝因偏重層面有所不同，促使興義之界說，不但溢出經學家所言之狹窄興義，進而轉入文藝理論，成爲一個意涵豐沛的複雜概念。

二、興義之基盤諸義

　　觀興義之歷史追溯，興字由經學之義轉至文學之義的發展過程，實相當錯綜複雜。欲對興義作明確之理解，則提舉興之基盤諸義，便有其必要性。所謂基盤義大體和衍生義相對而來，興之基盤諸義並非立於字源本義而論，乃是就興義之衍生過程，萃煉出最核心之意義以當之。在興義的發展過程中，所提舉之基盤義，大可由三個面向加以申述：首先是興之表現，就"寄託"而論；其次是興之經驗，就"有感"而說；最後是興之價值，就"言有盡而意有餘"的美感情趣加以闡述。

（一）興之表現 —— 以象喻義

　　興之表現最初定位於修辭學之概念，強調以自然景物爲喻，寄託政治之善惡。在興義的衍生過程中，逐漸由隱喻的表現手法，轉爲一種創作原則，要求文學作品須有所寄託，而託論之內容並不以政治教化爲限，個人之情志亦可涵括於其中。在文學要求寄託的原則下，強調「象」的觀念爲一必然之趨勢，就中國傳統對「象」之觀念加以歸類，大致可區分爲三大類：一是取象於自然界之物象，如「大過」卦「九二」及「九五」的爻辭，其所占示的「枯楊生梯」和「枯楊生華」即屬之。二是取象於人世間之事象，如「既濟」卦「九三」以及「九五」的爻辭，其所占示的「高宗伐鬼方，三年克之」和「東鄰之殺牛，不如西鄰之禴祭」即屬此類。三是取象於假想中之喻象，如坤卦「上六」爻辭「龍戰於野，其血玄黃」屬之。申而言之，凡是可以使人在感覺中產生一種眞

切鮮明之感受者，都可視之爲一種「形象」的表達。〔註26〕強調象的觀念，旨在創造出可使人「類通」的藝術形象，而形象性的重視，即是使用生動的外在意象，融合作者之情思，形成高度概括的描寫，以表達深厚的思想內容，此即承繼以象喻義的興之表現而來，亦是中國文藝傳統下言志系統的根源。

（二）興之經驗——感物起情

興之經驗依"感物起情"的心理感受而爲言，人之"有感"乃因外物之觸發而生，藉著心對物的自然感發、物對心的自然契合形成一種美感經驗。如葉燮《原詩·內篇·下》所提出：

> 原夫創始作者之人，其興會所至，每無意而出之，即爲可法可則。
>
> 如三百篇中，里巷歌謠，思婦勞人之詠居其半。彼其人非素所誦讀講肄推求而爲此也，又非有所研精極思腐毫輟翰而始得也。情偶至而感，有所感而鳴，斯以爲風人之旨，……〔註27〕

葉氏所標舉之興會，是一種特殊之精神狀態，也是一種興之經驗。若以作者論，興會可說是一種創作靈感，因外物與作者之心交感而形成文藝作品。若從讀者觀，則作品爲一審美客體（物），對讀者之心有所觸發，形成美感經驗。不論是就作者或讀者而言，都在於主觀的情感與客觀的物象適然相會，形成特殊的心理感受，二者皆屬興之經驗，全由客體的物出發，藉著物之動人，再由情感之動，促成心物之偶合，呈顯個人之美感經驗，傳達個人之情感內容，此爲承"有感"而講興會之旨，亦爲文藝傳統中言情之根源所在。

（三）興之價值——美感情趣

興之價值就美感情趣、美感效果之洞察立論，以作品須具靈妙不假雕飾，渾融而整全的藝術境界爲定位。境界之產生乃融合"以象喻義的興之表現"和"感物起情"的興之經驗，形成"言有盡而意有餘"的美感情趣而論。興之價值使主體的心和客體的物，兩者相輔相成而不偏頗，強調心與物、情與景的融合統一。如沈德潛〈乃莊詩序〉云：

> 江山與詩人相爲對待者也。江山不遇詩人，則巉巖淵滄，天地縱與以壯觀，終莫能昭著於天下古人之心目。詩人不遇江山，則雖有靈秀之心、俊偉之筆，而孑然獨處，寂無見聞，何由激發心胸，一吐

〔註26〕同註19，葉嘉瑩著《迦陵談詩》，頁118～128。

〔註27〕同註25，《清詩話》二冊下編，清代葉燮《原詩》內篇下卷，頁535。

其堆阜瀾瀚之氣？惟兩相待兩相遇，斯人心之奇際乎宇宙之奇，而
文辭之奇得以流傳於簡墨。〔註28〕

詩人與江山、心與物、情與景雖相為對待，若相離則無法表現各自之美，惟
有相合方能呈顯雙方之美。所以興之價值不僅融合興之表現和經驗，而且強
調融合之方式必渾融、整全與不假雕飾，自然達到含蓄蘊藉、一唱三嘆的藝
術效果。如沈德潛《說詩晬語》卷上便云：

事難顯陳，理難言罄，每託物連類以形之。鬱情欲舒，天機隨觸，
每借物引懷以抒之。比興互陳，反覆唱嘆，而中藏之懽愉慘戚，隱
躍欲傳，其言淺，其情深也。倘質直敷陳，絕無蘊蓄，以無情之語
而欲動人之情，難矣。〔註29〕

興之價值由鑒賞面要求審美情趣，統一興之表現和興之經驗，自然融合“寄
託”與“有感”，造成心與物、情與景整全渾融的結合，達到含蓄蘊藉、“言
有盡而意有餘”的藝術境界。

　　興之基盤諸義就整個衍生過程論，可有“寄託”、“有感”和“言有盡
而意有餘”三者，據此三者又衍生出興象、興會、興趣等廣大的概念群，分
布在中國傳統美學理論中。諸如興之表現，由主體的心出發，偏重物象之“託
諭”作用。“有感”則屬於感物起情的美感經驗，自客體的物出發，側重物
觸心時的心理感受。至於興之價值立於審美效果之洞察，強調心物交涉、情
景相融的美感情趣，旨在渾融興之表現和興之經驗，以達到“言有盡而意有
餘”的美感境界。興之基盤三義若立於“有感”的審美經驗下，三者實可統
一，主因“有感”乃兼具心和物二者，或緣心、或感物、或緣心感物，通過
著重面的差異，構成興之表現、興之經驗以及興之價值三個基盤義，三基盤
義落實到文藝理論諸層面，三者又相輔相成。

第二節　興之理論的諸層面

　　通過興義之歷史追溯可知，錯綜複雜的意義脈絡，恰可標舉出“託諭”、
“有感”以及“言有盡而意有餘”三個基盤義，落在文藝理論諸層面加以考

〔註28〕引自沈德潛撰〈乃莊詩序〉，轉引自成復旺著《神與物遊》（臺北：商鼎文化
　　　　出版社，1992年4月初版），頁159～160。
〔註29〕同註24，《清詩話》上編，沈德潛《說詩晬語》，卷上，第二則，頁471。

察，基盤三義由於各自之意義內涵有所不同，所以展現不同之面目。但三者之關係統於整個興義的發展脈絡之下，卻又不可完全分離而無所交涉，由於三基盤義既有不同之意涵，又具相互交攝而難分之關係。是故依循文藝理論諸層面對興義加以說明，便有其必要性，藉著文藝理論諸層面的解析，有助於對興義之掌握更趨完整。所以本節以興之理論的諸層面爲題，分別透過審美感知、藝術表現、藝術效果與讀者感發四個文藝理論的面向，在興之基盤三義的間架上加以申述，促使興義之脈絡網，更趨周延精詳。

一、審美感知層面——審美經驗

審美感知出於"有感"的基盤義，依據心物相互交涉的關係，說明作者由心物之適然相會，產生美感經驗之過程。總攬中國詩論而觀之，對心物交感之重視有著悠久的傳統，如《禮記・樂記》曾說：「人心之動，物使之然也。」〔註30〕而劉勰於《文心雕龍・明詩篇》的開端也提出：「人稟七情，應物斯感。感物吟志，莫非自然。」〔註31〕可見外物對人心情意之感發存在相當的重要性。就作者面立論，外物對詩人內在情感產生激盪，成爲詩人的創作動因之一。此點鍾嶸於《詩品》序中說得很清楚：

> 若乃春風春鳥，秋月秋蟬，夏雲暑雨，冬月祁寒，斯四候之感諸詩者
> 也。嘉會寄詩以親，離群託詩以怨。至於楚臣去境，漢妾辭宮。或骨
> 橫朔野，或魂逐飛蓬。或負戈外戍，殺氣雄邊。寒客衣單，孀閨淚盡。
> 或士有解佩出朝，一去忘反。女有揚娥入寵，再盼傾國。凡斯種種，
> 感盪心靈，非陳詩何以展其義？非長歌何以騁其情？〔註32〕

從這段話看來，自然界之節氣景物，與人事界之生活際遇皆足以感盪心靈，透過外物而引發一種內心情志上的感動作用，是詩歌創作上的一種基本要素。亦即言，主體情感藉著客體外物之誘發，以渲洩其內在情感之衝動，而且一個客體之價值，正于它以感性存在的特有形式呼喚，並在一定程度上引導主體審美體驗的自由創造。

在整體的審美過程中，雖由外物觸心而起情，但並未因此而忽視詩人的

〔註30〕引自《禮記》，十三經注疏本，卷三十七，〈樂記〉（臺北：藝文印書館），頁662。
〔註31〕同註10，《文心雕龍・明詩篇》，頁677。
〔註32〕同註14，汪中選注《詩品注》，《文心雕龍・明詩篇》，頁17。

創造活動。葉燮曾說：

> 凡物之美者，盈天地間皆是也，然必待人之神明才慧而見。(《己畦文集》卷九〈集唐詩序〉)

> 名山者造物之文章也，造物之文章必藉乎人以爲遇合，而人之以爲遇合也，亦藉乎其人之文章而已矣。(《己畦文集》卷八〈黃山唱和詩序〉)

> 天地之生是山水也，其幽遠奇險，天地亦不能一一自剖其妙，自有此人之耳目手足一歷之而山水之妙始泄。如此方無愧乎遊覽之詩。〔註33〕

葉氏一再強調：造物之文章是天地無意之作，是客觀的存在，唯有面對具一定的審美心胸和能力之人才有意義，才能成爲現實的審美對象。此處正說明在審美感知的過程中，主體的重要性，對詩人的創造力和靈感特爲重視，開示審美感知並不是主體消極被動地接受外物對象的刺激，而是積極主動地去感受對象，而且美感之定向形成，乃是取決於主體特殊的心理感知。葉燮於《原詩‧內篇》進一步地說：

> 原夫作詩者之肇端而有事乎此也，必先有所觸以興起其意而後措諸辭、屬爲句、敷之而成章。當其有所觸而興起也，其意、其辭、其句，劈空而起，皆自無而有，隨在取之於心，出而爲情、爲景、爲事。人未嘗言之，而自我始言之，故言者與聞其言者，誠可悅而永也。〔註34〕

簡而言之，審美感知之過程，雖是外物之感發於前，人心之搖盪於後，並不表示對主體之創造有所忽視。所謂「隨在取之於心」乃標明，審美感知過程內含主體取決的充分主動性與定向性。是故審美經驗的產生是外物觸發人心之動，通過主體之情感發酵，把原先客觀的外在物象，轉化爲含帶主體個人情感之心象，打破內外在的心物之分，方能有所成。

審美感知層面基於興之"有感"義，是一種通過主體的情感，形成完整而統合的心理組織過程，據此而成就審美經驗。換言之，審美經驗的形成過程中，是主體積極主動地去感受對象，而非消極被動地接受對象之刺激。概括地說，審美感知即是一種審美體驗，而此體驗是身心投入的迷狂，它摧毀

〔註33〕同註24，《清詩話》下編，清代葉燮《原詩》，外篇下卷，頁553。
〔註34〕同註24，引自葉燮《原詩》，內篇上卷，頁513。

物我之間的屏障，含帶整體性、主動性和情感性。

二、藝術表現層面 ── 表現手法

藝術表現就"託喻"的基盤義立論，主張在創作手法方面，必須塑立具體形象，以充分傳達作者內在之美感經驗和作品之內容意旨。一如王廷相〈與郭價夫學士論詩書〉所言：

> 夫詩貴意象透瑩，不喜事實粘著，古謂水中之月，鏡中之影，難以實求是也。《三百篇》比興雜出，意在辭表。《離騷》引喻借論，不露本情。……言微實則寡餘味也，情直致而難動物也，故示以意象，使人思而咀之，感而契之，邈哉深矣，此詩之大致也。〔註35〕

由文意可知：就意象之屬性來說，它不是一個物或單一客觀存在的形象，而是透過審美感知，同時具備客體的主體化和主體的對象化雙重性質。另就意象之功能立論，由於意象之屬性，不但是有意的結構，而且不以外在的物象為局限，通過主體的再體驗後，即能產生動人之力、傳達作者之情志或循著作品具現之意象，幻生眾多可能涵蘊的意旨，以發揮其功能。

審美意象之所以能充分傳情達意，主因其刻畫出完整的藝術形象，此近而不浮的藝術形象，乃是藉由情景交融的基本結構而生，唯有情景交融互攝，方能成就意象的多面性與模糊性。如謝榛《四溟詩話》卷三有云：

> 作詩本手情景，孤不自成，兩不相背。……夫情景有異同，模寫有難易，詩有二要，莫切於斯者。觀則同於外，感則異於內，當自用其力，使內外如一，出入此心而無間也。景乃詩之媒，情乃詩之胚，合而為詩，以數言統萬形，元氣渾成，其浩無涯矣。〔註36〕

王夫之於《古詩評選》卷五又云：

> 謝詩有極易入目者，而引之益無盡。有極不易尋取者，而徑遂正自顯，然顧非其人，弗與察爾。言情則於往來動止、縹渺有無之中，得靈蠁而執之有象。取景則於擊目經心、絲分縷合之際，貌固有而言之不欺。而且情不虛情，情皆可景，景非滯景，景總含情。〔註37〕

〔註35〕引自王廷相著《王氏家藏集》，卷二八（臺北：偉文圖書出版有限公司）1976年5月，頁1213～1215。

〔註36〕同註18，引自謝榛撰《四溟詩話》，卷三，頁1180。

〔註37〕引自王夫之撰《船山遺書全集》第二十冊，《古詩評選》，卷五（臺北：中國船山學會、自由出版社聯合印行），頁5下。

文中強調情、景之統一，指明客體的景若離開主體的情志感發，只是一個虛設之景、客觀存在的象，而非內具動人之力的審美意象。反之，僅有審美感知的主體情感，缺乏足以誘發與承載情感的象，主體之審美經驗便無法形成意象而顯現於外，以完成情感之傳達的任務。唯有在情景互涉而統一的交融下，形成所謂「情不虛情，情皆可景，景非滯景，景總含情。」的景狀，才能構成動人的審美意象。換言之，審美意象的形成，旨在開放和展示作品的世界，而此世界通過主體情感和客體景象合作建構而成，時而情中帶景、時而景中含情，不但顯現情景二者包蘊密切，並且說明了藝術表現透過情景交融的要求而形成動人之意象。

　　藝術表現層面所重視的是意象建構，基於興之"託喻"的基盤義，以情景交融為根本結構，要求充分體現作品的旨意。強調個別主體涉及特殊的情境和對象時，如何將引起他這一主體方面的情感和判斷之類的內心活動，認識清楚後，比較具體而清晰地藉由意象之創造表現出來。

三、藝術效果層面 —— 藝術境界

　　藝術效果層面，主要是統攝審美感知層面的"有感"義與藝術表現的"託喻"義，立基於"言有盡而意有餘"的美感情趣之上，指出心和物、情和景、主體和客體、人和自然間的自在交融與矛盾統一的藝術境界。此種調合主觀和客觀兩者之關係，得出妙合無限、含蓄蘊藉的意味，或可稱之為「意境」。對於「意境」一詞，王國維於《人間詞話》所作的解釋是：

> 文學之事，其內足以攄己，而外足以感人者，意與境二者而已。上焉者意與境渾，其次或以境勝，或以意勝，苟缺其一，不足以言文學。原夫文學之所以有意境者，以其能觀也。出於觀我者，意餘於境，而出於觀物者，境多於意。然非物無以見我，而觀我之時，又自有我在。故二者常互相錯綜，能有所偏重，而不能有所偏廢也。
> 文學之工不工，亦視其意境之有無，與其深淺而已。〔註38〕

文中所言意者，當指藝術家情感理想的主觀創造，而境所指是生活形象的客觀反映，合意境二字即指主客觀統一的形象體系，有真切的感情、生動的畫面、耐人咀嚼不盡的深遠意味。意境在王氏的體系下，不僅是創作原則，也

〔註38〕引自王國維著《人間詞話》（臺北：天龍書局，1986 年 10 月初版），頁 131。

是一種藝術批評標準。歸約地說，意與境渾的最高境界——意境，當是一種情景交融的呈顯。不過必須留心的是，有意境者必定情景交融，但情景交融則未必有意境。其關鍵在於意境是一種幻化無形而難於具體言喻的境界型態，所以僅能依據情景交融之基礎逐步地加以說明。

　　對情景交融的課題，用力最深，工夫最厚，說得最爲周詳明晰者，當屬王夫之。王夫之於《薑齋詩話》有云：

> 情景雖有在心在物之分，而景生情，情生景，哀樂之觸，榮悴之迎，互藏其宅。天情物理，可哀而可樂，用之無窮，流而不滯，窮且滯者不知爾。「吳楚東南坼，乾坤日夜浮。」乍讀之若雄豪，然而適與「親朋無一字，老病有孤舟」相爲融洽。當知「倬彼雲漢」，頌作人者增其輝光，憂旱甚者益其炎赫，無適而無不適也。〔註39〕

文中首先指明，情景交融之目的，旨在創造具體生動的審美意象，以傳達作者個人之美感經驗與作品可能的情感內容。亦可言，作者的審美情趣和作品的審美效果，乃是透過具體生動的審美意象而產生意境，形成一種天機自張，情景趨向渾然一體，以達到不可象喻、難以言詮的藝術化境。其次，說明作品雖創於作者蘊藏之美感情趣、美感經驗的傳遞以及情感理想的發抒。但作品產生後的藝術效果，又往往溢出作者原先創作時的美感經驗，此實因作品具情景交融的特質，而成就"言有盡而意有餘"的境界。舉例可明，如《詩人玉屑》中以朱熹所論「疏野橫斜水清淺，暗香浮動月黃昏」爲例說：

> 謂公不曉文義則不得，只是不見那好處。如昔人賦梅云：「疏影橫斜水清淺，暗香浮動月黃昏。」這十四個字誰人不曉得！然而前輩直恁地稱嘆，說他形容得好。是如何？這個便是難說，須要自得他言外之意，須是看得他物事有精神方好。若看得有精神，自是活動有意思，跳擲叫喚，自然不知手之舞之，足之蹈之。這個有兩重：曉得文義是一重，識得意思好處是一重。〔註40〕

據朱子之例可知，作者之所以創作，固然自有其寄託之意，披文閱覽知其文義固佳，但這僅是表面形象的有限呈現，尚未知解含括於形象之外的無限意味。欲充分瞭解作品之意趣、識得意思好處，便須留心象外之象、景外之景

〔註39〕同註24，引自《清詩話》，上編，王夫之《薑齋詩話》卷上第十六則，頁4～5。
〔註40〕引自魏慶之撰《詩人玉屑》，卷六（臺北：世界書局，1966年9月再版），頁125～126。

所透露雋永深遠的意味。

　　藝術效果的掌握，除了經由審美意象之形成與情景交融的景狀加以說明外，亦可通過藝術本身的義涵而進一步作闡發。藝術是以審美意象爲本體，而以表現手法深具藝術性爲本質，由於審美意象必符合藝術本質的要求，因此意象必然帶著動人而豐富的情思和意趣，藝術得以成立的必要條件在於意象深具藝術性。就詩歌藝術來說，詩歌中具藝術性的意象，乃是通過言（象）、意兩者的辯證關係而透顯出來，亦即藉由言以明象，象以盡意的方式，展露表現手法的藝術性。一如葉燮《原詩》所言：

　　　　詩之至處，妙在含蓄無垠，思致微妙，其寄託在可言不可言之間，
　　　　其指歸在可解不可解之會。言在此而意在彼，泯端倪而離形象，絕
　　　　議論而窮思維，引人於冥漠恍惚之境，所以爲至也。〔註41〕

申而言之，藝術表現之至境，在於言（象）、意的統一。言（象）在藝術中必須實現自身，才能充分體現作品的旨意。在實現自身的過程中，卻又必須通過否定自身的過程，才得以使自身被實現，否定得愈徹底，實現得也愈充分。語言是明象的手段，明象乃以盡意爲目標，言（象）、意兩者的矛盾統一，恰可形成作品豐富的想像性與適度的模糊性，引人至恍惚之境，具備強烈的藝術感染力，由象外象、景外景的呈顯，產生意趣深遠的言外意、弦外音。

　　由於興之審美效果層面統合了審美感知和藝術表現兩個層面，展現藝術之意境，但礙於意境幻化無常，難以具體言喻，因此藉由意象適度的想像性、模糊性與情景交融渾然一體的景狀，以及意、象、言間辨證關係的析述，凸顯意境具象外象、景外景之特色，足以產生"言有盡而意有餘"的藝術效果。對於意境之表詮，可以司空圖於〈與極浦談詩書〉之言作總結，其文爲：

　　　　戴容州云：「詩家之景，如藍田日暖，良玉生煙，可望而不可置於眉
　　　　睫之前也。」象外之象，景外之景，豈容易可談哉？〔註42〕

司空圖所說之象外象、景外景，即指明興在藝術效果層面依於"言有盡而意有餘"的基盤義，衍生出「意境」觀念。此一意境既在藝術創造上強調意與境渾、心物交涉、情景交融及主客體的合一，塑造鏡中花、水中月的興象。又在藝術批評標準方面藉著「可望而不可置於眉睫之前」的意象，以傳達「言有盡意境

〔註41〕同註24，引自葉燮《原詩》，內篇上卷，頁530。

〔註42〕引自《中國歷代文學論著精選》第三冊，上編（臺北：華正書局，1984年8
　　　　月版），司空圖〈與極浦談詩書〉，頁500。

而意有餘」的美感情趣，產生強烈的藝術感染力，再根據藝術效果的強弱斷定作品之高下。所以說「意境」的觀念既是創作之原則，也是藝術批評標準。

四、讀者感發層面 —— 再度感發

讀者感發層面立基於興之"有感"義，關注讀者面對作品時所引發的美感經驗。一個好的作品，其涵義往往適度模糊，含具多層面的詮釋可能。究其因由，主要是作品產生的過程中，帶著相當的複雜性。就作者而言，當作者有感於心，期藉作品抒發個人之情思，於創作的過程中，在藝術表現方面，力圖創造意象，通過寄託的方式，冀能言以盡象，象以盡意，充分表達個人的美感經驗。作品在作者對藝術效果的強力要求下，具備含蓄婉約"言有盡而意有餘"的深遠韻味，乃是必然之趨勢，作品依此呈現多義性、模糊性的特質。再就讀者而論，讀者尋繹各自含具的前意識，據此與作品交流之時，往往因美感情趣之洞察與美感效果之鑑賞能力不等，所以，為作品所感發的程度和面向便有所不同。因此，形成讀者與讀者、讀者與作者間各自相異的美感經驗。概括地說，美感經驗由作者通過作品而至讀者的交流活動，產生作者的美感經驗與讀者的美感再經驗不相吻合的現象，自屬當然。

王夫之在諸多中國文藝理論中，對讀者感發的意旨深具獨特的見解，曾說：「只平敘去，可以廣通諸情。故曰：詩無達志。」〔註43〕循文意可知，詩歌之本質不但是一種情感的抒發，而且是一種心物相觸後所生之美感經驗。作者藉由外物之碰觸，引發己心之情思，透過作品中意象之創造，進而傳達一己之情思。至於讀者便是面對作品的碰觸，意象之勾引，據此以渲洩個人之情思。作者創作的美感經驗與讀者鑑賞的美感經驗未必吻合，也不必然要吻合王夫之於《薑齋詩話》說：

> 「詩可以興，可以觀，可以群，可以怨」，盡矣。……「可以」云者，
> 隨所以而皆可也。……出於四情之外，以生起四情；遊於四情之中，
> 情無所室。作者用一致之思，讀者各以其情而自得。……人情之遊
> 也無涯，而各以其情遇，斯所貴於有詩。〔註44〕

王氏指出：作品之價值是展現在閱讀的實踐過程，是讀者將作品具體化。由

〔註43〕傅雲龍、吳可主編《船山遺書》，《唐詩評選》，卷四，楊巨源《長安春遊》評
　　　　語（北京：北京出版社），頁4962。
〔註44〕同註24，王夫之《薑齋詩話》，卷上，第二則，頁1。

此可知，在文學活動中，讀者與作者同等重要。進一步地說，由於藝術本身具備豐富的美感，作者之創作自是有感而發，因此作品和作者之經歷、體驗和思想有密切之關係。但讀者因個人之經歷、體驗和思想未必與作者類似相通，而且不同的讀者，由於性格、生活經驗和思想情趣本各自相異，對同一作品欣賞的側重點不同，所引發之想像、感受和啓示自然有異。是故直說「作者用一致之思，讀者各以其情而自得。」

讀者感發層面雖基於"有感"之義而出之，但讀者面對作品之所以能"有感"，其因有二：一是讀者對"託喻"的藝術表現與"言有盡而意有餘"的藝術效果有所掌握，方能有感於心。二是作者以"寄託"和"言有盡而意有餘"兩基義爲創作原則，促成藝術品之冥漠恍惚，產生適當的模糊及不確定性。據此，讀者詮釋作品的多面性才有被加以尊重的可能。所以興義在讀者感發層面，尊重讀者在美感經驗上再創造的自由，當中實揉合了興之"寄託"、"有感"和"言有盡而意有餘"三個基盤義。"有感"就興之讀者感發層面而言，是基本的核心意義，若落在整個興之理論諸層面則是貫串的主軸。

概括地說，興義在審美感知、藝術表現、藝術效果與讀者感發四個層面之開展，乃是立於興之基盤三義上。在諸理論層面彼此互相關連交涉，於審美感知與讀者感發兩個層面來說，主要立足于"有感"之義而爲言，皆側重主體的美感經驗。不同的是，審美感知層面以作者個人情志之傳遞爲主，讀者感知層面則以讀者之情志發抒爲要。另就藝術表現與藝術效果方面來談，兩者皆強調主客合一的意象，作者在藝術表現上"寄託"個人之情志，達成作品"言有盡而意有餘"的藝術效果，藝術表現與藝術效果之關係密不可分。申而言之，作者基於"有感"所產生的創作衝動，藉由藝術表現以"寄託"之方式出之，用以呈顯個人之審美感知。又基於"言有盡而意有餘"之藝術效果的要求，創造具體生動的意象，以形成含蓄蘊藉的美感情趣。而讀者面對作品之能有所感觸，主要是熟悉藝術表現之方式，透過意象的誘引而"有感"，故依個人之美感經驗與作品甚或與作者相契合，此即興義在文藝理論諸層面的轉化。

第三節　興之確意及其美學旨趣

興義之探討由歷史之追溯可歸納出"託喻"、"有感"及"言有盡而意有餘"三個基盤意義，三基義於文藝理論諸層面中，並非以單一之面目呈顯，

而是互涉交雜且多所轉化。通過興之理論諸層面對三基盤義間的關係加以釐析，雖然對興義之掌握有周延之助，但對興義之核心指涉尚難剀切。故本節擬就興之確意和本質的闡發以及美感經驗形成之心理過程的論述，雙管齊下，以凸顯興之確意及其美學旨趣。

一、興之確意與本質

興之基盤三義若由縱剖面觀，在歷史的衍生過程中，每個時期對興義之側重面多所不同，再就橫切面觀，三基義在文藝理論諸層面的開展並不是截然獨立的關係，立於"有感"的基礎下，三者實可渾融統一。簡而言之，基於審美情感所形成之"感興"，可以經由藝術表現而達至主客合一、情景交融的藝術境界。據此可說，"感興"足以統合"託諭"和"言有盡而意有餘"二者，所以視"感興"為興義之核心。

所謂"感興"和"有感"皆是指審美主體對於當時當地客觀存在的某一審美對象所引起的具體感受，此即是一種審美經驗。興之確意可定位于"感興"，亦可以審美經驗代之，興之確意既可定位在審美經驗，而審美經驗的基本屬性為何？就審美經驗的形成過程來說，審美經驗乃是循著「感物興情」的作用，通過心物相觸的剎那，激起情感的巨瀾，情感獲得這最初的觸發，誘引出始料所未及的情勢。在其衍化過程中，難以尋覓確定而明顯的軌跡，整個感興過程好像是情思的自恣自用，這種即刻的審美直覺，即是審美經驗的基本屬性，而且是形成的動力所在。興既以審美經驗為確意，則審美經驗中審美直覺的屬性，亦可歸屬為興之本質。

審美直覺既為興之本質，若能掌握審美直覺的內涵，便可進一步體認到興之確切意涵。欲對審美直覺有所瞭解，有兩個途徑可以依循：其一是外延的考察，釐析審美直覺呈現於外的特點，以便對審美直覺之全貌，作初步的掌握。其二是內容的剖析，由於審美直覺屬於一種當下的興感，所以就其內在的思維方式，查證審美直覺是否與理性全然無涉。據此，對審美直覺作更進一層之理解。茲依審美直覺之特點和審美直覺的內在思維方式，考察其與理性之關係，茲論述於后。

（一）審美直覺的特點

關於審美直覺之特徵，清代美學大家王夫之曾作過精詳的論述，主要是借

用佛學"現量"之概念,來說明審美直覺。王氏所言"現量"有三層涵義:其一是"現在"義,指當前直接感知而得的知識。其二是"現成"義,所謂「一觸即覺,不假思量比較」,意即瞬間直覺而來的知識,未必藉由比較、推理等抽象思維活動之參與方得。其三是"顯現眞實"義,意即"現量"爲眞實的知識,顯現對象本來的「體性」、「實相」,視對象爲一個生動而且完整的感性存在來加以把握的知識,此既非虛妄的知識,亦非僅僅顯示對象某一特徵的抽象知識。

對王夫之所言"現量"三義加以歸納,呈顯出審美直覺的基本特徵,大可概括爲以下三點:第一審美直覺不依賴抽象概念,它所關注的是事物的感性存在,其結果也不以概念的的方式表述。換言之,審美直覺並不屬於邏輯思維,而隸於形象思維之下。第二,審美直覺具有直接性和整體性,當主體審視客體對象時,採取直觀方式,即刻領悟到某種內在的意蘊與情感。亦即中國向所言「妙悟」之意。第三,審美直覺具有情感體驗性和模糊性,深具「只可意會不可言傳」之特徵。綜觀審美直覺的三大特徵可知:所謂審美直覺,是當下的直接興感,是瞬間的直覺,排除抽象概念之比較、推理。其顯現的是事物之「實相」、「自相」,爲事物完整的感性存在,既不是脫離事物「實相」的虛妄之物,也不是事物的「共相」(事物的某一特性、某一規定性)。〔註45〕在說明審美直覺之意旨的過程中,一再強調其當下、即刻的興感。據此,審美直覺應與邏輯思維有別,而劃入形象思維當中,審美直覺既歸屬在形象思維之下,是否就意味著審美直覺必然跳脫邏輯思維的範疇而與理性不相干?此處便須透過審美直覺內在思維方式的析論後,方能論定。

(二)審美直覺與理性的關係

由於審美直覺隸屬於形象思維,而理性和邏輯思維難以二分,所以在探究審美直覺和理性之關係時,首先,以形象思維與邏輯思維二者之意義範疇的釐析爲總綱。其次,通過形象思維之特點與形象思維與理性之關係的分論,彰顯出審美直覺與理性的關係。

首先,總提地說明邏輯思維與形象思維的定義,一般所謂「思維」,廣義

〔註45〕參引克羅齊著,傅東華譯《美學原論》(臺北:商務印書館,1982年12月臺八版),〈第一章直觀與表現〉、〈第二章直觀與藝術〉,頁1~35。劉叔成、夏之放、樓昔勇等著《美學基本原理》(上海:人民出版社,1991年3月第八次印刷),頁226~234。及葉朗編《現代美學體系》(北京:北京大學出版,1987年9月第二版),頁209~212。另外參考劉文潭《現代美學》(臺北:商務印書館,1991年2月十三版),〈第四章藝術與直覺〉,頁42~70。

地說，只要反映事物的本質或內在聯繫，達到認識的理性階段，不管是用概念的方式，還是用形象或其他的方式，皆可叫思維。〔註 46〕用概念、判斷、推理的抽象思維方式，以掌握事物的本質者，稱為邏輯思維。而形象思維，乃指不脫離形象想像和情感的思維。不論形象思維或邏輯思維，實質上皆從現象到本質、感性到理性的一種認識過程。因此，形象思維雖有別於概念的邏輯思維，但不表示全然缺乏理性。

其次，分就形象思維之特點以及形象思維與理性的關係兩方面加以論述：第一是說明形象思維的特點，審美直覺作為一種形象思維，是「浮想聯翩」──自始至終都不斷地有較清晰、較具體的形象活動著。而這形象及其活動，是愈來愈清晰明確，而且是創造性、綜合性的想像過程。在認識過程中，形象思維自有與邏輯思維不同的規律和特點，其主要特點有三：其一是在心物相觸之始，在眾多客體之中，能為主體所注意、觸動並盡量尋捕的形象、事件，此客體本身必具某種較深刻的社會意義。或能引生主體聯想起、觸發出某種深刻的社會意義，形成具體、生動、深具感性傳染力的審美意象。此審美意象不但包含豐富的內容和意義，更真實準確地概括和反映出生活中美好的本質之物。形象思維藉著意象的再三琢磨，去蕪存菁、由此及彼、由表及裡、以達到或接近本質的真實。

其二在形象思維的過程中，隨著形象本質化程度之加深，意象的凸顯度增高，則形象的個性化程度亦隨之高漲。藝術的創作要求抓住瞬間的審美感興，瞬間的興感，含括複雜的內容與意義，藉著意象之塑造，勾引聯翩的浮想，達到剴切的反映或接近本質的真實，同時亦呈現瞬間獨特而富有個性化的興感。換言之在形象思維的過程中，本質化與個性化是統一而完全不可分割之兩面。

其三關於形象思維的第三特徵即是富有感情，無論是創作衝動的發生，或創作過程的延續，皆以情感為媒介，深受情感態度之支配與誘導，一如劉勰所言「目既往還，心亦吐納」，「詩人感物，連類不窮」(《文心雕龍‧物色》，頁845)。由形象思維之特點可知，形象思維作為「思維」的一種方式，實不脫離感性。如果說邏輯思維以概念為細胞，則形象思維便以表象為細胞。〔註 47〕

〔註 46〕 參引李澤厚著《美學論集》(臺北：駱駝出版社，1987 年 8 月出版)，〈關於形象思維〉，頁 275～282。

〔註 47〕 同註 46，〈試論形象思維〉，頁 243～274。

第二論述形象思維與邏輯思維的關係，形象思維既不脫離感性，是否有理性的邏輯可言？如果把「邏輯」理解爲客觀的規律，而非概念、判斷、推理的規則，那麼形象思維當然有屬於自己的這種規律。形象思維以情感爲中介，使形象由此及彼，推移變換，彼此聯繫，就能把現實生活的複雜性和多面性化爲整體出現。〔註48〕例如同一鐘聲可表現「古木無人境，深山何處鐘」安閑、淡遠、幽邈的意味，亦可表現「姑蘇城外寒山寺，夜半鐘聲到客船」羈旅、孤獨的淒涼況味。這種面對同一事物卻有不同，甚或相反的情感映射和聯繫，對同一對象既肯定又否定的現象，不能簡單地爲肯定或否定兩種邏輯判斷所窮盡。

形象思維中的肯定判斷，有時表示出來的，正是情感上的否定意義，而否定語句可能表現出肯定的意義。形象思維以情感爲核心，使想像與理解處在自由的運動中，藉著形象之推移、聯想，促使理解沉澱於情感之中，思維的過程中便具有理性的內容。形象思維作爲一種思維模式，主要的意義並非從思維活動中認識了什麼，而是給人一種情感的力量。通過情感上的強烈感染，或潛移默化的過程，喚起一種審美感興，達到精神的解放與活躍，促進生命力與創造力的升騰洋溢。

形象思維既是感性的思維方式，又和理性邏輯有關，足見形象思維作爲「思維」的方式之一，並不完全是感性的東西，只是不脫離感性，而爲一種美感性質的感性活動。日常生活的思維中，包含抽象思維（即邏輯思維）的成分，也包含形象思維的成分，既有概念、判斷、推理，也不乏表象、想像、聯想的活動，它們經常互相滲透而混合在一起。依審美感興的過程觀，不論是在創作或鑒賞方面，與一般的美感形成毫無二致，主體對歷史與現實生活的邏輯了解和理論認識，往往自覺或不自覺地滲透到形象思維中，並構成整個感受和感性的內容與基礎。

以文藝創作的出發點爲例，它並不是一般的感知表象，而是包含理解在其中，與情感、感知相統一的審美感受。任何一個人物、一角圖景、一段情節、一個聲響，在眾多生活素材中，某些素材之所以對藝術家有意義，而能打動藝術家的心，主要是被打動者原先就存在大量的邏輯思維和豐富的生活經驗之故。在創作過程中，藝術家的形象思維，不但不同於動物性那種純生理自然的感受，而且不同於人們一般表象活動和形象幻想。正是因爲形象思

〔註48〕同註46，〈形象思維續談〉，頁283～300。

維作為一種具有美感特性的東西，是必須建築在堅實而長期的邏輯思考、判斷和推理的基礎上，故可說形象思維的規律以邏輯思維為基礎。意即邏輯思維經常插入形象思維的整個過程中，在內容和形式、思想和技巧的準備加以考慮、估計，評論自己所企圖或正在感受、想像、描畫、塑造的形象，多方面的規範、指引形象思維的方向。〔註49〕

　　綜合而論，興之確意可歸屬於審美經驗之下，由於審美經驗以情感為基調，足以串連興之"託喻"、"有感"及"言有盡而意有餘"三基盤義。而審美經驗以審美直覺為基本性質，審美直覺既不依賴抽象概念，又深具直接性、整體性、情感體驗性以及模糊性之特點。若依思維方式論，乃是隸屬於形象思維之下。形象思維是一種不脫離形象想像與情感的感性思維方式，此感性的思維自有其理性之邏輯存在。換言之，形象思維不但不脫離邏輯思維，反是以邏輯思維為基礎。邏輯思維在整個形象思維的過程中，或明或暗不斷地起著指引、規範和制約的作用，只是表面上大致看來不很明確或缺乏自覺罷了。

二、興意之美學旨趣

　　興之確意以審美感興為內容，基本上就是一種審美經驗。不論審美感興或審美經驗，事實上皆屬於審美體驗。審美體驗本身並不純粹只是一般所謂的認識，而是一種屬於心理的體驗過程。簡而言之，審美體驗的形成是包含知覺（感知）、想像、情感和領悟（理解）等諸多心理因素。前面對興之確意與本質所作之論述，乃是將興之確意定在審美經驗上。因審美經驗含具審美直覺的基本性質，所以視審美直覺為興之本質。雖然對興之確意與本質作過論述，但若將審美經驗的形成棄之不顧，不但對審美經驗之體認有片面之虞，並且對興意之理解亦嫌不夠深入。所以本節擬通過審美經驗在知覺（感知）、想像、情感和領悟（理解）等心理因素的形成過程之闡述，以彰顯興之美學旨趣。底下由知覺（感知）、想像、情感和領悟（理解）四個心理因素入手，對審美經驗之過程，作一描述性說明，藉此對興意之美學旨趣，作深層的認識。

（一）審美知覺

　　在人類的認識過程中，由於主體通過感覺和知覺之後，才能與周圍世界發生反映關係，而審美知覺是直觀興發的首要基礎。審美知覺本有種種的界

〔註49〕同註46，〈關於形象思維〉，頁263。

定，如朗斐爾德認為審美知覺的特點在於排除實用性和佔有欲，以及全神貫注、身心完全參與和感受的非現實性。而杜威認為審美知覺的特點是欲望的排除，再加上整體性和完美性。比爾茲利則認為審美知覺的特點在於審美知覺具有注意力、強烈度、凝聚力和完整性。〔註50〕綜觀諸家論點，各有其側重之面向，欲知悉審美知覺的概念，可透過情感性、主動性和完整性等特點之論述而得。

首先，就情感性論，審美感知帶有濃厚的感情色彩，主體在感知客體世界時，總要調動以往的經驗作為補充，將曾建立的某種關係，藉由情緒因素附著於當下的表象上，促使表象融於某種情緒下，以形成審美意象，而使其體驗之意象所含帶的情緒色彩，正巧成為主體著意追求的東西。故客體循著主體因時間、條件、觀察角度的不同，顯現各各相異的樣態，如郭熙《林泉高致‧山水訓》云：「春山淡冶而如笑，夏山蒼翠而如滴，秋山明淨而如妝，冬山慘淡而如睡」。〔註51〕由於審美感知帶有濃厚的情緒色彩，所以能產生活潑生動的意象，亦藉意象之作用觸發人的想像和情感活動。

其次，闡述審美知覺的主動性，主體在日常生活的感知中，往往自動將對象從混沌的雜亂事物中選擇出本身所需要的東西。整個審美過程，主體並非消極地接受刺激，而是積極主動地去感受對象，協調感官和其他心理功能，捕捉對象每一瞬間所給予的印象與對象運動中的每一精微變化，將主體的感知穩定地引向對象，使無意的關注轉為有意的注視，讓無關的感知盡可能被抑制下去，將與對象有關的感知連結在一起，從而獲得充分的感受。

至於審美知覺的完整性，審美知覺是一種完整的、統合的心理組織過程。如主體在觀賞一幅畫時，並不是把色彩、形狀、節奏和運動等感覺到的材料加起來以達到知覺，而是採取完整的組織形式，迅速構成某種完整的知覺心象。換言之，審美知覺作為對事物感性面貌的整體把握，主要是主體將已有的知識、經驗、情感、興趣和意志的目的，指向性地融入當下對象的知覺之中，使知覺的內容，不再局限于事物感性面貌的本身，而能附著特定的觀念和情緒意義。

〔註50〕參引葉朗編《現代美學體系》（北京：北京大學出版，1987年9月第二版），頁174。

〔註51〕引自郭熙《林泉高致‧山水訓》，收於楊家駱主編《宋人書學論著》（臺北：世界書局，1992年4月四版），頁272。

由於審美知覺具情感性、主動性和整體性三個特點，使得主體所獲得的知覺心象，一方面反映客觀物象的某種屬性和特徵，另一方面又帶上了主體的情感色彩，促使情與景，意與象的初步融合，審美知覺即據此而形成審美感興的基礎。

（二）審美想像

審美想像立於審美知覺的基礎上，是一種以心象爲創造性的心理活動。申而言之，審美想像是建立在記憶基礎之上的表象活動，其目的是促使表象再現、組合與改造。由於審美感知所得的是充滿情趣，而且包含過去經驗在內之生動活潑的意象，通過審美想像可以將舊存的表象喚醒，與當下的審美意象相聯結、綜合，循著特定的情感邏輯或生活邏輯，改造成新的審美意象。換言之，審美想像滲透著主體的情感，帶著不同程度的創造性，其基本特徵可分二方面來闡述，其一是自由性，其二是心象運動和情感之浡興互爲動力，互爲因果。茲說明之。

在自由性方面，審美想像既可突破時間之局限，又可突破空間之限制，此與審美知覺必受當前知覺對象的時空所限有所不同。亦即言：審美想像可以在知覺材料（包括知覺心象和記憶心象）的基礎上，脫離知覺對象的限囿，無拘無束地自由馳騁，一如朱熹於《朱子語類》卷十八所云：「又如古初去今是幾千萬年，若此念才發，便到那裡。下面方來又不知幾千萬年，若此念才發，也便到那裏。這個神明不測，至虛至靈，是甚次第！」「因言人心至靈，雖千萬里之遠，千百世之上，一念才發，便到那裡。」〔註52〕朱子之言充分說明了審美想像之馳騁，自由去來而無涯際。

就心象運動和情感浡興互爲動力，互爲因果之關係論，由於想像的過程中，心象的組合、變異、發展和孕育，都以情感爲紐結，而審美意象正是在情感和想像的滲透與契合中誕生的。陸機《文賦》便說："情曈曨而彌鮮，物昭晰而互進。"〔註53〕情感因心象之運動而更加鮮明，而情感之浡興亦有助於心象之凸顯，而劉勰《文心雕龍》也說"情往似贈，興來如答。""神用象通，情變所孕。"〔註54〕觀陸劉二人之言，皆道出心象和情感在想像過

〔註52〕同註7，《朱子語類》，卷十八，〈大學五‧傳五章‧獨其所謂格物致知者一段〉，頁404。

〔註53〕同註11，陸機《文賦》，頁136。

〔註54〕同註10，分別見於〈物色第四十六〉，頁847。〈神思第二十六〉，頁517。

程中密切互動的關係，由於情感浮興和心象運動互相推進，審美意象在情感和想像的互相滲透中孕育而成，再度達到情和景、情感和想像的統一。

（三）審美情感

審美情感是審美心理諸多因素中最為活躍的，它不是審美活動的某一階段所獨有，而是廣泛地滲入其他心理因素之中，使整個審美過程浸染著情感色彩，不但是觸發其他心理因素的誘因，而且在推動審美活動的發展，起著動力作用。就審美情感之性質觀，情感與認識有所不同，認識是指人對客觀事物的屬性及其相互關係的反映。情感則是人對自己與周圍世界所結成之關係的反映和評價。也就是說，審美情感同人的要求、願望與理想密切關連在一起，帶著強烈的主觀性傾向。〔註55〕簡而言之，審美情感以日常情感為基礎，由於喚起情感的對象和經驗情感時的情境有所差異，所以使得審美情感有別於日常情感，也和科學活動與道德活動中所產生的情感有異。底下就無功利性、內容的豐富性以及審美過程中所發揮的功能三方面，對審美情感作進一步的說明。

首先，說明審美情感的無功利性，審美情感作為一種精神的愉悅，不同於單純的生理快感，生理快感只停留在生理的需要和情欲的滿足，尚未從利害得失的觀念中脫離出來，意即在肯定生理快感的當時，仍存在功利的意向。而審美情感的判斷，往往在碰觸對象之初，就引起主體想像力和理解力的和諧活動，進而超越功利的意向，所以審美情感是一種淨化了的感情，與單純的生理情感不同。〔註56〕

其次，就情感內容的豐富性論，審美情感較之日常情感往往包含更為豐富、更加深刻的社會內容。此意舉例可明，如同為一竿竹，植物學家一見，便開始思考這棵竹子是那一品種？有何特性？儒者見之，便留心到竹莖中空，認為「竹解虛心是我師，水能淡性為吾友。」一般人見著竹子，便想它有何實用性？可以做竹椅、吃竹筍、乘涼等等。一竿竹蘊含多樣的生活情感，進而和藝術家的審美情感一碰觸，其觀覽之角度就更多了，例如杜甫〈將赴

〔註55〕參引劉叔成、夏之放、樓昔勇等著《美學基本原理》（上海：人民出版社，1991年3月第八次印刷），頁309。

〔註56〕參引劉叔成、夏之放、樓昔勇等著《美學基本原理》（上海：人民出版社，1991年3月第八次印刷），頁308～315。以及葉朗編《現代美學體系》（北京：北京大學出版，1987年9月第二版），頁196～199。

成都草堂，途中有作，先寄嚴鄭公五首〉「新松恨不高千尺，惡竹應須斬萬竿。」
〔註57〕而李嘉祐〈題虔上人壁〉「詩思禪心共竹閑，任他流水向人間。」二人
皆以竹爲審美對象，杜甫見竹，形成貶意的審美情感，李嘉祐所形成的審美
情感，則是充滿禪意的推崇之意，二者同見竹，所形成的審美情感卻呈顯兩
極化。由此可知，審美情感之內容實較日常情感來得豐富而多變。

　　最後，依審美過程觀，審美情感由於超越個人功利，所以含帶寓熱於冷
之情感再體驗的特點。在整個審美過程中，審美情感既可以強化知覺、激勵
想像，也可以抑制審美活動。主要的取決標準，端視對象的熟悉度而定，如
果對象熟悉，審美感知會直接主導審美情感的選擇方向。反之對象如果陌生，
則審美情感會自動強化感知。在想像階段中，由於情感的介入，使主體進入
「神思飛揚」的狀態，促成「浮想聯翩」審美意象紛至沓來，因此審美情感
得以一再體驗。在審美過程中，審美情感貫串全程，不同階段具備不同的功
能面向。

　　綜而言之，藝術作品之所以沒有一處多餘或純粹偶然的東西，主要是一
切都從屬、趨向於一個整體。換句話說，藝術作品之所以能產生和諧的搬演，
主因審美情感這塊磁石，吸引著原本散漫零亂的意象，並把它們聯結、聚合
成和諧完整的意象。不論是側重抒發情感的表現藝術，或是側重描繪現實的
再現藝術，作者的情感脈絡，都是作品潛藏在內部的結構基礎。審美情感可
說是審美感興的底色，是整個審美經驗的活動過程中，諸多心理因素的中樞。
〔註58〕

（四）審美領悟

　　所謂審美領悟，是指審美活動中主體用某種感性的形式，對客體意蘊和
審美活動中所產生的意蘊，作直接而整體的把握和領會。審美領悟是審美活
動中的理性因素，滲透在知覺和想像的整個過程內，爲審美活動的明燈，指
引出審美經驗的方向。就審美領悟的性質來說，它是一種感性悟解活動，既
包含理解的認識功能，又有別於理論認識的特殊認識方式。至於審美領悟的
理性認識，往往朦朧多義，一時難以概念作窮盡之表達，不像邏輯思維的理
論認識那樣確定，因此審美領悟的理解有著"可以意會而難以言傳"的特點。

〔註57〕楊倫編輯《杜詩鏡銓》，卷之十一，〈將赴成都草堂途中有作先寄嚴鄭公五首〉
　　　　（臺北：華正書局，1989 年 8 月版），頁 512。
〔註58〕同註 50，葉朗編《現代美學體系》，頁 311。

　　審美領悟具備“可以意會而難以言傳”的特點，主要是透過“感性直接觀照”的感性直覺，以達到對事物本質的了解。所謂直接觀照，既不是指那種動物性純感官的生理反應，也不是初生嬰兒睜開眼睛第一次觀看世界時，那一種“無分真僞”的感覺。是人長期在社會實踐中發展起來的高級感受能力，是一種經過理解以後更深刻的感覺。如王維於〈秋夜獨坐〉有言：「雨中山果落，燈下草蟲鳴。」〔註 59〕詩中之意境既有秋山雨夜的冷寂，而冷寂之中又深富生意的情趣，此種體悟難以邏輯思維之理性說明。因此，只可意會而難以言傳的藝術意境，則有賴於感性直覺的觀照和領悟。

　　總的來說，審美領悟的基本特點，乃是始終滲透在感知、想像、情感諸因素當中，而且相與之融匯爲一體，構成一種非確定的多義性認識。就整個美感經驗的過程來看，審美感知由於統覺作用使情感滲入表象，促成表象的活躍而進入想像。在想像過程，感知成分又藉著表象的再現、組合和改造，使審美情感再體驗，並通過審美領悟的作用，指出主體審美活動的方向，形成情感體驗的轉化。而此經過轉化之情感體驗的邏輯，又暗含著生活的邏輯，據此成就審美經驗，而此一審美經驗便把理智成分孕涵於其中。〔註 60〕

　　關於興之確意以審美經驗爲定位，於審美體驗的過程中，以感性直接觀照的審美直覺爲基本性質，審美直覺雖隸屬于形象思維之下，但依“客觀規律”的邏輯概念論，形象思維中的審美直覺不是初生嬰兒“無分真僞”純感官的生理反應，而是經深刻理解之後不乏理性的高級感受力，此種審美直覺自能領悟“可以意會難以言傳”的意境。至於興之美學旨趣，基於興爲一種審美經驗，在審美體驗的活動過程中，心理因素佔據極其重要的地位，故對審美活動中知覺、想像、情感與領悟四心理因素作一描述性之說明，四個心理因素雖可勉強分論，而於整體的審美過程中，實爲相輔相成、互相聯結、刺激的密切關係。

小　結

　　對於興之基本理論的說明，首先，採取外延相關的論述，由歷史上追溯

〔註 59〕王維《王摩詰全集注》，卷九（臺北：世界書局印行，1987 年 11 月五版），頁122。

〔註 60〕參引劉叔成、夏之放、樓昔勇等著《美學基本原理》（上海：人民出版社，1991年 3 月第八次印刷），頁 315～325。以及葉朗編《現代美學體系》（北京：北京大學出版，1987 年 9 月第二版），頁 192～196。

興字的根源義和後來的衍生義。興字最初是經學上的概念，與賦比同爲文學的表現手法，所採取的是隱喻的意義，後來逐步爲文藝理論家所注意，轉引至文學理論當中，在文學理論的發展下，興字的運用不再局限於藝術表現層面，而擴展到審美感知、藝術效果以及讀者感發諸層面，因此興字的意義轉爲豐富而多分歧。就興之理論的諸層面來說，繁雜的興義大可以“託諭”、“有感”與“言有盡而意有餘”三基盤義加以統括，而三基義之關係相輔相成難以截然分離。所以，興之理論的諸層面各有其側重之處，不過若立於“有感”的基礎上，三者可統合。

其次，就興之內在本質意義及其美學旨趣加以論述。由於興義立於“有感”的基礎上，可統合“託喻”和“言有盡而意有餘”二者。據此，將興之確意定在審美經驗，而審美經驗又以審美直覺爲基本性質，所以審美直覺可說是興之本質。爲了更進一步瞭解興之內在意義，便藉由審美直覺的思維方式與審美經驗在心理方面的形成過程來加以說明，興以審美直覺爲本質，深具直接性、整體性以及情感體驗性和模糊性，隸屬於形象思維而不缺乏理性。由於興以審美經驗爲確意，故依審美經驗的心理過程對興意之美學旨趣加以闡述，通過審美感知、審美想像、審美情感與審美理解諸因素對審美經驗的過程有所掌握，呈顯興是一種以情感爲基調，配合想像、理解，而形成一種既感性而又超感性，含理性而又非理性的心理體驗。

第三章　興之自然觀的揭櫫

　　興作為中國傳統詩論與審美方式的肯綮，必然會同其他含義相關的詞語，合成一個以興為中心的龐大概念群，此概念群其實是興之含義的延伸，追究興之本意，乃是定位在以審美直覺為本質的審美經驗之上。就興之本質來說，審美直覺是一種不依賴抽象概念之比較、推理的瞬間興感，而瞬間興感指的就是當下的直覺，屬於一種無所用意的心理活動。另就審美經驗的過程來說，審美經驗是一種心物互相觸發的心理活動，主要是通過知覺、想像、情感和領悟諸因素在無所用意中自然彼此聯結、滲透而成，在形成過程中諸心理因素的聯結、滲透，雖不以理性邏輯為前導，不過並不缺乏客觀的規律。

　　簡而言之，就興之確意及其本質來說，興具有當下直覺的特質，又是一種無所用意的審美活動，據此，可看出興意中含具無所用意且自恣自用的趨勢，此一自恣自用、無所用意的趨勢，可以「自然」一詞加以概括。由於興之理論體系可有審美感知、藝術表現、藝術效果與讀者感發四個層面，因此「自然」觀念在諸理論層面所展現的面貌也就各自不同，並且據此形成一屬於興之理論體系中的完整概念，可稱之為興之自然觀。興與自然觀間之關係異常密切，所以不得不加以申述。

　　本章在論述興與自然觀之關連的課題時，所採取的釐析途徑有三：首先，就興之理論諸層面的自然觀念立論，就審美感知、藝術表現、藝術效果及讀者感發四個面向，對自然觀所展現的不同面貌加以論述。其次，就自然觀念立於興之內部意義脈絡中的重要性立論，主要由自然觀之文化背景的考察下手，說明自然觀的意旨，再依自然觀之意，通過內在意義脈絡的分析，藉以證成自然觀在興之理論中的重要性。最後，就藝術表現與自然之矛盾統合加以論述，通

過傳神寫照、大巧若拙與藝術境界的說明，進一步透顯自然觀之意旨。

第一節　興之理論的自然觀

　　由於興義之探討，主要是通過審美感知、藝術表現、藝術效果與讀者感發四層面對興之基盤三義作周延的論述。就理論體系之論述要求具備系統性與統一性來說，四層面對三基義的析述，大體上是滿足論述的原則。其關鍵在於文藝活動必然離不開作者、作品與讀者三個內容範疇，而審美感知、藝術表現、藝術效果與讀者感發四層面對文藝活動的三內容是含括具足的。據此，文藝理論通過上述四層面的論述，足以形成理論體系的完整梗概。所以本節在論述「興之理論的自然觀」之課題時，仍然循著審美感知、藝術表現、藝術效果和讀者感發四層面來加以論述。採取上述四層面對興之理論的自然觀作闡發，不但對本節之課題論述有周延之益，整篇論文之架構亦藉此而顯得堅實，並具系統性與統一性。因此對興之理論的自然觀之探討，便由審美感知、藝術表現、藝術效果與讀者感發四層面分別論述於后。

一、審美感知層面 —— 心物適會

　　審美感知不但基於"有感"的基盤義為興義之核心，而且在整個興之理論體系的聯結中，獨居樞紐的地位。審美感知是依據心物相互交涉的關係，以說明作者由心物之適然相會而產生美感經驗的過程，其關鍵之處是側重物來動心時，心物交感的一剎那，可說是美感到來之時當下的精神狀態，也是美感經驗的始點。興之理論的自然觀，在審美感知層面之立論，所側重者不只是心物相接時當下的精神狀態，而且對審美感知當下、無所用意之主體精神特為留心。

　　興之理論的自然觀在審美感知層面，所言之旨聚焦於心物相交剎時閃現、自然而生的審美感受。陸機〈文賦〉對自然觀念在審美感知層面著重的要旨說得非常明晰，他說：

> 若夫感應之會，通塞之紀，來不可遏，去不可止，藏若景滅，行猶響起。方天機之駿利，夫何紛而不理，思風發於胸臆，言泉流於唇齒，紛葳蕤以駁遝，唯毫素之所擬，文徽徽以溢目，音泠泠而盈耳。及其六情底滯，志往神留，兀若枯木，豁若涸流，覽營魂以探賾，頓精爽而自求，理翳翳而愈伏，思軋軋其若抽。是故或竭情而多悔，

　　　或率意而寡尤。〔註1〕

所謂「感應之會」就是一種"興會"，其意旨表明物來動情，心物適然相接
而互動，促使作者產生創作的靈感，至於靈感的自然來去，並非可以人力強
挽而定，因此說心物適然偶會的關係一如「藏若景滅，行猶響起」的狀態。
底下陸氏進一步強調，藝術創作若能乘興而心物適然相會，藉由靈感之生發
而創出作品，則這種作品比較能充分傳達己意而且少有怨悔和遺憾。反之，
若創作之時缺乏"興會"，不但導致「六情底滯，志往神留」，造成作者之情
思「兀若枯木」，於此時仍一再強括力索地造情為文，則容易「竭情而多悔」，
難有佳作。因此，「或竭情而多悔，或率意而寡尤。」其取決的關鍵即在是否
乘自然之興會而創作。

　　自然觀在審美感知層面的開展，確實可視為一種創作之靈感，而靈感在作
品的創生中，含具獨特的意義。就靈感的內涵來說，靈感是作者在豐富的實踐
基礎上，對某一藝術環節、美感經驗經過長期的積累思考之後，因受到某事物
的偶然觸發、點化或啓示，突然出現精神亢奮、文思泉湧、佳句縱橫，以致於
不能自己的高度創造性和非自覺性的心理活動，藝術創作在此時似乎是靈感自
恣自用的自然展現。蘇軾於〈書蒲永昇畫後〉記載黃知微畫水的情形：

　　　始知微欲於大慈寺壽寧院壁作湖灘水石四堵，營度經歲，終不肯下
　　　筆。一日倉皇入寺，索筆墨甚急，奮袂如風，須臾而成。作輸瀉跳
　　　蹙之勢，洶洶欲崩屋也。〔註2〕

由東坡說明黃知微畫壁畫的情形可知，創作與靈感的關係相當密切，藝術創
作所以可能的根本因素，乃是心物適然偶會地生發出靈感，藉此喚起作者潛
存的審美經驗，進而創造出作品。

　　在中國詩論中，關於藝術創作藉由"興會"（靈感）而屢創佳作者實不
乏其例，不過應當留意的是：自然觀在審美感知層面所呈顯的"興會"，其
核心點是落在作者無所用意的精神狀態之下。所謂無所用意，是指在心物相
觸的剎時，靈感自然產生，自動爆發創作的動力，而且在創作過程中，此莫
名之情感一如靈感的自行搬演、自行來去，此即是興會之精義所在。換言之，

〔註1〕引自郭紹虞編《中國歷代文學論著精選》三冊上編（臺北：華正書局，1984
　　　　年8月版），陸機〈文賦〉，頁142。
〔註2〕引自蘇軾著《蘇東坡全集》二冊上編（臺北：世界書局，1964年2月初版），
　　　　〈書蒲永昇畫後一首〉，頁303。

通過興會所創之佳作，似是偶然而至，得神鬼之助，非人力所為，其緊要處即在心物的適然偶會。郎廷槐於《師友詩傳錄》說得甚好：

> 當其觸物興懷，情來神會，機括躍如，如兔起鶻落，稍縱則逝矣。
> 有先一刻後一刻不能之妙，況他人乎？故《十九首》擬者千百家，
> 終不能追縱者，由於著力也。一著力便失自然，此詩之不可強作也。
> 〔註3〕

概括地說，審美感知層面的自然觀，是落實在心物交感自然勾引出的興會、靈感。靈感之去來難以追蹤，無法以人為之力強加制控，所以有「一著力便失自然」之說，就藝術創作而為言，自然興會是創作之活水源頭，是動力之樞機所在。

二、藝術表現層面──妙手偶得

藝術表現層面是依於創作手法立論，由於藝術是以表現手法的"藝術性"為本質。因此，作為一種具備藝術性的表現手法，旨在力求完整而精確地傳達作者之情思，而在傳達的過程中，藝術形象的塑造是最能傳情達意的藝術技巧。所以，具體形象的營造，便成了藝術表現中的首要之務。興之理論的自然觀，在藝術表現層面除了承繼藝術表現的"藝術性"外，更側重藝術性的自然展現。

自然觀在藝術表現層面的展現，雖以形象塑造之具體化為要務，但並非純粹著眼於刻意的雕琢藻繪。而是在藝術表現過程中，主張具體形象之創造須自然神妙而不露鑿痕，醞釀出一種特殊的情境，足以自然透露出不為人知、不欲明言的作者之情思。如郎廷槐《師友詩傳錄》便載：「古之名篇，如出水芙蓉，天然艷麗，不假雕飾，皆偶然得之，猶書家所謂偶然欲書者也。」〔註4〕而陸游更直道「文章本天成，妙手偶得之。」〔註5〕兩者皆就藝術表現層面要求自然天成的觀點出言。自然觀在藝術表現層面所開展出來的情形，李德裕於《文章論》又云：

> 文之為物，自然靈氣。惚恍而來，不思而至。杼軸得之，淡而無味。

〔註3〕 引自王夫之等撰《清詩話》二冊上編（臺北：西南書局，1979年11月初版），郎廷槐《師友詩傳錄》，第三條，頁108。
〔註4〕 同註3，郎廷槐《師友詩傳錄》，頁108。
〔註5〕 陸游撰‧錢仲聯校注《劍南詩稿》，卷八十三（上海：上海古籍出版社），頁4469。

　　琢刻藻繪，珍不足貴。如彼璞玉，磨礱成器。奢者爲之，錯以金翠。

　　美質既雕，良寶所棄。〔註6〕

觀引文之意可知，興在藝術表現層面的自然觀，並不以刻畫出完整之藝術形象爲貴，而是更上層樓地要求技進於道，關注到文藝本身的特性，側重作品自然展現情境，形成動人的氛圍，烘托作者迷離微妙的用意，再藉著藝術形象所展現的多義性，產生濃厚的感染力。換言之，在構句成章的過程，並非幽尋苦索地強加「琢刻藻繪」，一味地追求形似，只是「惚恍而來，不思而至」天機自張的偶然呈現。

　　李德裕對於興之自然觀在藝術表現層面所開展之旨意說得甚好，謝榛於《四溟詩話》則進一步地說：

　　詩有天機，待時而發，觸物而成，雖幽尋苦索，不易得也。如戴石

　　屏「春水渡傍渡，夕陽山外山」，屬對精確，工非一朝，所謂"盡日

　　覓不得，有時還自來"。〔註7〕

所謂「詩有天機」，其意之所指無非是待時而發的主體情感，適然觸物形成情景交融的景狀。作者循著主客體的渾融統一，自然創生佳句連篇，形成動人的審美意象，此種自然而至的藝術表現，實跳脫一般表現技法刻意雕琢追求形似之限，而著重於藝術表現的自然入神，此即爲興之自然觀在藝術表現層面的深旨所在。換言之，藝術表現層面的自然觀是通過妙手偶得的方式，以達到恰得詩歌之妙爲目的。如湯顯祖於〈合奇序〉即明言：

　　予謂文章之妙不在步趨形似之間。自然靈氣，恍惚而來，不思而至。

　　怪怪奇奇，莫可名狀。非物尋常得之合之。蘇子瞻畫枯株竹石，絕

　　異古今畫格，乃愈奇妙。若以畫格程之，幾不入格。米家山水人物，

　　不多用意。略施幾筆，形象宛然。正使有意爲之，亦復不佳。故夫

　　筆墨小技，可以入神而證聖。〔註8〕

如王夫之於《唐詩評選》亦云：

　　只於心目相取處得景得句，乃爲朝氣，乃爲神筆。景盡意止，意盡

　　言息，必不強括狂搜，含有而尋無。在章成章，在句成句，文章之

〔註6〕引自李德裕撰《李文饒文集・李衛公外傳》，卷之三，四部叢刊初編集部，《上海：商務印書館》，〈文章論〉，頁1280。

〔註7〕引自清・丁福保輯《歷代詩話續編》三冊下編（臺北：木鐸出版社，1988年7月），謝榛撰《四溟詩話》，卷二，頁1161。

〔註8〕引自湯顯祖撰《湯顯祖集》（臺北：洪氏出版社），〈合奇序〉，頁1078。

道、音樂之理，盡於斯也。寓目吟成，不知悲涼之何以生？詩歌之
妙，原在取景遣韻，不在刻意也。〔註9〕

二者之意，皆強調藝術表現之精妙，不在步趨形似、更不以強括狂搜之雕琢
爲貴，藝術表現之入神而證聖，其關鍵處在於作者之不多用意或不在刻意，
僅是在心目相取處，適得情景交融、偶成神筆。

　　綜合地說，自然觀在藝術表現層面，主張創作時不以幽尋苦索、巧構形
似爲貴，而是在興會來時乘情景交融、主客合一的瞬間，自然孕育出形象宛
然且幻化入神的藝術表現。此自然入神的藝術表現，並非竭情用意、強括狂
搜、刻意營造而得，只是於心目相取處，自然得景得句，因情景相依循，主
客相融合，形成自然恰得之神筆，善道作者之情思，偶合文章之妙，呈現一
種不露鑿痕且自然入神的藝術表現。

三、藝術效果層面 —— 味外之味

　　興之自然觀在藝術效果層面是指心和物、情和景、主體和客體、人和自
然間的自在交融與矛盾統一的藝術境界，深具主客觀渾融、難以言喻的特質。
鑑於興之自然觀的展現，實立基於興之藝術效果層面而來，所具備之主客觀
契合無間與難以具體表述的特殊性，在形成之解析上，只好通過情景交融來
加以說明。與之自然觀在藝術效果層面所蘊含的意味，則可以「境生象外」、
「味外之旨」來加以論述。

　　由於詩歌藝術之內容不外情景二者，所以對宛然隱約之藝術境界的形
成，可以情景交融爲下手處，針對主客觀契合無間的藝術境界加以說明。藝
術效果之洞察，置於興之理論的自然觀之下，審美情趣的產生，雖可以情景
交融概括言之。但情景交融之達成，並非情與景之比量固定分配，而是依情
適景地自然趨向渾融一體，看似天機自張、心物自若自恣。

　　對情景交融的說明，王夫之說得甚爲精當，他說：「夫景以情合，情以景
生，初不相離，唯意所適。截分兩橛，則情不足興，而景非其景。」〔註10〕
情景之關係是兩相關而不相離，其融合的方式，王氏亦舉例說明如下：

　　「僧敲月下門」，只是妄想揣摩，如說他人夢，縱令形容酷似，何嘗

〔註9〕　引自王夫之撰《船山遺書全集》第十六冊（臺北：中國船山學會・自由出版
　　　　社聯合印行），《唐詩評選》，卷三，頁10上。
〔註10〕同註3，王夫之《薑齋詩話》，下卷，十七則，頁9。

　　毫髮關心？知然者，以其沉吟「推」、「敲」二字，就他作想也。若
　　即景會心，則或推或敲，必居其一；因景因情，自然靈妙，何勞擬
　　議哉？（《薑齋詩話》，下卷，第五則，頁7）

文中明言：藝術情趣之展現，未必是窮思竭慮、苦吟推敲，而是情景相觸相
生，因景因情，自然渾融一體。似是天機自張忽至靈妙，形成“言有盡而意
有餘”的意境，引人於冥漠恍惚之境，妙在含蓄無垠、思致微邈，產生象外
象、境外境、味外味的深遠意趣。

　　其實，王夫之所言情景交融，正是王國維所主張境界的「不隔」，所謂「不
隔」含蓋情感和藝術表現上的形象性，合情感之眞與形象的即目可見、具體可
感，而產生「不隔」的形象和情感以成就境界。王國維於《人間詞話》便云：

　　「池塘生春草，空梁落燕泥」等二句，妙處唯在不隔，…「闌干十二
　　獨憑春，晴碧遠連雲，千里萬里，二月三月，行色苦愁人」，語語都
　　在目前，便是不隔。至於「謝家池上，江淹浦畔」，則隔矣。〔註11〕

王國維的「不隔」，其意爲語語都在目前，可說是一種即目寓情的直尋。此種
不隔的意思，早在魏晉時期的鍾嶸於《詩品·序》也說過類似的話：

　　至於吟詠情性，亦何貴於用事，思君如流水，既是即目，高臺多悲
　　風，亦惟所見。清晨登隴首，羌無故實。明月照積雪，詎出經史。
　　觀古今勝語，多非補假，皆由直尋。〔註12〕

興之自然觀在藝術效果層面的開展，不論以情景交融、境界之不隔或即目直
尋來加以說明，實皆側重於因情因景的自然渾融，似天機自張自恣自用而加
以定位。王世貞於《藝苑巵言》評論漢詩和建安詩時，說得分外清晰，他便
直接表明：「似非琢磨可到，要在專習凝領之久，神與境會，忽然而來，渾然
而就，無歧級可尋，無色聲可指。」〔註13〕情景的相互融攝，是缺乏必然的
規矩，亦非經再三刻意雕琢而來，情景只是在彼此偶遇後，自然渾融而形成
神與境會的氣象。

　　興之自然觀在藝術效果層面，側重在作品須涵具含蓄蘊藉、句意深婉之
餘味。司空圖《與李生論詩書》中，對「餘味」一詞作了精彩之表述，他說：

〔註11〕引自王國維撰《人間詞話》（臺北：天龍書局，1986年10月），第四十則，頁
　　　　42。
〔註12〕同註1，引自鍾嶸《詩品序》，頁272。
〔註13〕同註7，《歷代詩話續編》中編，引自王世貞《藝苑巵言》，卷一，頁960。

> 文之難而詩尤難。古今之喻多矣，愚以爲辨於味而後可以言詩也。
> 江嶺之南，凡足資於適口者，若醯，非不酸也，止於酸而已。若鹺，
> 非不鹹也，止於鹹而已。中華之人所以充饑而遽輟者，知其酸鹹之
> 外，醇美者有所乏耳。〔註14〕

所謂「知其酸鹹之外」的意旨，即指涵具「味外味」、「象外象」的藝術境界
而爲言。由於此種藝術境界宛然隱約、虛渺變幻難以表詮，只能就情景交融
之中加以體會。

　　概括地說，興之自然觀在藝術效果層面之展現，本不出美感情趣的表述，
對於美感情趣的成形，乃是以情景交融爲基礎。更確切地說，實以主客觀的
自然渾融爲原則。另就興之本質—審美直覺論，其意旨皆不出心物相觸時情
景的自恣自用，如歐陽修於《六一詩話》所指出：

> 聖俞嘗語余曰：「詩家雖率意，而造語亦難，若意新語工，得前人所
> 未道者，斯爲善也。必能狀難寫之景，如在目前，含不盡之意，見
> 於言外，然後爲至矣。賈島云：『竹籠拾山果，瓦瓶擔石泉。』姚合
> 云：『馬隨山鹿放，雞逐野禽栖。』等是山邑荒僻，官況蕭條，不如
> 『縣古槐根出，官清馬骨高』爲工也。」余曰：「語之工者固如是。
> 狀難寫之景，含不盡之意，何詩爲然？」聖俞曰：「作者得於心，覽
> 者會以意，殆難指陳以言也。雖然，亦可略道其髣髴。若嚴維『柳
> 塘春水漫，花塢夕陽遲』，則天容時態，融合駘蕩，豈不如在目前乎？
> 又若溫庭筠『雞聲茅店月，人跡板橋霜』、賈島『怪禽啼曠野，落日
> 恐行人』，則道路辛苦，羈愁旅思，豈不見於言外乎？」〔註15〕

興之理論的自然觀，在藝術效果層面所著重的是情景妙合無垠、自然而至的
幽渺意境，而意境所呈顯的氣象，即是句意深婉含蓄，意象玲瓏多面，烘托
出具言外意，弦外音的餘味，足以渲染出具體而深中人心的藝術效果，成就
神妙入化的藝術境界。

四、讀者感發層面——各得其情

　　讀者感發層面所著重者，乃是讀者面對作品時所引生的美感情趣。基於

〔註14〕同註1，引自司空圖〈與李生論詩書〉，頁490。
〔註15〕引自何文煥輯《歷代詩話》三冊上編（臺北：漢京文化事業有限公司，1983
　　　　年1月初版），歐陽修《六一詩話》，頁267。

讀者間感受能力的不同，以及讀者未必具有與作者類似或相通的經歷和體
驗，所以在解讀作品時，自然產生隔閡，不見得可以看出作品的好處或趨近
作者之原意。因此，劉熙載《藝概》便說：

> 杜詩有不可解及看不出好處之句。「文章千古事，得失寸心知」，少陵
> 嘗自言之。作者本不求知，讀者非身當其境，亦何容強臆耶！〔註16〕

由於讀者非身當其境，本來就難以對作者創作時之意境，產生相契無間的體
會。但依詩歌之本質立論，詩歌原是心物相觸的當下，剎時而生之美感經驗
的自發體會，屬於個人情感的自然展現。因此，興之理論的自然觀，在讀者
感發層面的開展，乃是就讀者面對作品時，自然引生個人相異之美感情趣立
論。讀者通過感發而生的美感經驗，或同於作者、或不同，對作品之價值本
不稍減。所以王夫之於《薑齋詩話》便說：

> 「詩可以興，可以觀，可以群，可以怨」，盡矣。可以云者，隨所「以」
> 而皆「可」也。…出於四情之外，以生起四情，遊於四情之中，情
> 無所室。作者用一致之思，讀者各以其情而自得。…人情之遊也無
> 涯，而各以其情遇，斯所貴於有詩。〔註17〕

文中之言，側重在讀者各以其情而「自得」，自得之意原指隨所以而皆可。意
即是依於人情而自適自得，自然而引生合於各人情感所需，並且自發而至的
美感體驗。

　　興之自然觀在讀者感發層面，著重在讀者面對作品時，自然引生之審美
情趣的多面性而為言，此多面性既因不同讀者閱讀同一作品，產生各自不同
的意趣，呈現文學豐富之內涵。又因個人主觀生活之體驗和經歷的不同，培
養出相異的審美心胸，在心物相觸的當下，出其不意地依個人之審美情趣，
產生不同的意趣。據此，揭示讀者因不同的審美心胸而引生相異的審美體驗。
羅大經於《鶴林玉露》說得明白：

> 杜少陵絕句云：「遲日江山麗，春風花草香。泥融飛燕子，沙暖睡鴛
> 鴦。」或謂此與兒童之屬對何以異。余曰不然。上二句見兩間莫非
> 生意，下二句見萬物莫不適性。於此而涵泳之，體認之，豈不足以
> 感發吾心之真樂乎？大抵古人好詩，在人如何看，在人把作甚麼用。

〔註16〕引自劉熙載著《藝概》卷二（四川：巴蜀書社出版，1990年6月第一版），頁
　　　　61。
〔註17〕同註3，引自《薑齋詩話》上卷，第二則，頁1。

如「水流心不競，雲在意俱遲」，「野色更無山隔斷，天光直與水相
通」，「樂意相關禽對語，生香不斷樹交花」等句，只把作景物看亦
可，把作道理看，其中亦僅有可玩索處。〔註18〕

羅氏所言甚是，每個人依一己之生活經歷對作品加以體認，據此感發己心，
而產生個人的審美情趣，而每種審美心胸所產生的審美體驗都應加以尊重。

　　概括地說，興之理論的自然觀，在讀者感發層面，所側重者無非是個人
之主觀情感依既有之審美心胸，乘作品碰觸己心的剎時，在自我的審美經驗
下，自然體驗而引生合己情之審美情趣。這種當下看似自然而至的審美經驗，
既非即刻有意而生，也不是人力所能為力，此為興之自然觀在藝術效困果層
面所特重之意旨所在。

　　總結興之自然觀在理論諸層面的開展與關連，可以王夫之於《薑齋詩話》
第一一則的話作代表，其文為：

以神理相取，在遠近之間，才著手便煞，一放手又飄忽去。如「物
在人亡無見期」，捉煞了也。如宋人詠河魨云：「春洲生荻芽，春岸
飛揚花。」饒他有理，終是於河魨無交涉。「青青河畔草」與「綿綿
思遠道」，何以相因依，相含吐？神理湊合時，自然恰得。〔註19〕

文中表明：文章於神理湊合時，即是以自然恰得為主要原則。由於神理之展
現乃是以自然恰得為前提，通過審美感知、藝術表現、藝術效果及讀者感發
四層面之開展而加以把握，藉著四層面的互相關連便足以凸顯神理之湊合，
全面呈現以自然審美原則為綱領的興之自然觀。

　　至於興之自然觀在四層面的關連，可作如下的說明：立於審美感知與讀
者感發兩個層面而為言，二者同是就外物與己心之相觸，不期然而然地引生
興會為其主要的開展核心。雖然兩者觸發己心的外物媒介有所不同，但對觸
物起情剎時間，心與物自發自恣自用地彼此渾融，以及似非人力有意為之的
景狀實可相通。在藝術表現層面，主張表現手法以天機自張妙手偶得為上，
不以幽尋苦思之巧構形似為貴，而是以既不露鑿痕又能入神，形成自然恰得
之神筆為開展之重心。另在藝術效果層面，主要是合審美感知與藝術表現二
者，不但注重心物相觸適然引生之有感。而且側重藝術表現之無所用意、渾

〔註18〕羅大經《鶴林玉露》，卷八，見百部叢書集成《稗海》（臺北：藝文印書館），
　　　　頁12。
〔註19〕同註3，王夫之《薑齋詩話》，上卷，引一一則，頁8。

然入妙，以達到「言有盡而意有餘」的藝術境界，於無形中展現強大的藝術效果。

總而言之，興之理論諸層面所言之「自然」，實爲一種自在流出，相對於造作、武斷而言，著重在主體心境上的無所用意，根本不同於西方所言之自然主義。「自然」這一觀念，是根源於中國先哲對自然觀之體認，屬於"不忮不求"的主體態度，既是一種審美的重要原則，也是一種價值領域。

第二節　自然在興之理論中的重要性

「自然」成爲中國藝術上一條重要審美原則，其在興之理論諸層面展現各自不同的面貌，在審美感知層面偏重心物當下的興會。在藝術表現方面側重天機自張、不露鑿痕的表現手法。在藝術效果方面，以主客觀契合無間而形成神妙入化的藝術境界爲首要之務。而在讀者感發層面，尊重讀者不同審美心胸所生之審美體驗。不論就創作或鑒賞來說，興之自然觀皆主張無所用意、率性任眞、理融情暢，反對強加雕琢、刻意造作。「自然」之概念能成爲遵行不輟的審美原則，必有其文化背景存在。所以本文在探討自然在興之理論中的重要性時，茲分二方面加以論述，其一就文化背景考察，主要闡發的問題在於「自然」據何緣生爲中國諸多重要審美原則之一？其意旨何在？與西方之自然主義又有何差異？其二基於興與自然觀間內部義理脈絡之關連的開展，呈顯「自然」不但是中國文藝理論中的重要審美原則，也是興之理論的杼軸。據此，闡述自然雄踞興之理論體系中的關鍵位置，便是本節的論述重心。

一、自然之文化背景考察

在闡發自然之所以成爲我國重要審美原則之一的課題上，說明之途徑主要是以歷史爲縱軸，首先，由文學層面切入，將各時代與自然觀念的關係，作一全面的尋繹，指出中國人與自然特爲親和，衍生出對自然之觀念特爲偏重的事實。其次，追溯自然觀念之發展，指出自然觀念最初的思想根源。根據上述二方面對自然之文化背景加以考察析述。

首先，就歷時性的時代因素來說，在魏晉以前，通過文學所見到人與自然的關係，是詩六義中的比興關係。此階段自然指的是自然界的萬事萬物，人與自然的關係是人賦與自然人格化，而很少將自己加以自然化，人很少主

動地去追尋自然，更不會在自然中求得人生的安頓。到了魏晉時期，由於局勢動亂、政治衰弱，促使個人意識抬頭，人們為了反對禮教束縛追求個人自由，在行為、作風上形成要求自然真率，反對做作、矯飾的潮流。人和自然的關係有了轉化，人礙於局勢的不安，逐漸主動去追尋自然，以求得人生的安頓，將自然擬人化，人則擬自然化。這種崇尚自然的社會心理，在藝術上由人物品藻轉向文藝理論，成為一股不可遏制的洪流。〔註20〕自然已不再是單純自然界之意，而是拓展成含具價值判斷的意蘊。

到了唐朝承繼魏晉崇尚自然的趨勢，進而將自然觀念運用於創作和評論中，逐漸積累了豐富的經驗，自然隱然成為一條重要的審美原則。司空圖於《二十四詩品》甚或專列自然一品，其云：

> 俯拾即是，不取諸鄰，與道俱往，著手成春。如逢花開，如瞻歲新，
> 真與不奪，強得易貧。幽人空山，過雨采蘋，薄言情悟，悠悠天鈞。
> 〔註21〕

文中強調藝術發乎自然，猶如花開花落、歲除歲新。崇尚天然真實，鄙薄雕琢偽飾。自唐以後，以自然為上的審美原則，在藝術上自成門戶，有關之論述蔚為大觀。〔註22〕如葉夢得《石林詩話》便說：

> 「池塘生春草，園鳥變鳴禽」，世多不解此語為工，蓋欲以奇求之耳。
> 此語之工，正在無所用意，猝然與景相遇，借以成章，不假繩削，
> 故非常情所能到。詩家妙處，當須以此為根本，而思苦言難者，往
> 往不悟。〔註23〕

統觀藝術創作強調自然之議論，其意旨皆就反對造作、武斷而言，要求作品情真景真，主客觀間渾融無跡，深具清新天然之美，而無矯揉造作之態。

中國藝術以自然為審美原則之一，其意旨乃是側重在樸拙真實之美。進一步地說，所謂「自然」之意，即是不借助他者的力量，但憑自身內在動力

〔註20〕 魏晉時期由於政治之混亂，人們在行為、作風上反對做作、矯飾，要求率真自然，這種崇尚自然的社會心理，表現在美學思想上，即為尊重天然真實，鄙薄雕琢偽飾。此類記載在當代甚多，如《詩品》、《世說新語》、《南史》皆有之。

〔註21〕 同註1，司空圖《二十四詩品》，頁496。

〔註22〕 唐以後以自然為審美原則者，不論是文學藝術之詩、書、畫或者是音樂，甚至是在生活哲學上，自然任性率真蔚為風潮，如明朝士人之生活態度，表現得格外具體，不過明人所言之任性自然與本文任性自然之內涵有異，明人之任性自然以情為主，且有成執在心，與本文自然任真、樸素無執的虛靜心不同。

〔註23〕 同註7，葉少蘊《石林詩話》，頁426。

而成為如此。由於「他者」的指涉甚廣，如人類、人為或人工的事物都可統括在內，因此自然也就含具豐富的意義。但就中國藝術理論來說，「自然」相對於造作、矯飾而為言，是以不伴隨意識與自覺地努力而為言，既屬於一種原則，也涵具價值的意義。〔註 24〕拓展至文藝理論諸層面來看，在作者創作之時，強調靈感與興會自然而至以及無所用意。於作品的內容和形式兩方面皆要求自然之美，就內容而言，側重內蘊真摯之思想情感以產生自然之美。對作品形式之要求觀，若從藝術形象之塑造來說，要求直書所見，語言平易流暢。意即主張自然之美呈顯於詩歌抒情寫景之真實自然，切忌過多堆砌，或用事炫奇逞博，或餖飣險韻，補綴奇字，凡此皆有違自然之意。至於藝術效果層面則顯示，自然之美的最高表現便是「意與境渾」的藝術化境，側重在境界自生、自然動人的意境之美。

　　統觀中國藝術之自然審美原則，與西方的自然主義實大不相同。西方自然主義源於拉丁文 nature 一字，而自然一詞本來就含具多方面的意義，所以自然主義在文藝、神學、哲學等方面的解釋，大多有所不同。西方對「自然」一語使用得最廣泛的解釋是：宇宙萬有皆可由自然的法則來說明，精神現象實際不外是這種物質現象的連續，故可依自然科學的方法予以闡明。在文藝方面，西方自然主義既以科學萬能思想做為理論的歸結，不但忠實地、不加選擇地反映現實，而且不帶個人主觀情感或道德評價，只有真實地描寫社會現象，而不探討社會現象的起因和演變過程。換言之，藝術僅再現生活現象，而不從思想與審美方面來理解和評價這些生活現象，摹寫現實而不對現實的本質方面進行藝術概括。〔註25〕此為藝術上以自然為審美原則，中國和西方的不同。

　　其次，追溯自然觀的思想根源，中國藝術特別標舉自然之美，主要與我國民族的審美傳統有密切關係，而審美觀念的產生又以哲學思想為根源。追究中國先哲對自然觀念之體會，大致有四層意義：〔註 26〕

〔註 24〕參引林朝成撰《魏晉玄學的自然觀與自然美學研究》，臺大哲研所博士論文，頁 10。

〔註 25〕參引廚川白村著・陳曉南譯《西洋近代文藝思潮》論自然主義部分（臺北：志文出版社，1985 年 10 月再版）。以及陳昭瑛撰《藝術的辨證─黑格爾與盧卡契》，臺大哲研所七十五年五月碩士論文。

〔註 26〕參引唐君毅著《中國文化之精神價值》〈第五章中國先哲之自然宇宙觀〉（臺北：正中書局，1984 年 11 月初版第五次印刷）。以及方東美著《中國人生哲學》〈第二章中國先哲宇宙觀〉（臺北：黎明文化事業，1991 年 5 月八版）。另參呂興昌〈人與自然〉中國先哲的自然意識部分，收入《中國文化新論文學

1. 自然之中，萬物無永相矛盾之理，而有經由相互感通以歸中和之理。
2. 自然是普遍生命創造不息的大化流行，爲自由而非必然的生化原則。
3. 自然是一個將有限世界點化成無窮空靈妙用的系統。
4. 自然是一個盎然大有的價值領域，足以透過人生的各種努力加以發揚光大。

此四層意義大致上是就宇宙的大自然來說，這也就說明中國自然觀的構成，主要是根源於大自然的觀念。而中國文藝理論中所標榜「自然」的意旨，當然不是以上述四者所言的大自然爲意義內涵。就中國藝術理論中所形成以自然觀爲審美原則的體系來說，自然哲學思想的歸趨，以道家的自然思想較爲恰當，其原因可由兩點來加以闡述：其一，就自然原則再三強調主體的無所用意來說。其二，就自然既爲一規律原則又爲一價值領域而爲言。

其一依主體精神的無所用意來說，所謂無所用意，是出於一種 "不忮不求"、聽任自然的態度，因此在審美感知說心物適然偶會、在藝術表現說妙手偶得、在藝術效果著重神妙入化的藝術境界，及至讀者感發諸層面所展現的即是各得其情。自然觀在諸理論層面皆側重主客體間的自由契合、交涉渾融，此種主體精神的不用意，當然是趨向道家思想，而與儒家強調善心仁性，以理性克制自然生命之欲望，大相逕庭。

其二就文藝理論之自然觀具原則性以及價值領域來說，自然觀在心物相接時的開展，於審美感知層面所呈現的趨向，屬於原則性，而在讀者感發層面所展現的就不但是一個原則，而且是一種價值。另則自然觀著重不露鑿痕的表現手法，在藝術表現層面是趨向於原則性，在藝術效果層面則同時存在原則性與價值性。因此在中國思想中，唯有道家的自然觀既爲一種生化原則，也是人生命存在價值的展現。

概括地說，文藝理論中的自然觀，綜合主體精神的無所用意與自然審美原則同具原則性及價值領域二者來說，置於以儒道爲兩大根柢的中國文化傳統之下，將興之自然觀歸屬於道家，應是比較恰當的。〔註27〕換言之，自然的觀念往上溯以道家思想爲理論的哲學根源，往下落於文藝理論當中，則形成一條重要的審美原則。

　　篇一——抒情的境界》（臺北：聯經出版事業公司，1989 年 8 月初版第六次印行）。

〔註27〕至於自然觀源出道家思想的論證，可詳參本論文第四章第一節。

二、自然在興之理論中的重要性

　　以"自然"爲重要審美原則的中國藝術，實以道家思想爲根源，自然觀在興之理論諸層面，展現各自不同的側重點。但純粹就藝術理論表層的闡述，雖可證明自然在興之理論中的重要性，若能通過自然觀內在之體系脈絡再深入檢證，則面對「自然在興之理論中的重要性」之命題時，不但可以作更上層樓的論證，而且也可以再度肯認自然在興之理論中的確佔有重要地位。

　　論述自然在興之理論中的重要性時，由於興之理論與自然觀以主體的無所用意爲整個體系的關鍵所在。又以聽任自然、不忮不求的態度爲主，側重心與物的渾融過程，強調神行其中，以引生技進於道的藝術境界。此境界之獲得是以無爲之心爲主導，產生一種由技藝進於道的轉化過程，通過技進於道的藝術境界，亦可成就主體精神之自由解放的生命境界。因此，對「自然在興之理論中的重要性」作論述時，其綱要便落在心物以神行神遇爲前提的相互交融，以完成技進於道的創作過程。進一步地說，心物之神會關係，是一種立基於心物偶遇時的心領意會，通過物之神與己之神相契無間的過程，進而產生自然靈妙、神理恰得的藝術境界。

　　由於技進於道的美感歷程，主要涉及神化說、心物交感之關係以及技進於道的藝術境界，所以，在說明自然在興之理論中的重要性時，主要是藉由神化說、緣心感物以及技進於道的藝術境界來加以闡發。首先，就神化說加以闡述，分別對神化說的意旨及其歸屬於道家思想的主要哲學根源加以說明。其次，依循神化說在創作主體層面的意旨，著重在緣心感物的心物關係，針對神妙入化之美感的形成，在藝術創作主體上通過人之神與物之神二而一的要求，闡明創作心態的神會過程。最後，承繼神化說在藝術作品層次之審美特性，論述技進於道的藝術境界，此一境界是藉由心物渾融，主客體的相契無間，得以呈顯自然靈妙的藝術化境，而主體精神亦藉此神化的藝術境界得以自由解放。藝術境界的呈現，既是自然觀在主體無所用意下的最高目標，也是興之理論與興之本質所著重之最高目標。據此，不但可窺出自然和興之理論的密切關連，而自然在興之理論中的重要性亦藉此得證。

（一）神化說

　　"神化"是中國古典美學的重要審美範疇之一，爲歷代美學家、文論家、

藝術家和詩人大量運用於詩論、文論、詞論、曲論、書論、畫論以及小說理論之中。神化說的涵意主要有兩個層次，一是以藝術創作主體而言，二是以藝術作品而言。茲分述如下。

第一，在藝術創作主體的層次來說，神化的意旨主要有三層：其一是聖而不可知的神境。詩人在構思創作時，一旦突破了法度的樊籬，則處於一種"忘筆之法"的狀態。其神化之筆可極盡變化之能事，極盡用筆之妙，以表現出審美對象內在生命力的豐富性與變化性。而且此種神妙之情狀，又是"天不能限，人何能測"的創造，所以是一種變幻莫測之神。

其二是精藝入神，詩人由於知覺高度的孤立化、集中化，所以對審美客體的觀照具有透視性。能直觀地把握其本質、精神，而毫無滯礙，因此思維極其活躍，如庖丁解牛，"以無厚入有間"，"官止神行"，而產生以神行神遇的最佳創作心態。

其三是創作主體之心境處於"無為"狀態，自然觀所言主體「無所用意」，即是"心所不至，筆先至焉"之意。強調詩人心境處于近乎無意識狀態，主張創作者完全憑其平時的感情積累與高超的藝術造詣而創生藝術境界，似有一股莫名的內驅力在推動創作者的神思飛越，真正是心與手化，手與物化，完全進入道家自然無為的理想境界。

神化說在藝術創作主體層次的意旨，乃是就創作構思過程中所達到的一種最佳創作心境來說，展現主體在創作過程所言神化的意旨，無非是在主體心境的無為狀態下，呈現聖而不可知的神境與精藝入神的神化意旨。

第二在藝術作品的層次來說，神化的具體內容主要由兩個審美特性所構成：其一是具有變化莫測、恍恍迷離之美。此一特性是由於詩人根於主體精神無為、無所用意，而處于思維高度自由變化的創作心境所決定。而變化莫測、恍恍迷離的模糊美所形成的詩家化境，主要是通過藝術形象豐富多變，內含意蘊豐厚含蓄而達至。賀貽孫於《詩筏》中對詩家化境有具體深入的論述，他說：

> 詩家化境，如風雨馳驟，鬼神出沒，滿眼空幻，滿耳飄忽，突然而
> 來，倏然而去，不得以字句詮，不可以跡相求。…不惟作者至此，
> 奇氣一往，即諷者亦把握不住，安得刻舟求劍、從影作真乎？

賀氏之文指出，詩家之化境神出鬼沒，變化莫測，不能以字句詮解，甚且無法按圖索驥，依跡而求。賀詒孫在評樂府古詩佳作〈飲馬長城窟〉又說：「無首無

尾，斷為數層，連如一緒，變化渾淪，無跡可尋，其神化可至耶！」。〔註28〕
由於全詩結構跳脫開宕，似斷猶連，而且潛氣內轉，不見痕跡。因此，詩的整
體意境具有惝恍迷離，難以把握的模糊美，在有限的字句中包含無限的美感，
深具"言有盡而意有餘"的韻味。

　　其二是意境渾然的審美特性。由於詩是寫景抒情的藝術，必須具有深遠的
意境才富有藝術魅力。而意境則是情和景構築而成，情景的構築不是定量分配，
而是如水乳般妙合無痕地相互交融。所以王夫之於《薑齋詩話》下卷有言：

> 情景名為二，而實不可離。神於詩者，妙合無垠。巧者則有情中景，
> 景中情。景中情者如「長安一片月」，自然是孤棲憶遠之情。「影靜
> 千官裏」，自然是喜達行在之情。情中景尤難曲寫，如「詩成珠玉在
> 揮毫」，寫出才人翰墨淋漓、自心欣賞之景。〔註29〕

情景渾融一體，無跡可尋，其作品意境才能內涵豐厚，深具言外之旨，象外
之意，經得起再三品味，而生無盡之美感，這也是詩歌最高的藝術境界。

　　神化說在第二層次的意旨，說明藝術作品達到最高審美境界的具體內
容，不外是具有變化莫測、惝恍迷離之美與意境渾然兩大特性。簡單地說，
藝術作品不僅藝術形象生動鮮明，而且具有內在氣韻生動與旺盛活力，可再
三咀嚼，味之不盡。作品在整體上則情景交融，意境渾然，不見構成之痕跡，
同時變化莫測，達到虛與實統一，有限與無限相通的美學最高境界，產生感
人肺腑的恒久魅力。

　　神化說不論在第一或第二層次的意旨，皆脫離不了神與化的概念，神與
化乃是由先秦"神"與"物化"的哲學概念蛻化而來。章學誠《文史通義·
辨似》曾探及"神化"說與《易》、《孟子》的淵源關係：

> 《易》曰：「陰陽不測之謂神。」又曰：「神也者，妙萬物而為言者
> 也。」孟子曰：「大而化之之謂聖，聖而不可知之謂神。」此神化神
> 妙說之所由來也。〔註30〕

章氏之說雖算不得訛誤，不過卻遺漏"神化"說（特別是"化"）的另一更
為重要的哲學淵源《莊子》。由於《莊子》的"神化"思想含括"神"與"物

〔註28〕引自郭紹虞編《清詩話續編》三冊上編（臺北：木鐸出版社，1983年12月初
　　　　版），賀貽孫撰《詩筏》，頁165、151。
〔註29〕同註3，王夫之《薑齋詩話》下卷，第一四則，頁9。
〔註30〕引自章學誠撰《文史通義》（臺北：漢京文化事業有限公司，1986年9月出版），
　　　　〈擬似篇〉，頁338～339。

化”兩大主軸，依“神”的哲學概念說起，《莊子》在〈達生篇〉所言佝僂者承蜩之神技、梓慶削木爲鐻、呂梁丈夫蹈水如履平地，〈天道篇〉輪扁斫輪，以及〈養生主〉庖丁解牛，都是直接論及“神”。說明主體之技藝進乎道，即由掌握之客觀規律而進入一種高度自由地進行創造的神化境界。至於莊子“物化”的思想與“神化”說更具有直接關係，所謂“物化”是指人與自然合一的高度自由的哲學境界，也是一種最佳審美心態。此時心與物處於交融同一的狀態，審美主體的精神超越了時空的限制，極其自由，處於一種“自喻適志”的“無爲”心境，這就具備審美創造最主要的條件。統觀《莊子》與《易》、《孟子》所言“神化”的哲學概念，舉之與自然觀的意義內涵相對應可知，尤以《莊子》所言“神”、“物化”的哲學概念，與自然觀之神化說的意旨最爲相契無間。〔註31〕

（二）緣心感物

中國神化說的審美範疇，其意旨與哲學的概念根源已如前述。則整個神會的過程，其關鍵在於心與物已無距離，而心物如何能合一而了無間隙？此便須觀察心物之間的融合過程方可知。見諸中國傳統的美學論著，其中心議題落於心與物之關係上，舉凡詩論、畫論或是樂論，在創作與鑒賞方面，皆不得不論心與物之關係，一切文學藝術實源於此。〔註32〕例如情景、意象、形神之論，或“睹物興情”、“感物吟志”、“緣情托物”等觀念，都表明了心物關係的重要性。

以神化說立論，對傳神之要求特爲著重，其所欲傳之神不論是物之神或己之神，在傳神的過程中，究以心爲主宰或以物爲主宰？在稽考心物之密切關係中，依中國古老的藝術理論來說，似乎是以人之主體感受爲主，發主體之心聲投射於外在之物，如《毛詩序》有云：

> 詩者，志之所之也。在心爲志，發言爲詩。情動於中而形於言，言之不足故嗟嘆之。嗟嘆之不足故詠歌之，詠歌之不足，不知手之舞

〔註31〕 參引王志英撰〈論“神化”說的兩層涵義〉，《文學評論》，1989 年第五期，頁37～42。

〔註32〕 文學藝術之議題焦點，集於心物之關係者，其例甚多，如清代程哲於《漁陽續詩序》言：「夫詩之爲道，緣情而發，亦即境而生。」葉燮《赤霞樓詩集序》論畫道：「畫者，形也，形依情則深。」至於論樂，則《樂記》言：「樂者，音所由生也，其本在人心之感物也。」由此可知，心物之議題，不論是創作或鑒賞層面，在文學藝術皆有其獨特的地位。

之、足之蹈之也。〔註33〕

就人之心志，發言爲詩來說，外物僅爲傳遞主體之神，表達一己之情，有時爲了傳達主體的美感經驗，甚至可將物變其形反其性以適人之神。一如王士禎於「王右丞詩」的條目下便直道：「世謂王右丞畫雪中芭蕉，其詩亦然。如『九江楓樹幾回青，一片揚州五湖白』，下連用蘭陵鎭、富春郭、石頭城諸地名，皆寥遠不相屬。大抵古人詩畫，只取興會神到，若刻舟緣木求之，失其指矣。」〔註34〕古人詩畫之作，常隨作者刹時之意興而成，對物之神未必有眞實的呈顯，所以有雪中芭蕉產生，另如萬里遙隔之時空，亦可乘作者一時之興感而相連屬，目的僅在完成主體精神之展現。

　　據上文之闡述，是否即表示欲傳之神僅以己之神爲主，對物之神便完全棄之不顧？實則不盡然，如明人茅坤論《史記》之神便說：

> 予少好《史記》，數見縉紳學士摹畫《史記》爲文辭，往往專求之句字音響之間，而不得其解。譬之寫象者特於鬚眉、頰耳、目口、鼻貌之外見者耳，而其中之神，所當怒而裂眥、喜而解頤、悲而疾首、思而撫膺，孝子慈孫之所睹而潸然涕洟、騷人墨士之所憑而淒然弔且賦者，或耗焉未之及也。〔註35〕

茅坤文中所論之神，顯然爲外在對象之神，而非作者內在之主體精神，因此，作品所傳之神，並不必然侷限於創作主體之精神的傳達，物之神亦含括在內而不可輕忽。五代荊浩論畫松時也曾說過：

> 夫木之爲生，爲受其性。松之生也，枉而不曲，遇如密如疏，匪青匪翠，從微自直，萌心不低，勢能獨高，枝復低偃，倒掛未墜於地上，分層似疊於林間，如君子之德風也。有畫如飛龍蟠虯、狂生枝葉者，非松之氣韻也。〔註36〕

由荊浩之文可知，神化說所言之傳神，不但重視主體精神之傳達，亦不輕忽外物本身天生之神，由於己之神與物之神並轡而行，則心物關係之密切，不

〔註33〕同註1，《詩大序》，頁44。

〔註34〕引自王士禎《池北偶談》，卷十八，〈談藝八〉（北京：中華書局，1997年12月一版三刷），頁436。

〔註35〕引自茅坤《史記抄》，〈史記抄引〉。四庫全書存目史部138（臺南：莊嚴文化事業有限公司，1996年8月初版一刷），頁1。

〔註36〕引自俞崑編著《中國畫論類編》二冊上編，五代荊浩《筆法記》（臺北：華正書局，1984年10月初版），頁606。

可一分爲二之理，恰可藉此得證。

　　由於心物關係不可二分，審美的出發點雖由主體的心開始，但對客體之物並不忽略而過。主體緣心之所感，與客體碰觸之時，主動地調整心中之感和外在之物相渾融。心物自然地各作適當之修正，心物妙契而成美感經驗。心物妙契既非虛矯己之神以強合物之神，亦非著力強使物之神以合己之神，而是情眞景眞自然感應完成心物神會的過程。意即是心物適然相會，己之神與物之神"無意乎相求"，不期而相遭，兩者隱然暗合。審美經驗的神會過程，石濤於《畫語錄》說過一句十分簡明的話，其文爲「山川與予神遇而跡化也，所以終歸於大滌也。」〔註37〕此言明顯道出緣心感物之神會過程的關鍵處，心物之神會是立足於己與物二其形而一其神的基礎上。

　　申而言之，所謂「山川與予神遇而跡化也，所以終歸於大滌也。」其要處無非是提舉出藝術創作者心無滯礙、無所用意的重要。作品之所以能傳神，即在於藝術家能解放一己之精神，擺脫實用與知執的束縛，自由地創造，與萬物之神不期然而然地渾融爲一，促使人和物二其形而一其神。文學藝術在創作或鑒賞方面，無論從物之神出發，或是從己之神出發，最後都是要達到二者合一的境界。也唯有物我精神的相契合，脫離物我之別、形神之異，方能終歸於大滌，達到主體精神的自由解放，而創生技進於道的藝術化境。

　　心物之渾融，物我精神之合一的藝術化境，唯有通過主體的無所束縛、不爲成執所蔽，方能達至。創作者超越心與物各別之桎梏，對天地萬物之神與己之神自能眞正心得意會，以便在心物偶遇交感的神會過程中，渾融己之神與物之神，創生無窮之審美經驗，達到主體精神的自由解放。一如羅大經《鶴林玉露》所云：

> 曾雲巢無疑工畫草蟲，年邁愈精。余嘗問其有所傳乎？無疑笑曰：是有法可傳哉？某自少時，取草蟲籠而觀之，窮晝夜不厭。又恐其神之不完也，復就草地之間觀之，於是始得天。方落筆之際，不知我之爲草蟲耶？草蟲之爲我也？此與造化之機緘蓋無以異，豈有可能之法哉！〔註38〕

〔註37〕引自石濤撰《石濤畫譜》（臺北：華正書局，1980年9月初版），〈山川章第八〉，頁11下。

〔註38〕引自羅大經撰《鶴林玉露》第六卷，見百部叢書集成《稗海》（臺北：藝文印書館），頁10～11。

觀羅氏之說可證明，文學藝術上要求主體精神的自由解放，超脫成執之桎梏，在心物適然相會時，得以心領神會，神乎其技地形成無限可能的審美經驗，此與先哲所體驗之自然觀有異曲同工之妙。此一技進於道的藝術境界，不但展現中國之自然觀，而且與興之理論所要求自然神妙的藝術境界不謀而合。

（三）技進於道的藝術境界

緣心感物的神會過程，不僅說明文學藝術的創作層面，亦含括鑒賞層面。作者於創作過程中，以媾合己之神與物之神為要務，緣於主體之情志，有感於客體之物性，渾融物我與情景，以創生文學藝術作品，同時傳達己之神和物之神。作品間之所以能自生不同之面目，端賴情和景比量分配的不同，情景之分配猶如物我的自恣自用自適，進而形成一神妙入化的藝術境界。唐代符載〈觀張員外畫松石序〉說得好：

> 觀夫張公之藝，非畫也，真道也。當其有事，已知遺去機巧，意冥玄化，而物在靈府，不在耳目。故得於心，應於手，孤姿絕狀，觸毫而出，氣交沖漠，與神為徒。若忖短長於隘度，算妍蚩於陋目，凝觚舐墨，依違良久，乃繪物之贅疣也，寧置於齒牙間哉！〔註39〕

符載所言雖為作畫之旨，但運用於文學創作亦不出其要。文中首先說明技進於道，直接指出作畫非純為技藝而已，乃是入於道者，強調創作之時應「遺去機巧，意冥玄化」，方能「得於心，應於手，而近於神」。意即要求主體精神的自由解放，合物之神與己之神為一，自然創生出神入化之作，此神乎其技的靈妙意境，實與興之理論中，所欲呈顯渾融、整全、靈妙而不假雕飾的藝術化境無異。其次，就思維方面加以說明，符載之文明指凝神入道的神會過程，既不是五官之純感覺，也不是一種理性的思考，而是一種美感經驗的產生與傳達，屬於心理的體驗。而此心理美感的形成過程，是一種當下的直接興感，是瞬間的直覺，是不依賴抽象概念之比較與推理的。自然觀在整個美感形成的過程，以及興基於審美直覺的本質，皆隸屬審美經驗的心理體驗過程，實殊途而同歸。二者之旨皆在創生神妙入化的藝術意境，傳達主體精神的自由解放。

就文學藝術之鑒賞層面而論，緣心感物的神會過程，源於作品之誘引，自然觸發一己久醞之情志，湊合作品綿邈杳然的幽遠意味，而自然渾融物我之神，自生心領神會的審美經驗，與創作層面物我自恣自用自適的神會過程，

〔註39〕同註36，唐代符載〈觀張員外畫松石序〉，頁20。

實無二致。黃子雲《野鴻詩的》有云：

> 學古人詩，不在乎字句，而在乎臭味。字句，魄也，可記誦而得。
> 臭味，魂也，不可言宣。當於吟詠時，先揣知作者當時所處境遇，
> 然後以我心，求無象於窅冥惚恍之間，或得或喪，若存若亡。始也
> 茫焉無所遇，終焉元珠垂曜，灼然畢現我目中矣。〔註40〕

黃氏所言甚為精當，詩人之嗅味，作品之靈魂，無論是在創作或鑒賞層面，
皆是最為難得。在創作層面上，若藝術家有一己之味，作品之靈魂便易生，
含具真實靈魂之作品方能自然傳神，創生咀嚼不盡、杳然無限的況味。而在
鑒賞層面上，欲得詩人之味，作品之靈魂，實無非意在得物之神，以合己心
之情志，借他人之酒杯，澆自己之塊壘。既欲得物之神，便須主體捨棄實用
和知識的追求，以虛靜無成執之心，入於窅冥惚恍之間以合物之神。由於己
之神自然入物之神中而出乎其外，以創生己與物二其形而一其神的神會過
程。通過心物自若自恣，主客體不期然而然地自在交融而為一，形成體物得
神的靈妙意境。此與興之理論要求參化工之妙，而神理湊合自然恰得心和物、
情和景、主體和客體、人和自然之間自在交融與矛盾統一的藝術境界相通。

概括言之，「自然」成為中國藝術重要之審美原則，乃是根源於先哲所體
認的自然觀而來。由於中國之自然觀，一方面指宇宙本體而言，顯示萬物不
僅可相互感通以歸中和，而且是一種盎然大有的價值領域。一方面自然又為
支配世界事物運動變化的普遍規律。就中國藝術理論中所形成以自然觀為審
美原則的體系來說，自然觀之哲學思想的歸趨，當然不出先哲所體認的自然
觀。不過主要是歸向道家，其以道家為根源之所以較為恰當之因，可由兩點
來加以闡述：其一，就自然原則再三強調主體的無所用意來說。其二，就自
然既為一規律原則又為一價值領域而為言。此一以自然審美原則為核心的自
然觀，不但在藝術理論中形成完整的審美體系，而且普遍運用於詩論、畫論、
樂論甚或生活態度方面，成為一條共遵的法則。

至於自然審美原則落於興之理論中，其獨特之處可由兩方面來加以說
明，首先，就興之理論諸層面分別言之，自然之審美原則在審美感知、藝術
表現、藝術效果與讀者感發四個層面所著重之處雖有所不同，但其要旨皆以
無所用意、神理自然恰得為核心，反對刻意雕琢與矯飾造作，呈現渾然天成
之意。其次，立足於自然觀的思想根源，其內容意旨與以審美情感為核心、

〔註40〕 同註3，清代黃子雲《野鴻詩的》，第四條，頁781。

審美直覺爲本質的興之理論意義相較，興之理論與自然觀皆在追求心和物、情和景、主觀和客觀、人和自然間自在的交融與矛盾的統一，兩者皆立基於追求精神主體的自由解放，隨所感而變化，藉著心物間自恣自用的神會過程，使心和物、情與景、主觀和客觀，二其形而一其神的產生審美經驗。由此呈顯萬彙栩栩然的生機，展露出神入化、自然靈妙的境界。

總結地說，自然觀爲興之理論的樞紐。不論是就興之理論的諸層面分別言之，或就審美感興的基本性質審美直覺立論，自然觀在其理論建構中，皆居樞紐地位。

第三節　藝術表現和自然之矛盾與統合

「自然」一詞，承繼傳統精神文化之自然觀，成爲中國藝術上重要之審美原則，在創作或評論方面，特爲標舉率性任眞、理融情暢，而反對刻意造作、強加雕琢，形成一個以自然爲重要審美原則的美學觀。自然美學觀之核心，乃是立於主體不忮不求的自然原則之上，若將自然原則與藝術表現著重人工刻意的技巧，追求擬似逼眞、巧奪天工之意旨相較，兩者似乎是背道而馳。如果綜觀中國藝術理論中藝術表現之要求，則自然審美原則與藝術表現二者，又非截然對立的矛盾關係，反而呈現一種趨向統合的辨證關係。此種自然與人爲既相對而又趨向統合的辨證關係，主要是源於中國哲學中玄學的特質。本文冀對自然觀作進一步的釐清，便以「藝術表現和自然之矛盾與統合」爲主題，對藝術表現與自然原則間之辨證關係加以剖析。首先指出兩者對立而矛盾之癥結所在，進而由傳神寫照、大巧若拙與藝術境界三方面之闡發，呈顯二者如何由矛盾而轉向統合？茲論述於后。

一、藝術表現與自然的矛盾

若就藝術表現和自然二者之基本屬性來說，藝術表現要求直接塑立鮮明生動的審美意象，造成強烈的形象感，以便「語語明白如畫」，將審美意象確實地揭露，而且能深烙人心、醒人耳目。至於自然之特性，則居於不忮不求的態度，呈顯任意自恣、不期然而然的景狀，絕不強括狂搜、刻意營造。兩者根據屬性之差異立論，表面上看來是互相矛盾的。

藝術表現強調刻意地營造審美意象，以創生巨大的藝術效果，此種基本

屬性，胡仔於《苕溪漁隱叢話》曾說：

> 苕溪漁隱曰：詩句以一字爲工，自然靈異不凡，如靈丹一粒，點
> 石成金也。浩然云：「微雲澹河漢，疏雨滴梧桐。」上句之工在一
> "澹"字，下句之工，在一"滴"字。若非此二字，亦烏得而爲
> 佳句？〔註41〕

文中對藝術表現之用心雕琢，說明得很清晰。詩句之刻意營造，旨在再三修
改字句以達妙處。慎重地遣詞用句，塑造動人之意象，對審美意象的刻意追
求，本爲作者在藝術表現的要務。如王荊公之名句：「春風又綠江南岸，明月
何時照我還。」僅僅一個"綠"字，字斟句酌不下十餘次。可見創作者在藝
術表現上強調鍛句鍊意的用心，無非是避免意象模糊零亂或空洞，導致情趣
淺薄或粗疏，冀能在讀者心中塑造生動而深刻的印象。

　　對於作家在藝術表現上刻意經營，雕琢不輟的苦心，許印芳於〈與李生
論詩書跋〉說得更爲明白：

> 蓋詩文所以足貴者，貴其善寫情狀。…所患詞不達意耳。此際宜用淘
> 洗熔煉工夫。凡我見聞所及，有與古今人雷同者，人有佳語，即當擱
> 筆，或另構思，切忌拾人牙慧。人無佳語，我當運以精心，出以果力，
> 眼光所注之處，吐糟粕而吸菁華，略形貌而取神骨，以淘洗之功也。
> 興酣落筆，如黃白合冶，大氣鼓鑄。成篇之後，細檢瑕疵。平者易之
> 以拗峭，板者易之以靈活，繁者易之以簡約，疏者易之以縝密，啞者
> 易之以鏗鏘，露者易之以渾融，此熔煉之功也。〔註42〕

據此可知：藝術表現旨在鍊詞達意，貴在善寫情狀，作者一再刻意淘洗熔煉，
忌雷同、吐糟粕、細檢瑕疵等等，所有在藝術表現所付出的心血，僅爲創造
醒目的審美意象，準確地展現一己之審美情感，烙下深刻的審美效果。

　　反觀自然審美原則在藝術手法方面，則呈顯自恣自用、不期然而然的意
味。主張詩要天眞自然，反對刻意經營、苦思雕琢，形成詩之佳處固不在學
問言語的理性認識。所以方回於〈趙賓暘詩集序〉說：

> 古之人，雖閭巷子女風謠之作，亦出於天眞自然，而今之人反是。
> 惟恐夫詩之不深於學問也，則以道德性命、仁義禮智之說，排比而

〔註41〕引自胡仔《苕溪漁隱叢話》後集，卷九（臺北：世界書局，1961 年 10 月初版），
　　　　頁 478。
〔註42〕同註 1，許印芳〈與李生論詩書跋〉，頁 501。

成詩。惟恐詩之不工於言語也，則以風雲月露、草木禽魚之狀，補
湊而成詩。以嘩世取寵，以矜己耀能。愈欲深而愈淺，愈欲工而愈
拙。此其何故也？青霄之鳶非不高也，而志在腐鼠，雖欲爲鳳鳴，
得乎？是故詩也者，不可以勇力取，不可以智巧致。學問淺深，言
語工拙，皆非所以論詩。〔註43〕

文中指出：詩之高下，既不以表現手法之巧拙爲定奪，亦不以學問之淺深爲
標準，所以詩之佳者乃是以情眞景眞爲要，而不以才學之高下爲局限。方回
之論詩標舉自然審美原則，明顯道出好詩並非取決於學問之深淺或言語之工
拙，當然其意旨並非全然否定學問和言語對藝術表現的助益，只不過看出刻
意於學問之積累與言語之雕琢，主體便難以超越實用和欲望之滯限，達到藝
術表現之最高化境。只因自然之審美原則，依於無所用意，所以主體不易爲
實用和欲望所制限，是比較容易達到藝術之最高化境—天籟。據此而言，自
然原則與藝術表現在創作手法方面所採取的態度，一是嚮往天籟的化境，一
是極度追求人巧，二者便形成大相逕庭的局面。

　　雖然藝術表現的刻意爲之，容易使表現手法停滯在機械的技巧層面，難
以進入自然天成的渾然化境，但是並不表示刻意的藝術表現，勢必劣於以自
然爲審美原則的表現技巧。袁枚對人巧與天籟的關係於《隨園詩話》說得很
精詳：

蕭子顯自稱：「凡有著作，特寡思功，須其自來，不以力構。」此即
陸放翁所謂「文章本天成，妙手偶得之」也。薛道衡吟榻構思，聞
人聲則怒。陳後山作詩，家人爲之逐去貓犬，嬰兒都寄別家。此即
少陵所謂「語不驚人死不休」也。二者不可偏廢：蓋詩有從天籟來
者，有從人巧得者，不可執一以求。〔註44〕

對於詩作而言，人巧與天籟二者不可偏廢，由刻意的藝術表現來看，作者嘔
心瀝血、字斟句琢地苦思佳句巧對，自有其可取之處，時而雖有鑿痕之憾，
但有時亦能化雕琢之跡於無形，到達天籟的藝術化境。至於依循自然審美原
則的創作來說，主體因無所用意而成神理自然恰得之作，以展現藝術化境。
不過神理恰得之作，並不是必然睡手可得，有時反倒是久經琢磨方至。藝術
化境在表面上看似妙手偶得，其實達至之途可由天工亦可由人力，因此不必

〔註43〕引自方回《桐江集》，卷一（臺北：藝文印書館），〈趙賓暘詩集序〉，頁27。
〔註44〕引自袁枚《隨園詩話》，卷四（臺北：廣文書局，1971年9月初版），頁8。

遜以天籟爲上，即以人巧爲鄙。

天籟與人巧在藝術表現的過程中，實非存在著必然矛盾的對立關係，朱庭珍《筱園詩話》說得好：

> 陶詩獨絕千古，在「自然」二字。「十九首」、蘇、李五言亦然。元氣渾淪，天然入妙，似非可以人力及者。後人慕之，往往有心欲求自然，欲矜神妙，誤此一關，遂成流連光景之習。…蓋根柢深厚，性情眞摯，理愈積而愈精，氣彌鍊而彌粹。醞釀之熟，火色俱融；涵養之純，痕跡迸化。天機洋溢，意趣活潑，誠中形外，有觸即發，自在流出，毫不費力。故能興象玲瓏，氣體高妙、高渾古淡，妙合自然，所謂絢爛之極，歸於平淡是也。學者以爲詩之進境，不得以爲詩之初步，當於熔鍊求之，經百鍊而漸歸自然，庶不致蹈空耳。
> 〔註45〕

妙合自然之化境，含具天機洋溢、意趣活潑、高渾古淡的意味。在藝術表現上猶如一觸即發地自在流出而毫不費力。但神理自然恰得的天籟化境，並非全然一蹴可幾。藝術化境之呈顯，必得以深厚的根柢爲前提，舉凡學問之積累、言語之錘鍊、性情之涵潤以及氣象之培養等皆不可輕忽。意即言，藝術表現通過根柢之積累後，呈顯出渾然天成、痕跡迸化、興象玲瓏、妙合神理恰得的藝術化境時，得心應手的藝術表現即合自然之審美原則，兩者據此由各具相異之屬性的矛盾關係，趨向於統一合和。

綜論之，藝術境界之創生，實以藝術表現的苦心經營爲入手處，而以渾然天成、不露鑿痕並且看似神理自然恰得的表現手法爲得手處，因此藝術表現與自然之審美原則是由矛盾趨於統合的辨證關係。

二、藝術表現與自然的統合

藝術表現與自然既是由矛盾趨於統合的辨證關係，其統合的過程可分爲三方面來加以掌握：一是藉著傳神寫照對傳神的要求，闡述藝術表現與自然間可能的統合根基。二是由大巧若拙的藝術表現，論述藝術表現與自然統合的過程。三是依藝術化境之顯露，展現藝術表現與自然審美原則統合後，渾融爲一的藝術境界。

〔註45〕同註28，朱庭珍《筱園詩話》，卷一，十七則，頁2340。

（一）傳神寫照

「傳神寫照」是東晉大畫家顧愷之所提出的命題，顧氏認爲畫人物要想傳神，不應該著眼於整個形體（自然的形體），而應著眼於人體的某個關鍵部位（即蘇軾說的「意思所在」）。其旨無非是要求超越人外在的形貌，把握人內在的生活情調和個性（即風神、風姿神貌）。傳神寫照雖起源於繪畫理論，但細觀中國藝術理論在詩、書、畫諸方面的審美原則，總不乏彼此影響相互流通之痕跡。畫論中傳神的要求便是立足在詩、書、畫理論之匯通的基礎上，理所當然成爲各類藝術中美的本質，而在詩文理論中成爲重要的審美原則之一。如方拱乾〈與田雪龕〉文中說得明確：

> 老夫曰：是所謂神也，詩文訣也。千古善寫照之文人，莫司馬遷若。試讀其世家、列傳，開口一二語，便令其人終身瞭然，及逐節逐句，境絕峰生處，轉令人茫然，而終歸於瞭然，是神在筆先，在文字外也。若夫詩之爲道，則猶之自寫照矣，自寫照而假他人之鬚眉乎？他人鬚眉即佳，自肯受乎？昔有論《史記》者云：「每於人疵處、闕略處，極力描寫。」要知疵處、闕略處，人之餘也，餘者神所寄也。所謂筆先、筆內外也，所謂以動寫靜，以方短寫圓長之說也。然則作詩文者，獨舉餘乎？餘只可以出全，不可以攝全也，全之神注，借餘以出之。〔註46〕

方拱乾直道「神也，詩文之訣也。」足見傳神作爲審美原則非只限於畫論，在詩文藝術理論中亦以之爲規矩。不論畫家或文學家爲達傳神的目的，在創作構思的過程中，常把人物形體中無法表現出「神」的事物，經過提煉萃取，僅留下可以展現個體之「神」的東西。

藝術的本質就是要傳天地萬物之神，爲了傳神的需要，藝術家對事物之風神所在，必須獨具隻眼去發現和捕捉，然後運用技巧加以顯現出來。審美胸襟的具備便成爲傳神之首要條件，在審美胸襟之具備與風神掌握之過程，蘇東坡於〈書李伯時山莊圖後〉曾作過精詳之論述：

> 或曰：龍眠居士作〈山莊圖〉，使後來入山者，信足而行，自得道路，如見所夢，如悟前世，見山中泉石草木，不問而知其名，遇山中漁樵隱逸，不名而識其人。此豈強記而不忘者乎？曰非也。畫日者常

〔註46〕引自周亮工輯《賴古堂尺牘新鈔》二集，卷九（臺北：中華書局，1972 年 11 月臺一版），方拱乾〈與田雪龕〉，頁 27～28。

疑餅，非忘日也。醉中不以鼻飲，夢中不以趾捉，天機之所合，不
強而自記也。居士之在山也，不留於一物，故其神與萬物交，其智
與百工通。雖然，有道有藝。有道而不藝，則物雖形於心，不形於
手。吾嘗見居士作華嚴相，皆以意造而與佛合。佛，菩薩言之，居
士畫之，若出一人，況自畫其所見者乎？〔註47〕

文中指出：傳神不僅僅是藝術技巧的精熟與景致的逼眞，而且必須呈顯出天
機自合，渾然天成的意味。傳神之所以可能，乃是根源於審美胸襟的具備，
而審美胸襟的具備又肇端於藝術心靈不爲實用和欲望所滯限。因此，藝術表
現與自然審美原則在主體的無所用意之下，將藝術表現之技提昇到化除鑿
痕、天機自張的技法之道，創生靈妙自在出神入化的藝術境界。通過表現技
巧技進於道的過程，天力與人巧統合，自然審美原則與藝術表現的基本屬性，
亦於無所用意間，不期然而然地統合。

概言之，藝術表現與自然審美原則間統合之動力，源自主體精神超越實
用與欲望而馳騁無礙。發揮藝術之想像，並且和生命之普遍流行浩然同流，
展露聯翩不絕的創造機趣。王夫之《詩廣傳》曾說：

君子之心，有與天地同情者，有與禽魚鳥木同情者，有與女子小人
同情者，…悉得其情，而皆有以裁用之，大以體天地之化，微以備
禽魚草木之几。〔註48〕

由於主體心靈與萬物同其情，其秘要在無我，而以萬物爲我。強調玄學上的
玄妙神思，藉著想像聯翩而至，展露天地萬物之神。由於傳神要求的達成，
無形中便統合了藝術表現與自然二者，而且主體靈魂的創造，不僅展現詩人
的抒情心靈，同時也展現全體宇宙的眞相及其普遍生命之美。

（二）大巧若拙

由於藝術表現與自然審美原則立於傳神的要求下，可以將二者在基本屬
性上的矛盾對立轉爲統合的關係，其統合的過程，可由大巧若拙的藝術型態
加以說明。就自然審美原與藝術表現的基本屬性來說，藝術表現向以雕琢之
工巧爲上，自然則以無所用意的樸拙爲高，工巧和樸拙在字源意義上確爲對

〔註47〕引自蘇軾撰《東坡題跋》四冊，卷五，見百部叢書集成《津逮祕書》（臺北：
藝文印書館），〈書李伯時山莊圖後〉，頁3～4。
〔註48〕引自王夫之撰《詩廣傳》，卷一（臺北：河洛圖書出版社，1974年9月初版）
〈召南十論〉第二則，頁10。

立的字眼，兩相比較之下，中國之傳統觀念向以樸拙為上，工巧為下，李贄《焚書‧雜說》有言：

> 《拜月》、《西廂》，化工也。《琵琶》，畫工也。夫所謂畫工者，以其
> 能奪天地之化工，而其孰知天地之無工乎？今夫天之所生，地之所
> 長，百卉具在，人見而愛之矣，至覓其工，了不可得，豈其智固不
> 能得之歟！要知造化無工，雖有神聖，亦不能識知造化之所在，而
> 其誰能得之？由此觀之，畫工雖工，已落二義矣。…蓋雖工巧之極，
> 其氣力限量只可達於皮膚骨血之間，則其感人僅僅如是，何足怪哉！
> 〔註49〕

就工巧之要求而為言，畫工實極精雕細琢之能事，但語盡則意亦盡，僅能動人之皮膚骨血為一時，而未能持續悠遠不絕的意味。刻意之雕琢愈精詳，則其指愈明也愈有所囿，因而缺乏深幽窅然之趣，當然就難以動人肺腑，餘意沁人心脾。至於化工之森然生機，萬物樸拙自在，看似無所用意地零落陳列，物物之間好似不相攝，但其中自有無限感通的可能。劉熙載《藝概‧詞曲概》便說：「古樂府中至語，本只是常語。一經道出，便成獨得。詞得此意，則極煉如不煉，出色而本色，人籟悉歸天籟矣。」〔註50〕化工之妙一如本色，毫不熔煉地存在，與畫工之窮工極巧大不相同。中國藝術表現向來首重天趣自成而不露鑿痕，因此，在畫工層次上的藝術表現，雖在表現技巧上特為講究出色和極力鍛鍊，不過最後仍是要向神理自然恰得的藝術化境回歸。因此，藝術表現與自然審美原則之關係，就基本屬性論，兩者在最初的基點上是矛盾對立的。依藝術表現傳神之審美原則而為言，化工是高於畫工，樸拙高於工巧。

　　進一步地說，藝術表現在傳神審美原則下，樸拙可視為最高之藝術表現，工巧的表現手法，無非是回歸自然樸拙的肇始點。據此，藝術表現和自然審美原則便是一種由矛盾漸趨統合的辨證關係。若以藝術表現工巧的要求為藝術化境的入手處，則自然審美原則所強調的樸拙即是藝術化境的得手處。皎然《詩式》「取境」一條說得好：

> 或云詩不假修飾，任其醜樸，但風韻正、天真全，即名上等。予曰

〔註49〕引自李贄撰《焚書》，卷三（臺北：河洛圖書出版社，1974年9月臺景印初版），頁96。
〔註50〕引自劉熙載撰《藝概》，卷四，〈詞曲概〉，頁117。

不然。無鹽闕容而有德，曷若文王太似有容而有德乎？又云不要苦
思，苦思則喪自然之質。此亦不然。夫不入虎穴，焉得虎子。取境
之時，須至難至險，始見奇句。成篇之後，觀其氣貌，有似等閒，
不思而得，此高手也。有時意靜神王，佳句縱橫，若不可遏，宛如
神助。不然，蓋先積精思。因神王而得乎？〔註51〕

皎然認爲：藝術化境既可由天生之才力自然而然地創生，亦可藉由苦心經營
以達藝術表現之精熟後而得之，天力與人巧兩者不可偏廢。只要成篇之後，
含具躍然之生意，展現無所用意、不露鑿痕的意味，皆可肯認爲天機自張、
靈妙入神的藝術境界。

藝術表現和自然審美原則間由矛盾而趨向統合的辨證關係，即是主體超越
實用和欲望的成執，藉著神思之飛行，對萬物風神之掌握，得於心而應於手。
立於無我之境，與萬物同流，藝術表現不期然而然地由粗略的不工，經過窮工
極巧的要求，翻轉至毫無鑿痕、看似不工的樸拙境地，進而創生渾然天成的藝
術化境。劉熙載《藝概・書概》說得清晰：「學書者始由不工求工，繼由工求不
工。不工者，工之極也。」〔註52〕《莊子・山木篇》曰：「既雕既琢，復歸於樸。
善夫！」老子所言「大巧若拙，大辯若訥。」和「既雕既琢，復歸於樸。」其
意皆指歷經人工之鎚鍊，最後絢爛歸於平淡，超越藝術表現所著眼之精巧技術，
翻轉至自然湊泊、神理恰得的藝術境界，呈現生命之道本然天成的自然面貌。

（三）藝術境界

藝術表現之至境，乃是蘊含弦外音、言外意，呈現不絕如縷的天然機趣，
只嗅得人之性情和氣味，而不覺有文字之隔閡存在的意境。皎然《詩式・重
意詩例》曾云：「兩重意以上，皆文外之旨。若遇高手，如康樂公，覽而察之，
但見性情，不睹文字，蓋詩道之極也。」〔註53〕蓋就藝術表現與自然之辨證
關係論，詩道的最高意境即在超越藝術表現刻意求精巧的技術層面，形成心
手渾然爲一、不露鑿痕，字句自然自適的自我搬演，創生言有盡而意有餘的
靈妙韻味。朱存爵《存餘堂詩話》也說：「作詩之妙，全在意境融徹，出音聲
之外，乃得眞味。」〔註54〕所謂出音聲之外，貴在情景交融、心物渾一，物

〔註51〕同註15，皎然《詩式》，取境條，頁31。
〔註52〕同註50，卷五，〈書概〉，頁161。
〔註53〕同註15，皎然《詩式》，重意詩例條，頁31。
〔註54〕同註15，朱存爵《存餘堂詩話》，頁792。

之神與己之神二其形而一其神，物我之融徹，即能忘卻表現上求雕琢之意，達至天機自張、渾似天成之高度，展現出神入化、神理自然恰得的藝術境界。

藝術境界之形成，可由學問和字句上盡人事而得，亦可由心物適然相會，於無所用意間，不期然而然地創生自然靈妙的化境。就表現手法上善盡人事來說，不斷積累學問和錘鍊字句，乃是在精思厚實之後，企圖超越刻意雕琢的技術層面，翻轉至無所用意、情景融徹、心物渾和爲一的神妙意境。換言之，藝術表現以工巧爲基本屬性，僅是藝術境界之入手處，最後仍以自然之審美原則爲歸屬，視天機自張、神理自然恰得看似樸拙的藝術技巧爲得手處。藝術表現和自然審美原則在靈妙入神的藝術境界下，兩者便由矛盾而趨於統合，袁枚《隨園詩話》說得好：

> 詩文自須學力，然用筆構思，全憑天分。往往古今人持論，不謀而合。李太白〈懷素草書歌〉云：「古來萬事貴天生，何必公孫大娘渾脫舞。」趙雲松《論語》云：「到老方知非力取，三分人事七分天。」〔註55〕

藝術境界的達成，並不是藝術表現與自然原則作固定比量的分配，而是兩者自適自成的統合。學力精思厚實之後，興會無端，自生佳句縱橫、宛如神助、來不可遏，猶如天力之使然。

歸結地說，藝術表現對字句再三鍛鍊，要求窮工極巧，最後還是要歸於自然原則，化苦心雕琢於無形，使創造的審美意象回到渾然天成，不露人工刻畫的痕跡。據此，自能引生意與境渾的神妙化境，則其美感情趣必深中人心。王國維於《宋元戲曲考·元劇之文章》道得精詳：「何以謂之有意境？曰：寫情必沁人心脾，寫景則在人耳目，述事則如其口出也。」〔註56〕觀文中意旨可知：有意境之作品不但在抒情寫景足以感人肺腑，其在藝術表現亦是自然如口出。藉此亦可明瞭藝術表現與自然審美原則間的關係並非矛盾對立，而是趨向統合的辨證關係。

綜觀藝術表現與自然原則之關係，起初由各自的基本屬性觀皆似相互對立而矛盾。但在中國藝術以自然爲最高審美原則的傳統下，藉由創作過程的說明，通過藝術表現上傳神寫照的傳神要求以及創作過程上呈現大巧若拙的

〔註55〕同註44，卷一五，頁6。
〔註56〕引自王國維著《宋元戲曲考》，見國民叢書（上海書店，大東書局，1926年版），頁125。

意味，將創作手法之技藝轉化爲天機自張的藝術之道。在藝術境界展現時，同時亦展現主體精神自由的生命之道。在此一技進於道的創作過程中，也就統合藝術表現與自然審美原則間的矛盾對立關係，完成兩者由矛盾對立最後轉趨統合的辨證關係。

概括地說，中國藝術特具哲理和辨證的色彩，乃是根源於民族思維形式的特殊。就人與自然之關係來說，不但不是探取相對立的觀點，也不是人純對一物。反而是人與自然間相貼切，導致藝術家觀照大千世界時，探取心物交攝、物我之神互化、情景自適的渾融心態，形成天地之美寄於生命，藝術以呈顯宇宙萬有的盎然生意爲上。亦可說，中國藝術家並不專重寫實，而是注重躍然之生意。藝術表現必需上比天工，以宣洩神力，並且下觸心靈，以激發機趣，展現天趣自成、靈妙入神的藝術境界。

小　結

一般說來，中國藝術的通性乃在表現盎然的生意，主要可分別就審美感興、藝術表現及審美情趣立論：首先，在審美感興上，著重藝術性的直觀，超越主體精神的實用和欲望之滯礙，旨在馳情入幻，透過想像之聯翩，完成主客渾融、物己之神合一，具體表現出生動活躍的氣象。其次，於藝術表現方面，眞正的中國藝術家與「匠」不同，他不能只在技巧上下工夫，而必須表露酣然之生意與陶然之機趣，超脫技術層面之沾滯而毫無鑿痕，捕捉自然天眞的態度和渾然天成的機趣。最後，在審美情趣上，注重由事物表象所激發的神思，強調勾深致遠，直透內在的生命精神，發爲外在的生命氣象。換句話說，中國藝術在審美情趣上，主張藝術必須技進於道，通過「超以象外」「得其環中」的努力而與萬物冥同，成就蘊具暢然生意、靈妙入神的藝術化境。

總提興與自然觀的關連，其根據仍不外中國藝術通性中所提的三大面向，而本文在作興與自然觀的關連的分別論述上，主要之取徑有三，其一，是就自然觀在興之理論諸層面的開展，作一外在理論的關連論述。其二是就自然觀之意旨的根源，立於內在意義脈絡的察考，論述自然觀在興之意義脈絡下的重要性。其三就藝術表現和自然之矛盾與統合而爲言，依傳神寫照、大巧若拙與藝術境界三者的論述，呈顯創作過程中技進於道的達成，對藝術和自然間的關係作剖析，亦藉此對自然審美原則的意涵有一更爲深切的理解。

綜論之，對興與自然觀之關連的解析，首先，就自然觀在審美感知、藝

術表現、審美效果以及讀者感發諸層面的開展，呈顯各自側重之自然義的相異，於外在理論層面作一個概括的表述，由理論表層顯示兩者的關連。其次，就自然在興之理論中的重要性立論，不但說明自然觀在文藝理論中的重要性，而且在自然觀與興之理論的內在意義脈絡上，明晰地指出兩者的內在關連，確認自然觀在興之理論中居於核心地位，而且貫串整個興之內外在理論，形成興與自然間的體系脈絡，成就興之自然觀的理論系統足以成立的根據。最後，通過藝術表現和自然原則間的矛盾與統合，藉由技進於道之創作過程的闡述，再度辨明自然觀之意旨。而興和自然觀之間的關係，即由此三個面向層層剝析、一再轉進，據此凸顯自然與興之密切關連。

第四章　興之自然觀的哲學根柢

　　中國由於思維方式的特別，不但使藝術深具哲理和辨證的色彩，而且產生藝術與哲學密不可分的關係。因此，欲對某一藝術理論的本質或特性有所掌握，必先對中國哲學具備基本的理解，方不至於在釐析文藝理論之時，產生偏差或訛誤。總覽中國哲學之理論體系大可以廣博宏肆的儒、道二家思想加以概括。在傳統文化中舉凡人心之觀念、生命之價值、國家之政教以及藝術理論等種種層面，無不受二家的思想所籠罩。若專就藝術理論而爲言，由於儒道二家思想在基本性格上的不同，由於道家立於無所用意、無所爲的主體精神下，不但比儒家更具藝術精神，而且對藝術各方面的影響是較儒家思想來得豐厚深刻。

　　本章以「興之自然觀與道家思想之關連」爲課題，主要的目的有兩個：其一是爲興之自然觀找尋哲學之根源。其二是闡明中國藝術與哲學存在的密切關連。至於本章針對此問題所作之論述，大致由三方面加以釐析：其一是以道家之自然觀及其對藝術之影響爲論題，首先，掌握道家思想之大要，進而對道家自然觀加以解析，最後，就道家思想運用於藝術理論中，成就以「遊」爲核心的藝術精神，藉此得以闡發道家思想對藝術之深遠影響。其二以興之自然觀與道家思想之關連爲論題，指出道家自然觀之意義脈絡，並解析主體的虛靜無爲是興之自然觀與道家思想的關連核心。立足於本體之虛靜，再通過觸物圓覽的觀物方式，兩者皆可呈顯出精神自由解放的生命境界。其三以自然成爲文學藝術普遍要求的哲學意義爲題，指出藝術與哲學以「和」爲會通點，通過「遊」之藝術精神的展現，呈現自然爲文學藝術普遍要求的哲學意義。

第一節　道家之自然觀及其對藝術之影響

　　道家思想體大而思微，對中國傳統文化諸層面的影響，實非其他哲學堪與匹敵。欲釐清道家之自然觀及其對藝術之影響兩大論題，可循著三大面向加以闡發，其一是對道家思想作一精要之掌握，由虛靜無爲與和諧的生命境界兩方面加以說明。其二闡明道家思想脈絡中，自然觀之意旨所在，論述之取向是立足在理解道家思想的基礎上，以便對自然觀之析論有所助益，不至於產生偏離思想本身之脈絡意義的錯誤。其三即以道家思想對藝術之影響爲主題，說明自然觀在藝術諸層面，所展現的藝術精神。

一、道家思想──逍遙遊

　　道家思想根源於深刻的憂患，要求在劇烈轉變中，找到一個不變的「常」，以作爲人生的立足點，求得生命的安頓，因此，追求神與物遊、逍遙無待之精神境界。精神得以自由解放，主要是依據虛靜的修持工夫，通過用心若鏡看似無用的虛靜心，擺脫實用與知識的束縛，取消物我之相對，而達至物我兩忘的和諧境界。由於道家龐大之思想體系的構建，主要是以虛靜心爲本體，通過和的精神狀態，以達到逍遙與物同遊的精神境界。簡單地說，逍遙遊是道家思想之總提，由於遊是一種境界型態上的精神自由解放，唯有透過和之精神狀態方能展現於外，至於虛靜則是整個道家思想工夫的總持。據此，虛靜心與和的要求，可說是道家精神的中核，所以欲掌握道家思想之精要，便由心齋與坐忘入手，〔註1〕此二者即爲本文對道家思想之理解的進路，茲論述於后。

〔註1〕　心齋與坐忘一般是等同視之，此處採心齋與坐忘有別而分述，其原因有二：
　　　　首先，是依徐復觀先生在《中國藝術精神》、李澤厚、劉綱紀合著《中國美學史》卷一之說，心齋旨在強調主體精神之虛靜，以化除生命之紛馳、情緒之無常、意念之造作等人之糾結與煩擾，避免人心隨物遷流而生無窮苦痛。而坐忘之說法較心齋更進一步地指出：道家思想忘懷一切的特徵，強調「無己」、「忘我」，連主體也要遺忘，著重處在「身與物化」，以達到物我絕對，萬物自適而不相待，逍遙而和諧的生命境界。其次，是乘行文之便，本章之重點在論證興之自然觀與道家思想的關連，將心齋與坐忘分述，不但在說明道家自然觀對藝術之影響時有較大的方便，而且在第二節論述興之自然觀與道家思想的關連，以及在第三節闡述自然成爲文學藝術普遍要求的哲學意義時也有莫大的助益。當然本文將心齋與坐忘分別論述，並不表示心齋與坐忘必然要區隔開來。

（一）心齋──虛靜心

中國人之言心，除醫書與道教之書，重視生理與心的關係之外，大致直接就人心對其自身之體驗以言心性。道家所言心之名目甚多，有莊子所貶斥帶著成執之「機心」〈天地第十二〉、「賊心」〈天地第十二〉，也有具虛靈明覺之「刳心」〈天地第十二〉、「洒心」〈山木第二十〉和「常心」〈大宗師第六〉等。道家認爲人生無窮禍患之根源，乃是出於機心與人自然生命之情欲相結合，憑仗當前所已見已得者爲條件，而企求有所得時，意欲即由此及彼，連類所及，產生無限之可能而呈於前。此刻，人之心知便隨此一「無窮之可能」而浮起，形成償驕之心，一再輾轉追逐，生命便永在向外尋求，人之禍患憂慮亦終無已。《莊子・齊物論》所言甚明：

> 一受其形，不忘以待盡。與物相刃相靡，其行盡如馳，而莫之能止，不亦悲乎！終身役役而不見成功，薾然疲役而不知其所歸，可不哀邪！人謂之不死，奚益！其形化，其心與之然，可不謂大哀乎？人之生也，固若是芒乎？其我獨芒，而人亦有不芒乎？夫隨其成比而師之，誰獨且無師乎？奚必佑代而心自取者有之？愚者與焉。未成乎心而有是非，是今日適越而昔至也。是以無有爲有。無有爲有，雖有神禹，且不能佑，吾獨且奈何哉！〔註2〕

人之心知冒過其當下之所遇、所表現，欲憑藉之而有所預謀，並生一機心，冀得其所不能必者，徒使心知外徇外馳，一心搖盪不止、憂慮無已。因此人欲脫離生命無窮追逐之憂患，理先消解一己先存之思慮預謀，自求聞其所方聞，自見其所方見。所謂自聞自見並非爲一無所聞一無所見，只是不更有一自外來之知以生矜持。旨在免於心知之外馳，去除爲成執所滯之機心，復其靈臺本眞。所謂靈臺即是：若心存於原來的位置，不隨物轉，則此時之心，乃是人身神明發竅的所在，也就是虛靜工夫所欲回歸之所在。換句話說，虛靜心即是復心之本然之性，人心之虛靜只不過是將主體由外向內撤，不隨外物而轉，不因情欲之動而遮蔽本然之性，此即虛靜心之意涵所在。

在人的生命中，常常容易爲生命之紛馳、情緒之無常與意念之造作所束縛，心如何能不隨物遷流，而復靈臺之本眞？《莊子・天道篇》即言：

〔註2〕引自《莊子集釋》，〈內篇・齊物論第二〉（臺北：天工書局，1989年9月版），頁56。往後之引文出於《莊子》者，悉依此版本，只注明篇名、頁碼，不再重複標明詳細出處。

> 聖人之靜也，非曰靜也善，故靜也。萬物無足以撓心者，故靜也。
> 水靜則明燭鬚眉，平中準，中匠取法焉。水靜猶明，而況精神。聖
> 人之心靜乎，天地之鑑也，萬物之鏡也。……夫虛靜恬淡寂寞無為
> 者，萬物之本也。（內篇，頁 457）

心之能不受誘引而向外奔馳，主要在於心之虛靜。心既沒有以自我為中心的
成見，也不為物欲感情所騷動，由欲望與心知中解放出具虛靈明覺之心。其
效果是如鏡之明，呈顯心對萬物不將不迎，復歸靈臺本自平等而自由的觀照
之意。亦即言，虛靜心既不向知識方面歧出，又無成見的遮蔽，萬物便為心
所通過而非有所留滯，靈臺既歸本真，自然不被外物所界畫束縛，常保心之
生動性與活潑性，成為自由之心，與物超時空而一無所隔地相接。

　　進一步地說，虛靜心所產生之知覺，可說是一種靜知。所謂靜知，是在
沒有任何欲望擾動的精神狀態下，超越一切差別待遇，所發生的孤立性之知
覺。通過虛靜心所生之靜知，是沒有其他牽連，一如鏡之照物，不將不迎、
應而不藏。既無主觀之成心加在物上，物為心一照即過，毫不牽動主觀以藏
物的直覺觀照。此直覺觀照既無價值判斷也無先存之記執，純粹觀照而不加
分解剖析之靜觀默察、心領神會。《莊子·刻意篇》說得精詳：

> 水之性，不雜則清，莫動則平；鬱閉而不流，亦不能清；天德之象
> 也。故曰，純粹而不雜，靜一而不變，惔而無為，動而以天行，此
> 養神之道也。夫有干越之劍者，柙而藏之，不敢用也，寶之至也。
> 精神四達並流，無所不極，上際於天，下蟠於地，化育萬物，不可
> 為象，其名為同帝。（外篇，頁 544）

虛靜心如鏡之照、水之性般純粹靜一，其性是無成見、無欲望、無好惡的心
理狀態。其發用時與物相接皆無所繫戀，只是冷冷地、泛泛地應而不藏，故
莊子以淡形容具虛靈明覺的虛靜心。道家以虛靜為本體、為根源的知覺，並
非同於一般所謂之感性。而是超知但不捨知，直透萬物本質，此知即是老子
所言之「玄覽」，莊子通過「心齋」之後的美地觀照。

（二）坐忘——和的要求

　　道家思想之所以能求得精神的自由解放，主要是立於虛靜心的基礎，通
過凝神、坐忘而物化的工夫，不但消除知識之成執與欲望，達至物我兩忘，
隨物變化且萬物無待，自然和於天的精神境界。如《莊子·齊物論》說得明
白：

何謂和之以天倪？曰：是不是，然不然。是若果是也，則是之異乎
不是也亦無辨。然若果然也，則然之異乎不然也亦無辨。化聲之相
待，若其不相待。和之以天倪，因之以曼衍，所以窮年也。忘年忘
義，振於無竟，故寓諸無竟。（內篇，頁 108）

由於心之虛靈明覺，是非安其自然之分而不加辨，是故任化無窮，處順安時。
虛靜心既不滯不著且不相待，自能消解人死生之大欲與是非之知執，通暢妙
理，洞照無窮，以至精神之自由解放。

　　虛靜心不受生理欲望之要挾與知識成執之束縛，主體便能自凝其精神於
某一用，由於無成執在先，看似無用之虛靜心，便使精神凝注於一物而有所
發用，舉例可明。如《莊子‧達生篇》所言：

梓慶削木為鐻，鐻成，見者驚猶鬼神。魯侯見而問焉，曰：「子何術
以為焉？」對曰：「臣工人，何術之有？雖然，有一焉。臣將為鐻，
未嘗敢以耗氣也，必齊以靜心。齊三日，而不敢懷慶賞爵祿。齊五
日，不敢懷非譽巧拙。齊七日，輒然忘吾有四枝形體也。常是時也，
無公朝，其巧專而外骨消。然後入山林，觀天性。形軀至矣，然後
成見鐻，然後加手焉。不然則已。則以天合天，器之所以疑神者，
其是與！」（內篇，頁 658）

梓慶削木為鐻，之所以能精妙如鬼斧神工，令人驚疑咋舌之因，觀其製作過
程即可知。製造者以齋戒其心始，主體便由奔馳不已的念慮中超拔出來，將
心知自外撤回自照，靈臺即復歸虛靜。虛靜之心超脫外在之實用和利欲，不
但凝神以順物之性，本身之百體四肢亦同時忘遺而輒然無動，達至物我兩適，
而成鐻之微妙疑似鬼神。

　　道家所言精神自由解放之境界，以虛靜心為觀照之始點。靈臺由於自照
不為知執和實用所桎梏，心知即能凝神以消除造作。主體神凝而後方能忘，
能忘始能化，不但消釋知理而無執滯，與物相接亦順性而無抵觸。虛靈明覺
之心，直接洞察物之內部，觀照其本質，而通向萬物自適而不相待的和諧境
界，精神便向無限自由之境解放。如《莊子‧齊物論》所舉之明例：

昔者莊周夢為胡蝶，栩栩然胡蝶也，自喻適志與！不知周也。俄然
覺，則蘧蘧然周也。不知周之夢為胡蝶與，胡蝶之夢為周與？周與
胡蝶，則必有分矣。此之謂物化。（頁 112）

道家所言萬物和諧之精神自由，是一個「物化」的精神境界。所謂物化即是

司馬談於〈論六家要旨〉中所說「隨物變化」。自己化成什麼，便安於什麼，而不固執某一生活環境或某一目的。乃至安於現有的生命，自己的心知便不會向外奔馳、往而不返。如此一來主體之精神始得自由解放，生命方能有所安頓。

　　道家思想之大要，旨在讓生命有所安頓，主體精神得以自由解放。通過虛靜之涵養工夫，將心知自外撤回，復歸靈臺之虛靈明覺，超脫外物之牽掛、滯礙，凝神以破自我之封界。於物我相接之時，取消自我為中心的衡量標準，順物自然之性，不但泯理知之是非，並且化除物我之對立，與物同冥消解執持與扞格，萬物自然自適、物我和諧，達至精神之自由解放。綜言之，道家思想之大要。可以《莊子・達生篇》作結：

> 工倕旋而蓋規矩，指與物化而不以心稽，故其靈臺一而不桎。忘足，屨之適也；忘要，帶之適也；知忘是非，心之適也；不內變，不外從，事會之適也。始乎適而未嘗不適者，忘適之適也。（外篇，頁662）

整個道家思想可以「逍遙遊」概括之。其核心在於「遊」字，神之能遊乃出於一虛靜之心，通過凝神專一之後，以觀照之眼直透事物本質，順其自然之性而忘物我之界分，能忘故能逍遙地與物同遊，達至物我俱化、萬物自然自適，登精神自由解放之境界。

二、道家自然觀──無為獨化

　　自然於老莊二書中所言並不多，但追究其對後世之影響可謂深遠，觀《老子》、《莊子》提及自然一詞者如下。於老子書中僅有五處提及：

> 悠兮其貴言，功成事遂，百姓皆謂我自然。[註3]

> 希言自然。故飄風不終朝，驟雨不終日。孰為此者？天地。天地尚不能久，而況於人乎？（〈上篇・二十三章〉，頁57）

> 人法地，地法天，天法道，道法自然。（〈上篇・二十五章〉，頁65）

> 道之尊，德之貴，夫莫之命而常自然。（〈下篇・五十一章〉，頁137）

[註3] 引自樓宇烈校釋《老子周易王弼注校釋》，〈上篇・第十七章〉（臺北：華正書局，1983年9月初版），頁41。往後之引文出於《老子周易王弼注校釋》者，悉依此版本，只注明篇名、章數以及頁碼，不再重複標明詳細出處。

是以聖人欲不欲，不貴難得之貨。學不學，復眾人之所過。以輔萬
物之自然，而不敢爲。（〈下篇・六十四章〉，頁 166）

而莊子書中亦僅有七處言及自然者如下：

吾所謂無情者，言人之不以好惡内傷其身，常因自然而不益生也。
（〈内篇・德充府第五〉，頁 221）

無名人曰：汝遊心於淡，合氣於漠，順物自然而無容私焉，而天下
治矣。（〈内篇・應帝王第七〉，頁 294）

夫至樂者，先應之以人事，順之以天理，行之以五德，應之以自然，
然後調四時，太和萬物。（〈外篇・天運第十四〉，頁 502）

吾又奏之以無怠之聲，調之以自然之命，故若渾逐叢生，林樂無形；
布揮而不曳，幽昏而無聲。（〈外篇・天運第十四〉，頁 507）

當是時也，莫之爲而常自然。（〈外篇・繕性第十六〉，頁 550）

夫水之於汋也，無爲而才自然矣。（〈外篇・田子方第二十一〉，頁
716）

眞者，所以受於天也，自然不可易也。故聖人法天貴眞，不拘於俗。
（〈雜篇・漁父第三十一〉，頁 1032）

縱觀後世治老莊之學者，多如過江之鯽，闡發道家思想自然觀者，更是不乏
其人。或依於客觀萬物間陰陽氣類之相感來說，或以宇宙本體之獨化而爲言，
或自主體之無爲的人心境界說，或就人之自然生命的神氣論。因此，返本溯
源考察道家自然觀，是否有各層面的意義，或只具單一層面的意義，便有深
究之必要。〔註 4〕

　　道家崇尚自然，可說是一般都有的共識，自然在道家思想中的意旨可由
語用與思想脈絡兩者加以闡發。首先，就老莊書中所提及之「自然」，就其語
用的意義來說，不出自性（自己如此）、存在的法則、無爲與返璞歸眞，冥合
於道等四個意義。就自然作爲道家思想的重要概念來說，純粹單由語用層次
來詮釋則有太粗疏之虞，所以必須就整個道家思想脈絡來檢證自然的涵義。

　　在道家自然觀的考察中，尤以自然與道的關係最爲人所側目，主因《老
子》二十五章明言：「人法地，地法天，天法道，道法自然。」（上篇，頁 65）

〔註 4〕　參引林朝成撰《魏晉玄學的自然觀與自然美學研究》，1992 年 6 月，臺大哲研
　　　　所博士論文，〈第一章魏晉玄學的自然觀及其發展〉，頁 7～42。

道家思想體系中是以「道」爲最高境界，二十五章卻說道法自然，看似在道
之上還有一個更高的自然可法，則自然與道之關係該如何理解？依據道家思
想體系立論，當然並非認爲于道之上還有一更高的自然可法，而應該說自然
是當下體道的主觀精神境界，也是修道的工夫歷程。正因爲「道可道，非常
道；名可名，非常名。」（〈上篇·一章〉，頁 1）是故，以「自然」一詞而略
加表詮，通過對自然在工夫歷程與境界上的遮撥以顯道。而工夫歷程與精神
境界的自然，在精神自由解放之生命境界呈現時，兩者最後可渾融爲一。據
此，在論述道家自然觀時，便是通過自然爲當下體道的精神境界與自然爲修
道的工夫歷程兩途，對道家自然觀加以表詮。

　　首先，就自然爲當下體道之主觀精神境界論，自然既非居於道之上的實
體，只是表詮道之生物，遵循萬物自然之法則而來。老子曾言「道之尊，德
之貴，夫莫之命而常自然。」（〈下篇·五十一章〉，頁 137）和「以輔萬物之
自然，而不敢爲。」（〈下篇·六十四章〉，頁 166），兩者所言之自然，可以「無
爲」來表示其特徵，原本自然與無爲有著相同之內涵，即爲眾所皆知。自然
之所以爲體道之精神境界，乃是就主體精神通過不執不爲的無爲心境，在不
破壞萬物之自足性，任物自生自適下，而向道回歸。《老子》第十章說得好：

> 載營魄抱一，能無離乎？專氣致柔，能嬰兒乎？滌除玄覽，能無知
> 乎？愛民治國，能無知乎？天門開闔，能無雌乎？明白四達，能無
> 爲乎？生之、畜之，生而不有，爲而不恃，長而不宰，是謂玄德。（上
> 篇，頁 22-24）

道之玄德乃是不禁塞萬物之性，令其自生自長，不以主體主觀的造作，杜絕
萬物自然的生機。申而言之，自然成爲當下體道之主觀精神境界，乃是將自
然義收攝於沖虛無爲之玄冥境界中。自然爲主體精神之觀照，猶如初生嬰兒
之眼，毫無成執而單純地觀照萬物，即是老子所言「滌除玄覽」之意。體道
之自然乃是就聖人沖虛之心境中的高處而爲言。

　　其次，就自然爲修道之工夫歷程論，在自然爲當下體道之精神境界方面，
以聖人無爲的沖虛心境爲本、爲母，極力形容比擬心境之虛無，全離天地萬
物而說，以明聖人于當下的體無心境下，呈顯道法自然之義。人之當下雖可
達道，但人心於天地中，一受成心知執所牽動，主體思維便向外奔馳，往而
難返，虛靜無爲之心難保，須臾離道則在眉睫。所以《老子》第十五章便說：

> 古之善爲士者，微妙玄通，深不可識。夫爲不可識，故強爲之容。

豫兮若冬涉川，猶兮若畏四鄰，儼兮其若容，渙兮若冰之將釋，敦
之其若樸，曠兮其若谷，混兮其若濁。孰能濁以靜之徐清？孰能安
之久動之徐生？保此道者不欲盈，夫唯不盈，故能蔽不新成。（上篇，
頁33-34）

人如何能自達於安、久而自然之心境，其內在止濁復明，安久而徐生，以保
自然之道的種種內在問題，實有賴於修道之工夫歷程方能說明。

　　道家思想於工夫歷程上，對「獨」的觀念最為重視。如老子對道的形容
是「獨立而不改」，此就客觀的道，表明道獨立於一般因果關係上，不與他物
相對待，不受其他因素之影響。莊子則以人見道之後的精神境界而為言，如
〈天地第十二〉「舉滅其賊心，而皆進其獨志，若性之自為，而民不知其所由
然。」（外篇，頁432），又如〈田子方第二十一〉「向者先生形體若掘槁木，
似遺物離人而立於獨也」（外篇，頁711），莊子之獨以無對待之絕對自由的精
神境界而為言。〔註5〕道家思想重「獨」的觀念，在現實生活中，必超脫相互
之牽連、彼此之對立與困擾始能獨。獨之可能，唯有通過虛靜心之虛靈明覺，
如鏡之照萬物不將不迎，過而不留。消解知執與欲望，忘掉具體物相互間的
分別相，乃至存在相，能忘始能隨變化而變化，不但化己同時化物，以達物
化的精神境界。

　　觀道家修道的之工夫歷程，由獨而至化，實可以「獨化」一詞加以概括。
錢穆先生對獨化之義，於〈老莊通辨〉中說得精湛：「就字義言，獨即自也，
化即然也。自然之體，惟是獨化。……惟其獨生獨化，乃始謂之自然。自者，
超彼我而為自，然者兼生化而成然。」〔註6〕獨化既是道家思想之工夫歷程，
其意義內涵又等同於自然，藉此可證。自然不僅為當下體道之精神境界，更
是達道之工夫歷程。兩者在人之不滯于其所見、所知、所為、所生，而具不
有、不恃之玄德，而能安久于道，達于自在、自如、自然之心境中相合，得
見道法自然之全義，亦即是道家自然觀之梗概。

　　概括地說，道家思想以道為形上地造物者。所謂「自然」，乃指道雖造物，
既無意志，又無目的。造物過程之作用，至微至弱，好像是「無為」。既造之

〔註5〕參引徐復觀著《中國人性論史》（臺北：臺灣商務印書館，1987年3月八版），
〈莊子對精神自由的祈嚮〉，頁390～392。
〔註6〕引自錢穆著《莊老通辨》（臺北：三民書局，1983年8月臺再版），〈郭象莊子
注中之自然義〉，頁385。

後，又沒有絲毫干涉。因此各物雖由道所造，卻好像是自己所造。所以「自然」一詞等同於「無爲」，又可以作「自己如此」來解釋，主要之用意僅在遮撥表詮「道」之意義。道家之自然屬於精神生活上的觀念，就是自由自在、順性不造作之意。《莊子·駢拇第八》即云：

> 彼正者，不失其性命之情。故合者不爲駢，而枝者不爲跂；長者不爲餘，短者不爲不足。是故鳧脛雖短，續之則憂；鶴脛雖長，斷之則悲。故性長悲所斷，性短悲所續，無所去憂也。意仁義其非人情乎！彼仁人何其多憂也？（外篇，頁317）

人若矯性僞情，舍己效物而行仁義者，不但憂之無窮，甚或減削毀損天性，有違萬物任性而自得之常然。於此可知，道家之自然觀不論就語用義或思想脈絡之意義而言，主要是以抱樸任眞，無爲獨化爲核心意旨。

三、道家自然觀對藝術之影響

中國藝術之目的，既不在表現客觀之眞美，或以通接上帝爲務，亦不以表現個人之生命力與精神爲唯一的要務，而是以文學藝術爲人生之餘事，視爲人之性情胸襟之自然流露。宋代邵雍〈無苦吟〉即說：「行筆因順性，成詩爲寫心。詩揚心造化，筆發性園林。」〔註7〕引文指出，中國文人面對文學藝術之態度，乃是個人性情胸襟之自然流露。道家思想本以生命之安頓爲主，其自然觀對人之性情胸襟，自有其深刻之影響在，由於中國藝術面向之廣泛，不可能逐一地論證道家自然觀對藝術之巨大影響。所以本文立足於中國藝術具共通相契的特質上，對道家自然觀對藝術之影響所作之論述，不從詩文書畫、雕刻建築各類別之理論層面著手，而以藝術精神之展現爲論述重點。況且人之性情胸襟流露於書畫詩文中，皆可表現同一精神。因此，藉由藝術精神之展現說明道家自然觀對藝術之影響，應是可行之道而且具必然性。

中國哲學思想中，以《莊子》最具藝術精神，而莊子之思想承繼《老子》加以發展而成，若直取莊子爲道家自然觀對藝術之影響而加以論述應不爲過。道家思想原本只著眼於人生的安頓，根本無心於藝術。對藝術精神之把握及其了解、成就，實直接由人格中流出，許多大藝術家、文學家與書畫家吸收莊子此一精神之流，形成任眞適性而遊於物的性情胸襟。因此，「遊」的

〔註7〕引自邵雍《伊川擊壤集》，卷十七，四部叢刊本（臺北：商務印書館），頁125。

精神可說是中國藝術精神的核心。至於藝術精神「遊」的意旨，實不可與一般遊戲畫上等號而加以混同。兩者之區判，依是否具要求表現自由之自覺而定。遊之藝術精神是任性不加干涉而直上直下，著眼於心物俱泯，我與物俱往。遊心於物之中，不只是心單向移情於物，將此注彼而表現合一。若以移情說論遊，則主體滯限於本身之成執中，未能任物之性，物物未能自適不相待，以臻物我絕對之遊的藝術境界。〔註8〕

　　「遊」，為中國藝術精神的展現，實為儒道二家之共法，《莊子》書中談到遊者雖多，如「若夫乘天地之正，而御六氣之辨，以遊無窮者彼且惡乎待哉！。」（〈內篇・逍遙遊第一〉，頁 17）、「出入六合，遊乎九州，獨來獨往，是謂獨有。」（〈外篇・在宥第十一〉，頁 354）和「獨與天地精神往來而不傲倪於物。」（〈雜篇・天下第三十三〉，頁 1098）等等皆是，而《論語・述而》也說：「子曰：志於道，據於德，依於仁，遊於藝。」〔註9〕另如〈雍也〉又說：「子曰：智者樂水，仁者樂山。」〔註10〕雖然儒道二家皆講遊，但二者所言之遊實有其不同的內容意義。茲可由兩方面加以說明，其一就遊字本身之字義論。其二依兩家之思想脈絡觀，各論其主體精神之向性，在藝術基本性格上之差異。

　　首先，就「遊」字之字義論，儒家所言之遊傾向於玩物適情之成分較大。儒家之「遊」有二層意義：一是玩物適情之謂，含涉歷、游息、觀賞、娛樂之意。二是通過修養工夫之淬鍊，最後到達從心所欲不踰矩的聖賢之域。「游於藝」不但是道德修養的至高表現，而且是一種達到禮治天下的最高理想。本文是廣泛地說儒家之游，不限於孔子所說「游於藝」的高度游意（即第二層的游意）。由於儒家之遊在第一層次是因個人的政治理想在現實世界中受挫，未能實現治國平天下的志向，因此退而獨善其身，將一己放逐於山水之中或歸隱山林。此種遊與孔子之遊最大的不同是：在心靈上未能達到物我絕

〔註8〕　參考唐君毅著《中國文化之精神價值》（臺北：正中書局，1984 年 11 月初版第五次印刷），第十章〈中國藝術精神〉，頁 291〜316。及徐復觀著《中國藝術精神》（臺北：學生書局，1988 年 1 月第十次印刷），第二章〈中國藝術精神主體之呈現——莊子的再發現〉，頁 45〜143。與方東美著《中國人生哲學》（臺北：黎明文化事業公司，1991 年 5 月八版），〈中國先哲的藝術理想〉和〈藝術理想〉等部分。

〔註9〕　參引朱熹撰《四書章句集註》，《論語集注》，卷四，〈述而第七〉（臺北：鵝湖出版社，1984 年 9 月初版），頁 94。

〔註10〕　同前註，《論語集注》，卷三，〈雍也第六〉，頁 90。

對的萬物自適的生命境界。此儒者之遊心於物，乃是傾向於渲洩己志的實用冀望，屬於單向移情於物的遊意。至於儒家第二層次的遊，雖然具自覺性，但是並沒有超脫功利性，而且歸屬於一種禮治天下的遊意，不合乎本文藝術精神所言超脫功利性性的遊意以及物我無對之精神境界。所以，據此而不取儒家之遊意。

儒家之游，雖是主體與物之遊，具個人之性情胸襟，不過心與物相接時，所採取的是主體主動單向移情的方式，呈顯表層之心物合一，深究其內在之主體精神，與道家所言直上直下之遊義則大不同。亦可言，儒家之遊不但在淺易處立意，呈顯物我表層的合一，而且遊的精神並不是整個儒家思想之重心，此即為儒家與道家核心思想所說之遊大異其趣之處。道家之遊從生命價值的深處出發，企解人世之倒懸，以超脫桎梏而得精神之自由解放，為生命求得安頓，是一種物我無對的藝術境界。因此，所呈顯之藝術精神與儒家傾向玩物適情之遊自是不同。

其次，依藝術的基本性格立論，中國藝術之性格以和為極至。和即是一種諧和統一的精神狀態，中國藝術乃是以和為藝術表現之目標，而與西方藝術追求矛盾和對立之美學精神大不同。儒道二家在藝術精神之展現皆以和為貴，「和」不但是藝術的基本性格，也是中國人之心性論，特重心之無對性的面向，心與宇宙萬有不相為礙。由於心之無對而通內外，能使主賓相照而達物我兼成的精神生命。和是人心之無對性的發用於外，呈顯中國哲學廣大和諧之生命精神的特質。關於和的意旨有多樣性的統一、對立因素的統一以及相反相成的意味三者。但若依儒道二家各自主體精神之向性論，對和之定位則差異甚大。〔註11〕

〔註11〕 本文將道家自然觀對藝術之影響，立於「遊」之藝術精神之下，又標出「和」之概念的理由有三：

1. 採取徐復觀先生在《中國藝術精神》的說法，將和定為遊的積極條件。
2. 中國文化向來著重和的觀念，如

《國語・鄭語》：「夫和實生物，同則不繼。以他平他謂之和，故能豐長而物歸之。若以同裨同，盡乃棄矣。」

《禮記・樂論篇》：「大樂與天地同和，大禮與天地同節。和，故百物不失，節，故祀天祭地。」「樂者，天地之和也；禮者，天地之序也。和，故百物皆化；序，故群物皆別。」

《中庸・第一章》：「喜怒哀樂之未發，謂之中；發而皆中節，謂之和。中也者，天下之大本也；和也者，天下之達道也。」

3. 「和」不但是藝術的基本性格，也是人心之無對性的發用於外，呈顯中國

　　儒家之「和」以實用爲基本性格，雖以和爲藝術的最高表現，但因其思想以仁心善性爲中心，深具倫理道德之意識。所以儒家之和自不離善，內具重大社會功能的實用意味。至於道家思想則超越實用性，而以遊爲藝術表現之最高境界。和只是遊的積極根據，遊之完成不但以和爲積極根據，而且要具備無用的消極根據，方能達至物我無對的藝術境界，此與儒家講和不離實用之觀點大有區別。

　　遊之境界以和爲積極根據，主要是立於虛靜心之鏡照下，經歷忘我、喪我和物化的精神狀態，完成主客冥合爲一的諧和境界。而主客冥合爲一之所指，即是萬物無跡而自然地各適其志，方能遊心於物，藉由物我俱泯以達於精神自由解放之「遊」。《莊子·天道第十三》說得明白：

　　　　夫明白於天地之德者，此之謂大本大宗，與和者。所以均調天下，

　　　　與人和者也，謂之人樂。與天和者、謂之天樂。（外篇·頁458）

和既是道家以遊爲核心思想的大本大宗，其主客冥合乃是一種任性自在、萬物無待。主體精神與宇宙相感通、相調和後圓滿具足的精神狀態。進而達至物我無對之遊的藝術境界，並且展現心物俱泯、物我俱往、精神自由解放的生命境界。

　　道家自然觀對藝術之影響，居於自然無爲、當下體道之精神境界的意義下，形成以自然爲上之審美價值。人透過修道工夫之歷鍊，養具順性抱樸之審美胸懷，依天生本然之性情胸襟而發爲藝術。不論在詩文書畫、建築雕刻各方面，所展現的即是一種心遊於物的藝術精神。自然之審美胸懷於藝術理論諸層面的運用，自是相當廣泛。若簡略地以作者和作品兩方面而爲言，其於作者層面，主張作者必因情造文，本性情之眞摯不欺而發之以爲文，而不可爲文造情，虛矯一己之眞性情而強爲文。在作品方面，以樸拙爲藝術表現之極至，再三申明辭愈樸而文愈高，辭愈麗而文愈鄙之觀念。諸如此類舉之不盡，仔細加以探究，實皆受道家自然觀之影響。綜而言之，道家自然觀對藝術之影響深遠，難以逐一說明，僅能概略以「遊」之藝術精神爲總提。

　　綜而言之，道家之自然觀依其思想體系來看，可由當下體道之主體精神及修道工夫兩方面加以析述。視自然爲當下體道之主體精神，乃由高處看，全離天地萬物，直就聖人之精神境界當下體無顯道而立論。但人心常爲知執情欲所桎梏，人能自達於安、久而自然之心境，以達道而自安生命，便須以自然爲修

哲學廣大和諧之生命精神的特質。

道之工夫歷程方能有所說明。依道家修道之工夫歷程而論，自然可等同於無爲的內容意義，其內在止濁復明，安久而徐生，以保自然之道的種種內在問題。立於無爲的獨化工夫下，便能化解成執與實用，達至物我俱泯、萬物自適的自由境界。藉由自然爲當下體道之精神境界與無爲之修道歷程兩方面之闡發，自然在不偏離道家思想脈絡下的意義，可以「任性自得」、「自己如此」二詞作爲代表，亦可說自然是任性率眞、抱樸守拙及虛淡不矯飾之意。

　　道家自然觀對藝術之影響，由於中國具一切藝術皆從體貼生命之偉大處得來的傳統觀念，所以藝術向被歸爲人生之餘事，視之爲人之性情胸襟的自然流露，因此整個藝術精神便不離人格之展現。在道家自然觀以逍遙遊爲核心的前提下，其思想體系對藝術之影響，當然以「遊」的主體精神境界爲綱領。由於道家思想爲中國藝術之活水源頭，舉凡形神論、虛實論和言意論等，對藝術理論諸層面的影響實在難以遍舉。但立於藝術精神上而爲言，各種藝術以「遊」爲藝術精神之核心面貌卻是相通的。至於「遊」的主要意旨乃是：藝術精神之「遊」既不可同一般遊戲之意等同，也不是移情論所言，通過主觀單向地由此注彼的感情融入，所產生看似物我合一的表現。而是任性不加干涉並且直上直下的，著眼於心物俱泯，我與物俱往，同遊心於物之中，主體既不滯限於本身之成執中，自能任物之性，物物自適不相待，以達物我絕對之遊的藝術境界，主體便藉此而得精神的自由解放。

第二節　興之自然觀與道家思想的關連

　　自然成爲中國藝術重要審美原則之一，主要承繼道家素樸獨化、順性任眞的思想而來。興之自然觀當然也不例外，不但以道家自然思想爲縱軸，貫穿其理論體系，標舉出審美直覺之基本性質。而且於興之理論諸層面，以審美感知、藝術表現、藝術效果及讀者感發等層面爲橫軸，展現自然之審美原則在諸理論層不同之面向，構成興之自然觀的完整體系。

　　興之自然觀所顯現之藝術精神仍以「遊」爲核心，由於「遊」之藝術精神爲一觀照之境界，所展現的是主體之精神生命，因此隸屬於主體之觀照，自是心上之事。所以，論述興之自然觀與道家思想的關連，首先，必得由主體精神入手。由於自然立於虛靜的本體之下，是一種當下體道的精神境界，所以在闡述興之自然觀與道家思想的關連時，兩者便以虛靜之本體爲關連核

心。其次，順著主體虛靜無爲的根據，對人心通過「無爲」之作用後，於心物相觸的當下，二者同以直覺觀照爲觀物方式，透過直覺觀照之闡述，對興之自然觀與道家思想的關連，作更加深入的說明。最後，依循興之自然觀與道家思想二者立足於「遊」之藝術精神的會通下，藉由內在虛靜無爲之本體與外在直覺觀照之發用，在內外合一、體用畢舉的情況下，所產生物我俱往、心物俱泯之藝術化境加以闡述，據此，論證二者在境界型態上的關連。所以面對興之自然觀與道家思想之關連的問題釐析，主要依循上面三個途徑加以論述，茲闡明如后。

一、主體精神──虛靜無爲

　　道家思想旨在消除人心之種種束縛和扭曲，以尋求生命之安頓。就其總體思想而爲言，虛靜爲其工夫之總持，通過虛靜之修持工夫，方能保虛靈明覺之心，復歸靈臺之本性。主體精神既能虛而無以自我爲中心之成見，又能靜而不爲物欲情感所騷動，則心能止，自不受引誘而向外奔馳，人之精神便能超越一切差別對立，而會涵融萬有，呈現精神之自由解放。亦即說，精神自由之王國的建立，是通過虛靜心之修持爲體，展現自然無爲之發用於外，以確保人心之久安於虛靜。虛靜與自然無爲是主體精神之一體兩面，兩者相輔相成，以達精神之自由解放。而二者不同之處，在於虛靜心是靜態地藏諸內而難見，自然無爲是動態地展現於外，以顯露心與道之無扞格而相即。簡而言之，道家思想以虛靜爲體，而主體精神之自然無爲便是道家思想之命脈。

　　自然無爲是道家思想之命脈，其意義在於主體通過無爲之作用，將內在超脫欲望與知執之靈臺本性透顯出去，變幻成千萬化身於外，使心與道能大通而交融互攝。如《莊子・天地第十三》便說得非常明白：

> 以道觀言而天下之君正，以道觀分而君臣之義明，以道觀能而天下之官治，以道汎觀而萬物之應備。故通於天地者，德也；行於萬物者，道也；上治人者，事也；能有所藝者，技也。技兼於事，事兼於義，義兼於德，德兼於道，道兼於天。故曰，古之畜天下者，無欲而天下足，無爲而萬物化，淵靜而百姓定。《記》曰：「通於一而萬事畢。無心得而鬼神服。」（外篇・頁 404）

主體之能無爲，自然不塞萬物之性，而恣物往來、各率其所以，是故天下各以其無爲應之，萬事萬物各當其分而皆得，萬物莫不皆得而自能與天地通。

無為之發用，始於藝能之技而帶事，事行得宜而不乖德，有德而能法道之虛通，終歸自然之術，據此以展現本之能攝末，顯露無為自淺至深而合道之義理。所以說守本攝末，知一通道則萬事畢，持一無為而群理自舉。所以《莊子‧知北遊第二十二》即直言：

> 天地有大美而不言，四時有明法而不議，萬物有成理而不說。聖人
> 者，原天地之美而達萬物之理，是故至人無為，大聖不作，觀於天
> 地之謂也。（外篇‧頁735）

由於至人口無所言，心無所作，因任萬物之性，任其自為而已。無為無作無言無辨，所以觀天地之覆載，法至道而同萬物之生成，皆基於人心之自然無為而已。

　　總提道家思想而為言，其思想以虛靜為體，又以自然無為之發用為思想之命脈，二者內外畢合以成道家整全之體系。翻就興之自然觀而論，興之自然觀在諸理論層面雖展現不盡相同之面目，但就諸理論層之內在脈絡加以考察可知，其體系構築之間架，仍是依循著主體精神之虛靜無為的思想理路。陸機《文賦》完整而有系統地對創作過程作精細之分析，其文道：「罄澄心以凝思，眇眾慮而為言，籠天地於形內，挫萬物於筆端。」〔註12〕文中指出：在構思的思路上，創作首要之務，在於澄心靜慮以凝神，藝術家之心是通過虛靜工夫的修持，收攝紛馳之思慮，由外返內專心致意地思索琢磨，故言「罄澄心以凝思」，強調構思之初，貴在心之虛靜不外馳。

　　由於靜寂之心凝神而不外馳，故雜慮盡除，而能開啟感興之門戶，心便空靈而能容，但礙於人心易受外物之誘引，欲常保虛靜而不有成執留滯於心，則有賴自然無為之心的發用。如此一來，心思便保有活潑性，主體便產生能見、能聞、能觸和能感的無限性，藝術家據此以成傳世之作，保一己文思常如風發泉涌，而不為枯木涸流。蘇東坡於〈送參寥師詩〉更進一步地說：「欲令詩語妙，無厭空且靜；靜故了群動，空故納萬境。」〔註13〕心之自然無為的發用，不時返回鑑照己心，故能常保虛靜空靈、生趣活潑，主體精神便不生僵化之虞，是故精神主體之自由解放，亦據心之虛靜無為的兩相配合而全幅朗現。

　　創作過程中，構思之前階段，自是以虛靜心為首要，但在興感之觸發上，

〔註12〕參引引自郭紹虞編《中國歷代文學論著精選》三冊上編（臺北：華正書局，1984年8月版），陸機〈文賦〉，頁137。
〔註13〕蘇軾《蘇東坡全集》，卷十（臺北：世界書局），頁114。

虛靜心是門戶之鎖鑰，所以劉勰於《文心雕龍‧神思篇》便說：

> 文之思也，其神遠矣。故寂然凝慮，思接千載，悄焉動容，視通萬
> 里；是以陶鈞文思，貴在虛靜，疏淪五藏，澡雪精神。〔註14〕

創作構思中的興感之所以能如風發泉涌綿延不絕，實仰仗虛靜心自然無為的
不時發用，由外而內返照己心，既保文思泉湧之情狀，並且護持心之虛靈明
覺而不外馳，主體常保虛、靜、淡、空，方能超越有限而達無限性。胡仔於
《苕溪漁隱叢話》曾說：

> 東坡云：陶淵明詩「采菊東籬下，悠然見南山。」采菊之次，悠然
> 見山，初不用意，而景與意會，故可喜也。〔註15〕

景與意適然偶會而可喜，正是所謂初不用意，而初不用意乃是立足於內在本
體之虛靜與外在自然無為之發用而為言。由於內外畢合而常保主體之虛靜無
為，促使作品超脫畫工之層次，化除有意刻鏤之人工鑿痕，破除人為之有限
性，以達化工之層次，展露無限可能之神妙藝術境界。眾多藝術作品中，看
似無所用意者，常為創作之最上乘，此即為自然審美原則承繼道家自然思想
而導致的結果。所以，在創作構思上，除了具備虛靜心做門戶之鎖鑰外，尚
有賴於心之自然無為的時時發用，以護持心之虛靈明覺於不墜，使文思源源
不絕，常保主體內心之生機活潑，容納無限興感之可能。此即是興之自然觀
在主體精神方面側重自然無為之論述。

　　綜論之，虛靜與自然無為是人心之一體兩面，虛靜內藏於心而難彰，是
靜態的存在，自然無為是心之發用於外而易明，屬於動態之存在。虛靜工夫
之修持，固使心知免於外馳，而能超脫成執，以復靈臺之本真，但欲護持己
心久安於虛靜，同鏡或水性一般純粹靜明，照物而不留滯，以保主體精神之
生動性與活潑性，此端賴自然無為之心的發用。至於興之自然觀與道家思想
之關連，其核心落於主體精神之虛靜無為。主因中國藝術向被視為人之性情
胸襟的自然流露，藝術精神即是審美胸襟之展現，哲學與藝術間具有一自發
性的連繫。就興之自然觀的思想立論，總攬各理論層面所言自然之意，可以
「任性自得」、「自己如此」之意做注腳。而興之本意又歸諸主體之興發感動，

〔註14〕引自劉勰著，周振甫注《文心雕龍》（臺北：里仁出版社，1984年5月初版），
　　　　〈神思篇〉，頁515。

〔註15〕引自胡仔《苕溪漁隱叢話前集》，卷三，見叢書集成新編（新文豐公司出版），
　　　　〈五柳先生上〉，頁15。

合興和自然各別之意旨，皆是就主體精神立論。就興之自然觀總體而言，自是心上之事，是故面對興之自然觀與道家思想之關連的問題時，以主體精神之虛靜無為做總綱，實是最恰當不過的了。

二、觀物方式 —— 直覺觀照

興之自然觀與道家思想之關連核心，落在主體精神之虛靜無為，道家通過虛靜無為之本體，形成一種靜知。此靜知是一種無成執於心，物為心一照即過，毫不牽動主觀以藏物的觀物方式，意即是一種直覺觀照。而興之自然觀也是以虛靜無為為本體，在心物相觸時採取直覺的觀物方式。此審美直覺立於興為審美經驗之意涵下，便是一種由觀到悟的神會過程。所謂神會便不是通過理性思維所能得，而是藉由直覺感悟而得，是故興之審美觀照與道家之直覺觀照恰為異名而同實。

直覺觀照的觀物方式，既承興之自然觀與道家思想以本體之虛靜無為的關連核心而來，其與虛靜無為的本體關係密切。申而言之，虛靜無為是心之本體，直覺觀照則為心物相觸時的發用，合虛靜無為之體與直覺觀照之用，即能呈顯「遊」之精神。更深入地說，主體精神若能保虛靜而不為任何欲望所擾，則主體與外物相接便無成執留滯，不會有絲毫成心加在外物之上。物為心一照而過，萬物不因主體之成執而扭曲變形，物各當其分而自適自得。由於本體之虛靜與直覺觀照之用密切配合，故能成就「遊」之精神境界。

直覺觀照既為主體精神之發用，其意義內涵自是源出於虛靜無為之本體。欲釐清直覺觀照之意旨，大可由思維方式之考察、直覺觀照之特質以及直覺觀照之目的等三個途徑入手。首先，就思維型態來說，直覺觀照並非從屬于理性思維之下，莊子對此意說得甚為明析，如《莊子・天下第三十三》便云：

> 不該不徧，一曲之士也。判天地之美，析萬物之理，察古人之全，
> 寡能備於天地之美、稱神明之容。（〈雜篇〉，頁 1069）

所謂"判"、"析"、"察"皆為理性之思維。主要是運用概念、判斷、推理的分析方式，由現象到本質去認識世界。但莊子認為這種方法不能得到完整的天地之美，也無法反應神明所包含的內容。不論道家思想或興之自然觀對體物得神之觀念皆特為重視。此神會之過程，既非理性思維可得，二者所言之直覺觀照，當然就不該隸屬於理性思維，是故莊子於《莊子・天地篇》

又云：

> 黃帝遊乎赤水之北，登乎崑崙之丘而南望，還歸，遺其玄珠。使知
> 索之而不得，使離朱索之而不得，使喫詬索之而不得也。乃使象罔，
> 象罔得之。（外篇・頁414）

“玄珠”指的是道，在體物得神的過程中，道不能藉由理性而得，又非爲一般感官、語言所能尋獲，可知此一與道神會的觀物方式，自然不是感覺，也不是理性思考，而只能是一種既感性而又超感性、含理性又非純理性的心理過程。換言之，直覺觀照是感性與理性之融合，屬於一種主動探索的活動，也是一種高度選擇性的活動，既涉及外在形式與內在心理結構的契合，也包含一定的理解和解釋。〔註16〕

　　其次，說明直覺觀照之特質，直覺觀照立於虛靜無爲的本體下，乃是以心觀物而非以感官之眼所見之表象爲萬物之本。所謂觀，雖離不開人之感官，但須以虛靜心爲首要的根柢，而非純以外在之眼去看物。此意如同佛家所言，觀世間種種之相，非以眼根觀之，而須以眼識爲主，眼根合眼識方能了別萬塵。所以說「觀」緣於虛靜心方能「照」萬物之本性，使其不爲主觀之成執所扭曲。所謂直覺，表明的是：在本體的虛靜無爲之下，觀照之得道，並非是有意識地加以注意萬物，而是無意識地入神得道。反對窮思力索、刻意追求，提倡從容不迫而悠然入神達道。此種無所用意、任情恣性本於主體精神的虛靜之意，即指出直覺是一種感性與理性的融合。強調神會之過程，是由有意識入，而以無意識出，方能自有限而通向無限，呈現主體精神之無限。總提直覺觀照之特質，可視爲以虛靜爲體爲根源的知覺，此知覺不同於一般的感性，而是根源地知覺，是有洞徹力的知覺，可以直透天地萬物之本質。〔註17〕

　　直覺觀照是根源地知覺，具洞徹力的知覺，可以直透天地萬物之本質。在藝術方面的展現，陸機〈文賦〉說得好，其文載：

> 佇中區以玄覽，頤情志於典墳。遵四時以嘆逝，瞻萬物而思紛。悲落
> 葉於勁秋，喜柔條於芳春。心懍懍以懷霜，志眇眇而臨雲。又說：罄
> 澄心以凝思，眇眾慮而爲言，籠天地於形內，挫萬物於筆端。〔註18〕

〔註16〕　參引祁志祥撰〈中國古代藝術觀照方式論——“心物交融”說〉，《文藝理論研究》，1990年第六期。

〔註17〕　參引成復旺著《神與物遊——論中國傳統審美方式》（臺北，商鼎書局，1992年出版），頁287～291。

〔註18〕　同註12，陸機〈文賦〉，頁136。

陸文之旨說明：人心不論在創作或鑒賞方面，都應清除心中的一切雜念，使之成爲一片虛明。強調置心若鏡，凝神如一，以便對創作或鑒賞的審美過程，由有意識而進入無意識作審美的觀照，使心物自然感發，以達成天機自動、天籟自鳴的藝術化境。

最後，說明直覺觀照之目的，人於物我相接之時，總以主體作爲衡量萬物之標準，如此便引生自我之封界，產生是非好惡之情，給萬物以有形或無形之干擾，而自己同時也感到處處受外物之牽掛和滯礙。直覺觀照之目的，即在打破此一自我之封界、取消物我之對立。直覺觀照不以理性來認識對象，便無是非善惡之對立，採取無所用意之觀覽態度，取消自我之成執而順萬物自然之性，以達物我俱泯、自適自得的逍遙境界，呈顯「遊」之藝術精神。〔註19〕直覺觀照的目的在藝術的展現，便是要求達到心物之間了無距離，不但無須以心求，而且要使心無滯礙，手與物自然相適乃至相化。張彥遠在《歷代名畫記》便說：

> 界畫是死畫也。守其神，專其一，是眞畫也。……夫運思揮毫，自以爲畫，則愈失於畫矣。運思揮毫，意不在畫，故得於畫矣。不滯於手，不凝於心，不知然而然。〔註20〕

張氏之文指明：守神專一，運思揮毫，由有意而至無所用意，方能心手相應，妙手偶得，產生出神入化的作品。興之自然觀與道家思想在觀物方式上的密切關連，主要是以虛靜無爲之心爲本體，一方面就心物相觸時，所採取直覺觀照的觀物方式，在神會過程中的契合加以說明，二方面經由直覺觀照之思維方式、特質及其目的三個途徑，對其意義作多方面的掌握。

三、境界型態── 神妙入化

興之自然觀與道家思想之關連，除了可分別由虛靜無爲之主體內在的關連核心，以及心物相觸時，主體發用於外之直覺觀照的觀物方式來加以論述外。亦可循著虛靜心與直覺觀照間體用畢舉後，所成就之境界型態來總論二者之密切關連。興之自然觀與道家思想在境界型態之關連，可分別自兩大方

〔註19〕 參引徐復觀撰《中國人性論史》（臺北，商務書局，1969 年 1 月初版，1967年 3 月八版），頁 394。

〔註20〕 引自張彥遠撰《歷代名畫記》，卷二，〈論顧陸張吳用筆〉，百部叢書集成，《學津探源》（臺北：藝文印書館），頁 5。

面加以論述，其一是闡發兩者在物我關係上，主體同採無所用意、不刻意造作之態度。其二就兩者所追求之境界，皆俱超越有限而向無限之境解放之趨勢。茲說明如下。

首先，就主體之無所用意，心物之無對而爲言。興之自然觀與道家思想在心物關係上皆採取主客渾融、物我俱泯同化的立場。物我之可以無對而渾融，乃是通過人心虛靜無爲之體與直覺觀照之用，兩相配合下，體用畢舉所生之效用。由於主體之虛靜，免於自然生命之紛馳，心理情緒之無常，與意念之造作，復得人之靈臺本眞。故於心物相�時，據虛靜心爲本體而以直覺觀照之觀物方式發用於外，取消自我之封界，不受一切形體、價值、知識、好惡之隔閡，既超越欲望與知識的束縛，得與無窮宇宙，融和在一起，開闢出物我無對、萬物自然如此的精神自由境界。此一境界在興之自然觀與道家思想的開展，可以于「遊」之藝術精神之呈顯，得到會通之根據。

其次，論述興之自然觀與道家思想二者所追求之境界，皆是超越有限而趨向無限之境。就道家思想立論，其思想以虛靜爲體，通過修持涵養之工夫，復歸心之虛靈明覺，超脫知執與欲望之滯礙。以觀照之眼破自我之封界，向原始本然而無僞的生命回歸。此一通向自然無限之生命思想，目的在使主體精神得以自由解放，一己之生命有所安頓，不爲人世種種生命之無常所困限，化人生桎梏之有限於無形，轉至生命之自由無限。

另就興之自然觀言，其理論體系之綱領端在自然之審美原則。自然審美原則爲興之理論所側重，其目的仍在於破除有限而達無限。其通達無限之途有二：其一就主體之創作而爲言，審美自然原則之旨，在於隨心所至、遣興抒懷，以顯示個人當下切身之精神狀態。創作者之中心意圖，不定於是否取悅他人，是否流傳於當代，而是定於顯露人之性情胸襟，使主體之靈魂超脫現有生命之限，向無限之境自由飛馳。其二是就作品立論，自然之審美原則強調情景適然相會，展現天機自張的藝術情趣，產生言有盡而意無窮的藝術效果。此一藝術效果之成就，端賴自然審美原則之發用，使藝術品之意味，由現存作品之有限意象，轉化爲無盡之綿遠情趣，令作品之意義通向無限。據此可證，興之自然觀與道家思想在境界型態之關連上，基於自然之要求下，皆具超脫有限而達至無限之境。

概括言之，興之自然觀與道家思想之所以能在境界型態上彼此關連，主因中國文化之重心落在主體性與道德性，形成深富道德價值的生命型態。不

論文學或哲學之範疇，皆是環繞著人的課題而有之。兩者關懷生命之存在，以轉化生命之困境爲務，追尋生命價值，以肯定自我。是故所尋求之生命境界，最後必歸於人的精神境界。此境界基於心物相接時，主體之無所用意與境界型態追求無限之趨勢下，呈現任性自在、物我俱泯、活躍創造而自由無限的生命精神。朱庭珍《筱園詩話》說得非常明白：

> 自周氏論詩，有四實四虛之法。後人多拘守其說，謂律詩法度，不
> 外情景虛實。……夫律詩千態百變，誠不外情景虛實二端。然在大
> 作手，則一以貫之，無情景虛實之可執也。寫景，或情在景中，或
> 情在言外。寫情，或情中有景，或景從情生。斷未有無情之景、無
> 景之情也。又或不必言情而情更深，不必寫景而景畢現，相生相融，
> 化成一片。情即是景，景即是情，如鏡花水月，空明掩映，活潑玲
> 瓏。其興象精微之妙，在入神契，何可執形跡分乎？〔註21〕

文中指出：大作手並無情景律度之分量可執，唯有情景相融相生而互攝，方能興象微妙，達致活潑玲瓏、空明掩映的藝術境界。此一藝術境界不僅僅是一種以神契而不可以形跡求的藝術境界，同時亦是一神妙入化的生命境界。

興之自然觀與道家思想之關連，通過主體精神之虛靜無爲、直覺觀照的觀物方式與神妙入化的精神境界三層面加以論證。首先，以虛靜無爲之本體爲關連核心，乃以道家自然思想對藝術之影響，定於「遊」之藝術精神爲根據而加以立論，由於「遊」之藝術精神是心上事，所以先就興之自然觀與道家思想之主體精神而論述，實有其必要性。因此在主體精神之虛靜無爲的論述上，主要說明興之自然觀與道家思想二者之主體精神，皆落在虛靜無爲之上，據此作爲二者之關連的總核心。其次，對直覺觀照的觀物方式加以說明，總提二者之關連核心後，再依據虛靜無爲之本體，說明物我相接時，主體根於虛靜心之下，所採取直覺觀照的觀物方式，在直覺觀照的意旨下，消除自我之封界，化解是非善惡之成執，展現自然之心以直透事物之本質，進而順物之自性。最後，說明興之自然觀與道家思想在境界型態上的相通，至於自然靈妙之境界的產生，乃是合虛靜無爲之本體與直覺觀照之觀物方式，透過體用畢舉之後，達至物我絕對無待、萬物自適自得的逍遙境界，以成就神妙入化的生命境界，使主體精神得以自由解放，由有限而通向自然無限之境。

〔註21〕引自郭紹虞編《清詩話續編》三冊下編（臺北：木鐸出版社，1983年初版），
朱庭珍《筱園詩話》，卷一，十二則，頁2337。

第三節　自然成爲文學藝術普遍要求的哲學意義

　　中國哲學因憂患意識之誘發，使人類精神開始直接對事物發生責任感的表現，精神上逐漸有了人的自覺傾向，所以整個文化之重心便落在主體性與道德性。由於憂患意識的躍動，使人的信心根據，即由神而轉向自己本身行爲的謹愼和努力，進而產生「敬」「敬德」「明德」的觀念，凸顯人類主體的積極性和理性作用。〔註22〕

　　依人之存在過程論，文學內容的表現，必然受哲學思潮之影響。就總體之文化而爲言，整個文化傳統是側重在主體生命與道德上，生命型態深富道德價值。哲學既思索宇宙人生的基源，以解決人生的問題，呈露人之生命內涵。當哲學思潮滲入文學藝術之中，便形成我們觀看世界及生命的方式，文學藝術也就成爲人之性情胸襟的自然流露，顯現個人之生命力與精神。

　　立於文學藝術與哲學密切關連的前提下，面對「自然成爲文學藝術普遍要求的哲學意義」的主題探討，大可由三方面加以論述，首先，說明文學藝術與哲學皆顯示出對生命終極關懷的重視。主因中國人認爲宇宙生命得以整全和諧乃是畢生之要務，由於中國文化將宇宙生命之起點與終點，皆落實在一己之上，整個中國人的生命哲學實爲一種成己之學。所謂成己之學，則是以成己成物爲生命之終極關懷，透過主體之修持工夫，體察天地人類和萬物的生道或生意，進而達到生命廣大和諧的理想境界。

　　其次，說明「和」爲文學藝術的基本性格爲主題，由於廣大和諧的生命境界，是通過「和」之條件，方能自有限而通往自然無限之境。「和」立於諧和、統一的意旨之下，爲藝術之基本性質，所以說「和」實爲文學藝術與哲學的會通點。在論述「自然爲文學藝術之普遍要求的哲學意義」時，便以「和」爲下手處。

　　最後，論述「和」之哲學意義歸屬於自然無爲之下，由於「自然無爲」在離合引生的轉化工夫下，泯除自我之封界，以保宇宙生機之流轉不滯，生命可以自有限而通向無限，展露「遊」之藝術精神。主體不但藉此而得到精神的自由解放，同時也呈顯廣大和諧之生命境界，所以自然可爲文學藝術普遍要求的哲學意義。

〔註22〕參引徐復觀著《中國人性論史》（臺北：商務印書館發行，1987年3月八版），
　　　　〈第二章周初宗教中人文精神的躍動〉部分，頁15～35。

一、生命的終極關懷 ── 成己成物

中國人對人生所採取的態度是入世而非出世，我們把宇宙看成是一個價值領域。生命的目的，就是腳踏實地在此世實現至善之理想，而不是虛妄蹈空地轉求他世，所以從一開始便須瞭解生命在此世的寶貴精神何在。欲對人之生命存在的探索，可由哲學與文學雙方面加以體察。哲學以嚴謹深刻的邏輯思辨，探問宇宙人生存在的問題與面貌，所蘊生的思想意識直接決定人生之態度。而文學就人之生命及其存在環境相摩互盪的複雜情態與纏繞的問題，以意象表達或呈現出人生之面貌。因此，對中國人生命的終極關懷之論述上，擬由哲學與文學之兩途為進路。

首先，就哲學立場來說，儒、道思想為中國文化之兩大根柢，儒家正視人生，以德性生命貫徹人生的種種活動，正面肯定且成就一切價值，顯露自由之無限心。當下成就人生中某程度的道德價值，以盡己性、人性、物性、贊天地之化育，與天地參為生命之理想。道家則從人生的負面著眼，講人生有所為之窘境。主張以虛靜無為之修持工夫，證得主體生命的無待境界，對人生空虛性有所了悟，成就虛靜的人生，以保持無不為之作用，使萬物自適自得，而登精神自由解放之生命境界。儒道之思想體系雖多所不同，但把群體含融於個體之內，在成己即要求成物的點上，兩者有其相同之性格。其出發點及其歸宿，皆落在現實人生之上，以達道為生命價值的具體表現。由於道是一種創造精神，而且無所不在，永遠在普遍生命的流行中展現其真義。所以主體之生命體驗，可轉為同情他人之生命，不但調和人之生命，更可旁通於萬物之生命，最後浹化於大道之生意，使內在與外在世界合一，取消彼此之對立，物我渾然同體浩然同流，成己亦成物以達生命之廣大和諧。〔註23〕

其次，就文學藝術之立場而論，於人生的存在過程中，吾人所抱持的思想意識，初受傳統及一時代的思想所影響。此承自傳統與繼自當代的思潮，成為我們觀看世界及生命的方式時，文學藝術之內容表現必然受其影響，接收哲學傳統所標舉之真人、聖人、至人、完人之典型，呈現中國道德人格之

〔註23〕 參引方東美著《中國人生哲學》（臺北：黎明文化事業公司，1991 年 5 月八版），〈廣大和諧的生命精神〉，頁 169～188。及〈道德觀念〉，頁 189～208。李正治著《至情祇可酬知己》（臺北：業強出版社，1986 年 10 月初版），〈談中國文學表現的一個層面 ── 人生空虛性之感悟〉，頁 63～81。又參龔鵬程著《文學與美學》（臺北：業強出版社，1986 年 4 月初版），〈第三章中國哲學之美〉，頁 47～84。

特色。基於大慈、至仁之心，保宇宙生命不受任何傷害，以合天地生生之德，通過人之同情感應，物物均調浹合，成就廣大和諧的生命之道。文學藝術在「保合大和，各正性命」的哲學思潮下，文學藝術之意義不定在言語、形式或社會現實層面，而定在超越的層面，此超越層面即是傳統思想之妙理、道、性、眞或自然。文學藝術之創作或欣賞，均以達致此一超越的存在眞實爲最終依歸，所以說文學藝術表現生命，可將之視爲人之性情胸襟的自然流露。據此可說，道爲文學藝術之本質，一切文學藝術都是由體貼生命之偉大處得來。人對藝術之創作或欣賞，無非是以主體所體認到的道呈顯于藝術或與之相印證。藝術之終極關懷，實不出成已成物以達生命之廣大和諧的生命境界。

　　大體上說來，文學與哲學在人生存在的過程中，面對人生之問題兩者之關係自是密不可分。先就文學與哲學根本的共通點來說，兩者都是處理人的問題，舉凡自己對自我之理解，對自我存在方式之體會及對存在環境之看法，乃至對人類存在之認識，皆構成文學和哲學的共同內容。文學本來就不是人生某個瞬間之喜悅感受，而是人一以貫之的生命歷程不繼地呈露，與哲學同爲人生過程中，靈魂之安頓及人性之敞亮的文化媒介，藉此二者自我方得以確立。再就道爲藝術之本體思想而論，道與藝之統一，使中國藝術理論和中國哲學理論產生密切之關連，所以對中國哲學理論加以掌握，成爲了解中國藝術理論的一大關鍵。中國藝術緣於道與藝之統一，積累了既不脫離現實，又超越有限現實之深廣，蘊含豐厚哲理的特質。

　　綜論之，人生存在之終極關懷可以哲學之思辨加以探問，亦可以文學之感性進行探索。若分別就文學與哲學之方式，對中國文化加以剖析，即可知：中國人自古而來的終極關懷，就是落在實現成己成物之德性生命之上，以完成物我渾一而無對，以廣大和諧之生命境界爲人生之價值所在。

二、文學藝術的基本性格──和

　　中國哲學之智慧落在允執厥中，保全大和，故能盡生靈之本性，合內外之聖道，贊天地之化育，參天地之神工，充分完成道德自我之最高境界。觀儒道之思想體系，不論是儒家之講「中和」，或道家之講「同和」，兩者皆以和爲道之本質特徵，尋求廣大和諧的生命境界，以成就道德之圓融完滿。所以可說達道須以和爲前提，而和之產生實立于天人合一之基礎上。依循中國文化發展可知，中國之文化思想，向來是樂於總攬宇宙整體，善於表現全宇

宙之盎然生機，把宇宙人生視爲純美的大和境界。此境界通過天人渾融而無
對，物我俱泯而不扞格的思維方式而來。

　　生命與宇宙和諧一致之人生至善之境界，乃是根於天人合一的觀念而
來。天人合一的思想，主要是通過兩種思維途徑而來，一是由天及人，即萬
物都是由“太極”、“道”、“氣”所生，因而天人本無二，老莊、張載的
天人合一論就是按照照這條思路而來。二是由人及天，常言「盡心知性以知
天」、「宇宙便是吾人」，如孟子、陸王之心學的天人合一論，就是循著這條思
路而來。天人合一的觀念，促使萬物交融互攝「連而不相及，動而不相害」
的和諧景狀，透顯「遊」之藝術精神，完成萬物自適自得、物我兩忘之廣大
和諧的生命境界，開顯道德圓融完滿之生命意義。〔註24〕

　　中國文學與哲學之意向相通，皆是以直透宇宙中創進之生命，與天地萬
物合流同化而飲其太和爲務。縱觀哲學理論乃是以和爲道之本質，而成就廣
大和諧之生命境界，基於哲學與文學有相通之意義內涵而爲言，和亦可定爲
藝術之本質。若就藝術之本質論，美是矛盾之統和，一切藝術品便是世界中
調和的反復。所以將藝術之基本性格立足於「和」之上，應是可確認無誤的。
「和」既爲藝術之基本性格，其意涵依然不出哲學中「和」的內容範疇，所
以在解析藝術基本性格「和」之意涵，仍可從「天人合一」之宇宙觀與「遊」
之藝術精神來加以掌握。

　　中國文化重道德、重內省，由於重道德精神之開展，遂注重宇宙生命之
渾一整全，而不以理智分析一一窮究物理爲務。如儒家由人性中理性的擴充，
得到與天地相通的精神境界。道家則由「致虛極，守靜篤」的工夫，以擴充
生命中的虛靜之德，得到與天地相通的精神境界。整個中國文化是站在道德
實踐上看問題，所以道德的涵融性，常常重於概念的排斥性，天人合一之宇
宙觀也就是據此而生。因此，在文化傳統中便主張通過天人合一之觀念，與
天地合德、與大道同行而形成廣大和諧之生命，成就道德之圓滿具足。

　　天人合一之意，認爲人與天同性，人之小我之生命可融入宇宙大我之生
命中，兩者交感一體俱化，形成天人、物我渾然同流，摒絕敵對與矛盾，展
現「和」之極致。王夫之《詩廣傳》有言：

〔註24〕　參引方東美著《中國人生哲學》（臺北：黎明文化事業公司，1991年5月八版），
　　　　頁178～183。張立文著《中國哲學範疇發展史》（天道篇）（北京：中國人民
　　　　大學出版社，1989年3月第二次印刷）〈第一章引論〉，頁37～63。

　　君子之心，有與天地同情者，有與禽魚鳥木同情者，有與女子小人
　　同情者……悉知其情而皆有以裁用之，大以體天地之化，微以備禽
　　魚草木之几。〔註25〕

順著天人合一的思想，可以體會天地之大化流行，肯定天道之創造力充塞宇宙。而人道之力翕含闢弘，妙契宇宙創進之歷程，天道與人道合德並進，圓融無間，透顯出廣大和諧之生命境界。通過天人合一之思想，人之主體與天地萬物同情相感，主體直透宇宙中創進之生命，而與之同流，據以飲其太和，故說「和」之意涵，可由天人合一之思想中得見。

　　若由「遊」之藝術精神來說明「和」之意涵，遊之藝術精神是一種圓滿俱足，與宇宙相感通、相調和的藝術精神境界。和是化異為同，化矛盾為統一的力量，沒有和，便沒有藝術的統一，也就沒有藝術，藝術既不成立，又何來藝術精神？因此，當物我之對立化除，主體與物同冥而消解執持及扞格，當下呈顯和諧之性格時，同時也展露出遊之藝術精神。遊與和之關係，可以說和是遊的積極條件，和之意義內涵，不出遊之藝術精神之範疇。

　　概括地說，和既為文學藝術之基本性格，又為遊之藝術精神之積極條件。其意義脈絡依然出於哲學思想之體系，不但立基於天人合一之宇宙觀，而且承繼廣大和諧的生命精神而來。於藝術境界中，形成一種圓滿具足，而又與宇宙相通感、相調和的狀態，歸屬於物我俱泯、宇宙生機盎然、萬物自適自得的「遊」之藝術精神下。

三、和的哲學意義——自然

　　中國文化求統一、和合的觀念，實承繼儒道二家之思想。但就對文學藝術諸層面所產生之影響立論，則以道家思想較為深遠。循著道家自然觀可引生自然之審美原則，此審美原則成就中國獨特之藝術精神，此藝術精神通過以和為主的積極條件，而以「遊」為核心。總論「遊」之藝術精神，其旨在任物之性，泯除物我之對立，使主體精神得以自由解放，呈顯萬物無待、自適自得的精神境界。「遊」之藝術精神的展現，必以和為積極條件，而和正是通向廣大和諧之生命的途徑，所以在和的條件下，不但說明藝術之本質及其彰顯生命價值之意義，而且據此指出藝術通往哲學之途。意即言，以和為中

〔註25〕引自王夫之著《詩廣傳》，卷一，〈召南十論〉（臺北：河洛圖書出版社，1974
　　　　年），頁10。

心向上指出之一路，正是藝術與哲學會通之所在，因此藉由和之內容意旨的了解，當有助於說明和之哲學意義，進而恰可凸顯出文學藝術普遍要求的哲學意義。

關於和之意義內涵，可由天人合一之宇宙觀與「遊」之藝術精神二途分別論述，總攬二者之內容可知，「和」之哲學意義實可標舉道家所言之「自然」來加以概括。其理由有二：其一是「和」所呈顯之精神境界與道家自然思想所尋求之生命境界無別，二者之意旨端在呈顯物我之絕對無待與逍遙自適的精神境界。此精神境界足以化解生命之困限，超脫桎梏而轉向自然無限之境，以開顯廣大和諧之生命境界。其二是和之概念純屬於精神境界之表詮，而「自然」一詞含括主體精神之虛靜無為與當下體道之生命境界，既可定位於工夫歷程，又可隸屬於生命的精神境界，其脈絡意義較「和」之內容意義具備更整全的統一性和系統性，是故自然之概念足以包含和之意旨。所以針對「和」之哲學意義的析述，擬從道家之自然思想來加以闡發，企圖據此凸顯出自然為文學意義的普遍要求的哲學意義。由於自然之概念具豐富的哲學意義，可論述之層面甚多，本文則依據道家自然思想所含具工夫歷程與境界型態之兩面的基礎上而為言，分由主體虛靜無為之胸次、重視直觀體悟的特質以及通過自然哲學形成境界型態的美學等三方面，對自然為和之哲學意義加以說明。

首先，就主體虛靜無為之胸次而為言，道家之自然觀雖可由當下體道的主體精神境界與修道之工夫歷程兩方面加以理解，但針對自然觀之釐析，於二者中採取任一途徑來加以闡述，其下手處必定于主體精神之虛靜無為。因為自然是精神生活上的觀念，本是心上事，欲對自然為和之哲學意義的有所說明，便須以理解主體虛靜無為的胸次為首要之務。

所謂主體虛靜無為之胸次，即是以虛靜為總持，虛靜既是主體精神從成見欲望中解放、解脫的工夫。也是解脫以後，心所呈現的精神境界。由於心之虛靜可消解生理之欲望，使主體精神不為物欲所擾動，亦不受外物之誘引而向外奔馳。心存於自己本初的位置，不但不隨物轉，而且不把自己的利害好惡之成見，加在物的身上。於物我相接之時，採取觀照的方式，心之於物，如鏡之照物，不將不迎，應而不藏，一照即過，呈現自由無為地心。此無為之心理狀態，足以擺脫知識與欲望的執縛，使主體與天地兩無限隔而主客兩忘，開顯物我絕對、萬物自適自得，達至廣大和諧之生命境界，而主體精神亦藉此得以自由解放。因此，以主體精神之虛靜無為而達至之生命境界，即

是道家自然哲學所追求主體精神的自由解放，進而成就廣大和諧之生命境界，二者殊途而同歸，所以將自然哲學之胸次定於主體虛靜無爲之上，實爲理所當然。

其次，以自然哲學具直覺體悟之特質而論，中國之宇宙觀，與西方將宇宙二分爲心與物之觀念大不相同。中國人視宇宙爲一包羅萬象的廣大生機，是一普遍瀰漫的生命活力，無一刻不在發育創造，無一處不在流動貫通。因此整個中國文化對宇宙或人生之看法，不是傾向平面或直線的，而是趨於立體的，所採取的思維方式，深富辨證的色彩，一雙相對之觀念，所涌現的是既對立而又相互轉化的景象，形成由相對而見絕對之超越感。而自然哲學所具之直覺體悟的特質，便是由依循此一由相對轉化以見絕對的思維方式而來。關於直覺體悟之說明，《莊子‧齊物論第二》便說得相當精詳：

> 古之人，其知有所至矣。惡乎至？有以爲未始有物者，至矣盡至，
> 不可以加矣。其次以爲有物矣，而未始有封也。其次以爲有封矣，
> 而未始有是非也。是非之彰也，道之所以虧也。（內篇‧頁74）

所謂知之至，乃是忘大地，遺萬物，內外無對，與物俱往，而無所不應的思維方式，此思維方式並非以概念、分析或判斷爲內容的理性思維，而是以虛靜心爲本體，超脫欲望與知執的思維方式。

知之至者，進一步地說，即是在物我相接時，虛靜心直接與物相遇，不以主體先在之記執或成見加於物之身上。所以物我無範疇之隔閡，取消彼此之相對性，因此主體精神便沒有封界的產生，而能呈現靈臺本性之常心與無限量。當下物我得以曠然無累，通過直覺體悟而得道，成就天人不相勝的精神自由，達至生命由有限而通向無限的自然之境。概括地說，直覺體悟之爲自然哲學的特質，其屬性是既感性又超感性、含理性又非理性的心理體驗，是一種感性與理性相互融合的思維方式。

至於直覺體悟爲自然哲學之特質，其意義是落在自有限而通向無限之境，主體精神之所以能超脫生命之有限而達至無限自然之境界，乃是合虛靜心之本體與直覺觀照的發用，通過主體之無所用意，以展現普遍生命創造不息的大化流行，主觀體悟自有限而通往無限之境的過程。司空圖於《二十四詩品‧流動》條便說得非常明晰：「若納水輨，如轉丸珠，夫豈可道，假體遺愚。荒荒坤軸，悠悠天樞，載要其端，載同其符。超超神明，返返冥無，來

往千載，是之謂乎！」〔註26〕文中不僅說明萬物各有其發展與變化過程，而且變化過程中矛盾的雙方，深具相互轉化的可能。藉由自然哲學中直覺體悟的特質，足以消解雙方原本存在的對立性與矛盾性，在主體精神的無對下，萬物流轉中見渾融，靜中見動，動中帶靜，人與宇宙處處融通一致，展現盎然之生意以及廣大和諧的生命境界。據此，也開顯自然哲學通過直覺體悟而得道，是一個流動轉化而且生生不已的創進歷程。

最後，就自然哲學所形成之境界型態的美學而爲言，根據中國哲學中天人合一與成己成物的傳統，不論是本體論或宇宙論同時都是價值論。一切宇宙萬有皆具內在價值，整個宇宙之中更無一物缺乏意義，因爲一切萬物都參與在普遍生命之流中，與大化流衍一體並進，所以能在繼善成性、創造不息之中綿延長存，共同不朽。換言之，人與宇宙萬有可以二而爲一，交融互攝，形成廣大和諧的生命境界。〔註27〕整個中國哲學所開顯的人生境界，即是要求反身而求其本心，價值之道的建立，便展現在主體一再轉化生命中的欲望與知執，不斷地自我超越，以成就道德自我的最高境界。中國文藝理論承繼傳統哲學之觀念，所呈顯的內涵當然以價值論爲理論之間架，而且價值必定在主體修養上。至於自然哲學所形成之境界型態的美學，當然也不例外，在價值定於主體修養的前提下，對自然哲學所形成之境界型態的美學要有所了解，自是由主體精神爲下手處。

總攬自然哲學中虛靜無爲的胸次與直覺體悟的特質可知，二者皆強調主體的無所用意。所謂無所用意是相對造作、武斷而爲言，以無爲獨化爲其意義，形成一條重要之審美原則。承繼自然哲學而形成之自然審美原則，在文藝理論諸層面展現各自不盡相同的面向，其在審美感知層面，著重心物適然偶會，心物相觸的刹時，靈感自至，而不以力構。在藝術表現層面，要求藝術技巧自然入神而不露鑿痕。在藝術效果層面，側重情景之妙合，烘托出綿遠幽渺的藝術境界。在讀者感發層面，主張讀者各以其情而與作品相遇，自然引生各種不同的審美經驗。自然審美原則在理論諸層面各具不同之面貌，但其意旨可統歸於虛淡二字。「虛」則不執實於某一實有而具通往其他之可

〔註26〕引自〔清〕何文煥輯《歷代詩話》二冊上編，司空圖著《二十四詩品》（臺北：漢京文化事業有限公司印行，1983年1月出版），頁44。

〔註27〕參引方東美著《中國人生哲學》（臺北：黎明文化事業公司，1991年5月八版），〈中國人的智慧〉的部分，頁81～110。又參龔鵬程著《文學與美學》（臺北：業強出版社，1986年4月初版），〈第三章中國哲學之美〉，頁47～84。

能,「淡」則不執不膩而有幽渺無盡之意味。自然哲學據主體之無所用意所展現的美學,是一種貴虛淡的美學觀。由於無所用意,所以具流動、轉化的特質,于此自然之審美原則特具轉圜的餘地,足以由有限而通往無限的自然之境。展現空靈入化的精神境界,是故通過自然哲學所形成之美學,也就是一種境界型態的美學。

「自然」成為文學藝術普遍要求的哲學意義,最主要是根據中國文化中「和」的特質而立論,「和」是化異為同,化矛盾為統一的力量,既為文學藝術的基本性質,又是生命哲學自有限通往自然無限之境的關鍵所在。是故面對「自然成為文學藝術普遍要求」的問題時,便以「和」為思考的始點,向「遊」之藝術精神推進。由於「和」為「遊」之藝術精神的積極條件,就「遊」之藝術精神或「和」的意旨而為言,兩者皆標舉主體的自然無為,故可歸屬於一種自然哲學。自然哲學正是以虛靜心為本體,在沒有以自我為中心的成見,也不為物欲感情所騷動之下,復歸靈臺本真,於物我相接時,採取直覺觀照的思維方式。一如鏡之照物,不將不迎,所以能超脫欲望與知執的桎梏,泯除物我之相對,開展廣大和諧、逍遙與物同遊的生命境界,顯現主體精神的自由解放,而能當下體悟得道。文學藝術中所謂「大巧若拙」、「天機自張」、「神妙入化」與「技進於道」等諸多觀點,實皆藉助於自然哲學之力,因此可說,自然為文學藝術普遍要求的哲學意義。

小 結

對「興之自然觀與道家思想之關連」的論述途徑有三:首先,對道家思想作大要的掌握,進而對道家之自然觀的意旨加以界定,對於道家自然觀的意義脈絡有所理解後,再針對道家自然觀對藝術之影響作闡述。其次,立於道家思想對藝術具深遠影響的前提下,通過虛靜無為的主體精神、直覺觀照的觀物方式以及神妙入化之藝術境界的論述,釐析興之自然觀與道家思想的密切關連。最後,指明自然成為文學藝術普遍要求的哲學意義,其論述主要是以中國文化之特質在哲學與文學藝術有所會通的前提上,立基於「和」的會通點,進而論述以道家為歸趨的自然哲學足以成為「和」的內在哲學意義,據此,自然不但成為文學藝術普遍要求的哲學意義,而且順帶地再度凸顯藝術與哲學的密切關連。

首先,在道家之自然觀及其對藝術之影響的論述中,道家思想雖以虛靜

爲工夫之總持。但整個道家思想可以逍遙遊加以概括，主因道家思想立於虛靜心之下，所言任性自得與抱樸守拙之意，其旨在讓己心不外馳，靈臺不爲知執和欲望所沾滯，常保心之虛靈明覺，以觀照之眼直透事物本質，順萬物之自性，以泯物我之界分，達至物我兩忘而俱化，呈現萬物自然自適，逍遙與物同遊而達精神之自由解放。至於道家自然觀，可由兩方面加以釐析，一是自然爲當下體道的精神境界論，二是自然爲修道的工夫歷程論，合此二途，自然一詞所呈現的意涵，簡單地說，就是自己如此、或獨化無爲的精神境界。據道家自然觀所現之脈絡意義，落於文學藝術中所造成的影響，大可以「遊」的藝術精神加以概括，所謂「遊」的精神，乃是立足於主體的虛靜無爲之上，主體便可不滯限於本身之成執中，而著眼於心物俱泯、我與物俱往，任物之性以遊心於物之中，萬物自適而不相待，達至物我絕對之遊的藝術境界。

其次，論述興之自然觀與道家思想的關連，由於兩者之主體精神皆主張虛靜無爲，因此將本體之虛靜無爲視爲關連的核心。以虛靜無爲之內在本體爲前提，說明內在本體發用於外，則形成直覺觀照的觀物方式，而直覺觀照不但以無所用意爲本質，反對窮思力索與刻意追求，而且以打破自我的封界、泯除物我爲目的。至於興之自然觀與道家思想在境界型態上的相合，主要是通過虛靜本體與直覺觀照的發用，形成內外合一、體用畢舉的狀態，進而呈現萬物自適自得，主體得以自由解放的精神境界。同時，人之生命也就由有限而通向無限自然之境。

最後，在「自然」成爲文學藝術普遍要求的哲學意義之論述上，主要是經由文化傳統中不論文學或哲學皆以成己成物爲生命的終極關懷爲前提，說明文學藝術與哲學有著相同的內涵與共通之處。接著，立於文學藝術與哲學具共通處的依據下，通過「遊」之藝術精神的解析，逐步指出兩者以「和」爲會通點。雖然「和」爲藝術的基本性格，又是生命哲學中自有限而通向無限的關卡，但因「和」所具的性質是一個附屬而靜態的條件，並不具統一而整全的系統性，所以不足於構成文學藝術普遍要求的哲學意義。至於自然的觀念則不同，在道家思想中，自然觀含具豐富的意義，不但有整全的哲學意義，而且在自然審美原則下，於藝術理論諸層面兼具多樣性，又不失整全而統一的系統性意義。所以，自然觀足以成爲文學藝術普遍要求的哲學意義，而藝術與哲學的相通趨勢，亦據此而獲得肯認與彰顯。

第五章 結 論

　　本論文以「興之自然觀與道家思想」爲課題，主要的論述中心有三：其一是釐清眾說紛紜的興義，對興之本意及其衍生義加以解析。其二是凸顯自然審美原則貫串整個興之理論，形成以自然審美原則爲重心的興之自然觀。其三則是論證興之自然觀的根源，歸屬於道家思想之下，兩者在本體的虛靜無爲、直覺觀照的觀物方式以及神妙入化的境界型態上具備密切之關連。由於中國文化傳統深具哲學與藝術交攝互滲的特質，所以，本文論述的最終旨歸，即在通過此特質，去把握興之自然觀與道家思想內蘊精神的關連，並且再度呈現藝術與哲學的結合。經由前文的論述，可以歸納出以下幾個簡要結論：

　　一、興在經學上的意義是一種「以象喻意」的藝術表現，旨在強調美刺作用，發揮政治教化的功能。後來久經文藝理論者的詮釋，輾轉衍生三義：一是就「以象喻意」的“託喻”功能，關注到興之表現方面。二是依於「感物起情」中“有感”的基礎，說明興之經驗層面。其三就「美感情趣」中“言有盡而意有餘”的美感效果立論，偏重興之價值而爲言。據此三方面不同的側重處，可歸結出興以“有感”、“託喻”和“言有盡而意有餘”三者爲基盤義。此三基義在“有感”的審美經驗下，三者可以統一，所以將興之確意定位在審美經驗，並且以審美直覺爲審美經驗的形成動力。進一步地說，興以審美經驗爲本意，以審美直覺爲基本性質，是一種排除抽象概念的比較、推理。爲一當下的直接興感、瞬間的直覺，並且屬於含帶感知、想像、情感和理解諸多心理因素所形成的審美體驗。

　　二、興之自然觀雖以主體的無所用意爲理論體系之核心，但自然觀在興

之理論諸層面所展現的面貌卻各自不同。首先，就審美感知層面而言，其側重處在於物來動心時，心物交感的一剎那，其旨在開示心物適然偶會所勾引出的靈感、興會，是來去自如、難以追蹤，更無法以人力強加控制。其次，在藝術表現層面，乃是就創作手法立論，主張創作在藝術表現上是一種技進於道的過程，反對竭情用意、強括狂搜、刻意營造以塑立具體鮮明的意象，而以形象宛然並且出神入化的藝術表現為上。其旨無非是欲化除人工之鑿痕，因情順景，主客相融合，形成自然恰得之神筆，以善道作者之情思，偶合文章之妙。再次，就藝術效果層面來說，所著重的是作品須具情景妙合無痕、看似天機自張自恣自用的特質，透顯出句意深婉、深具言外意、弦外音的幽渺意境，渲染出多樣而深刻的藝術效果。最後，在讀者感發層面，所側重者無非是個人主觀情感依既有之審美心胸，乘作品碰觸己心的剎時，在自我的審美經驗下，毫不刻意地自然體驗，以引生合己情的審美情趣。

三、由於自然觀在興之理論諸層面展現不同之面貌，可見自然觀與興之理論具備相當程度的密切關係。就自然觀以主體的無所用意為內容之核心，在文藝理論開展出一條以自然為上的審美原則，此自然審美原則與興之理論內部意義的關連，主要是落在興之本質——審美直覺之上。由於審美直覺是當主體審視客體對象時，排除抽象概念之比較與推理，採取直觀的方式，即刻領悟到某種內在的意蘊與情感，深具直接性、整體性以及情感體驗性和模糊性。自然觀立於主體的無所用意之下，主體審視客體對象時，乃是除卻比較、推理等抽象思維活動的參與，視對象為一個生動而且完整的感性存在來加以把握，所側重之處無非是當下、即刻的感性直覺，此與興之審美直覺實有相通處。因此，將自然觀與興之理論的內在關連，落實在審美直覺上。所以，通過自然觀在興之理論諸層面的開展與興之理論和自然觀在內部意義脈絡的關連論述，便產生以自然審美原則為綱領的興之自然觀的理論體系。

四、自然觀之所以根源於道家思想，主要可由兩方面加以說明，其一是自然觀是一種主體的無所用意，其與道家思想將主體精神落於虛靜無為的道理相通。道家虛靜本體發用於外，形成直覺觀照的觀物方式，其與興之自然觀同樣著重當下、即刻的直覺。其二是道家自然觀具備主體當下體道的主觀精神境界與修道的工夫歷程兩方面之意涵，此與興之自然觀含具直就高處講藝術境界以及技進於道的創作過程兩大意涵，實可相通。而興之自然觀之所以能論定其衍生於道家思想，主要就是據兩者皆具上述二意涵而立論。

　　五、道家對藝術之影響，礙於藝術類別與藝術理論的多樣，難以一一遍舉。所以立於中國藝術具共通相契之特質的基礎上，僅就藝術精神的展現立論。道家在藝術精神中的展現，主要是以「遊」為核心，而「遊」的意旨，一是立於「遊」具備表現自由的自覺，所以與遊戲之意判然有別。二是「遊」的藝術精神不僅僅為人心單向移情於物，將此注彼而表現合一。進一步地說，「遊」不但具表現自由的自覺，而且是一種任性不加干涉、直上直下的表現。著眼於心物俱泯，我與物俱往，呈顯主體不滯限於本身之成執中，而能任物之性，物物自適而不相待，達到物我絕對之遊的藝術境界。

　　六、至於興之自然觀與道家思想的關連，主要是以虛靜無為的本體為關連的核心。通過虛靜心的護持，復歸靈臺之本真，促使虛靈明覺的本心能發用於外，而產生一種靜知，此靜知即是一種直覺觀照的觀物方式。亦即言，直覺觀照的觀物方式必以虛靜無為為本體，方能產生直覺觀照的發用於外，若合虛靜無為之體與直覺觀照之用，則能呈顯「遊」之精神境界。申言之，主體精神若能保虛靜而不為任何欲望所擾，則主體與外物相接便無成執留滯，不會有絲毫成心加在外物之上。物為心一照即過，萬物不因主體之成執而扭曲變形，物各當其分而自適自得，由於本體之虛靜與直覺觀照之用密切配合，故能成就「遊」之精神境界。因此，興之自然觀與道家思想的關連，通過主體精神之虛靜無為、直覺觀照的觀物方式以及境界型態的呈顯三方面加以論述即可理解。

　　七、哲學和文學藝術的會通，主要是通過自然成為文學藝術普遍要求的哲學意義的論述加以呈顯。由於文化傳統中，文學或哲學皆以成己成物為生命的終極關懷為前提，所以，文學藝術與哲學有著相同的內涵與共通之處。在文學藝術與哲學具共通處的依據下，通過「遊」之藝術精神的解析，逐步指出兩者以「和」為會通點，「和」又是生命哲學中自有限而通向無限的關卡。但礙於「和」所具的性質只是一個附屬而靜態的條件，不足以成為文學藝術普遍要求的哲學意義，遂將之歸於「自然」的哲學意義之下。其成立的原因乃是自然的觀念在道家思想中，含具豐富的意義，可以成立整全的哲學體系，而且立於自然審美原則下，在藝術理論諸層面不但具備多樣性，而且不失整全而統一的系統性意義。因此，「自然觀」便成為文學藝術普遍要求的哲學意義，而藝術與哲學之會通亦據此而獲得肯認與彰顯。

附錄：「興」字匯集

一、本附錄所收的「興」字主要以《歷代詩話》《歷代詩話續編》《清詩話》《百種詩話類編》爲主要的材料，加以搜尋並依年代先後排列而成。

二、除卻上述材料，在撰述論文的過程中，凡本論文所引用、或閱讀資料的過程中所眼見者，再加以查考，依年代先後將之補綴於附錄中備用。

《周禮・春官・大師》：

大師掌六律六同，以合陰陽之聲。……教六詩：曰風，曰賦，曰比，曰興，曰雅，曰頌。以六德爲之本，以六律爲之音。《周禮正義》

風，言賢聖治道之遺化也；賦之言鋪，直鋪陳今之政教善惡；比，見今之失，不敢斥言，取比類以言之；興，見今之美，嫌於諂媚，取善事以喻勸之；雅，正也，言今之正者以爲後世法；頌之言頌也、容也，誦今之德，廣以美之。

大司樂掌成均之法，以治建國之學政，而合國之子弟焉。……以樂語教國子：興、道、諷、誦、言、語。（鄭玄云：興者，以善物喻善事。）

《詩大序》：

故詩有六義焉：一曰風，二曰賦，三曰比，四曰興，五曰雅，六曰頌。詩有各體，體各有聲。……然則風、雅、頌者，詩篇之異體；賦、比、興者，詩文之異辭耳。大小不同，而得並爲六義者，賦、比、興是詩之所用，風、雅、頌是詩之成形：用彼三事，成此三事，是故同稱爲義，非別有篇卷也。

《論語》：

　　子曰：興於詩，立於禮，成於樂。〈泰伯篇〉

　　子曰：小子何莫於學夫詩？詩可以興，可以觀，可以群，可以怨。

秦漢時

《詩經》：

　　《鄭風·風雨》：風雨淒淒，雞鳴喈喈。《毛傳》：興也。鄭箋：興者，喻
　　　君子雖居亂世，不變改其節度。

　　《邶風·北風》：北風其涼，與雪其雱。《毛傳》：興也。鄭箋：興者，喻
　　　君政酷暴使民散亂。

　　《曹風·蜉蝣》：浮游之羽，衣裳楚楚。《毛傳》：興也。鄭箋：興者，喻
　　　昭公之朝，其群臣皆小人也。徒整飾其衣裳，不知國之將迫脅，君臣
　　　死亡無日，如渠略然。

《毛詩正義》：

　　賦云舖陳今之政教善惡，其言通正變，兼美刺也；比云見今之失，取比
　　類以言之，謂刺詩之比也；興云見今之美，取善事已勸之，謂美詩之興
　　也。其實美刺俱有比興者也。

　　言事之道，直陳爲正，故《詩經》多賦，在比、興之先。比之與興，雖
　　同是附托外物，比顯而興隱，當先顯後隱，故比居興先也。《毛傳》特言
　　興也，爲其理隱故也。

六　朝

劉勰於《文心雕龍》：

　　詩文弘奧，包韞六義，毛公述傳，獨標興體，豈不以風通而賦同？比顯
　　而興隱哉？故比者，附也；興者，起也。附理者，切類以指事，起情者，
　　依微以擬議。起情故興體以立，附理故比例以生。比則蓄憤以斥言，興
　　則環譬以托諷。蓋隨時之義不一，故詩人之志有二也。觀夫興之託喻，
　　婉而成章，稱名也小，取類也大。（〈比興篇〉）

　　草區禽族，庶品雜類，則觸興致情。……原夫登高之旨，蓋睹物興情。（〈詮

賦篇〉〉

鍾嶸《詩品》云：

> 故詩有三義焉：一曰興，二曰比，三曰賦。文已盡而意有餘，興也；因物喻志，比也；直書其事，寓言寫物，賦也。

> 若專用比興，則患在意深，意深則詞躓；若但用賦體，則患在意浮，意浮則文散，嬉成流移，文無止泊，有蕪漫之累矣。（〈詩品序〉）

摯虞〈文章流別論〉：

> 興者，有感之辭也。

唐　代

陳子昂：

> 文章道弊五百年矣。漢魏風骨，晉宋莫傳，然有文獻可徵者。僕嘗暇時觀齊梁間詩，彩麗競繁，而興寄都絕。（〈修竹篇序〉）

皎然《詩式・詩議》：

> 古詩以諷興宗，直而不俗，麗而不巧，格高而詞溫，語近而意遠，情浮於語，偶象而發，不以力制，故皆合於語，而生自然。

> 詩有十六例……三、立興以意成之例，四、雙立興以意成之例。……

> 詩有六義……：三曰比：比者，全取外象以興之，「西北有浮雲」之類是也。四曰興：興者，立象於前，後以人事喻之，〈關雎〉之類是也。……

> 夫詩工創心，以情為地，以詩為經，然後清音韻其風律，麗句增其文采。

> 語與興驅，勢逐情起，不由作意，氣格自高。（《詩式》卷一）

弘法大師《文鏡祕府論・地卷・論體勢》：

> 或曰：詩有學古今勢一十七種，具例如後……第六，比興入作勢：比興入作勢者，遇物如本立文之意，便直樹兩三句物，然後以本意入作比興是也。……第九，感興勢：感興勢者，人心至感，必有應說，物色萬象，爽然有如感會夫詩工創心，以情為地，以興為經，然後……。

王昌齡《詩格》：

> 紙筆墨常須隨身，興來既錄。……江山滿懷，合而生興，須屏絕事務，專任情興。

宋 代

朱熹《論語集注》：

興，起也。詩本性情，有邪正，其為言既易知，而吟詠之間抑揚反覆，其感人又易入。故學者之初，所以興起好善惡惡之心而不能自己者，必於此而得之。

嚴羽《滄浪詩話》：

夫詩有別材，非關書也；詩有別趣，分關理也。然非多讀書，多窮理，則不能極其至。所謂不涉理路，不落言筌者，上也。詩者，吟詠情性也。盛唐諸人惟在興趣，羚羊挂角，無跡可求。故其妙處透徹玲瓏，不可湊泊，如空中之音，相中之色，水中之月，鏡中之像，言有盡而意無窮。（〈詩辨〉）

詩有詞、理、意興。南朝人尚詞而病於理，本朝人尚理而並於意興，唐人尚意興而理在其中，漢魏之詩、詞、理、意興無跡可求。（〈詩評〉）

張戒《歲寒堂詩話》：

子美之志，其素所蓄積如此；而目前之景，適與意會，偶然發於詩聲；六義中所謂興也。興則觸景而得，此乃取物。（卷下）

邵雍《談詩吟》：

興來如宿構，未始用雕琢。

元 代

楊萬里：

我初無意于作是詩，而是事是物適然觸乎我，我之意亦適然感乎是物是事，觸先焉，感隨焉，而是詩出焉。我何與哉？天也，斯謂之興。（〈答健康府大軍庫監門徐達書〉）

郊行聊著眼，興到漫成詩。（〈春晚往永和〉）

陳沆《詩比興箋》：

風以比興為工，雅以直賦為體，柄鑿各異方圓，源流同符三百。所貴詩史，詎取鋪陳？謂能以美刺代褒貶，以頌詩佐論世。苟能意在詞先，何異興含象外？知同導夫情，則源流合矣。

明　代

李東陽《懷麓堂詩話》：

詩有三義，賦居其一，而比興居其二。所謂比與興者，皆託物寓情而爲之者也。蓋正言直述，則易於窮盡，而難於感發。惟有所寓託，形容摹寫，反復諷詠，以俟人之自得，言有盡而意無窮，則神爽飛動，手舞足蹈而不自覺，此詩所以貴情思而輕事實也。（頁 1374）

晦翁深於古詩，其效漢魏，至字字句句，平側高下，亦相依倣。命意託興，則得之《三百篇》者爲多。闕所著《詩傳》，簡當精密，殆無遺憾，是可見已。感興之作，蓋以經史事理，播之吟詠，豈可以後世詩家者流例論哉？（頁 1376）

謝榛《四溟詩話》：

六朝以來，留連光景之弊，蓋自三百篇比興中來。然抽黃對，自爲一體。（卷一，頁 17）

黃山谷曰：「彼喜穿鑿者，棄其大旨，取其發興於所遇林泉、人物、草木、蟲魚、以爲物物皆有所託、如世間商度隱語，則詩委地矣。」矛所謂「可解、不可解、不必解」，與此意同。（卷一，頁 60～61）

詩有不立意造句，以興爲主，漫然成篇，此詩之入化也。（卷一，頁 142）

詩以兩聯爲主，起結輔之，渾然一氣。或以起句爲主，此順流之勢，興在一時。（卷二，頁 209）

詩有四格：曰興，曰趣，曰意，曰理。……悟者得之，庸心以求，或失之矣。（卷二，頁 228）

凡作文，靜室隱几，冥搜邈然，不期詩思遽生，妙句萌心，且含毫咀味，兩事兼舉，以就興之緩急也。（卷三，頁 329）

走筆成詩，興也；琢句入神，力也。句無定工，疵無定處，思得一字妥貼，則兩疵復出；及中聯愜意，或首或尾又相妨。萬轉心機，乃成篇什。（卷三，頁 355）

此與太白同病。興到而成，失於檢點。（卷三，頁 371）

凡作詩先得警句，以爲發興之端，全章之主。格由主定，意從客生。若主客同調，方謂之完篇。（卷三，頁 378）

凡作詩，悲歡皆由乎興，非興則造語弗工。歡喜之意有限，悲感之意無窮。歡喜詩興中得者雖佳，但宜乎短章；悲感詩，興中得者更佳，至於千言反覆，愈長愈健。熟讀李、杜全集，方知無處無時而非興也。（卷三，頁382）

賦詩遣興爾！（卷三，頁394）

夫欲成若干詩，須造若干句，皆用緊要者，定其所主，景出想像，情在體貼，能以興爲衡，以思爲權，情景相因，自不失重輕也。如十成六七，或前後略缺，句字未穩，皆杳於案，息燈而臥；曉起，復檢諸作，更益之；所思少窒，仍放過，且閱他篇，不可執定，復酌酒酣臥；迨心思稍清，起而裁之，三復探賾，統歸於渾成。若必次第而成，則興易衰而思亦疲矣。（卷三，頁403）

夫情景相觸而成詩，此作家之常也。或有時不拘形勢，面西而言東，但假山川以發豪興爾。……予客晉陽，對西山詩云「好山俱在目，樓上坐移時；碧樹亦佳侶，白雲非遠期；心閒聊對景，興轉別成詩；操筆有兵變，兵家韓信知。」（卷四，頁487）

予因古人（指韓退之、段成式）送窮二作，即於切要處思得一聯：「窮自有離合，心何偏去留。」借此爲發興之端，遂以尤韻擇其當用者若干，則意隨字生，便得如許好聯。及錯綜成篇，工而能渾，氣如貫珠，此作長律之法，久而自熟，無不立成。心中本無些子意思，率皆出於偶然，此不專於立意明矣。（卷四，頁500）

徐禎卿《談藝錄》：

情者，心之精也。情無定位，觸感而興，既動於中，必形於聲。故喜則爲笑啞，憂則爲吁戲，怒則爲叱吒。然引而成音，氣爲佐；引音成詞，文實與功。（頁765）

王世懋《藝圃擷餘》：

崔郎中作黃鶴樓詩，青蓮氣短。後題鳳凰臺，古今視爲勍敵，識者謂前六句不能當，結語深悲慷慨，差足勝耳。然余意更有不然，……言詩須道興比賦，如「日暮鄉關」，興而賦也，「浮雲」、「白日」，比而賦也，以此思之，……（頁780）

王世貞《藝苑卮言》：

李仲蒙曰：「敘物以言情謂之賦，情物盡也；索物以托情謂之比，情附物

者也；觸物以起情謂之興，物動情者也。（卷一，頁 954）

楊用脩駁宋人詩史之說而譏少陵云：……其言甚辯而覆，然不知嚮所稱皆興比耳。詩《詩經》固有賦，以述情切事爲快，不盡含蓄也。（卷四，頁 1088）

顏之推云：文章之體，標舉興會，發引性靈，使人矜伐，故忽於操持，果於盡取。今世文士，此患彌切。（卷八，頁 1088）

胡應麟《詩藪》：

作詩之要不過二端：體格聲調、興象風神而已。體格聲調有則可循，興象風神無方可執。……譬則鏡花水月，體格聲調，水與鏡也；興象風神，花與月也。（內編卷五）

盛唐絕句，興象玲瓏，句意深婉，無工可見，無跡可尋。中唐劇減風神，晚唐大露筋骨，可並論乎？（內編卷六）

高棅《唐詩品彙·序目》：

唐興，文章承陳隋之弊，子昂始變雅正，……文不按古，仔興而成。

顧起綸《國雅品》：

夫韓嬰作傳，聿興觸感之情；匡鼎說詩，頗適解碩之趣。（士品一，頁 1090）

楊廉訪孟載，才長逸蕩，興多雋永，且格高韻勝，渾然無跡。（士品一，頁 1091）

高翰籍廷禮，才識博達，嘗輯《唐詩品彙》，世稱精鑿。及聞其集，文多而意少且乏新興。（士品一，頁 1095）

姚恭靖廣孝，性空思玄，心寂語新，其興彌僻，其趣彌遠。（士品一，頁 1095）

《卮言》曰：長沙之於李河，其陳涉之起漢高乎？頗善比興。（士品二，頁 1099）

然李何非不見賞，抑昌穀詞藻雖富，情性或有未聞，故強年偃蹇冷署，開適之興其寥寥乎？（士品三，頁 1100）

大抵高詩有情興，通篇讀去，頗沉鬱。（士品四，頁 1109）

陳隱君鳴岐、陸文學一之，並負詩名，倡酬交歡，頗適閒居之興，亦我錫中逸流蔡司空子木，聲調淵雅，情與高朗，其集爲楊用脩所選者，爲

藝林珍賞。（士品四，頁 1111）

周致在方外，盧興在方內，致在方外。（仙品，頁 1127）

六朝以來，留連光景之弊，蓋自三百篇比興中來，然抽黃對白，自為一體。

瞿佑《歸田詩話》：

荊公〈詠鷗〉云：「依倚秋風氣勢豪，似欺黃雀在逢蒿，不知羽翼青冥上，腐鼠相隨勢亦高。」又〈詠小魚〉云：「遶岸車鳴水欲乾，魚兒相逐尚相歡。無人掣入滄溟去，汝死那知世界寬。」二詩皆託物興詞，而有深意。

（卷上，〈詠鷗・詠小魚〉，頁 1252）

俞弁《逸老堂詩話》：

鄂州蒲圻縣赤壁，正周瑜所戰之地。黃州亦有赤壁，東坡夜遊之地，詩人託物感興，故有「西望夏口，東望武昌」，「非孟德困於周朗者乎」，蓋坡翁亦有疑之之辭矣。（卷上，頁 1307～1308）

盧疏齋云：大凡作詩，須用《三百篇》與《離騷》，言不關於世教，義不存乎比興，詩亦徒作。夫詩發乎情，止乎禮義。關雎樂而不淫，哀而不傷，斯得性情之正。古人於此觀風焉。（卷中，頁 1316）

陸時雍《詩鏡總論》：

世以李杜為大家，王維高岑為傍戶，殆非也。摩詰寫色清微，已望陶謝之藩已，第律詩有餘，古詩不足耳。雕象得神，披情著性，後之作者誰能之？世之言詩者好大好高，好奇好異，此世俗之魔見，非詩道之正傳也。體物著情，寄懷感興，詩之為用，如此已矣。（頁 1412）

少陵苦於摹情，工於體物，得之古賦居多。太白長於感興，遠於寄衷，本於十五國風為近。（頁 1414）

《三百篇》每章無多言。每有一章而三四疊用者，詩人之妙在一歎三詠。其意已傳，不必言之繁而緒之紛也。故曰：詩可以興。詩之可以興人者，以其情也，以其言之韻也。（頁 1415）

專尋好意，不理聲格，此中晚唐絕句所以病也。詩不待意，即景自成。意不待尋興情即是。王昌齡多意而多用之，李太白寡意而寡用之。昌齡得之椎練，太白出於自然，然而昌齡之意象深矣。劉禹錫一往深情，寄

言無限，隨物感興，往往調笑而成。「南宮舊吏來相問，何處淹留白髮生？」「舊人惟有何戡在，更與殷勤唱渭城。」更有何意索得？此所以有水到渠成之說也。（頁 1420）

元白以潦倒成家，意必盡言，言必盡興，然其力足以達之。（頁 1422）

吳雷發《說詩菅蒯》：

作詩固宜搜索枯腸，然著不得勉強。故有意作詩，不若詩來尋我，方覺筆有神。詩固以興之所至為妙。

沈周《書畫彙考》：

山水之勝，得之目，寓諸心，而形於筆墨之間者，無非興而已矣。

徐渭《論中‧四》：

夫詞其始也，而貴於詞者也曰興也。故詞，一也。古之字與詞者如彼而人興，今之字於詞者如此而人亦興。興一也，而字二耳。……今操此者不務此之興而悉彼之不興，此何異奪裘葛以取溫涼，而取溫涼於獸皮也、木葉也？曰為其為吉也，惑亦甚矣。

清　代

王夫之《薑齋詩話》：

詩可以興，可以觀，可以群，可以怨，盡矣。……可以云者，隨所以而皆可也。……出於四情之外，以升起四情；遊於四情之中，情無所窒。作者用一致之思，讀者各以其情而自得。……人情之遊也無涯，而各以其情遇，斯所貴於有詩。

興在有意無意之間，比亦不容雕刻。關情者景，自與情相為珀芥也。情、景雖有在心在物之分，而景生情、情生景，哀樂之觸、榮悴之迎，互藏其宅。天情物理，可哀而可樂，用之無窮，流而不滯，窮且滯者不知爾。……唐末人不能及此，為玉合底蓋之說，孟郊、溫庭筠分為二壘。天與物，其能為閾分乎？（《詩繹》第十六則）

《古詩評選》卷五：

謝詩有極易入目者，而引之益無盡；有極不易尋取者，而徑遂正自顯然，顧非其其人，弗與察爾。言情則於往來縹緲有無之中，得靈蠁而執之有

象，取景則於擊而言之不欺，而且情不虛情，情皆可景，景非虛景，景總含情。神理流於兩間，天地供其一目，大無外而細無垠，落筆之先、匠意之始，有不可知者存焉，豈「興會標舉」如沈約之所云者！自有五言，未有康樂；既有康樂，更無五言。（謝靈運〈登上戍鼓山詩〉評語）

可興、可觀、可群、可怨，是以有取於詩。然因此而詩，則又往往緣景、緣事、緣以往、緣未來，終年苦吟而不能自道。以追光躡景之筆，寫通天盡人之懷，是詩家正法眼藏。（卷四）

葉燮於《原詩》：

原夫作詩者之肇端而有事乎此也，必先有所觸以興其意而後措諸辭、屬為句、敷之而成章。當其有所觸而興起也，其意、其辭、其句，劈空而起，皆自無而有，隨在取之於心，出而為情、為景、為事。人未嘗言之，而自我始言之，故言者與聞其言者，誠可悅而永也。（內編上）

原夫創始作者之人，其興會所至，每無意而出之，即為可法可則。如三百篇中，里巷歌謠，思婦勞人之詠居其半。彼其人非素所誦讀講肄推求而為此也，又非有所研精極思腐毫輟翰而始得也。情偶至而感，有所感而鳴，斯以為風人之旨，……（內編下）

吳喬《圍爐詩話》：

問曰：詩在今日，以何者為急務？答曰：有詞無意之詩，二百年來，習以成風，全不覺悟。無意則賦尚不成，何況比興？（卷一·第三則）

問曰：言情敘景若何？答曰：詩以道性情，無所謂景也。《三百篇》中之興關關雎鳩等，有似乎景，後人因以成煙雲月露之詞，景遂與情並言，而興義以微。然唐詩猶自有興，宋詩鮮焉；明之瞎盛唐，景尚不成，何況於興？（卷一，第二十七則）

興，託物而陳則為比。是作者固已醞釀而成之者也，亦如飲酒之後，憂者已樂，莊者以狂，不知其然而然。（卷一，第三十二則）

大抵文章實做則有盡，虛做則有窮。雅、頌多賦，是實做；風、騷多比興，是虛做。唐詩多宗風、騷，所以靈妙。（卷一，第三十九則）

詩之失比興，非細故也。比興是虛句活句，賦是實句。有比興，則實句變為活句無比興，則實句變成死句。（卷一，第四十二則）

人有不可以已之情，而不可直陳於筆舌，又不能已於言，感物而動則爲詩至「十九首」，方是爛然天眞，然皆不知其意。以辭求意，其詩全出賦義乃得兼有比興，意必難知。（卷二，第四則）

唐人詩被宋人說壞，被明人學壞，不知比興而說詩，開口便錯。義山〈驕兒〉詩，令其莫學父，而於西北立功封侯，託興以言己之有才而不遇也。葛常之謂「其時兵連禍結，以日爲歲，而望三四歲兒，立功於二十年後，爲俟河之清」，誤以爲賦，故作寐語。（卷五，第三則）

對於唐人無所悟入，終落死句。嚴滄浪謂「詩貴妙悟」，此言是也；然彼不知興比，教人從何悟入？實無見於唐人，作玄妙恍惚語，說詩。說禪、說教，俱無本據。（卷五，第五則）

葛常之謂「興近於訕，今人不敢作」，詩不優柔，乃墮於訕，何關興事？吾不知宋人以何者爲興？「打起黃鶯兒」、「忽見陌頭楊柳色」，未見其訕也。（卷五，第七則）

夫詩，比興錯雜，假物以神變者也。難言不測之妙，感觸突發，流動情思。故其氣柔厚，其聲悠揚，其言切而不迫。故歌之心暢而聞之者動心也。（李夢陽〈罐音序〉）

蓋詩者，感物造端者也。……故古之人之欲感人也，舉之以似，不直說也；托之以物，無遂辭也。然皆造始於詩。故曰詩者，感物造端者也。（李夢陽〈秦君〉）

李重華《貞一齋詩話》：

興之爲義，是詩家大得力處。無端說一件鳥獸草木，不明指天時而天時恍在其中；不顯言地境而地境宛在其中；且不實說人事而人事已隱約流露其中。故有興而詩之神理全具也。

沈德潛《說詩晬語》：

事難顯陳，理難言罄，每託物連類以形之；鬱情欲舒，天機隨觸，每借物引懷以抒之；比興互陳，反覆唱嘆，而中藏之懽愉慘戚，隱躍欲傳，其言淺，其情深也。倘質直敷陳，絕無蘊蓄，已無情之語而欲動人之情，難矣。（卷上）

朱庭珍《筱園詩話》：

陶詩獨絕千古，在「自然」二字。「十九首」、蘇、李五言亦然。元氣渾

淪，天然入妙，似非可以人立及者。後人慕之，往往有心欲求自然，欲矜神妙，誤此一關，遂成流連光景之習，……蓋根柢深厚，性情真摯，理愈積而愈精，氣彌鍊而彌粹。醞釀之熟，火色俱融；涵養之純，痕跡迸化。天機洋溢，意趣活潑，誠中形外，有觸即發，自在流出，毫不費力。故能星象玲瓏，氣體高妙、高渾古淡，妙合自然，所謂絢爛之極，歸於平淡是也。學者以為詩之進境，不得以為詩之初步，當於熔煉求之，經百鍊而漸歸自然，庶不致蹈空耳。

袁枚《隨園詩話》

足下論詩，講體格二字，固佳；僕意神韻二字，尤為要緊。體格是後天空架子，可仿而能；神韻是先天真性情，不可強而至。……詩人有終身之志，有一日之志，有詩外之志，有事外之志；有偶然興到、流連光景即是成詩之志｜志字不可看殺也。（〈再答李少鶴〉）

孔子曰："不學詩，無以言"，又曰"詩可以興"，兩句相應。惟其言之工妙，所以能使人感發而興起；倘直率庸腐之道，能興者其誰耶？（《隨園詩話補遺》卷一）

張惠言《詞選序》：

意內言外謂之詞，其緣情造端、興於微言，以相感動；極命風謠里巷男女哀樂，以道賢人君子幽約怨悱、不能自言之情，低迴要眇，以喻其致，蓋詩之比興、變風之義、，騷人之歌，則近之矣。

周濟《詞辨序》：

夫人之感物、興之所託，未必咸本莊雅；要在諷誦細繹，歸諸中正，辭不害志、人不廢言，雖乖繆庸劣、纖微委瑣，苟可馳喻比類、翼聲究實，吾皆樂取，無苛責焉。

陳衍《石遺先生文集‧小草堂詩集序》：

道咸以前，則懾於文字之禍，吟詠所寄，大半模山範水，流連光景；即感觸，決不敢顯然露其憤懣，間借詠史以附於比興之體，蓋先輩矩矱類然也。

閻爾梅《示二子作詩之法》：

風，多比興而賦少；雅、頌、賦多而比興少。其間參差錯落，連類生情，興觸而來，興盡而止。是賦、比、興三者，原散見於風、雅。頌之中，

而興尤靈通於賦比之外｜孔子所謂詩可以興者，此也。

陳啟源《毛詩稽古編》：

比、興雖皆託諭，但興隱而比顯，興婉而比直，興廣而比狹。比者以彼況此，猶文之譬喻，與興絕不相似也。

興比皆喻，而體不同。興者，興會所至，分即非離，言在此，意在彼，其詞微，其旨遠。比者一正一喻，兩相比況，其詞決，其旨顯，且與賦交錯而成文，不若興語之用以發端，多在前章也。

王國維《人間詞話》：

滄浪所謂興趣，阮亭所謂神韻，猶不過道其面目。不若鄙人拈出境界二字，爲深其本也。（卷上）

參考書目舉要

一、古　籍

1. 〔清〕丁福保輯《歷代詩話續編》三冊，臺北：木鐸出版社，1988 年 7 月。

2. 〔清〕王士禎《池北偶談》，北京：中華書局，1997 年 12 月。

3. 〔清〕王夫之《船山遺書全集》，臺北：中國船山學會・自由出版社聯合印行。

4. 〔清〕王夫之《詩廣傳》，臺北：河洛圖書出版社，1974 年 9 月。

5. 〔清〕王夫之等撰《清詩話》二冊，臺北：西南書局，1979 年 11 月。

6. 〔宋〕王廷相《王氏家藏集》，台北：偉文圖書出版有限公司，1976 年 5 月。

7. 〔唐〕王維《王摩詰全集注》，臺北：世界書局印行，頁 122。

8. 〔宋〕方回《桐江集》，臺北：藝文印書館。

9. 〔明〕石濤撰《石濤畫譜》，臺北：華正書局，1980 年 9 月。

10. 〔宋〕朱熹《四書章句集註》，臺北：鵝湖出版社，1984 年 9 月。

11. 《老子周易王弼注校釋》，臺北：華正書局，1983 年 9 月。

12. 〔唐〕李德裕撰《李文饒文集》，四部叢刊初編集部，上海：商務印書館。

13. 〔明〕李贄《焚書》，臺北：河洛圖書出版社，1974 年 9 月。

14. 〔清〕何文煥輯《歷代詩話》，臺北：漢京文化事業有限公司，1983 年 1 月。

15. 汪中選注《詩品注》，臺北：正中書局，1985 年 8 月。

16. 〔清〕周亮工輯《賴古堂尺牘新鈔》，臺北：中華書局，1972 年 11 月。

17. 〔宋〕邵雍《伊川擊壤集》，四部叢刊本，臺北：商務印書館。

18. 〔宋〕胡仔《苕溪漁隱叢話》，臺北：世界書局，1961 年 10 月。

19. 〔明〕茅坤《史記抄》，四庫全書存目，臺南：莊嚴文化事業有限公司，1996 年 8 月。

20. 俞崑編著《中國畫論類編》，臺北：華正書局，1984 年 10 月。

21. 〔清〕袁枚《隨園詩話》，臺北：廣文書局，1971 年 9 月。

22. 〔唐〕陳子昂著《新校陳子昂集》，臺北：世界書局，1964 年。

23. 陸游撰・錢仲聯校注《劍南詩稿》，上海：上海古籍出版社。1985 年 9 月。

24. 郭紹虞編《中國歷代文學論著精選》三冊，臺北：華正書局，1984 年 8 月。

25. 〔清〕郭慶藩撰・王孝魚點校《莊子集釋》，臺北，天工書局，1989 年 9 月。

26. 〔清〕章學誠《文史通義》，臺北：漢京文化事業有限公司，1986 年 9 月。

27. 華諾文學編譯組《文學理論資料彙編》，臺北：華諾書局，1985 年 10 月。

28. 傅雲龍・吳可主編《船山遺書》，北京：北京出版社。

29. 〔明〕湯顯祖撰《湯顯祖集》，台北：洪氏出版社。

30. 〔清〕楊倫編輯《杜詩鏡銓》，臺北：華正書局，1989 年 8 月，頁 512。

31. 楊家駱主編《宋人書學論著》，臺北：世界書局，1992 年 4 月。

32. 〔宋〕楊萬里《誠齋集》，四部叢刊本，上海：商務印書館。

33. 〔清〕劉熙載著《藝概》卷二，（四川：巴蜀書社出版）

34. 〔晉〕劉勰著・周振甫注《文心雕龍》，臺北，里仁書局印行，1984 年 5 月。

35. 〔宋〕黎靖德編《朱子語類》，臺北：文津出版社，1986 年 12 月。

36. 〔宋〕魏慶之《詩人玉屑》，臺北：世界書局，1966 年 9 月。

37. 〔宋〕羅大經《鶴林玉露》，百部叢書集成《稗海》，臺北：藝文印書館。

38. 〔宋〕蘇軾《蘇東坡全集》，臺北：世界書局，1964 年 2 月。

39. 〔宋〕蘇軾《東坡題跋》，百部叢書集成，《津逮祕書》，臺北：藝文印書館。

40. 〔宋〕嚴羽著・郭紹虞校釋《滄浪詩話校釋》，臺北：里仁書局，1987 年 4 月。

41. 〔清〕顧龍振編輯《詩學指南》，臺北：廣文書局，1973 年 4 月。

42. 《毛詩正義》，十三經注疏本，上海：上海古籍出版社。

43. 《周禮鄭氏注》，百部叢書集成《士禮居叢書》，臺北：中華書局。

44. 《禮記》，十三經注疏本，臺北：藝文印書館。

二、現代的專著

1. 王國維《人間詞話》，臺北：天龍書局，1986 年 10 月。

2. 王國維著《宋元戲曲考》，國民叢書，上海書店，大東書局，1926。

3. 方東美《中國人生哲學》，臺北：黎明文化事業，1991 年 5 月。

4. 史作檉《形上學導言》，臺北：仰哲出版社，1988 年 7 月。

5. 成復旺《神與物遊——論中國傳統審美方式》，臺北：商鼎文化出版社，1992 年 4 月。

6. 朱自清《詩言志辨》，臺灣：開明書局，1982 年 6 月。

7. 克羅齊著・傅東華譯《美學原論》，臺北：商務印書館，1982 年 12 月。

8. 李正治《至情祇可酬知己》，臺北：業強出版社，1986 年 10 月。

9. 李正治《中國詩的追尋》，臺北：業強出版社，1990 年 9 月。

10. 李澤厚《美學論集》，臺北：駱駝出版社，1987 年 8 月。

11. 李澤厚・劉綱紀合著《中國美學史》

12. 肖馳《中國詩歌美學》，北京：北京大學出版，1986 年 11 月。

13. 屈萬里《詩經釋義》，臺北：中國文化大學出版部印行，1983 年 11 月。

14. 柯林伍德著・周浩中譯《藝術哲學大綱》，臺北：水牛出版社，1989 年 11 月。

15. 施東昌《先秦諸子美學思想述評》，北京：中華書局，1990。

16. 唐君毅《中國文化之精神價值》，臺北：正中書局印行，1984 年 11 月。

17. 徐復觀《中國文學論集》，臺北：學生書局，1985 年 1 月。

18. 徐復觀《中國人性論史》，臺北：臺灣商務印書館，1987 年 3 月。

19. 徐復觀《中國藝術精神》，臺北：學生書局，1988 年 1 月。

20. 黃沛榮《易學論著選集》，臺北：長安出版社，1985 年 10 月。

21. 黃振民編著《詩經研究》，臺北：正中書局印行，1981 年 2 月。

22. 陳世驤《陳世驤文存》，臺北：志文出版社，1972 年 7 月。

23. 張文勛《儒道佛美學思想探索》，中國：社會科學出版社，1991 年 2 月。

24. 張立文《中國哲學範疇發展史》，北京：中國人民大學出版社，1989 年 3 月。

25. 張本楠《王國維思想美學研究》，臺北：文津出版社，1992 年 1 月。

26. 郭紹虞等編《古代文學理論研究叢刊》，臺北：新文豐出版公司，1989 年

6 月。

27. 葉朗《中國美學史大綱》，臺北：滄浪出版社，1986 年 9 月。

28. 葉朗編《現代美學體系》，北京：北京大學出版，1987 年 9 月。

29. 葉嘉瑩《嘉陵談詩》，臺北：三民書局印行，1986 年 8 月。

30. 葉嘉瑩《嘉陵談詩二集》，臺北：東大書局印行，1985 年 2 月。

31. 黑格爾撰‧朱孟實譯《美學》，臺北：里仁書局出版，1981 年 5 月。

32. 曾祖蔭《中國古代文藝美學範疇》，臺北：文津出版社，1989 年 6 月。

33. 費爾迪南‧德‧索緒爾《普通語言學教程》，臺北：弘文館出版社，1985
    年 10 月。

34. 楊辛‧甘霖《美學原理》，北京：北京大學出版，1989 年 2 月。

35. 廚川白村著‧陳曉南譯《西洋近代文藝思潮》，臺北：志文出版社，1985
    年 10 月。

36. 趙沛霖《興的源起——歷史積澱與詩歌藝術》，臺北：明燈文化事業出版
    公司，1989 年 9 月。

37. 蔡英俊《比興物色與情景交融》，臺北：大安出版社，1990 年 8 月。

38. 鄭樹森‧周英雄‧袁鶴翔合編《西洋近代文藝思潮》，臺北：志文出版社，
    1985 年 10 月。

39. 劉文潭《現代美學》，臺北：商務印書館，1991 年 2 月。

40. 劉昌元《西方美學導論》，臺北：聯經出版事業公司，1986 年 8 月。

41. 劉叔成‧夏之放‧樓昔勇等著《美學基本原理》，上海：人民出版社，1991
    年 3 月。

42. 劉岱‧郭繼生編《中國文化新論藝術篇一——美感與造形》，臺北：聯經
    出版事業公司，1986。

43. 劉岱‧蔡英俊編《中國文化新論文學篇一——抒情的境界》，臺北：聯經
    出版事業公司，1987。

44. 劉綱紀《藝術哲學》，湖北：人民出版社，1986 年 9 月。

45. 錢穆《莊老通辨》，臺北：三民書局，1983 年 8 月。

46. 龔鵬程《文學散步》，臺北：漢光文化事業公司，1985 年 9 月。

47. 龔鵬程《文學與美學》，臺北：業強出版社，1986 年 4 月。

三、學位論文

1. 李康洙《莊子之道的研究》，臺灣大學哲學研究所碩士論文，1971 年 12
   月。

2. 林朝成《魏晉玄學的自然觀與自然美學研究》，臺灣大學哲學研所博士論

文，1992 年 6 月。

3. 陳昭瑛撰《藝術的辨證 —— 黑格爾與盧卡契》，臺大哲研所碩士論文，1986年 6 月。

4. 顏崑陽《莊子自然思想研究》，臺灣師範大學國文研究所碩士論文，1975年 5 月。

四、單篇論文

1. 王志英〈論“神化”說的兩層涵義〉，《文學評論》，1989 年 5 月。

2. 李正治〈興義轉向的關鍵 —— 鐘嶸對「興」的新解〉，《中外文學》，2000年 7 月。

3. 吳調公〈論中國古典美學的建構〉，《文藝理論研究》，1990 年 2 月。

4. 吳調公・王愷〈從民族思維看神韻〉，《文藝理論研究》，1991 年 6 月。

5. 汪裕雄〈“補缺蟫漏，張皇幽渺” —— 重讀朱光潛先生的《文藝心理學》〉《文藝研究》，1989 年 6 月。

6. 祁志祥〈中國古代藝術觀照方式論 —— “心物交融”說〉，《文藝理論研究》，1990 年 6 月。

7. 杜黎均〈中西審美移情論比較〉，《文藝理論研究》，1991 年 3 月。

8. 郁沅〈論藝術形神論之三派〉，《文藝研究》，1989 年 6 月。

9. 胡曉明〈論傳統詩學的自適精神〉，《文藝理論研究》，1990 年 4 月。

10. 施淑女〈漢代社會與漢代詩學〉，《中外文學》，2000 年 7 月。

11. 殷國明〈中西文學理論淵源比較 —— 對“形象”的不同認識〉，《文藝理論研究》，1990 年 4 月。

12. 高柏園〈就無為而治論儒道法三家治道之異同〉，《第一屆中國思想史研討會論文集》

13. 馬大康〈藝術欣賞中的審美生成〉，《文藝理論研究》，1989 年 6 月。

14. 張晶〈陶詩與魏晉玄學〉，《文學評論》，1991 年 2 月。

15. 敏澤〈關於傳統美學批評的兩種標準問題〉，《文藝研究》，1989 年 6 月。

16. 劉若夏〈境界說與模糊性〉，《文藝理論研究》，1989 年 6 月。

17. 閻國忠〈談當前幾個美學理論問題的論爭〉，《文藝研究》，1990 年 3 月。

後　記

　　1991 年至 1993 年，我在淡水淡江大學攻讀中國文學碩士學位，師從李正治先生，研究重點在中國文藝美學。在選擇論文題目時，李師認爲「興」是一個值得討論的課題。因此，我將之作爲研究對象，以「興之自然觀與道家思想」爲題，經過三年的努力，於 1993 完成學位論文。本書即於此基礎上修訂而成。論文主要的論述中心有三：其一是釐清眾說紛紜的興義，對興之本意及其衍生義加以解析。其二是凸顯自然審美原則貫串整個興之理論，形成以自然審美原則爲重心的興之自然觀。其三則是論證興之自然觀的根源歸屬於道家思想之下，兩者在本體的虛靜無爲、直覺觀照的觀物方式以及神妙入化的境界型態上具備密切之關連。由於中國文化傳統深具哲學與藝術交攝互滲的特質，研究範疇涉及審美意識、審美經驗與審美情趣等。

　　最後感謝花木蘭出版社的熱誠邀約，以及高小娟小姐的協助，使本書得以出版，在此獻上最誠摯的謝意。

附錄一　識趣，空靈與情膩
——論晚明文人的審美意識

摘　要

　　晚明文人審美意識的表現，由涵養識趣之心，追尋空靈之美，轉爲膩情於物的痴狂偏執，主體轉修證工夫爲藝術品賞，煥發個體超俗越常的新異色彩。晚明清言在時代裂變與轉型的思潮中孕育，在審美意識的追尋與呈現，過度張揚才性主體的自主性，隱沒主體向上提昇的工夫。主體由虛靜流於情膩，由去執除縛的欣賞品味轉向有所偏執耽溺的愛賞姿態。空靈澹泊的審美境界，沾染膩情物象的偏執色彩，此與晚明文人審美意識的追尋與審美意趣的呈顯相符應。對清言的審美意識加以析論，有助於揭示晚明文人獨特的審美意識。本文藉由清言審美意識的分析，論述晚明文人審美意識的追尋與呈現。論述的途徑通過借境調心立閒適之樂、冷眼觀照全空靈之美及任眞寄情成偏執之賞三者加以開展。

關鍵詞：晚明　清言　閒適　痴癖　審美意識　借境調心

一、前　言

　　清言興盛於晚明，此一時期在政治、經濟、社會生活、思想與文學諸方面，都呈現顯著的變化。晚明文人在動亂的時代、闇暗的政治氛圍下，走上退離政治之途。兼濟天下之志日趨消彌，多以山人自許，游走於山林與人世之間。晚明的社會意識呈現縱情尚欲與怡情自得兩種生活方式並轡而行，引生雅俗交流的二重現象的社會文化。泰州學派爲晚明學術中最躍眼的浪潮，一方面承繼王學「致良知」之說。一方面又時時越過師說，將心學推向極度的發展。不論是良知現成之說、尊身思想或狂者的胸次等觀念，都對晚明思潮產生莫大的影響。晚明文人在童心說、情感論與性靈說的淘洗之下，拋卻道德完性的理性追求，注重藝術活動本身的情感體悟與審美經驗，致力追求審美意趣。隨著自我個性的張揚，自我價值的肯定，將晚明之人文導向怡情自適的藝術之途，發展出獨特的審美意識與情趣。清言躬逢其盛，面對人身安頓的思考，符應晚明時代潮流的趨勢，呈現時代的心靈與脈動。

　　清言是一種特殊的文學樣貌，涵具開適消遣的本質。以主體自由的追尋爲根本精神，通過片斷、零碎的語文形式，關注生命存在的個體意識，對生命進行省思。關懷人與宇宙的關係，叩問人安身立命的種種可能，與晚明人展現強烈自我意識的取向相符應。清言珍視個人存在的價值，追尋主體的自由，提出自主性的要求，映射出晚明文人自我意識的覺醒。此一意識不僅體現在人生的態度與價值觀念上，並且培育出晚明人特有的審美意識，展現獨特的美感情趣。清言的審美意識以主體自由爲根核，隨著自主性的提出，所呈現的美感體驗可由借境調心立閒適之樂、冷眼觀照全空靈之美及任眞寄情成偏執之賞三者加以論述。

二、借境調心立閑適之樂

　　清言的審美意識，在借境調心立閑適之樂的論述途徑，通過存在情境的省思，借境調心的心境以及心閑意適的快悅三方面加以闡發。主要就主體與外物相接的心境關係，說明借境調心的理想心境，標立以閒適之樂爲美的審美意識。

（一）存在情境的省思

　　清言在主體自由的根本精神下，提出破除外在環境對生命執縛的要求。

在劇烈變動的時代，生命的有限性，時光的流逝，歷史的興衰無常，功名富貴的虛幻，一再衝擊人心，易於牽動心馳世外的離世之想。晚明文人對個人存在的反省體察，所採取的行止，或避居山水園林、或寄情於古玩奇器、或求仙問道，使生命存在的情境脫棄桎梏，避開紅塵人事的擾攘，功名利祿的競逐，保全人本初的清明之氣，得以愉懌心志。陸樹聲〈適園記〉便云：

> 余方倦游，思去煩以息靜也，故得之若以為適者。然以余之苦於驅疾病以事奔走也，既休吏鞅返初服以便取息，則求以愉懌心志，寄耳目之適者，寔藉是焉。故余每憩是也，於泉石淳結，雲物往來，花木喬秀，禽魚之下上飛泳者，日與之接，耳目所遇，皆樂其為己有也。凡余之所為適者若此。〔註1〕

仕夫於宦途倦游之時，便思去煩擾、驅疾病、了奔走，故脫卻朝服冠帽之贅累，退居林下，悠遊於泉石飛瀑、花鳥禽魚、閒雲空谷之中，以息奔競之心、滌塵俗之情，而享自得之樂。

人於歸守布衣身分之後，雖可破除生命大部分的執縛而享自得之樂，但居家仍有種種俗累，以及難以避免的世務干擾。故袁中道〈寄祈年〉書中，詳細說明了棄家入山的理由：

> 吾賦性坦直，不便忍嘿，與世人久處，必招怨尤；不若寂居山中，友麋鹿而侶梅鶴，此其宜居山者一也。又復操心不定，朱紫隨染，近繁華即易入繁華，邇清淨即易歸清淨；今繁華之習漸消，清淨之樂方新，而青山在目，緣與心會，此其宜居山者二也。兄弟俱闃無生大法，而為世緣迫逼，不得究竟；今居山中，一意理會一大事因緣，必令微細流注，蕩然不存，此其宜居山者三也。骨肉受命慳薄，惟捐盡嗜欲，可望延年；業緣在前，未能盡卻，必居山中，乃能掃除，此其宜居山者四也。生平愛讀書，但讀書之趣須成一片，俗客熟友數來嬲擾，則入之不深，得趣不固，深山閉門，可遂此樂，此其宜取居山者五也。〔註2〕

居山是為了破除人事之累、繁華之習、世緣之逼迫、業緣之流轉以及俗客之

〔註1〕 陸樹聲，《適園雜著》，〈適園記〉。見《四庫全書子部存目》，163 冊。臺南：莊嚴文化事業公司，1995 年，頁 207。

〔註2〕 袁中道，《珂雪齋前集》五冊，卷二十三，〈寄祈年〉。偉文圖書公司，1976 年 9 月，頁 2238～2239。

擾，肯定居山可護坦直之性、清淨之心、可習無生大法之究竟、可望延年、可得讀書之趣，凡此種種皆是人省察存在情境之後，爲破執而得享自在之樂，所作的調整。

（二）借境調心的心境

清言在省察主客體的分合中，雖關注主體自主性的作用，但通過心境關係的探討，知悉主體的自主性發用並不究竟。人的生命是存在于主客對待之中，對主客體互動性的關聯加以反省，其關係約略有二：一是以自我爲主，人因知識的傳遞而認識對象、累聚豐富的經驗與能力，故以自我爲中心去掌握、役使客體。二是物主心中，爲物所役使，主體的感性情懷，往往隨事物對象而流轉。人的存在或以我役物，或以物役我，其中的心識視各人之經驗而定，清言所呈現的主客對待，乃是游走於此二端之間，反省的是主客對待裏自主性的問題。

陸樹聲於〈適園逋客記〉中，對清言所論自主性的問題，說得甚爲明晰。其文道：

> 凡吾身與人境之寄形於天地也，舉百年之內而集泮，靡常摅之一逆旅焉。則何者非客？而拘方執有者，以一屬於己者之謂常也，而不知造物者之視方輿，直一撮土耳。中托焉以乘其有者，猶閱傳舍而執之以爲常者，抑惑矣！故以物爲寓，則何往非主，以我徇物，則何往非客，斯二者於己取之而已矣。乃若玄覽達識，究觀昭曠之原，以游無何有之鄉，則雖主與客二者亦假名也，如是者，我將逃名實而與之相忘矣，又何主與客之辨？〔註3〕

陸氏承繼《莊子》無待以逍遙的精神自由。秉持萬物自足其性，以消融主客對待的拘執，追求主體自由逍遙的終極關懷。人若著眼於㠯古綿長的時間洪流，將人生百年歲月與之相較，吾身僅是短暫的行旅者，放觀宇宙之無涯，萬物何者非微塵過客？將一心寓於萬物，則萬物盡其在我，則吾身爲萬物之主。以一情隨萬物之流轉，則吾身何處非客。若持玄冥之心、達生之識以窺萬物，則主客皆是假名。爲主爲客端視己心之所取，是主是客本非清言關注之重點，其所重者在反省主客對待裏自主性的問題。

清言本著主體自由的精神，提出人的自主性以掙脫生命的執縛，其破執

〔註3〕 陸樹聲，《適園雜著》，〈適園逋客記〉。見《四庫全書子部存目》，163 冊。臺南：莊嚴文化事業公司，1995 年，頁 217。

之道，乃是通過借境調心之途而得遂其功。借境調心之意蘊，可分二個層次加以說明：首先，爲澆息塵心、解消俗氣，故「眼界未寬，向萬仞峰頭著目；靈臺不淨，去五湖清處洗心。」〔註4〕借自然景物之助，以淨吾心、寬吾眼界，一如《菜根譚》後集所描繪：「徜徉於山林泉石之間，而塵心漸息，夷猶於詩書圖畫之內，而俗氣潛消。故君子雖不玩物喪志，亦常借境調心。」〔註5〕人徜徉於自然山水、悠遊於古今詩畫，感受其形相美感以息塵心、消俗氣，即由美感經驗的不含目的性，逐漸改變現實生活中計較得失、要求功利的心態，此爲借境調心的第一層意蘊。

其次，由借境調心的經驗展示中，走向超越感性、知性的活動而從中體證生命境界，清言有文道：

> 水流而境無聲，得處喧見寂之趣；山高而雲不礙，悟入有出無之機。
> （《菜根譚》後集，頁63）

> 鳥語蟲聲，總是傳心之訣；花英草色，無非見道之文。學者要天機
> 清澈，胸次玲瓏，觸物皆有會心處。（《菜根譚》後集，頁25）

> 來鳴禽于嘉樹，音聞兩寂，悟圓通耳根；印朗月于澄波，色相俱空，
> 領清虛眼界。〔註6〕

主體與外境相接之時，不但感受水流而境無聲，山高而雲不礙等諸多自然景觀的形相美，而且藉著山水在整體天地間與其環境交融無礙的啓發，凡觸物皆有所會心，體悟人生存在情境亦可如斯境界。樹間鳴禽、波中月影，令人領會清虛眼界，體察有即是無，色即是空的境界。此爲借境調心第二層的意蘊。〔註7〕

觀清言所借以調心之境，具有選擇的取向，所擇者多爲可對主體發揮提昇成全作用之境，其景狀概如何偉然〈小窗清紀序〉所載：

> 紀獨以清者何意？寧野熱於情而境漸冷，將以小窗爲攝境之戶，收
> 拾豪俠之關，唯清之味雋以永，清之趣澹以怡也，雖然豪俠成性，

〔註4〕張復，《礨下語》，卷上。《四庫全書子部存目》本，94冊。臺南：莊嚴文化事業公司，1995年，頁264。

〔註5〕洪自誠，《菜根譚》，後集。臺北：頂淵出版社，九版一刷，1993年8月，頁75。

〔註6〕屠隆，《婆羅館清言》，卷上，《寶顏堂祕笈》本。臺北：藝文印書館，1965年，頁12。

〔註7〕曹淑娟，〈晚明清言對人與宇宙關係之省思〉。全國小品文會議論文，1996年12月。

寧爲境移。〔註8〕

其擇取外境之情形，類似以小窗爲攝境的鏡頭，合於清者、美者，能對主體發揮提昇、成全作用者方得入鏡。如詩畫是人爲活動之美者，山水花鳥乃天地萬物之美者，循人文藝術與天機流轉的情境，可借以觸發人心，而與人的存在情境感通。借境調心之要求屬正面之影響，但不免產生先擇境後調心的陷阱，如此則借境調心非屬隨機觸發，而是有意運作，非爲究竟之說。

　　晚明清言所揭示的人生與背景，乃是在危懼與壓迫的束縛中，冀求主體的精神自由。由於了悟到經驗世界的成心是煩惱之源，爲避免生命的紛馳、干擾與執縛，獲致主體的自由。一方面提出主體自主性的可能，珍視個體的生命存在。一方面循著借境調心之途，反求諸己，運外境之助力，尋求心與物（境）之和諧，擺脫實用與知識的執縛，以息塵心、消俗氣，達成心境的內和，進而體證生命的境界。清言此一思考進路，與其說是哲學的思索，不如說是以一種審美的態度面對人生。

（三）心閑意適的快悅

　　清言爲避開人世之執縛與刃摩，以識趣之心爲根荄，對山居清閒的趣味與境界多所推崇，構築怡情自適的安樂園，以快悅爲美，處處呈現快心悅性的本質。觀清言所抉擇的人生方向，乃是認識到人世活動的幻化與執迷，省察自我存在的景況後，作反向的抉擇。從人世間逃遁退避，不關注倫理、政治問題，著眼於個體存在的身心問題，追求個體心靈的安適，以尋求新的自由情境。晚明文人在現實塵世的動盪和壓迫下，對閒適生涯之嚮往倍於前人，對閒適之樂的推崇與描述，成爲藝術和美學的主要課題。

　　呂坤於《呻吟語・應務》曾載：「熱鬧中空老了多少豪傑，閒淡滋味，惟聖賢嘗得出。及當熱鬧時，也只以這閒淡心應之，天下萬事萬物之理，都是閒淡中求來。」〔註9〕其中閒淡與熱鬧相對，欲得閒淡，自然避開繁華熱鬧的紅塵，隱身於山水園林或書畫奇器之中。故知閒與隱有著孿生互存的關係，閒屬於退離後的情境，多言悠閒自得隱居山林的生活。對山居清閒的趣味與境界的推崇，華淑〈題閒情小品序〉說之甚詳：

　　　　夫閒，清福也，上帝之所吝惜，而世俗之所避也。一吝焉，而一避

〔註8〕吳從先，《小窗清紀》，卷首。見《四庫全書子部存目》，163 冊。臺南：莊嚴文化事業公司，1995，頁 285。
〔註9〕呂坤，《呻吟語》。臺北：志一出版社，1994 年 7 月，頁 161。

焉，所以能閒者絕少。仕宦能閒，可撲長安馬頭前數斛紅塵；平等人閒，亦可了卻櫻桃籃內幾番好夢。蓋面上寒暄，胸中冰炭，忙時有之，閒則無也，忙人有之，閒則無也。昔蘇子瞻晚年遇異人呼之曰：「學士昔日富貴，一場春夢耳。」夫待得夢醒時，已忙卻一生矣。名墻利壘，可悲也夫！〔註10〕

文中明言：富貴乃春夢一場，得失榮辱轉眼成空，故以人生的虛幻感勸人捨忙居閒，其取捨並不依循盧生覺醒之故途，盡棄功名仕宦之路，取徑追隨邯鄲道士而去。清言則捨虛幻而直就真實，此中所呈現者，即是文人士夫徘徊仕隱間的姿態。華淑以現世的利害為關注點，呼籲世人轉忙為閒，莫為名利所欺，能閒則無「面上寒暄，胸中冰炭」的人事衝突，人我之間得以相安共存。

清言談論山居取閒，對主體的閒情備加推崇，主因「閒可以養性，可以悅心，可以怡生安壽」，閒既有如此悅人之處，則人如何能閒？高濂於〈燕閑清賞牋〉便道：「高子曰：心無馳獵之勞，身無牽臂之役，避俗逃名，順時安處，世稱曰閑，而閑者匪徒尸居肉食，無所事事之謂。」〔註11〕人之能閒不只是「心不生馳獵之勞，身不受牽臂之役」，更要以識趣之心為根荄。識趣之心藉由自主性之發用，形成不合目的性的美感經驗，褪卻現實生活中計得失，求功利的心態，以息塵心、消俗氣，衍生個人的閒情。能閒則能免卻人事的衝突、人我的相刃磨，人於宇宙中便能離苦而得適意之愉悅。此適意而生的快悅，清言特為強調其對主體的內心感受，是直接受當下情境的影響，具有鮮明的個性色彩。

清言以心閒意適之快悅為審美意識之內蘊，實與清言快心悅性的本質相呼應。此一涵具快悅為美的審美意識，通過識趣之心所體證之境，雖可達到心境的內和，對主體發揮提昇成全的作用。但此一生命境界，並非皆為隨機觸發而生，時而挾帶有意造作的成分，與實證實悟之生命境界有隔，常混雜著某些世俗的滿足感和炫耀。不過此一快悅之感亦非等同於一般快感，而是發自內心深處的舒暢與稱心如意，合乎主體意願而產生，屬"凡所遇欣賞之會心"者。脫離實用的功利目的，表現為率意而行的追求，有著超越常情和

〔註10〕 華淑，〈題閒情小品序〉。收於陳萬益《性靈之聲──明清小品》，書序篇。臺北：時報文化出版社，二版，1994年，頁28～29。

〔註11〕 高濂，《遵生八箋》，〈燕賞清賞牋〉，卷首。巴蜀書社，1992年，頁1～2。

出人意表的別樣心情，帶著個人的色彩與藝術的創發性。

清言審美意識的產生，主要是對生命進行省思之後，感受到人生的空幻與淡漠，爲破除生命的執縛，反省主客對待中自主性的可能，冀望物我相接之際，生命得以減少相刃相摩，自由地申展。故主體通過借境調心的發用，藉由識趣之心，"發揚結滯神氣" "天疏其滯而神導以靈"，尋求心與物（境）的和諧，追求心閒意適的快悅，獲致閒適之樂。

三、冷眼觀照全空靈之美

仕隱之間的徘徊，是中國士人民古以來的難題，晚明文人面對黑暗的政治環境，進取與退隱的矛盾益形彰著。他們對人生與社會的紛擾無常感到懷疑、厭倦，故將無所寄託的深沈喟嘆，轉向追求閒適之樂，企求捨離與解脫。面對空漠的人生，晚明文人不但放逐了兼濟天下之志，而且在空幻的世間路急回頭，有文道：

> 甜苦備嘗好丟手，世味渾如嚼蠟；生死事大急回頭，年光疾于跳丸。
> （《娑羅館清言》，卷上，頁2）

> 憂喜掩關進不來，定然退步；風波滿眼行不去，必自回頭。（《爨下語》，卷下，頁29）

> 生長富貴叢中的，嗜欲如猛火，權勢似烈焰。若不帶些清冷氣味，其火焰不至焚人，必至自爍。（《菜根譚》前集，頁131）

> 肯謝紛華爲在清平著腳，不沾擾攘因從冷澹安身。（《爨下語》，卷上，頁244）

「回頭」的觀照，將原本熱切投注、執隨對象流轉的心念加以拉挽，致使主體與對象有所疏離，方能有迴旋的空間，藉以調整角度，重新認識與評價人世諸相。主體從冷澹處安身，將不含目的性、私我性的審美心態，推擴到人生欲念的追尋，爲逐物不返的心靈鬆綁，成就與「兼濟天下」迥然不同的生命情境，尋找充滿美感的生命，成爲晚明文人士夫安身立命的另一種可能。

清言蘊涵的美感生命，就主體的知覺觀照立論，在以閒適之樂爲美的觀念下，說明清言的審美體驗，藉由冷退的觀物態度、疏隔的觀物方式加以開展，刻意拉開主體與物象的距離，成全清虛玄淡的空靈韻致。此一審美體驗的開展，可由三方面加以說明：一是美地觀照，就審美體驗的虛靜主體立論，

闡明美感發生時的心理狀態。二是冷隔的觀照，依循審美體驗中虛靜主體的根本，就清言所採取冷的觀物態度與隔的觀物方式，論述物我的關係，與美感的形成。三是空靈之美的成全，說明在冷隔的觀照下，主體產生不拘執的態度，維持與審美客體之間的距離，此一不執所產生的美感距離，恰可成全空靈的美感意境。

（一）美地觀照

清言反映晚明文人士夫充滿審美體驗的美感生命，其中審美體驗是與世俗雜念和功利欲望相對立。通過主體的虛靜，方能昇起審美直覺，呂坤《呻吟語・存心》有文道：

> 目中有花，則視萬物皆妄見也。耳中有聲，則聽萬物皆妄聞也。心
> 中有物，則處萬物皆妄意也。是故此心貴虛。
> 天地間真滋味，惟靜者能嘗得出；天地間真機括，惟靜者能看得透；
> 天地間真情景，惟靜者能題得破；作熱鬧人，說孟浪話，豈無一得？
> 皆偶合也。〔註12〕

上文指出，主體必貴虛惟靜，方能拋棄一切現實的、功利的觀念，割斷一切世俗意識，消解執縛以進入審美境界。在進入審美境界之前，此種不被干擾，隔斷世俗以呈現當下的思維活動和精神現象，即是美地觀照。美地觀照屬審美體驗過程的前半部，是審美創造時的心理特徵。在審美創造時，將散亂的心集中，進行冥想，要求人們切斷感覺器官對外界的聯繫，不但切斷一切外在的干擾，中止大腦中的其他意念，而且對內在情欲的干擾加以排除，使意識集中一點，進入一種單純、空明的狀態，猶如禪定一般。

美地觀照屬直觀的知覺活動，所謂觀照，是對物不作分析的了解，而只出以直觀的活動，此時的主體與實用及求知的態度分開，憑著知覺發生作用，藉著知覺的孤立化、集中化通向審美體驗之途。在審美體驗的活動過程中，美地觀照得以成立的精神主體，一方面消解由生理而來的欲望，使心不為欲望所奴役，欲望一經解消，實用的功利觀念便無處落腳。一方面與物相接時，讓心擺脫知識活動所帶來是非判斷的煩擾。用以擺脫欲望與知識的集聚，讓精神得以自由解放，期使主體能自由的觀照，由知覺的孤立化、集中化及強度化而專一於當下的即物，以知覺之自身為滿足，藉由感知、聯想、理解等心理活動，對

〔註12〕同註9，頁33。

當下「即物」的印證，成立趣味的判斷，產生審美的體驗。〔註13〕

　　美地觀照不把物安放在時空的關係中加以處理，也不將自己利害好惡的成見，加在物的身上。心既不向知識歧出，又無成見的遮蔽，心的虛靜本性便可以呈顯出來。以虛靜為體為根源的知覺，不同於一般的感性，而是根源地知覺，具有洞徹力的知覺。藝術心靈的誕生，在美地觀照那一刻，心是從實用與知識解放出來的，其觀照的起點在於空諸一切，心無掛礙，和世務暫時絕緣的虛靜心，空明的覺心（虛靜心）可納萬境，萬境浸入人的生命，染上人的性靈，逐步開展了個人的審美體驗。

（二）冷隔的觀物

　　清言所呈顯的審美體驗，進入到美地觀照時的精神狀態，即是以虛靜之心為觀照的主體，在觀照的當下，只有被觀照的物象，更無其他事物、理論的牽連。面對外在的諸相，以虛靜之心為主體，採取冷的觀物態度與隔的觀物方式，切斷心知與欲望的干擾，而形成特有的審美情趣。

　　就冷的觀物態度而論，清言所展現的冷澹，乃是有見於人事變化無常的本質，採取不介入世事的心境來面對人生，免除紛馳糾結的塵俗對個人內在精神的干擾，《醉古堂劍掃》載：

> 芳菲林圃見蜂忙，覷破幾多塵情世態，寂寞衡茅觀燕寢，發起一種冷趣幽思。〔註14〕（卷五，頁 165）

> 一段世情，全憑冷眼覷破，幾番野趣，半從熱腸換來。（卷八，頁 235）

> 富貴功名，榮枯得喪，人間驚見白頭，風花雪月，詩酒琴書，世外喜逢青眼。（卷十二，頁 319）

> 煩惱場空，身住清涼界，營求念絕，心歸自在乾坤，覷破興衰究竟，人我得失冰消，閱盡寂寞繁華，豪傑心腸灰冷。（卷三，頁 73）

> 點破無稽之論，只須冷語半言；看透陰陽顛倒之行，惟此冷眼一隻。
> （卷八，頁 244）

見識歷史興衰的無常，以消滅奔競之心，省視人情往來的煩擾，以澆熄處世

〔註13〕參徐復觀《中國藝術精神》，臺北：學生書局，初版六刷，1988 年，頁 69～100。
〔註14〕陸紹珩，《醉古堂劍掃》，臺北：老古文化事業公司，五版二刷，1993。

熱情，將一身心投注於山林之中，談論是非成敗轉頭空的漁樵閒話，領略天地間風花雪月的清趣，以淡泊冷眼，靜覷乾坤之變。冷所採取引退的心態，可與胸中的熱情並存，熱原是胸中一股不容磨滅的道德勇氣，但在面對政治迫害與紅塵俗務而來的身心干擾時，選擇以冷眼、冷心、冷情加以回應。

晚明文人之冷，並不是全由道德意識所逼發而出，許多是來自對個人獨立個體的認識與維護，以淡泊冷眼採取沈默退離的姿態，拒絕伴隨政治角色、紅塵俗務而來的身心干擾，其觀物的態度的展現是：視我爲一絕對獨立的個體，在不須與他人攀引、不須求知於人、不須示惠於人，棄絕營求之念，各成其本然的面貌，就個人與環境的對待關係而言，是不得已的消極呈顯，但就個人道德清明與心境清素的維護而言，則又是積極的自我展現。

清言所呈現冷的觀物態度，乃是以冷淡滋味與熱鬧塵俗相對，以彰現個體的清高雅趣，與塵俗濁氣劃開距離，獲致當下滌俗、淡宕之趣，故項煜〈冷賞序〉便云：

> 世人事業俱從熱處做，冷中滋味，誰及領取？必有冷人得冷趣、做冷事，仍使入冷眼、作冷語，胄師其以我爲箇中人耶？陶隱居云：嶺上多白雲，但可自怡悅。子美詩曰：心清聞妙香。雲何所悅？香何所聞？悅不關雲，聞不在香，冷者自知之，自賞之而已。〔註15〕

冷的觀物態度，以退離之姿，切斷俗世的熙攘，掃除外物的障蔽，投身於煙霞山林的遐思，以保生命的純粹，選擇由醋熱中退轉成具冷眼、蘊冷情之人，以欣賞之眼，形成能自觀照的沉隱能力，得照見一切是非得失的虛幻，此種觀照能力不斷地累積提昇，則能超越得失成敗，重新審察處境，適當地安頓自己。

就隔的觀物方式立論，冷眼是看透歷史興衰的無常，進而了悟人生的空虛性，故由醋熱中退轉，以欣賞之眼觀物，與現實事物劃開距離，其表現於外者，即爲隔的觀物方式，「隔」的形成，乃是標榜「隱」（與世—現實隔離的姿態）的身分，與現實社會拉開距離，採取旁觀者的態度觀物，清言載道：

> 晤對何如遙對？同堂未若各院。畢竟隔水間花，礙雲阻竹，方爲眞正面對。一至牽衣連坐，便俗然不可當矣。〔註16〕

〔註15〕鄭仲夔，《冷賞》，見《國立中央圖書館善本序跋集錄》，子部小說家類。國立中央圖書館編印，1993 年，頁 307。

〔註16〕衛泳，《悅容篇》，九晤對。《四庫全書子部存目》，149 冊。臺南：莊嚴文化事

> 士君子持身不可輕，輕則物能撓我，而無悠閒鎮定之趣；用意不可
> 重，重則我爲物累，而無瀟灑活潑之機。（《菜根譚》前集，頁139）
> 撥開世上塵氛，胸中自無火炎冰競，消卻心中鄙吝，眼前時有月到
> 風來。（《醉古堂劍掃》，卷一，頁40）

隔的觀物方式，是心靈內部的"空""不執"，在持身用意方面，避免過與不及，與客觀世界保留適當的距離，不但使主體得以超然物表，瀟灑出塵，脫盡人間煙火氣，而且使個人道德的清明與心境的清素成爲可能，同時維護萬物的本然之貌，主客體之間得以相互感應、交流與契合。

隔的觀物方式，一如金聖歎批《西廂記》所言倩女離魂之法，其文言：

> 聖山云：美人於鏡中照影，雖云看自，實是看他。細思千載以來只
> 有離魂倩女一人曾看也。他日讀杜子美詩有句詩云：「遙憐小兒女，
> 未解憶長安。」卻將自己腸肚，移置兒女分中，此眞是自憶自。又
> 他日讀王摩詰詩有句云：「遙知遠林際，不見此簷端。」亦將自己眼
> 光，移置遠林分中，此眞是自望自。蓋二先生皆用倩女離魂法作詩
> 也。〔註17〕

所謂「倩女離魂法」，乃是作者在創作的過程中，在自己與作品內容之間，造成以我觀物和以物觀我的美感距離，將自己的存在處境與心緒內容安置其中，一方面作自我的告白，一方面又以置身局外的旁觀者來觀照自我，將個人的生命經驗融鑄在物象的觀照裏，著重生命經驗的溝通，形成有所隔的審美心理活動。〔註18〕

冷隔的觀物之所以能產生美感，主要是有心理距離存焉，美和實際人生本有一個距離，要見出事物本身的美，須把它擺在適當的距離。心理距離存於自我與引起情感的對象之間，藉著自我從實用需要及實用目的的齒輪中分開來，使意識集中一點，進入一種單純、空明的狀態，開啓審美直覺之門，人的情趣與物的情趣便能往復回流。其中所產生的作用可有二方面加以說明：一是消極的方面，距離切斷了事物之實用的各方面，同時也消除了主體對事物所取之實用的態度，屬於抑止的作用；二是積極的方面，距離可以使

業公司，1995年，頁322。
〔註17〕金聖歎，《增像第六才子書》，卷二。臺北：新文豐出版公司，1979年10月，頁189。
〔註18〕參邵曼珣〈金聖歎詩歌評點中的美學問題──隔的觀照與文以自娛〉，收於《文學與美學》第五集，1995年9月，文史哲出版社，頁185～223。

主體由其抑止作用所創造的新基礎，揀擇鍛鍊主體的審美經驗。就我而言，距離是超脫，就物說，距離是孤立，主體在接受外物興感之時，是將自我放在一個絕對的距離中，這個距離阻止了自我的每一種充滿實踐目的的參與，這就是一種在未來意義上的審美距離，因為它意味著達到觀照的間距，這間距使得自我能對在主體面前表現出來的事物，進行真實而且全面的審美參與。〔註19〕

清言所呈現的隔離智慧是「消遣」「照看」或「遙觀」，以「倩女離魂」的冷眼遙對，彰顯一種置身事外的無所執，執心之化解雖不是通過艱苦的修養工夫而至，但美感的養成在於通過冷隔的觀物，與物象造成距離，空其主體，使自己不沾不滯，物象也得以孤立絕緣，自成境界。冷隔的觀物，一如舞臺的簾幕，圖畫的框廓，雕像的石座，建築的臺階、欄杆，從窗戶看山水等，都是在距離化、間隔化條件下誕生美景、引發鮮明的美感，而此時冷隔的作用，排除一切的干擾，有助於集中、專注而孤立地直觀地知覺活動，完成審美的體驗。

（三）空靈之美的保全

晚明文人面對生命的限制與現實的困境，引生歷史的悲涼與富貴的無常，領悟「浮世本空因，飽暖饑寒同過日，有身皆幻相，後先今昔總成塵。」（《囂下語》，卷上，頁 243）的淒涼寂寞，體會人生的空虛感，映現了如夢似影的生涯，亦於此中蘊釀出人生空虛性的了悟，所以「觀世態之極幻，則浮雲轉有常情，咀世味之皆空，則流水翻多濃旨。」（《醉古堂劍掃》，卷一，頁 43）在熟諳世情、品嚐世味之後，了悟人生如夢幻泡影之有限，不再貪戀浮名，且尋樂事，以白雲、明月為友，焚香煮茗、閱偈翻經，風花雪月無窮。由於人生空虛性的了悟，主體採取一種與世區隔的姿態，以觀照之眼悠游於萬物之間，捐棄俗念，消盡塵心，生命經此觀照，飽含一種空靈的美感。

空靈是主體的一段生氣，以簡淡玄遠為宗，含有無盡的餘蘊，為淡泊自然、蕭散簡遠的意境風格表現。清言的審美體驗指向虛豁超脫，不但要與塵

〔註19〕關於距離說可詳參：劉文潭，《現代美學》，第十一章〈審美的態度（三）心理的距離〉，臺北：商務印書館，1967 年，頁 238～267；劉昌元《西方美學導論》，第六章〈心距與移情〉，臺北：聯經出版社，1986 年，頁 95～100；閻國忠《朱光潛美學思想及其理論體系》第四章第二節〈心理距離〉，安徽教育出版社，1994 年，頁 81～87。

境遙隔，而且要含味外味。物我有了距離則可超越實際對象，不粘滯沾著，割斷塵緣，潛消世慮，清虛向此中立腳，「心與竹俱空」，是非無處安腳，憂喜無由上眉，塵囂煩惱便無處安身，主體與審美對象得以在隔開的距離中，進行共通互感的活動，相值而相取，「片時清暢，即享片時，半景幽雅，即娛半景。」(《醉古堂劍掃》，卷五，頁150)引生清曠之致。

　　空靈之美的成全，除了主體與客體（含括審美客體及其外圍之客體）以距離相隔外，尚須不拘執的胸襟，方有味外味，所以又以冷眼閒情臨世，一如《醉古堂劍掃》所載：

> 竹籬茅舍、石屋花軒、松柏群吟、藤蘿翳景、流水遠戶、飛泉掛簷、
> 煙霞欲棲、林壑將暝、中處野叟山翁四五，余以閒身作此中主人，
> 坐沉紅燭，看遍青山，消我情腸，任他冷眼。(卷四，頁93)

以閒情領略天地間風花雪月的清趣，以冷眼除卻胸中之係戀。冷眼不僅覷破人情世態，而且對山林聖地不營戀、書畫雅事不貪痴、美色絃歌不沉迷，則胸中之戀字自可擺脫。不為塵俗所繫，主體便十分爽淨，十分自在，心目間覺洒洒靈空，與人情世務了不相關，對事物抱持一種審美賞玩的態度，不執有不執無，只領取眼前。唯其不執，才能當機圓活，才能通透，任個體性靈之馳騁飛躍，成全自然無盡、清虛玄遠的空靈之美。

　　清言空靈澹泊之美的顯現，植根於認閒適之樂為美的審美意識，標立虛靜主體，通過美地觀照，藉由冷退的觀物態度，斷棄知識與成執對個人內在精神的干擾，以護持空明的覺心。通過疏隔的觀物方式與物象拉開距離，不但使主體得以超然物表，鏡照萬物無所拘執，而且萬物本然之貌亦得以維護。主客體皆留存於空明的狀態，維持主體與審美客體之間的距離，成就晚明文人以冷眼看透歷史興衰之無常，轉向天地間領略風花雪月的清趣，置身事外的瀟灑韻致，幻化出高於流俗、簡淡玄遠的空靈意境。

四、任真寄情成偏執之賞

　　晚明個性之風崛起，文人的目光，已由政治社會轉向自我，或尋求自我的價值，發揮生命的潛能，或在個人世界求取解脫，於個人生活中構築自由的樂土。面對倏忽萬端的人情世態以及日益荒謬的外境，採取不宜認得太真的態度，以為世心只緣認得我字太真，故多種種嗜好，種種煩惱。由於個體的生命價值備受珍視，對主體的尊重便不斷地提昇，而外在環境則逐漸被漠

視。清言承繼張揚個性的潮流，突顯文人追求獨特個性的興趣，遠超過追求完美之德性人格的興趣。在個性的解放下，主體側重才性生命而輕忽德性生命。具聖人風範的道學家，不再是彰現文人生命價值的唯一途徑，代之而起的是伴狂風流的文人典型。

清言中伴狂風流的晚明文人，所標誌的審美情趣，就綜括才性與德性的性靈主體立論，主體帶著才性品鑒的餘風，一味地任眞率性，寄情於物趣的品賞，放肆生命的偏至之情，形成耽溺於疵癖的獨特美感情趣。任眞寄情成偏執之賞的論述途徑，通過任眞率性的性靈、寄情物趣的品賞與偏執之賞的成就三途，在任眞率性的性靈導引下，將一己之深情眞意寄寓於物趣的品賞，包容各式各樣與人不同的才性，欣賞具有「趣」「韻」的新奇事物，推崇個人突出而眞實的"疵""癖"人格，愛賞各就其偏的執溺姿態，成就沉緬疵癖的美感情趣。

（一）任真率性的性靈

王門後學承襲對抗傳統的觀念模式，其行爲態度每每顯露一種「寧爲狂狷，毋爲鄉愿」的執著，一切言行不肯隨意從俗，將本是篤實發自良知的信持，轉爲生活形貌上的自信狂放。影響所及，晚明文人熱切於狂狷與鄉愿之辨，對龍谿〈與梅純甫問答〉中明辨狂狷與鄉愿之別的議論，大爲推賞，不但透露對狂狷境界的愛賞，甚至以此境界相矜持。〔註20〕如李贄〈與友人書中〉雖知狂是「病」，但以狂者之益自幸，有惺惺相惜之意，致使晚明多狂者。〔註21〕

─────────────────────

〔註20〕 王龍谿承繼陽明特重狂者之精神，其於〈與梅純甫問答〉中有言：「純甫梅子問狂狷鄉愿之辨。先生曰：古今人品之不同，如九牛毛。孔子不得中行而思及狂，又思及狷。若鄉愿則惡絕之甚，則以爲德之賊，何啻九牛毛而已乎？狂者之意，只是要做聖人。其行有不掩，雖是受病處，然其心事光明超脫，不作些子蓋藏回護，亦便是得力處。若能克念，時時嚴密得來，即爲中行矣。狷者雖能謹守，未辦得必做聖人之志。以其知恥不苟，可使激發開展以入於道，故聖思之。若夫鄉愿，不狂不狷，初間亦是要學聖人。只管學成殼套，居之行之，像了聖人忠信廉潔；同流合污，不與世間立異，像了聖人混俗包荒。聖人則善者好之，不善者惡之，尚有可非可刺；鄉愿之善既足以媚君子，好合同處又足以媚小人，比之聖人更覺完全無破綻。」（《龍谿王先生全集》，卷一。見《四庫全書集部存目》，98 冊，1995 年，臺南：莊嚴文化事業公司，頁 253）此中對狂者之推崇，可見一般。

〔註21〕 李贄《焚書・與友人書》云：「蓋狂者下視古人，高視一身，以爲古人雖高，其跡往矣，何必踐彼跡爲也，是謂志大。以故放言高論，凡其身之所不能爲，

　　清言承繼狂狷鄉愿之辨的課題，以眞爲其立論根據與審美判斷的前提，推崇個體發自自然的眞性情，強調眞誠坦率，「任眞」的觀念備受推重，嚴分眞僞之辨，形成寧眞毋僞的堅持。樂純於〈尋眞〉一文便言：

> 人生百年里中，如白駒過隙，風雨憂愁，輒居大半，其間得閒者，百才一，知而能享者，又千才一。茫茫眾生，誰不盡歸？墮地之時，死案已立，趨名驚利，惟日不足，頭白面焦，如慮銅鐵之不堅。不思二三十年，功名富貴，轉眸成空，何不一筆勾斷，尋取自家本來眞面目。縱胸中有萬卷書，筆下無一點塵到，這地步不知性命所在，一生聰明，要做甚麼？三世諸佛，則是一個有血性的漢子，善乎佛印之言，眞得尋眞之要。今世能尋眞者幾人，石火光中爭長短，蝸牛角上較雄雌，豈知上床別了鞋和襪，未審明朝來不來，故人生只是一個箇眞。〔註22〕

樂氏之文對佛印尋眞之言，大爲讚嘆。〔註23〕東坡於宋哲宗紹聖年間貶官惠州，適逢人生低潮，心中悒鬱難平，佛印致書給東坡，勸諫東坡勾斷功名富貴之羈絆，尋取自家面目、性命之所在。樂純將任眞、貴眞的觀念，落實在

　　與其所不敢爲者亦率意言之，是謂大言。固宜其行之不掩耳！何也？其情其勢自不能以相掩故也。夫人生在天地之間，既與人同生，又安能與人獨異？是以往往徒能言之以自快耳，大言之以貢高耳，亂言之以憤世耳。渠見世之桎梏已甚，卑鄙可厭，益以肆其狂言。觀者見其狂，遂指以爲猛虎毒蛇，相率而遠去之。渠見狂言之得行也，則益以自幸，而唯恐其言之不狂。」（卷二，臺北：漢京文化事業公司，1984 年，頁 75）。

〔註22〕樂純，《雪庵清史》，卷三，〈清課〉。見《四庫全書子部存目》，163 冊。臺南：莊嚴文化事業公司，1995 年，頁 419。

〔註23〕《宋稗類鈔》卷之七〈宗乘〉載：「東坡在惠州，佛印居江浙，以地遠無人致書爲憂。有道人卓契順者，慨然嘆曰："惠州不在天上行即到矣。"因請書以行，印即致書云："嘗讀退之〈送李願歸盤谷序〉，願不遇知于主上者，猶能坐茂林以終日。子瞻中大科，登金門，上玉堂，遠放寂寞之濱。權臣懼子瞻爲宰相耳。人生一世間，如白駒之過隙。三二十年功名富貴，轉盼成空。何不一筆勾斷，尋取自家本來面目？萬劫常住，永無墮落。縱未得到如來地，亦可以驂駕鸞鶴，翺翔三島，爲不死人。何乃膠柱守株，待入惡趣？昔有閒師佛法在甚麼處？師云："在行住坐臥處，著衣吃飯處，疴屎撒尿處，沒理沒會處，死活不得處。"子瞻胸中有萬卷書，筆下無一點塵到，到這地步，不知性命所在。一生聰明要做甚麼？三世諸佛，則是一個有血性的漢子。子瞻若能脚下承當，把一二十年富貴功名，賤如泥土，努力向前。珍重，珍重。」（清・潘永因編，劉卓英點校《宋稗類鈔》，北京：書目文獻出版社，1985 年 12 月，北京第 1 版，頁 601～602。）

人生的態度上發用，認爲「人生只是一個箇眞」，當摒棄生死流轉、功名富貴的執縛，「尋取自家本來眞面目」方是性命所在。「人心一眞，便霜可飛、城可隕、金石可鏤。若僞妄之人，形骸徒具，眞宰已亡，對人則面目可憎，獨居則形影自慚。」（《菜根譚》前集，頁 132），人若能任眞，生命才能飽含存在的精光與意義。

觀晚明文士所討論的心性，實乃綜括德性與才性義，以自然情性爲根源，善惡問題不被強調。個體之情性與其說是就良知德性而論，毋寧說是更接近才性的觀念，才性的觀念出於一種美學的觀點，對於人之才質、情性的種種姿態作品鑑的論述，而不從道德觀念來論人性的展現，關注個體才性生命所呈現之神采、風姿，以及先天後天所蓄養的趣味。袁宏道〈識張幼于箴銘後〉便云：

> 余觀古今士君子，如相如竊卓，方朔俳優，中郎醉龍，阮籍母喪酒肉
> 不絕口，若此類者，皆世之所謂放達人也。又如御前數馬，省中閱樹，
> 不冠入廁，自以爲罪，若此類者，皆世之所謂愼密人也。兩者若冰炭
> 不相入，吾輩宜何居？袁子曰：兩者不相肖也，亦不相笑也，各任其
> 性耳。性之所安，殆不可強，率性而行，是謂眞人。〔註24〕

當時的文人摒棄封建群性的束縛，一任自然情性傾瀉奔淌，或爲放達之性，或爲愼密之質，兩不相肖，亦不相笑，各任其性，強調不與人同，認爲新奇乃是眞人性情的自然展露，所以任眞越俗，放蕩不羈，率性而行，產生種種風流怪誕之行止，縱有疵處亦覺可愛。

晚明文人深受狂狷鄉愿之辨與性靈文藝潮流的浸淫，注重個體性靈的解放，一味地任眞率性，形成狂放倨傲的態度，將城市（市朝）與山林（山居）作對比，使用"熱"與"冷""濃"與"淡""濁"與"清""俗"與"雅"等相對的名詞，以才性品鑑的觀念，容納各種性情的不同展現，鼓勵各就其偏的風格樹立，摒棄追名逐利的生活，將一己之眞性情，轉而表現爲對於審美客體的品賞，標立主體獨特的美感情趣，開出美學領域與藝術境界。

（二）寄情物趣的品賞

晚明文人側重才性生命，由美學的觀點對於人之才質、情性、物象的種種姿態，作品鑑的論述，將一己的性靈灌注於客體間，主體照看物象之趣，

〔註24〕袁宏道，《中郎隨筆》，序跋卷。北京作家出版社，1995 年，頁 169。

借怡於物以除卻塵氛世情。袁中道〈贈東奧李封公序〉便云：

> 古之隱君子不得志于時，而甘沈冥者，其志超然出塵韜之外矣！而
> 獨必有寄焉然後快。蓋其中亦有所不能平，而借所寄者力與之戰，
> 僅能戰勝之而已。或以山水，或以麴糵，或以著述，或以養生，皆
> 寄也。寄也者，物也，借怡于物，以內暢其性靈者，其力微，所謂
> 寒入火室，煖自外生者也。〔註25〕

文士從熱衷功名到絕意仕進，所採取的行徑大多是心雖隱退，身卻托跡於朝
市。隱退之志雖在，但性靈時或不暢，便寄心於山水、麴糵、著述或養生等
物象而借怡，將個人憤世嫉俗之情，借外物之助力，以戰勝個人的憤懣不平，
使性靈得以內暢，主體據此求得過渡性的解脫與安頓。

主體性靈之內暢，源自主客間的往來方式，深具個體的才性特質。袁宏
道於〈李子髯〉書進一步道：

> 人情必有所寄，然後能樂。故有以奕爲寄，有以色爲寄，有以文爲
> 寄。古之達士，高人一層，只是他情有所寄，不肯浮泛虛度光景。
> 每見無寄之人，終日忙忙，如有所失，無事而擾，對景不樂，即自
> 家亦不知是何緣故，這便是一座活地獄。〔註26〕

文中指明，人情有所寄則能樂，無寄則終日忙忙，美景徒具，擾攘自生，地
獄宛然在目。所以，文人反身寄情於萬物取樂，乃是以品鑒之眼觀覽山水、
花木、禽魚、書畫、器具、蔬果、香茗等對象，以頹然自放的態勢，選取獨
特的角度，欣賞各自的姿態，將一己之情投注其間，游衍於其中，深得其樂，
從大自然懷抱與審美客體中發掘出詩情與美感，獨標個人之韻趣。

文人借怡于物的賞鑒態度，蔚爲時尚，影響所及，清玩、清賞、清供形
成一種普遍的風氣，沈春澤於〈長物志序〉便云：

> 夫標榜林壑，品題酒茗，收藏位置圖史、杯鐺之屬，于世爲閑事，
> 于身爲長物。而品人者，于此觀韻焉、才與情焉，何也？挹古今清
> 華美妙之氣于耳、目之前，供我呼吸；羅天地瑣雜碎細之物于几席
> 之上，聽我指揮；挾日用寒不可衣、飢不可食之器，尊踰拱璧，享
> 輕千金，以寄我之慷慨不平。非有眞韻、眞才與眞情以勝之，其調

〔註25〕 袁中道，《珂雪齋近集》下冊，卷六，〈贈東奧李封公序〉。臺北：偉文圖書公
　　　　 司，1976 年，頁 496。
〔註26〕 袁宏道，《中郎隨筆》，〈尺牘卷〉。北京作家出版社，1995 年，頁 82。

弗同也。〔註27〕

山林丘壑的標榜，書畫茗酒的品題，古玩奇器的清賞，本為文人之閒事長物，從中可觀韻、品才及賞情，更是寄寓個人憤慨不平的雅事。物趣的品賞，是在聲色之外，可寄情怡性的清虛之地，也是閒適的人生修養。文人藉之體現清雅的情調、體驗生活的情趣。由於寄情於物、從中取樂的觀念，貫徹於燕居閒賞的生活，主體因情有所鍾而心無旁騖，正可超越個人心習與塵世俗務的束縛，獨與審美物象之精神相往來，人的個性自能坦露於前，因寄情於物趣之品賞而能適一己之興。

晚明文人不論是有託而逃或寄情適興，皆趨向以山水怡情，或寄情於詩畫器物中，通過借怡於物而體現文人悠閒雅情的別趣。怡情自足成為晚明文人普遍的風氣，更據此體認自我價值的可貴與人生的快樂，他們以審美的眼光去品賞外物，選擇景物加以組織，通過煙雲泉石、澗溪竹樹抒發胸懷情趣。其例如：

> 三日前將入郡，架上薔薇數枝，嫣然欲笑，心甚憐之。比歸，則萎紅寂寞，向雨隨風盡矣。勝地名園，滿幕如錦，故不如空庭裊娜；若兒女驕痴婉孌，未免有自我之情。〔註28〕
>
> 潭間之閒，清流注瀉，千巖競秀，萬壑爭流，卻自胸中無宿物，漱清流，令人濯濯，清虛日來，非惟使人情開滌，可謂一往有深情。（《醉古堂劍掃》，卷五，頁155）

或為薔薇之開落，而有兒女驕痴婉孌之想，或見清流注瀉，千巖競秀，而有胸無宿障之暢快。文人將一己之性靈灌注於尋常事物中，或觸景生情，或移情入景，或情與景會，營造出快悅自適的美感情境，將外在環境的壓迫，一己的抗爭意識，藉著物趣的品賞，所營造出的雋永意境，抗禦住世塵俗的戕害，轉一身心於逍遙自適之境，得其自在。

主體關注物象的種種姿態，欣賞個體先天的、定然的才質氣性，根於才性的觀點，以品賞的審美態度出之，而不以道德的善惡觀念立論。以品賞的審美態度觀照萬物，則無物不美，無物不可成為賞鑑的審美對象。文人在諸

〔註27〕 文震亨，《長物志》，卷首，見《說郛續》，卷二十七，上海古籍出版社，1989年1月，頁1307。

〔註28〕 張大復，《梅花草堂筆談》，卷七，薔薇條。見《四庫全書子部存目》，104冊。臺南：莊嚴文化事業公司，1995，頁375。

多事物中流連賞玩，雖以物象的種種姿態表現爲重點，其最終目的在於透過自我主體爲中心的角度外觀萬物，擷取極致的美感經驗。透過物趣的品賞，將自己寥落的心靈置諸其間，順隨物象的偏至之情，產生各就其偏的美感情趣。

（三）偏執之賞的成就

清言依循任眞率性的性靈，通過物趣的品賞，將主體情性寄寓於客體之中，豐沛的情感流瀉其間，人的精神個性亦隨之凝於一端，形成個人突出而又眞實的"疵"、"癖"。衛泳於《悅容篇》有言：

> 謝安之屐也，嵇康之琴也，陶潛之菊也，皆有托而成其癖者也。古
> 未聞以色隱者，然宜隱孰有如色哉？一遇冶容，令人名利心俱淡，
> 視世之奔蝸角蠅頭者，殆胸中無癖，卒悵悵靡托者也。〔註29〕

文中指出：世間爲蝸角蠅頭之利而奔競不已之人，皆是情志無所托，胸中無疵癖之人，所以悵悵然於得失之間，奔走於利祿之途。人之深情眞意若有所托，而能成其癖，不論隱於色或隱於琴菊之雅物中，皆可將一己憤懣不平之情，轉爲對外在物象的深情愛賞。托遇於物象的心志，專一篤實而愛賞成癖，名利之心，得失之情自能於癖中潛移而消融。疵癖既成，則有疵癖即有個性，人的性靈方可自由飛動。

晚明文士在「寧爲狂狷，毋爲鄉愿」的時代思潮下，對人之才質情性的品賞，產生「於病處見美，於疵處觀韻」的新觀點，認爲有"病"就是超越世俗、平庸、鄉愿，有"疵"才有特點、有個性、有鋒芒，才有出奇越常的風采。程羽文於《清閒供》載：

> 一曰癖，典衣沽酒，破產營書。吟髮生歧，嘔心出血。神仙煙火，
> 不斤斤鶴子梅妻。泉石膏肓，亦頗頗竹君石丈。病可原也。
> 二曰狂，道旁荷鍤，市上懸壺。烏貌泥塗，黃金糞壤。筆落而風雨
> 驚，嘯長而天地窄。病可原。
> 三曰懶，蓬頭對客，跣足爲賓。坐四座而無言，睡三竿而未起。行
> 或曳杖，居必閉門。病可原。
> 四曰癡，春去詩惜，秋來賦悲。聞解佩而踟躕，聽墜釵而惝恍。粉
> 殘而脂剩，盡招青塚之魂。色艷香嬌，願結藍橋之眷。病可原。

〔註29〕衛泳，《悅容篇》，招隱。《四庫全書子部存目》，149 冊。臺南：莊嚴文化事業公司，1995 年，頁 324。

五曰拙，學黜妖嬈，才工軟款。志惟古對，意不俗諧。飢煮字而難
糜，田耕硯而難稼。病可原。

六曰傲，高懸孺子半榻，獨臥元龍一樓。鬢雖垂青，眼多泛白。偏
持腰骨相抗，不爲面皮作緣。病可原。〔註30〕

文中所載，癖於竹書泉石、嗜酒狂嘯、懶於對客、痴情於萬物、拙於生計、
傲視權貴者，凡此行止皆逸出常人之規範，往往爲常人所咋舌，甚或爲常人
所不取。程羽文卻以珍惜欣賞的口吻說「病可原」，對各就其偏的執溺姿態，
透露愛賞之意，呈顯文人之情多膩，非但接受人天生的偏至之情，甚且愛賞
各類不同於常態的“癖”、“狂”、“懶”、“痴”、“拙”、“傲”，肯
定瑕爲玉之本質，更相與悠遊歲月

晚明文人認爲：人之疵癖乃是神之所寄，不但可銷盡名利之心、得失之
想，而且有超常越俗的奇姿。華淑於〈癖顛小史跋〉解釋道：「癖有至性，不
受人損，顛有眞色，不被世法。顛其古之狂歟，癖其古之狷矣！不狂不狷，
吾誰與歸？寧癖顛也歟！」〔註31〕癖乃是人偏至的眞性，不受他人之嘵嘵而
有所減損，顛是人之眞正本色，不受世間法度之執縛而潛隱，肯定癖顛人格
同於狂狷，視爲有「作聖」的可能。此一推崇堪稱極至，不但美化癖顛之情
膩，而且將之轉爲一種脫俗的奇姿，爲文士膩情疵癖的偏執，鋪設最佳的理
論依據，造就對疵癖人格偏至之美的愛賞。

人有疵癖便有執著的深情與眞實的個性，雖然各人的才性表現在美感品
鑑上，有其不同的疵癖風格，但其爲眞性情則一。以其眞而能感興動人，所
以引生一種痴迷執著的愛戀之情。袁宏道於〈游蘇門山百泉記〉云：

舉世皆以爲無益，而吾惑之，至捐性命以殉，是之謂溺。溺者，通
人所戒，然亦通人所蔽也。溺于酒者，至於荷鍤；溺于書者，至於
伐塚；溺于禪者，至於斷臂；溺于山水者亦然。………嗜酒者不可
與見桑落也，嗜色者不可與見嬙、施也，嗜山水者不可與見神區奧
宅也。宋之康節，蓋異世而同感者，雖風規稍異，其于棄人間事，
以山水爲殉，一也。或曰：投之水不怒，出而更笑，毋乃非情？曰：
有大溺者，必有大忍。今之溺富貴者，汨沒塵沙，受人間摧折，有

〔註30〕程羽文，《清閒供》，刺約六。見《昭代叢書》別集，上海古籍出版社，1990
年，頁3296。
〔註31〕同註29。

> 甚於水者也，抑之而更拜，唾之而更諛，其逆情反性，有甚於笑者
> 也。故曰：忍者所以全其溺也。曰：子之于山水也，何以不溺？曰：
> 余所謂知之而不能嗜，嗜之而不能極者也，余庸人也。〔註32〕

文中將個體對事物專一以至死生相許的癡迷狀態，稱爲溺。認爲有大溺者必
有大忍，人一旦對某事成癖，往往表現出過人之處，而且能忍人所不能忍。
即使爲酒荷鍤、爲書伐塚、爲禪斷臂、爲山水而棄人事，甚或嗜酒者殉於桑
落、嗜色者殉於嬙施、嗜山水者殉於神區奧宅亦在所不惜。主體緣於專情的
態度，而能專一篤實地耽溺於一物者，即非庸人。中郎對膩情於物者，深表
讚嘆之意，因其皆出於至性眞情。膩於物的偏至之情，雖未必合於德性的善
惡判斷，卻能以其殊異的姿態得到嘆賞。世人以其顚潔爲美，可說是出自才
性賞鑒的角度，愛賞各就其偏的執溺姿態，成就沉緬疵癖的美感情趣。

　　清言所呈現的主體側重才性生命，晚明文人在任眞率性與「寧爲狂狷，毋
爲鄉愿」的觀念下，愛賞“疵”、“癖”的人格，欣賞具有「趣」「韻」的新奇
事物，成爲時代普遍的風尚。同時映現晚明社會推崇獨特卓絕的個體，表達亟
於求得對自我個性認可的期望，呈顯追求超越庸常，獨樹一幟的審美理想。李
卓吾曾論狂狷：「若陶淵明肆於菊，東方朔肆於朝，阮嗣宗肆於目，劉伯倫、王
無功之徒肆於酒，淳于髡以一言定國，肆於口，皆狂之上乘者。」〔註33〕文中
所言之「肆」，是生命的放肆，也是情膩的表現。若以賞鑒之眼觀，此一偏至的
人格，則疵癖成於深情眞氣，各具獨絕的姿態，雖於德性未必可取，但以至性
眞情而可傳。一如曹臣〈韻語引〉載：「風流之士有韻，如玉之有瑕，犀之有暈，
美處即病處耳。然病美無定名，溺之者爲美，指之者爲病。」〔註34〕後人視疵
癖是韻？是美？還是病？乃是取決於個人的觀看角度而定。清言則傳達對韻、
美、病的讚嘆之意，認爲韻、美、病展現個人超俗越常、活潑儥張的至情眞性，
因此耽溺於其中，成就沉緬疵癖的美感情趣，亦是當然之事。

五、結　語

　　清言的審美意識，以主體自由爲根柢，以心閒意適之快悅爲內蘊。主體

〔註32〕袁宏道，《中郎隨筆》，游記卷。北京作家出版社，1995 年，頁 70。
〔註33〕李贄，《藏書》，卷三十二，孟軻條。臺北：學生書局，初版二刷，1986 年 6
　　　　月，頁 521。
〔註34〕曹臣，《舌華錄》，卷五，〈韻語引〉。見於《歷代妙語小品》，湖北辭書出版社，
　　　　1993 年，頁 277。

涵具識趣之心，通過冷眼觀照的審美活動，虛靜心主其內，冷隔的觀物態度張於外，藉以破除知識定見、成心宿習對主體的拘執，在人情與物趣往復回流的風韻中，達致自適其適之樂，成全空靈澹泊之美。但清言受到珍視個體生命價值，張揚個性之風潮的洗禮，過度凸顯才性主體的自主性，文人一味地任眞率性，孤立而專注於個人的才性，輕忽主體向上提昇的工夫，致使主體由虛靜流於情膩，致使冷隔的觀物態度，隨順其心將人推上沉緬情欲、嗜好之途。由去執除縛的欣賞品味轉向有所偏執耽溺的享受，空靈澹泊的審美境界，沾染膩情物象的偏執色彩。生命既未眞正解脫，亦未眞正的通透，故成了不執之執。清言彰顯的審美體驗，有時屬於一種人生的姿態，未必是行動。若就品賞的審美角度觀察，晚明文人對疵、癖、顚、狂的沉緬耽溺，實爲主體的（自我）欣賞，品賞活動的成立，乃基於主體自我實現的需要，這種審美心理，其實就是文人完成自我人格的迫切期望與反省，傳達了他們對人生的感受與理解。

2007 年發表於《文學新鑰》第 5 期

附錄二　論袁宏道的自適

摘　要

　　晚明文人心態發生了前所未有的裂變與轉型，在生活方式、人生哲學、價值取向、審美情懷及文學藝術的創作範式，均表現出新、異的色彩，此與晚明自適說有著密不可分的關係。其中以袁宏道的自適說，對晚明自適文化變遷的影響最為深遠。故本文以袁宏道的自適說為論述核心，藉以考察晚明自適文化嬗變的軌跡。本文的論述分總論與分述二途。總論方面，以袁宏道自適說的轉變為考察重點，依循理事無礙的知見、事事無礙的沉滯以及隨緣任運的信持三方面加以論述。至於分述的部分，以自適說在文化上的表現為主，通過怡情自適的藝術、處世模式的映現與徘徊仕隱的姿態三方面的主題探討。彰顯袁宏道自適說在文學藝術、社會意識以及個人出處進退等課題的發用，不但對晚明自適文化產生深遠的影響，並且揭示了晚明自適文化嬗變的軌跡。

關鍵詞：袁宏道　自適　性靈　四法界　隨緣任運　雅俗交流

一、前 言

傳統的士人大抵將自身存在的價值定位於經世濟民以教化人倫，以立德、立功或立言等外在的事功為人生價值的依歸。晚明文人在士人自我意識的覺醒、個人主體性的確立、個性的張揚等思潮下，逐漸擺脫共性對個性的規範與制約，反身省視個人獨立存在的價值，傾注個人的感情，以欣賞之眼環視周遭的世界，從而展開人生意義的探尋與生活內容的安排，或縱情逸樂，或怡情自足，主體自由的追尋成為備受關注的課題。傳統德性主體的光環漸次黯淡，而才性主體逐漸統領了晚明的人心。表現於外的則是：一方面肯認主體個體性的存在，一方面嚮往主體的自由境界。晚明在此一思潮下，出現多樣化個性表述的人生與文學，其中尤以新派人物所提的自適說的影響最為深遠。自適說是與心學及佛學理論架構內在契合的一種持論形態，不但是晚明個性主義最重要的表徵性概念，也是晚明人普遍生命的趨向。

在晚明革新運動的諸多健將中，袁宏道（1568～1610）在晚明學界和文界有其特殊的地位。不論是禪學思想，文學理論或人生價值取向皆具晚明學術的典型性。其學術思想中自適說的變遷顯現充分的文化意義，適足以作為考察晚明自適文化之嬗變的典型個案。中郎之所以成為研究晚明文化的重要典型，主因個人在思想的高峰期有著鮮明的變遷階段，其於萬曆二十九年（1601）〈答陶周望〉書中直陳：

> 弟學問屢變，然畢竟初入門者，更不可易。其異同處，只矯枉過直耳，豈有別路可走耶？據兄所見，則從前盡不是，而今要求個是處，此事豈可一口盡耶？今日如此，明日又如此，繞有重處，隨即剷絕。
>
> 今日之剷，在明日又為重處矣。〔註1〕

文中說明個人的學問屢變，思想行止基本上皆在不斷地自我轉變與調整之中，而這種轉變與調整，適彰現晚明時代、社會和文化背景的改變，使中郎自我調適的行為，具有明顯的文化意義。

本文以袁宏道的自適說為研究課題，主要探討中郎自適說的演變與其在文化上的表現，進而關注中郎的自適說對晚明自適文化的深遠影響。論述的途徑為總論與分述二途。在總論方面，探討中郎自適理論的衍變，經由理事

〔註1〕 袁宏道，《袁宏道集箋校》，卷四十二。上海古籍出版社，1997，頁1244。以下所引袁宏道言論凡出此書者，僅注寫作年代、篇目、卷數、頁碼。

無礙的知見、事事無礙的沉滯以及隨緣任運的信持三方面，彰顯中郎自適說的面貌。在分述方面，則針對中郎自適說在文化諸多層面的表現，主要集中在文學藝術、社會意識以及個人出處進退等焦點上作論述，藉此揭示晚明自適文化嬗變的軌跡。

二、自適理論

明代這一段學術都是談心性、道德與生命，尤其是性命的反省以至性命之保持。在政治闇暗、社會劇變的晚明，個人的安身立命實屬艱難，文人面對生命的存在課題時，更易於感受到生死流轉，年命有限、人身易老的問題。中郎對死生之事深具切身之感，對學問的鑽研，乃著眼於個人生命的解脫，側重在個體存在的自得自適。其文曰：

> 古今文士愛念光景，未嘗不感歎于死生之際。故或登高臨水，悲陵谷之不長；花晨月夕，嗟露電之易逝。雖當快心適志之時，常若有一段隱憂埋伏胸中，世間功名富貴舉，不足以消其牢騷不平之氣。
> 〔註2〕
> 郢諸生張明教者，從沙門寒灰遊，過余柳浪，謬謂余知道者，以一大事為訊。余告之曰：「夫二君子，皆儒而禪者也。佛氏以生死為一大事，而先師云：『朝聞道，夕死可』是亦一大事之旨也。……迨程朱氏出，的知有孝悌外源本矣，而又不知生死事大。夫聞道而無益於死，則又不若不聞道者之直捷也。」〔註3〕

由上文可知：死生大事一直是中郎縈繞於心的課題，習禪問道無非是要安頓己心，了悟生死大事。故於文中直言：「聞道而無益於死，則又不若不聞道者之直捷也。」中郎之學術與晚明人同樣受到泰州學派的洗禮，對個體生命的存在特為珍視，其中受泰州學派影響最為顯著者，莫過於依循王艮明哲保身與卓吾突出一己之私的思想，重視主體的參與和內心的體驗，張揚了個人情緒性與情感性範疇，引領個體生命趨向自得自適的解脫之途。

中郎關注自我生命主體的存在，在心學與禪學的哺餵下，所產生的自適說，有著鮮明的變遷階段。就心學的根源而言，晚明的自適說，由陳白沙的自得到王陽明的自慊，直到李卓吾的自適，皆蘊含濟世救民的社會理想與超越世俗的

〔註2〕萬曆25，〈蘭亭記〉，卷十，頁443。
〔註3〕萬曆32，〈為寒灰書冊寄郎陽陳玄朗〉，卷四十一，頁1225。

解脫境界二者，倫理關係與本體性範疇仍是重要的課題。而中郎的自適說，緣於個人學術著眼於生死問題的省察，心理有著安頓自我的迫切需要，其義涵便側重在超越世俗的解脫境界，對宇宙論與本體論的建構，並不關心，自適說的衍變主要落於人的生存情境與解脫論的層次。據此，自適說的變遷與禪學的關係，較之與心學的關係，來得更爲密不可分。茲對中郎自適說的衍變，依理事無礙的知見、事事無礙的沉滯與隨緣任運的信持三者，展開論述。

（一）理事無礙的知見

若以華嚴宗「理事無礙」的道理來表達，其意旨是：法界緣起的一切現象在如來藏自性清淨心的共同作用下，互爲因果，相資相生，彼中有此，此中有彼，理事相即相入，圓融無礙。於是，理與事，眞與妄，事與事，一切法界之間融通交徹，「重重無盡」。中郎對理事無礙的知見，首先見於〈曹魯川〉：

> 且夫禪固不必退也，然亦何必進？固不必寂也，亦何必於鬧？是故有脫屣去位者，則亦有現疾毗那者；有終身宰執者，則有沉金湘水者。人心不同，有如其面，可以道途轍跡，議華嚴不思議境界耶？
>
> 夫進退事也，非進退理也。即進退，非進退，事理無礙也。〔註4〕

中郎於文中舉釋迦牟尼、維摩詰、梁武帝、龐居士諸人因人心的不同，通過不同的修持途徑而成佛，說明事有進退之殊而理無眞妄之別，肯認華嚴禪理事無礙的根本知見，就是「即心即佛」，心性一如，佛性平等，自信自立，據此凸顯個體性。

理事之間的融合，是根於如來藏自性清淨心，自性是本來具足的。眞如能生萬法，故萬法即是眞如，理體事相，互融互具，無礙通達。理即是事，事即是理，一切現象，皆爲眞如理體隨緣變現。中郎對理事無礙的知見是肯認了自信自立的個體性，但對自性的認識與華嚴禪所言眞如之性有所不同。其於〈與仙人論性書〉道：

> 心雖不以無物無，然必以有物有，辟之神若無箕則無所托。因問有對，因塵有想，因異同有分別。……神者變化莫測，寂照自由之謂。然莫測即測，自由亦自，自即有所，由是何物。極而言之，亦是心形鍊極所現之象，雖脫根塵，實不離根塵。經曰：「湛入合湛，歸識邊際」是也。識即神也，……此識生天生地，生人生物，不識不知，

〔註4〕萬曆24，〈曹魯川〉，卷五，頁253。

自然而然。從上大仙，皆是認此識爲本命元辰，所以個個墮落有爲
趣中，多少豪傑，被其沒溺，可不懼哉！然除卻箕，除卻形，除卻
心，除卻神，畢竟何物爲本命元辰？弟子至此，亦眼橫鼻豎，未免
借註腳于燈檠筆架去也，笑笑。夫師現今有知所不足者，非身者，
一靈眞性，亘古亘今，所不足者，非長生也。毛孔骨節，無處非佛，
是謂形妙；貪嗔慈忍，無念非佛，是謂神妙。〔註5〕

文中雖不否認性爲眞如理體，但著重在事法界而論，直陳心神雖脫根塵屬理
法界，但若去箕去形，一離事法界的根塵便無所托。心不離根塵雖易墮於有
爲之趣，本應戒愼恐懼，但本命元辰與箕形同在，猶如人之眼橫鼻豎，故中
郎之論性，著眼於事法界。將眞如自性落於事法界之中，眞性的內容由如來
藏自性清淨心，轉爲現實的生命個體，即爲非理性的本然生命情欲所汨沒，
自性亦由理性的本體降落爲感性的存在。

　　由於中郎是於事法界中的感性存在體認自性的，故其對理事無礙的知
見，有了新的發展，其於〈陳志寰〉有言：

《華嚴經》以事事無礙爲極，則往日所談，皆理也。一行作守，頭頭
是事，那得些子道理。看來世間畢竟沒有理，只是事。一件事是一箇
活閻羅，若事事無礙，便十方大地，處處無閻羅矣，又有何法可修，
何悟可頓耶？然眼前與人作障，不是事卻是理。良惡叢生，貞淫蝟列，
有甚麼礙？自學者有懲習止愿之說，而百姓始爲礙矣。……諸如此類
不可殫述，沉淪百劫，浮蕩苦海，皆始於此。〔註6〕

文中所言之理有二義，「皆理也」和「世間畢竟沒有理」所言的是理法界，指
爲萬法所依，眞如平等的理體。至於「不是事卻是理」所指的是普泛的理性，
是傳統理性主義作用下的形式規範。理事無礙是指現象界與本體界具有不二
的關係，本體自性，借事顯發。但中郎於此不但依般若空觀提出無法可修，
無悟可頓，否定一切，消理於事。同時，反對普泛之理對事的制圍，進一步
張揚本然的心性，以自我的個性取代華嚴本來具足的自性。

　　中郎所張揚的本然心性，是虛妄應身的眞實無，而非如來法身的絕對有，
隱於其中的則是現實生命的個體。此一自我的個性，落於事法界而論，理法
界的法身、眞性被消解於「貪嗔慈忍」的根塵中，即平常的心念中，眞性成

〔註5〕萬曆25，〈與仙人論性書〉，卷十一，頁489。
〔註6〕萬曆24，〈陳志寰〉，卷六，頁265。

爲現實生命個體的虛飾，降落在個人存在的層面，此與中郎最早所提的自適說，同步地凸出情感性和情緒性範疇的重要地位。因此，個體的存在藉由自得自適的追求，以獲得生命的解脫，成爲晚明人關注的重要課題。

（二）事事無礙的沉滯

就華嚴的意旨而言，所謂事事無礙法界，指一切法皆有體有用，雖各隨緣而起，各守其自性，而多緣互爲相應以成就一緣，一緣又遍助多緣，以其力用，互相交涉，自在無礙無盡，不可思議。諸法互攝，重重無盡，不相妨礙，一多相即，大小互容，舉一全收，具足相應。中郎對事事無礙法界的認知，可由〈曹魯川〉一文窺出端倪，其文曰：

> 進不礙退，退不礙進，事事無礙也。即進即退，故曰行布不礙圓融；進者自進，退者自退，故曰圓融不礙行布。法爾如然，豈容戲論。且佛所云小始終頓等教云者，豈眞謂諸教之外，別有一圓教哉？政以隨根說法，故有此止啼之黃葉耳。……故經中如主山神，主河神，飛行夜刹，大刀鬼王，人非人等之類，一切皆冠以佛號，微而一草一木，皆是毗盧遮那見身。各各不相羨，各各不相礙。……佛不舍太子乎？達磨不舍太子乎？當時便在家何妨，何必掉頭一不顧，爲此偏枯不可訓之事？似亦不圓之甚矣。要知佛之圓，不在出家與不出家；我之圓，不在類佛與不類佛；人之圓，不在同我與不同我。通乎此，可以立地成佛，語事事無礙法界矣。〔註7〕

由上文可知，中郎對事事無礙的體認，以取消分別性思維爲根本。否定一切理事，有無，動靜，人佛，道心等二元分別，既不關注事事無礙法界乃是根於理有包遍，如空無礙的性質而存在，反倒將重心完全置於事上側重個體的存在體驗和個體的解脫。凡一草一木，人非人等皆現毗盧遮那見身，皆是圓滿此種功德之法身如來，以事的轉化與意義爲主要課題，進一步將理事無礙法界通過即心即佛所凸顯的個性，徹底地呈現個別性的意義，其旨在個體存在的感受性實踐中，各各不相羨，各各不相礙地突破各種形式規範以獲得重新解放。

中郎事事無礙的焦點，停滯在事的層面，即情感性和情緒性範疇。其意義所彰現的是徹底的個別性，矚目於個體的解脫，企圖以事的個體性抵抗阻礙個體心靈自由的普泛理性，包括理性主義，形式主義，道德主義等。其於〈識

〔註7〕萬曆24，〈曹魯川〉，卷五，頁253。

張幼于箴銘後〉言：

> 余觀古今士君子，如相如竊卓，方朔俳優，中郎醉龍，阮籍母喪酒肉
> 不絕口，若此類者，皆世之所謂放達人也；又如御前數馬，省中闊樹，
> 不冠入廁，自以為罪，若此類者，皆世之所謂慎密人也。兩者若冰炭
> 不相入，吾輩宜何居？袁子曰：「兩者不相肖也，亦不相笑也各任其
> 性耳。性之所安，殆不可強，率性而行，是謂眞人。」〔註8〕

文中指明，古今的文人摒棄封建群性的束縛，一任自然情性傾瀉奔淌，或為
放達之性，或為愼密之質，兩不相肖，亦不相笑，各任其性，各安其心。強調
不與人同，認為新奇乃是眞人性情的自然展露，所以任眞越俗，放蕩不羈，
率性而行，產生種種風流怪誕之行止，縱有疵處亦覺可愛。〔註9〕此一自然率
性之說與中郎所論的自適，恰相吻合，中郎於〈馮秀才其盛〉有言：

> 割塵網，升仙轂，出宦牢，生佛家，此是塵沙第一佳趣。夫鸚鵡不
> 愛金籠而愛隴山者，枉其體也；鵰鳩之鳥，不死于荒榛野草而死于
> 稻梁者，違其性也。異類猶知自適，可以人而枉梏于衣冠，縶養于
> 祿食邪？則亦可嗤之甚矣。〔註10〕

上文所言，自適與事事無礙所標舉「徹底的個別性」旗幟遙相呼應，對主體
個性的張揚，自我性靈的展示，由自我任眞而到自然率性有異曲同工、殊途
同歸之致。據此，個體的眞性成為現實生命的虛飾，不再往內或向上一路前
行，所以，產生徇外之傾向，非理性之本然生命情欲的張揚，滑轉為縱情適
欲的渴求，形成對現實事界之縱情適欲的沉滯。

（三）隨緣任運的信持

　　隨緣任運的意旨，是排除了善惡、染淨等二元對立的區別性，主張在平
平常常的生活中體現心性，張揚眞理。強調「不盡有為，不住無為」，「不盡」
肯定的是事法、世間法、一切的日用行事，「不住」提倡的是不偏執於理法、
出世間法、個人的證悟境界。意即消解是非、取捨、斷常、凡聖等偏執妄念，
排除矯揉造作等不實枉行，做到「隨分過生」、「積於淨業」，用洪州禪的話說

〔註 8〕 萬曆 24，〈識張幼于箴銘後〉，卷四，頁 193。
〔註 9〕 沈守正〈凌士重小草小引〉進一步說：「夫人抱往不屑之韻，恥與人同，則必
　　　 不肯言儔人之所言，而好言其所不敢言、不能言。與其平也，寧奇；與其正
　　　 也，寧偏；與其大而僞也，毋寧小而眞。」（見《雪堂集》，卷五，頁 43〜44，
　　　 國家圖書館藏）。
〔註 10〕 萬曆 25，〈馮秀才其盛〉，卷十一，頁 480。

即是「平常心是道」之意。隨緣任運的提出，旨在啓發人們不斷地瓦解原有理念而破除執著，到最後萬念脫落、眞性透徹。〔註11〕

　　中郎對隨緣任運的信持，是對狂禪與淨土禪進行雙重自我否定之後的歸宿。其於〈題寒灰老衲冊〉言：

　　　寂音云：「十劫生道場，佛法不現前。」謂佛法不可以三昧靜勝得也。
　　　六祖云：「惠能無技倆，不斷百思想。」謂佛法不可以寒情去念得也。
　　　隨緣任運，謂之任病，有斷道者，謂之覺礙。先禪於此分疏不下，
　　　權設話柄，訛傳旣久，窠臼從生。即此話頭，墮前四病，如人飮藥，
　　　藥忌同服，久而不效，遂罪古方之不靈，豈不悲哉！盜問於盜曰：「盜
　　　可學乎？」曰：「不可學也，子試爲之。」……盜驚喜曰：「道在是
　　　矣。若自有之，吾豈能教若哉？」夫先禪機緣，固亦若此，若有實
　　　法，盜亦竊笑矣！〔註12〕

由上文可知：中郎認爲祖師的言教乃至三藏教典等種種教法，都是隨機說法，隨類而解，不應著於相，亦不該有所執。禪法本就遷流無己，變動不常，所以，學禪的人又怎麼會有定法可守、定轍可循？若是拘執於法相或非法相、歸寂靜坐或動中去念等悟道法門者，皆是源頭不清、工夫未到、自欺而不自覺。拘執於兩端而徇於外者，修持沉滯於此則難免撇清務外，未能返吾故吾，未能安心，因有所執則心爲眞賊，如此，便錯走了路頭。〔註13〕中郎於〈答陶周望〉直道：「往只以精猛爲工課，今始知任運亦工課。精猛是熱鬧，任運是冷淡，人情走熱鬧則易，走冷淡則難，此道之所以愈求愈遠也。……遊山若礙道，喫飯穿衣亦礙道矣。」〔註14〕此處無非是信持了馬祖道一所言的「平常心是道」。

　　「平常心是道」落於生活世界的實踐，則是要做到「隨分過生」、「積於淨業」的菩薩道，而破除情執則是踐履的第一關，如此一來，平常心才不會爲生死心、造作、趨向等染污。中郎於〈黃平倩〉一文論道：「凡事只平常去，

〔註11〕　參賴功歐，〈馬祖道一"平常心是道"的禪道理念〉，《中國哲學史》，4：2002，
　　　　　頁79～84。
〔註12〕　萬曆29，〈題寒灰老衲冊〉，卷四十一，頁1220。
〔註13〕　〈答陶周望〉：「夫弟所謂徇外者，豈眞謂借此以欺世哉？源頭不清，致知工
　　　　　夫未到，故入於自欺而不自覺，其心本爲性命，而其學則爲然日亡。無他，
　　　　　執情太甚，路頭錯走也。」（卷四十三，1277）
〔註14〕　萬曆29，〈答陶周望〉，卷四十二，頁1244。

不必驚群動眾，纔有絲毫奇特心，便是名根，便是無忌憚小人，反不若好名
利人，真實穩安，無遮攔，無委曲，於名利場中作大自在人也。」〔註15〕此
中對刻意修持與著相再度提出批評。欲破除情執作名利場中的大自在人，則
必須與大家渾淪一團，故其於〈朱司理〉言：

> 往猶見得此身與世為礙，近日覺與市井屠沽，山鹿野獐，街談市語，
> 皆同得去，然尚不能合污，亦未免為病。何也？名根未除，猶有好
> 淨的意思在。於是譽之為僑人則喜，毀之為小人則怒；與人作清高
> 事則順，作穢事則逆。蓋同只見得淨不妨穢，魔不礙佛，若合則活
> 將箇袁中郎拋入東洋大海，大家渾淪作一團去。〔註16〕

上文是中郎於萬曆二十五年寫給朱司理的一封信，其文直指：雖與屠沽、野
獐同得去，但因心有名根作亂，起分別心，有好淨之意，致此身仍與世有礙，
唯有消解譽毀、清穢、魔佛的分別性，掃除一心之情執，方能與大家渾淪一
團，東洋大海不拒滴水也才具有百川之味與水性。〈朱司理〉一文雖充分地表
達了隨緣任運之旨，實則未必涵具個人真切之體會。中郎於萬曆三十二年所
作的《德山麈譚》中，便提及個人少時在京師所學之道，「自謂吾儕不與世俗
爭名爭利，只學自己之道。」〔註17〕看似一心無礙，實則仍有人我之別，拘
執於我的弊端，自今觀之，是少不更事，學道未能潛行密證而有大病。其於
《德山麈譚》重提：「打倒自家身子，安心與世俗人一樣。」（卷四十四，1299）
再次申張一心之歇，隨緣任運以消除二元分別性，強調破執任性的受用。故
「『隨緣消日月，任運著衣裳。』此臨濟極則語，勿作淺會。若偷心未歇，安
能隨緣任運？」〔註18〕實為中郎自適說下了最佳的注腳。

中郎對隨緣任運的信持是由向體的回歸轉入對用的自覺，強調能而不強
調知，此與陽明心學有著同一的趨勢。此一轉入是重視現實的作用，漸次脫
離一切形而上的理論思維，從徹底的現實生活的角度把握禪、實踐禪。其自
適說的轉變與調整亦依此軌道而行。其於〈與徐漢明〉書中曾言：

> 弟觀世間學道者有四種人：有玩世，有出世，有諧世，有適世。玩
> 世者，子桑、伯子、原壤、莊周、列禦寇、阮籍之徒是也。上下幾

〔註15〕萬曆32，〈黃平倩〉，卷四十三，頁1258。
〔註16〕萬曆25，〈朱司理〉，卷十一，頁508。
〔註17〕萬曆32，《德山麈譚》，卷四十四，頁1297。
〔註18〕同註17。

千載，數人而已，已矣，不可復得矣。出世者，達摩、馬祖、臨濟、
德山之屬皆是。其人一瞻一視，皆具鋒刃，以狠毒之心，而行慈悲
之事，行雖孤寂，志亦可取。諧世者，司寇以後一派措大，立定腳
跟，講道德仁義者是也。學問亦切近人情，但粘帶處多，不能迴蹊
徑之外，所以用世有餘，超乘不足。獨有適世一種其人，其人甚奇，
然亦甚可恨。以爲禪也，戒行不足；以爲儒，口不道堯、舜、周孔
之學，身不行羞惡辭讓之事，於業不擅一能，於世不堪一務，最天
下不緊要人。雖於世無所忤違，而賢人君子則斥之唯恐不遠矣。弟
最喜此一種人，以爲自適之極，心竊慕之。〔註19〕

上文是中郎對自適一語最具表徵的論述，此雖爲萬曆二十三年所作，但其義
涵是隨著中郎的思想有所調整與變遷。彰著於外的自適表現，亦是與時俱進
與的。中郎所言玩世者，具道家思想，屬清虛逍遙之人，心雖嚮往焉而不可
得。出世者，深具佛家如來藏清淨之心，其人具慈悲大願，雖可敬，但因中
郎自身早期不受其戒，自性不受其律，亦不敢望諸人之項背。至於諧世者，
奉儒家道德仁義，切近人情，深具用世之志，但過於粘帶，殊乏外於蹊徑之
奇趣，則不願爲之。適世者，非道非儒亦非佛，不擅諸業，不堪世務，既未
如佛道之避世，亦不歸儒而諧世，一身游於塵世內外，不屬人管，中郎最喜
此一種人。主因適世之人落於現實生活中，破除情執，認同平常心是道，使
成佛的道路由記誦佛經坐禪修行，轉向世俗日常生命活動，使中郎樂於追隨。

三、自適表現

　　自適說以自身生死解脫爲依歸，具主體存在的重要意義，此中兼具主體
的自主性與生命存在的本然性。中郎個人的學術性格是不斷的自我轉變與調
整，自適說與晚明文學理論，或人生價值的取向有著密切的關係，對晚明自
適文化的影響，具有鮮明的表徵性。對中郎自適表現的探討，主要由三個層
面加以進行，首先，就文學藝術方面，以性靈說爲主軸，結構出晚明怡情自
適的藝術風習。其次，就社會意識方面，論述在自適說的趨勢下，晚明人處
世模式的映現。最後，就文人進退出處之抉擇論，側重自適說中破除二元分
別性的特點，爲晚明文人徜徉仕隱的姿態，作了最佳的註腳。茲論述如下。

〔註19〕萬曆23，〈與徐漢明〉，卷五，頁217～218。

（一）怡情自適的藝術

明代前期復古的文學思想，原起於不滿臺閣體的庸弱與八股文的僵化，而思有所革新，但因一味地模擬古人，末流衍生剽竊擬古，虛詞浮飾的弊病，形成捨棄自我，盡從古人的失誤，故逐漸堙沒文學是表現眞情的主張。到晚明時期，三袁力排貴古賤今的觀念，提出模擬不能復古之說，進而倡「獨抒性靈，不拘格套」的性靈之聲。袁中道（1570～1623）〈中郎先生全集序〉載：

> 先生詩文如《錦帆》、《解脫》，意在破人之執縛，故時有遊戲語，亦其才高膽大，無心於世之毀譽，聊以抒其意之所欲言耳。……自宋元以來，詩文蕪爛，鄙俚雜沓。本朝諸君子，出而矯之，文準秦漢，詩則盛唐，人始知有古法。窺及其後也，剽雷同，如膺鼎僞觚徒取形似，無關神骨。先生出而振之，甫乃以意役法，不以法役意，一洗應酬格套之習，而詩文之精光始出。……至于今天下慧人才士，始知心靈無涯，搜之愈出，相與各呈其奇，而互窮其變，然後人人有一段眞面目溢露於楮墨之間。即方圓黑白相反，純疵錯出，而皆各有所長，以垂之不朽則先生之功於斯爲大矣。〔註20〕

上文肯定中郎所倡個體之自然情性爲文學創作的根源，以眞爲立論根據，並且視之爲審美判斷的前提。這股主張率眞則性靈現，性靈現則趣生的文藝思潮，與中郎自適說相符應，發展出獨特的審美意識與情趣，滲入文人的生命，蔚爲時代的習尙。性靈和眞趣成爲晚明文藝思想追求的側重點，將晚明文學導向怡情自適的藝術之途。

中郎的文藝思想以性靈說爲根核，不但深受童心說的影響，而且承繼湯顯祖的情感論，肯定通俗文學的價值，彰顯文學是作者感情的自然流露，具有自由和獨創的精神。性靈說的文學主張，極欲解脫者有三：

1. 是雅文，傳統語言文字的表達觀點，向來以古爲「雅」，以今爲「俗」，袁氏予以排斥，中郎之說不但爲俗文學的價值找到理論的基礎，而且爲詩文創作的語言找到了新的生命。

2. 是格式，性靈說主張突破一切格式的束縛，強調句法、字法、調法無必定的格式，只要從胸中流出，發人所不能發，即爲至文。

3. 是莊語，性靈說鑑於莊重嚴肅的寫作筆調，使得文章板重不靈，所以

〔註20〕 袁中道，〈中郎先生全集序〉，附錄二，頁 1711。

　　加以排斥，主張文章以眞爲貴，諧謔之筆調亦不妨其爲妙文。〔註21〕

　　中郎性靈說的藝術思想，可進一步分爲情眞、語直以及韻趣自然三方面加以說明。首先，就情眞而論，中郎性靈說的藝術思想主張「獨抒性靈，不拘格套，非從自己胸臆流出，不肯下筆。」〔註22〕所謂性靈，主要指人的喜怒哀樂、嗜好情欲，意即人的自然本性和眞實情感。所拈出的獨抒性靈，乃以人人反身可求的性情，作爲文學創作的根源。主張從實際生活出發，寫出作者內心特有的眞實感受，抒發眞情。強調作家的主體意識在詩文創作中的能動作用。〈敘小修詩〉有云：

> 秦漢而學六經，豈復有秦漢之文？盛唐而學漢魏，豈復有盛唐之詩？
> 唯夫代有升降，而法不相沿，各極其變，各窮其趣，所以可貴，原
> 不可以優劣論也。且夫天下之物，孤行則必不可無，必不可無，雖
> 欲廢焉而不能；雷同則可以不有，可以不有，則雖欲存焉而不能。
> 故吾所謂今之詩文不傳矣！其萬一傳者，或今閭閻婦人孺子所唱〈擘
> 破玉〉、〈打草竿〉之類，猶是無聞無識眞人所作，故多眞聲，不效
> 顰于漢、魏，不學步于盛唐，任性而發，尚能通于人之喜怒哀樂、
> 嗜好情欲，是可喜也。〔註23〕

中郎於上文直指眞情的可貴，文之可傳乃在情眞。文中揭示孤行可有而存與雷同可無而廢的原則，強調傳世之文多爲眞人發自眞情的眞聲。閭閻婦人孺子乃不受聞見道理束縛的眞人，所以能「任性而發」，毫無顧忌地表達自己的喜怒哀樂、嗜好情欲，發出眞聲，抒發眞情，此眞聲眞情皆「通于人之喜怒哀樂」，使人有所感而成爲抒寫性靈的眞詩。

　　其次，就語直而論，中郎性靈說的藝術思想，除了提出眞情的可貴，並且指出文之傳是眞與質兼具。提倡以眞不眞來判定作品之高下，主要的用意乃在提醒作者應有所自覺，回歸個體生命，叩尋性情的根源，不要迷失於格調形式的追求。中郎於〈行素園存稿引〉言：

> 物之傳者必以質，文之不傳，非曰不工，質不至也。樹之不實，非
> 無花葉也；人之不澤，非無膚髮也，文章亦爾。行世者必眞，悅俗

〔註21〕參陳萬益，《性靈之聲—明清小品》，時報文化出版公司，二版一刷，1994年7月，頁107～111。

〔註22〕萬曆24，〈敘小修詩〉，卷四，頁187。

〔註23〕同註22。

　　者必媚，眞久必見，媚久必厭，自然之理也。故今之人所刻畫而求
　　肖者，古人皆厭離而思去之，古之爲文者，刊華而求質，斂精神而
　　學之，唯恐眞之不極也。〔註24〕

若就創作當時的心理狀態而言，作者的心靈是創作的唯一標準，發自自然的
眞性情，以眞爲內質，破除各種語言形式與雕琢文采的拘執，一任個體性情
當下的發憤噴薄，流注成文。作品便充滿了眞情機趣，呈現情眞語直的樣貌，
體現自由的精神，於情無所不暢的境界。晚明的文學風習，傳承性靈之說以
眞爲立論根據，並以眞爲審美判斷的前提。認爲只有眞人，才有眞聲的吐露，
只有直寫性情，才有眞言，作品所呈現個人生命的影子，乃是生於自性眞情。

　　最後就韻趣自然而論，中郎的性靈說發於情性，因乎自然，推崇眞誠坦
率，新奇出格的文學主張。表達「心靈人所自有而各不相貸」的觀念，〔註
25〕強調作者眞實的情性與作品鮮明的個性，所以說「大抵物眞則貴，眞則
我面不能同君面，而況古人之面貌乎？」〔註26〕其中主體意識的覺醒，特重
在創作的自由，反映中郎推崇自然之韻與天然之趣的思想意識。中郎曾就此
反覆論述，其文云：

　　夫趣得之自然者深，得之學問淺。當其爲童子也，不知有趣，然無
　　往而非趣也，面無端容，目無定睛，口喃喃而欲語，足跳躍而不定，
　　人生之至樂，眞無踰於此時者。孟子所謂不失赤子，老子所謂能嬰
　　兒，蓋指此也。趣之正等正覺最上乘也。山林之人無拘無縛，得自
　　在度日，故雖不求趣而趣近之。……逮夫年漸長，官漸高，品漸大，
　　有身如梏，有心如棘，毛孔骨節俱爲聞見知識所縛，入理愈深，然
　　去趣愈遠矣。〔註27〕

　　大都士之有韻者，理必入微，而理又不可以得韻。故叫跳反躑者，
　　稚子之韻；嬉笑怒罵者，醉人之韻也。醉者無心，稚子亦無心，無
　　心故理無所託，而自然之韻出焉。由斯以觀，理者是非之窟宅，而
　　韻者大解脫之場也。〔註28〕

〔註24〕萬曆36～37，〈行素園存稿引〉，卷五十四，頁1570。
〔註25〕「心靈人所自有而各不相貸」，此語是王夫之《薑齋詩話》卷下34條之語，
　　　　見《清詩話》，北京中華書局，1963年9月，頁17。
〔註26〕萬曆24，〈丘長孺〉，卷六，頁284。
〔註27〕萬曆25，〈敘陳正甫會心集〉，卷十，頁463。
〔註28〕萬曆35，〈壽存齋張公七十序〉，卷54，頁1542。

上文指出：童子不知趣，而無往非趣，赤子不求趣，而所在皆趣，此皆保其天真的緣故。隨著年歲的增長和官位的漸高，人的世故日深，則天機日淺，離真性日遠，所以欲求趣則亦不可得。而韻亦同，無心所以不為聞見道理所束縛，正可脫離是非紛擾的窟宅，自在地展現個人的情致，獲得一心之解脫。「自然之韻」和「天然之趣」皆是破執任性的受用所致，藉由破除聞見知識與道理學問的束縛，無拘無束，率性而為，出於真性情，一歸於自然即得。

性靈獨抒之人，以真性情為精荄。其秉持的態度，就作者而言，一如小修於〈中郎先生行狀〉所言：「隨其意之所欲言，以求自適，而毀譽是非，一切不問。」〔註29〕於作品則如中郎於〈張幼于〉所言：「僕求自得而已，他則何敢知。近日湖上諸作，尤覺穢雜，去唐愈遠，然愈自得意。」〔註30〕個體情之所鍾則心無旁騖，以自己的執著超越世俗與倫理的束縛，獨與天地精神相往來，將人的個性才能坦露於前，形成自己的獨特風格。此中深具自由和獨創的精神，指出晚明藝術傾向怡情自適之途。甚或藉著個體情性的極度發揮，衍生易於痴迷、執著個體的愛戀之情，演化為晚明對癖、狂、懶、痴、拙、傲的愛賞，形成獨特的審美情趣。

中郎自適說在文學藝術上的表現，彰現怡情自適的藝術思想，不論是批評論或創作論，皆以性靈說為根荄。性靈說強調「情真，語直」，追求任真率性、自由自然的表達方式，主張人應該破除封建意識與聞見道理的束縛，方能保持本性的活潑和純真，才不會喪失性靈與韻趣。晚明人對「趣」「韻」的認知，是由真而來，真則是性靈的體現，具獨創性和個性。由自然情性流出，為性靈所散發出來的感染力，即「自然之韻」和「天然之趣」。而天然「韻」「趣」的追求，在當時蔚為風潮，所以「自然之韻」和「天然之趣」成為晚明審美意識的指標。但當貴自然的文學觀點和貴真思想聯繫在一起時，過分強調自然變成強調自我，即有恣縱的情況出現。其中雖表達強烈真誠的感情，以赤裸的真我來面對世界，但所推崇的自然美便不以淡泊素樸為限，甚或流為新奇險怪。原本崇尚的自然之趣，不再是鑒賞書畫古玩，寄意玄虛、脫跡塵紛的清遠之趣而已，逐漸落於「或為酒肉，或為聲伎，率心而行，無所忌憚」的市民世俗之趣，促成晚明雅俗二重文化的交流現象。

〔註29〕袁中道，〈中郎先生行狀〉，附錄二，頁1652。
〔註30〕萬曆25，〈張幼于〉，卷十一，頁502。

（二）處世模式的映現

觀晚明社會意識的蛻變，一方面崇奢越制的頹靡風尚，逐步地吞噬固有的社會價值與倫理。一方面具有危機意識者，則致力於倫常價值的重塑。背道而馳的兩股社會意識同時並行，更加劇晚明人對安身立命大為不易之感。根於避禍全生的考量與生命安頓的需要，所以，體驗著人群社會的冷暖世故，在應感而動的過程中，個體自得自適成為備受關注的課題，思索並發展出一套獨特的處世模式加以回應，則具有不可取代性。中郎自適說正符應了社會意識的需要，影響所及的處世模式，可由退離的處世態度、山林清趣的標誌與書畫器物的賞好三方面加以說明。

首先，就退離的處世態度而言，晚明人面對紛爭的塵世與無常的人生，採取退離的態度，是為避開黑暗的政治環境與煩擾的人事塵紛。所採取應世的疏離方式，企圖將個人與社會之間的網路結構加以疏遠，形成一種置身事外的處世態度。袁中郎在寫給其舅龔惟長先生的信中，大為推崇“退”的哲學。其文載：

> 甥近來於此道稍知退步，不論世情學問，煩惱歡喜，退得一步，即為穩實，多少受用，“退”之一字，實安樂法門也。……功名能退而不入念否？兒孫能退而不繫心否？貪嗔淫綺能退而不作礙否？能退，世法即道；不能退，道即世法。〔註31〕

“退”之一字，為人生之安樂法門，功名能退則免身心之累、可除名韁利鎖之桎梏。兒孫不繫心則免愛執情縛之限囿、免心碎肝裂之痛楚。貪嗔淫綺不作礙，則認一切世務盡虛幻，免於世味人情的煎熬。因此，能持退，則火宅即蓮池，能超凡出俗，世法便無一非道。

晚明文人在心理上保持可以退離的自由，不再以經國大業為志，將心力置放於山水、文學、書畫甚至宗教，主張人不可無寄。袁宏道於〈李子髯〉書進一步道：

> 人情必有所寄，然後能樂。故有以奕為寄，有以色為寄，有以文為寄。古之達士，高人一層，只是他情有所寄，不肯浮泛虛度光景。每見無寄之人，終日忙忙，如有所失，無事而擾，對景不樂，即自家亦不知是何緣故，這便是一座活地獄。〔註32〕

〔註31〕萬曆27，〈龔惟長先生〉，卷22，頁771。
〔註32〕萬曆24，〈李子髯〉，卷五，頁241。

文中指明，人情有所寄則能樂，無寄則終日忙盲，美景徒具，擾攘自生，地獄宛然在眼。所以，文人反身寄情於萬物取樂，乃是以品鑒之眼觀覽山水、花木、禽魚、書畫、器具、蔬果、香茗等對象，以頹然自放的態勢，選取獨特的角度，欣賞各自的姿態。將一己之情投注其間，游衍於其中，深得其樂，從大自然懷抱與審美客體中發掘出詩情與美感，獨標個人之韻趣。

晚明文人側重才性生命，以美學的觀點對人之才質、情性、物象的種種姿態，作品鑒的論述。將一己的性靈灌注於客體間，主體照看物象之趣，借怡於物以除卻塵氛世情。文人借怡于物的賞鑒態度，蔚爲時尚。中郎於萬曆二十七年所作的《瓶史》即是典型的作品，文中對於花的品目、器具、擇水、擺置及賞鑒等多所論述。影響所及，清玩、清賞、清供形成一種普遍的風氣，萬曆時人沈春澤於〈長物志序〉說得好：

> 夫標榜林壑，品題酒茗，收藏位置圖史、杯鐺之屬，于世爲閑事，于身爲長物，而品人者，于此觀韻焉、才與情焉。何也？把古今清華美妙之氣于耳、目之前，供我呼吸。羅天地瑣雜碎細之物于几席之上，聽我指揮。挾日用寒不可衣、飢不可食之器，尊踰拱璧，享輕千金，以寄我之慷慨不平。非有眞韻、眞才與眞情以勝之，其調弗同也。〔註33〕

山林丘壑的標榜，書畫茗酒的品題，古玩奇器的清賞，本爲文人之閑事長物，從中可觀韻、品才及賞情，更是寄寓個人情性的雅事。物趣的品賞，是在聲色之外，可堪寄情怡性的清虛之地，也是閒適的人生修養，文人藉之體現清雅的情調、體驗生活的情趣。由於寄情於物、從中取樂的觀念，貫通於燕居閒賞的生活，主體因情有所鍾而心無旁騖，正可超越個人心習與塵世俗務的束縛，獨與審美物象之精神相往來。人的個性自能坦露於前，因寄情於物趣之品賞而能適一己之興。

其次，就山林清趣的標誌而言，明代中葉在崇奢越制的風尚之下，廣大群眾在飽暖之餘，也注意到生活品質的講求，如日用器物除實用外，兼顧藝術性的妝點。自然山水不再只是高士隱者的生活環境，也是群眾的旅遊去處，休閒娛樂成爲生活的一部分，而好遊山水與競築園林則成了當時人休閒娛樂的表徵。中郎一生三仕三隱，退居林下時，無日不遊於山水與園林之中，因

〔註33〕文震亨（1585～1645），《長物志》，卷首，見《說郛續》，卷二十七，上海古籍出版社，1989 年 1 月，頁 1307。

此，在萬曆二十五年所作《解脫集》、萬曆三十五年所作《墨畦》、萬曆三十七年所作《華嵩遊草》等作品，皆以山水遊記或園林記勝爲題材，在中郎的著作中具有舉足輕重的分量。晚明文人之所以好遊山水，或爲怡情悅性、或因仕途的不順遂，轉而肆意於山水之間尋樂。爲官的士大夫或商賈大戶之遊山水、築園林，或爲標榜出世、不慕名利的清高，或爲休閒娛樂。而平民百姓之遊山水，以休閒娛樂的傾向爲多。不論晚明人遊山水之目的爲何，皆是各各不相礙地顯現了追求山水之樂，尋求山林隱逸中超塵脫俗的趣味，山水之樂、隱逸之趣成了晚明人生活不可或缺的組成部分。

競築園林與好遊山水之風，本是文人雅士自視孤高，爲個人怡情悅性的自在表現，充滿了悠遊山野林下、隱逸脫俗的清風雅致。後因社會環境的變動，競築園林與好遊山水滑轉爲追求庸俗趣味的代表。一些仕紳大夫爲標榜隱逸清高的形象，博取不乏山林清趣的聲名，在遊賞山水與園林的頻繁活動中，邀高士山人共遊於其間以助興求名，他們所追求的山林趣味是過渡而短暫的，並非是生活之常習或個人主體精神層次的展現，純粹只爲妝點之用。仕紳大夫們所嚮往的不是傳統隱逸中那種餐芝茹微的清苦生活，而是尋求山林隱逸中超塵脫俗的趣味，流爲欣賞、助興之用。〔註34〕

最後，就書畫器物的賞好而言，晚明山人標舉幽尚雅態，以及文人借怡于物的賞鑒態度，蔚爲時尚。影響所及，清玩、清賞、清供形成社會的普遍風氣。中郎於〈時尚〉言：

> 古今好尚不同，薄技小器，皆得著名。鑄銅如王吉、姜娘子，琢琴如雷文、張越，窯器如哥窯、董窯，漆器如張成、楊茂、彭君寶，經歷幾世，士大夫寶玩欣賞，與詩畫并重。……扇面稱何得之，錫器稱趙良璧，一瓶可值千錢，敲之作金石聲，一時好事家爭購之，如恐不及。其事皆始於吳中，猱子轉相售受，以欺富人公子，動得大貲，浸淫至士大夫間，遂以成風。〔註35〕

珍玩奇器本爲文人之閑事長物，後因資力雄厚的好事者，爭相蒐羅以附庸風

〔註34〕晚明人對山林清趣的推崇可參考：吳承學・李光摩，〈晚明心態與晚明習氣〉，《中國古代、近代文學研究》，2：1998，頁163～173。黃桂蘭，〈晚明文士風尚〉，《東南學報》，15：1982年12月，頁139～158。錢杭・承載，《十七世紀江南社會生活》，〈江南園林〉。浙江人民出版社，1996年3月，頁295～304。

〔註35〕萬曆26，〈時尚〉，卷二十，頁730。

雅，冀望擠身於時尚名流的社交群，致使晚明社會刮起一股對書畫器物之賞好的時尚風潮。同時，產生賞鑒者與好事者之別，沈春澤爲文震亨的《長物志》所作的序，對賞鑒之雅事成爲好事者之附庸風雅之舉，言之甚詳。〔註36〕古玩奇器的清賞，本爲文人寄寓個人情性的雅事，品鑒古玩奇器，在聲色之外，不但可寄情怡性，亦可作爲人生閒適的涵養，於日常生活中體現清雅的情調和體驗生活的情趣，更可從中觀韻、品才及賞情。另則資力雄厚的好事者介入爭相蒐羅，以附庸風雅，此種行徑之旨乃在乞「好古」之靈以潤飾聲名。文人的賞鑒與鄉紳商賈的好事，形成晚明人藝術玩好的風尚，其中賞鑒與好事者，則形成雅俗品第之別。〔註37〕

　　晚明的社會意識趨向崇奢越制的風尚與重塑社會倫常之二端，此二者形成當時人獨特的處世模式，對於人群社會的往來，以冷涼的心境，退離的姿態，旁觀世情，置身事外，拒絕外在事物的干擾，除卻人事往來時的磨擦。而在日常生活中，則悠遊山野林下，以謀林下清譽，作爲生活的妝點，標誌山林的清趣，致使山林趣味流於庸俗化。在日常器用方面，講究器物的工巧，孕育了器物賞玩的風潮，本爲文人借怡于物的清虛之地，漸爲好事者擅財博名所染指，本爲賞鑒品題的雅事，卻漸次摻雜附庸風雅的塵氛。通過退離的處世態度、山林清趣的標誌與書畫器物的賞好，大體可掌握晚明社會意識的蛻變，知其落實在處世模式方面的運作。

　　晚明社會縱情尚欲的生活與怡情自得的生活並轡而行，所引生的社會文化，具有雅俗交流的二重現象，逐步蛻變的社會意識，所構成特殊的處世模式，〔註38〕映照出晚明人的生活行止。或參禪論道、或滯跡山林、或文墨自娛、或習書作畫、或閒賞器玩，推崇突出而眞實的個性。強調人的意識，追求主體自由，息奔競紛馳之心，免於生命的摧折，以保身全生，主體即藉此有了迴旋的空間。文人將一己之性靈灌注於尋常事物中，營造出快悅自適的美感情境，抗御住世塵俗的戕害，轉一身心於逍遙自適之境，得其自在。此

〔註36〕沈春澤〈長物志序〉：「近來富貴家兒與一二庸奴、鈍漢，沾沾以好事自命，每經鑒賞，出口便俗，入手便粗，縱極其摩娑護持之情狀，其污辱彌甚，遂使眞韻、眞才、眞情之士，相戒不談風雅。嘻！亦過矣！」（見陶宗儀，《說郛續》，卷二十七。上海古籍出版社，1988，頁2086）。

〔註37〕參林宜蓉，〈晚明文藝社會「山人崇拜」之研究〉，《師範大學國文研究所集刊》，39：1995年6月，頁656～674。

〔註38〕袁宏道，《袁中郎隨筆》，〈李子髯〉。北京作家出版社，1995，頁82。

一消災趨福、去執靜心、方圓並濟以適世全生的處世原則，無非是晚明人在悅情適性的驅動下，所構築之自適王國的一種景致。

（三）徘徊仕隱的姿態

縱觀晚明朝政風氣之隳壞，導因於帝王皇室的昏庸荒淫、行政制度的偏倚不全、政壇風氣的偏激躁進與取才途徑的偏狹禁錮，其中令人悲憤嘆息者多，欣慰讚頌者少。晚明文人居此混亂的世局中，除了部分接受既定的限制，行駛於既定的軌道之外，普遍將其不滿表現於二種趨勢：其一是狂熱的投入，成為對政治積極的狂者。其二是消極的退離，成為對政治冷漠的狷者，失卻救世濟民的社會理想，轉為消極退離。

晚明文人在政治上雖表現消極退離的姿態，卻又不是絕決地拂袖而去，所以形成依違於仕隱之間的混沌景狀。中郎於〈孫心易〉一書即道：「一月住西湖，一月住鑑湖，野人放浪丘壑，怡心山水，一閑淡，不敢輕易向官長道，恐無端冷卻人宦情，當奈何？弟前路未知向何處去，唯知出路由路而已。山行之忙，忙於作官。」〔註39〕在中郎四十三年的生命中，三次任官，最後皆退居林下。主要的原因並非中郎無用世之才，只是不肯陷一身於冗務當中，故投卻烏紗帽作自在人。以學術事功論，中郎未必全不沾邊，但不願以嚴肅剛毅的態度處之。其意向無非是保其靈性之超然自適，得以自由揮灑個人的主體生命。中郎的行止代表萬曆中期文士出處的新方向，晚明文人徘徊仕隱之間的姿態，可從此處去理解。〔註40〕

中郎於〈答吳本如儀部〉一書中，藉由隨緣任運之主體，排除仕與隱、朝市與山林之二元對立的區別性，達到真性透徹、生命解脫之意旨，對一己遲未歸隱的行止加以解嘲，並對文人出處之抉擇加以詮釋。其文道：

> 孔子曰：富而可取也，雖執鞭之士，吾亦為之。又曰：爵祿可辭也，白刃可蹈也。將知愛富貴如此之急，而辭爵祿如此之難，弟亦何人，欲作孔子以上人耶？……古人進退，多是水到渠成，願兄亦勿置此念胸中。居朝市而念山林，與居山林而念朝市者，兩等心腸，一般俗氣也，願兄勿作分別想也。〔註41〕

〔註39〕萬曆25，〈孫心易〉，卷十一，頁487。

〔註40〕參周明初，《晚明士人心態及文學個案》，〈袁宏道：適意與避世〉。北京：東方出版社，1997年8月，頁251～1264。

〔註41〕萬曆33，〈答吳本如儀部〉，卷四十三，頁1262。

文中戲謔地指出：孔子聖人皆急於取富貴，爵祿之難辭猶白刃之難蹈，一己本非聖賢，難斷富貴、難辭爵祿自是當然。何況古人之進退，皆是水到渠成，何來強棄富貴、硬辭爵祿之行？人能否由世俗的困境、仕隱的兩難中解脫，端視一己之心志。心若能了悟，則塵淨不二，若貪著於超塵脫俗的一端，雖外在之跡所行皆爲植花種草、彈琴友鶴，至爲清淨淡泊之舉，一執持貪著反爲纏身之魔障、悟道的大障礙。表明塵囂與淨土、仕與隱的抉擇，乃是順勢率性自然而至。

　　文人順勢率性所爲出處進退的抉擇，能否保清徹之眞性，讓存在的生命獲得解脫，端視個體能否破除情執、隨緣任運而定。中郎於〈題陳山人山水卷〉進一步道：

> 陳山人，嗜山水者也。或曰：山人非能嗜者也。古之嗜山水者，煙嵐與居，鹿豕與遊，衣女蘿而啖芝朮。今山人之跡，什九市廛，其於名勝，寓目而已，非眞能嗜者也。余曰：不然。善琴者不弦，善飲者不醉，善知山水者不巖棲而谷飲。孔子曰：「知者樂水。」必溪澗而後知，是魚鱉皆哲士也。又曰：「仁者樂山。」必巒壑而後仁，是猿猱皆至德也。唯于胸中浩浩，與其至氣之突兀，足與山水敵，故相遇則深相得。縱終身不遇，而精神未嘗不往來也，是之謂眞嗜也，若山人是已。〔註42〕

由上文可知：中郎於此雖有截頭去尾誣陷古人之虞，但對眞嗜山水的看法，深具禪家隨緣任運之意，表達仕隱皆不貪著、亦不作分別想，方是自在無染、究竟之隱。名利、聲色之欲望，未必能戕賊人之心靈，眞正障道害心者，是個人的偏執，唯有不執兩端方是究竟。中郎出處進退的行止，成爲晚明文人仕隱觀的典範，他們不重仕隱之跡，而側重於自心之存在情境，認同仕隱非截然地對立，晚明文人之隱概可統稱爲「心隱」。

　　晚明文人仕隱之取捨乃是順勢率性而爲，個體對仕隱行跡具有內在的發動性，小修對仕隱的矛盾表現，個體的內心情境作深刻的剖析。其於〈東遊日記〉有云：

> 予謂世間自有一種名流，欲隱不能隱者，非獨謂有挾欲伸，不肯高舉也，大都其骨剛，而其情多膩，骨剛則恒欲逃世，而情膩則又不能無求於世，膩情爲剛骨所持，故恒與世相左，其宦必不達，而剛

〔註42〕萬曆38，〈題陳山人山水卷〉，卷五十四，頁1581。

骨又爲膩情所牽，故復與世相逐，其隱必不成，於是口常言隱，而
身常處宦，欲去不能，欲出不遂，以至徘徊不決，而嬰金木，蹈網
羅者有之矣。〔註43〕

小修並不貶斥晚明文人仕隱相混的行跡，而是以名流譽之，並寄予同情。由
於情膩與骨剛如影隨形，形成二元對立的拉据，致使文人於仕隱之間徘徊不
決。骨剛之性對塵俗憤激不滿，故與世衝突、仕途不遂，時有厭離塵俗、隱
遁山林之想。而情膩之質則戀戀塵世、流連依依，難捨欲樂之誘引。骨剛則
推往清心去欲、鼓吹絕塵棄俗的隱行，情膩則難忘聲色欲樂，將遁身隱跡之
心拉向塵囂的一方。萬曆時人費元祿於〈嚴棲幽事敘〉說得好：

夫鳳鳥高翔，夕集梧桐之上，鯤鱗潛泳，旦窮渤澥之濱，豈期深而
好遠哉？亦各遂其性而已。故有忽弓旌而心樂漁釣，負鼎俎而志甘
王侯，斯則魏闕之與江湖，蒼岩之與紫闥，習所近者爲安，忘所背
之爲適也。〔註44〕

萬物之性不同，人之才質特性有異，或志在朝闕，或意留山林，安於近習之
所向，忘其與性背離者，以圖一己之適。因此，久隱不耐清寂則折返仕途，
久仕難消煩擾則掛冠而去，重享山林清趣，其行跡之趨向，無不適性任情。
故晚明文人時仕時隱成爲普遍的風氣，且多以山人自號，以增一段高致，而
仕隱之途的轉換，純粹以任情適性的自我娛悅爲務，堪稱自適之極。

晚明的文人，不棲居林壑，不遊於塵世之外，反倒是遊走於塵俗的市廛
之中，其心態介乎文人、俠客、商賈之間，帶有趨利浮薄的一面，時而又表
現志行高軼、操履清白，善赴人急、不計得失的高風亮節。觀其主要的活動
內容，或以筆潤的給付爲生，或受雇於達官貴人，從事公移草擬、詩詞創作
等，即使是涉及政治領域，也不希冀通過這些達官貴人取得一官半職以入仕
途，而是始終保留個人的布衣身分。據此觀晚明文人進退出處的行止，在自
適說的引領下，既非依循傳統隱士那種餐芝茹薇的生活方式，亦非採取終南
捷徑以入宦途的路向，此一徘徊仕隱的姿態，乃是打破仕與隱、清淨與塵囂
二元對立的執著，側重個體存在的感受，隨緣任運以適己之性的結果。

〔註43〕 袁中道，《珂雪齋集》，〈東遊記十〉中冊，卷十三，。上海古籍出版社，1989，
頁572。
〔註44〕 陳繼儒，《嚴棲幽事》，卷首，〈嚴棲幽事序〉。《寶顏堂祕笈》，藝文印書館，
1965，頁1～2。

四、結　語

　　中郎作為晚明革新運動的健將與晚明文人的突出代表，與他眾多的追隨者有著性情的互契和精神的交通，揭示晚明文人怡情自適的藝術風習、理想的生活方式與風雅修養的具體標準，在文學藝術、社會意識與文人的出處進退三方面皆呈現雅俗二重交流的現象。這種生活又世俗又雅致，是生活情趣與藝術詩情的結合，彰現了一種珍視人生的文化氣質和處世態度。中郎的自適說帶來個人情緒性與情感性範疇的膨脹，個體生命趨向自得自適的解脫之途，反映了潛動於一代士人的深層文化走向，也引領了市民文化的取向，在一定程度上濃縮了晚明自適文化的精神品質及其趨向，故對晚明文化研究具有不可忽視的重要價值。

2004 年發表於《文學新鑰》第 2 期

附錄三　除心不除境，眞性自若
——論屠隆《清言》中淡適的生命情境

摘　要

　　本文試圖藉由屠隆的淡適思想與《清言》以及屠隆《清言》中淡適的生命情境兩方面的論述，呈現屠隆通過除心不除境的工夫，發露隨境而安，無入而不自得的自若眞性，說明此眞性並非只是一種快樂主義或經驗主義的悅適。對屠隆《清言》中淡適的生命情境加以探討，不但有助於掌握晚明心學由普遍理性的意義滑轉至個體存在意義的軌跡，同時對審視晚明文人的自適轉化爲閑適之趨勢，所帶來文化世俗化的態勢，亦多所裨益。

關鍵詞：屠隆　清言　即境調心　眞性自若　淡適　生命情境

一、前　言

　　晚明文學關注個體的存在與感受，視生命存在的省思與回應爲重要的課題，在眾多關注生命情境體驗的作品中，由於清言是隨感頓悟，信手所記者居多，作爲表達個人生命存在感受的題裁是再合適不過的了。由於屠隆的《清言》系列，是清言這種特殊文學樣貌的濫觴，作品彰現屠隆淡適的生命情境，也突顯了晚明人從主體自由轉到自適，最後走向閑適之途的跡象。本文便以「除心不除境，眞性自若─論屠隆《清言》中淡適的生命情境」爲研究課題，不但有助於掌握晚明心學由普遍理性的意義滑轉至個體存在意義的軌跡，對審視晚明文人由追尋主體的自由，到自適的標舉，進而轉化爲推崇閑適的取向，所帶來文化世俗化態勢的呈現，亦有所裨益。

　　針對屠隆《清言》中自適的生命情境作探討，主要分兩方面加以論述。首先，討論屠隆淡適的思想與《清言》內容，論述的要點，著重在屠隆的生平概略與淡適思想、撰述《清言》的背景與影響、《清言》的內容概要以及《清言》的核心論題等。其次，論述屠隆《清言》中淡適的生命情境，主要通過屠隆淡適的生命情境以無我爲本、具存在意義的思想性格、除心不除境的工夫以及眞性自若四個方面加以闡發。

二、屠隆的淡適思想與《清言》

　　屠隆（1542～1605）字長卿，鄞縣（今浙江寧波）人，號赤水眞人、溟涬子、南宮仙史、文昌遷客居士、鴻苞居士。萬曆五年進士，曾任穎上、青浦縣令，徵授禮部主事，歷員外郎中。著作豐富，有詩文集《由拳集》二十三卷、《白榆集》二十卷、《栖眞館集》三十一卷。戲曲《曇花集》、《修文記》、《綵毫記》。雜著《冥寥子遊》二卷、《鴻苞集》四十八卷、《娑羅館清言》二卷、《續娑羅館清言》一卷、《考槃餘事》四卷、《佛法金湯》二卷等二十餘種，成就卓著。其學被王世貞列爲末五子，歸爲七子的餘響，細究屠隆之學，文推李、何，學崇陽明，遭放廢之後，棲心于禪玄二氏，久經修習薰染，於禪學亦頗有鑽研，還著成《佛法金湯》，駁斥宋儒排佛之論。其學術展現了靈變通脫的文學主張，與錯綜三教、不拘門戶之見的趨勢，體現了由復古潮流向革新派過渡的傾向。〔註1〕

─────────────

〔註1〕周群〈屠隆的文學思想及其"性靈"論的學術淵源〉，《南京師大學報》（社會科學版），6，2000年11月，頁119。

　　觀晚明人窮通之間的處世態度，既不是前進式的直道而行，一如儒家；也不是後退式的知止不爭，完全襲取佛道的精神。其於進退之間，面對人生所採取的態度是適己爲悅，其生命意義的展現往往以適己爲務，自適成爲晚明文人普遍的生命趨向，屠隆的淡適思想自是依此而生。在屠隆之前雖有類似對自適的諸種前提作討論，如唐順之、歸有光將這一種本體自足之心性的自得思想，融入創作論中，側重自我性靈的彰現使眞正的自我可以顯露出來，進而在詩文中，表達對淡適境界的嚮往。到了屠隆則已明確地以「自適」概念來組合相關的意含，屠隆自適之說與其追求的文藝個性有關，其於〈舊集自序〉中表明：

> 客語屠子曰：「往子與客論詩文於京師，則古證今，甲是乙不，此瑕彼瑜，多所彈射。言辯矣！而持論雜無定，子知詩美與惡與？何説而定？」屠子曰：「余惡知詩，又烏知美？其適者美耶？夫物有萬品，要之乎適矣；詩有萬品，要之乎適矣……余讀古人之詩則洒然以適，而讀今人詩則不適，斯其故何也？其美惡之辯與？余惡知詩，又惡知詩美？……此適與不適之辯與？即余之作，吾取吾適也，吾取吾適，而惡乎美而惡乎不美，吾又安能知之。〔註2〕

作品的美惡取決於適與不適的心理標準，此一「適」的標準並非是一種平凡的感覺、一種快感而已，更重要的是肯定個體生命的自足意向，以達到自性之至，即是個性的化境或神。屠隆不但在文藝體制、創作以及鑒賞方面以「適」爲原則，更將其作爲一種理論表述並形成影響，與「性靈說」求眞絀僞，直抒胸臆的理念，相互呼應。「適」之落實於生命的存在，強調主體的自得，彰現爲恬淡適意的人生。

　　屠隆恬淡適意的人生取向，乃是在失落儒家兼濟天下的理想與死生事大、性命無常的焦慮中，對自我生命意志與生存價值的思考後，所轉化出應世省己的生存方式或生命價值的抉擇。其於《娑羅館清言》載道：

> 口中不設雌黃，眉端不挂煩惱，可稱煙火神仙；隨宜而栽花竹，適性以養禽魚，此是山林經濟。〔註3〕（《清言》，卷上，頁1）

〔註2〕 屠隆《由拳集》，卷十二，《四庫全書存目叢書》，集部180冊。臺南：莊嚴文化事業有限公司，初版一刷，1997年6月，頁526下。

〔註3〕 屠隆《娑羅館清言》、《續娑羅館清言》，皆見於《百部叢刊》之《寶顏堂祕笈》，藝文印書館，1965。往後行文所用《娑羅館清言》、《續娑羅館清言》的文獻，悉依此版本。以下的引文，簡稱《清言》、《續清言》，於引文處注明書名簡稱、

　　老去自覺萬緣都盡，那管人是人非，春來尚有一事關心，只在花開
　　花謝。(《清言》，卷上，頁2)

　　道人好看花竹寄託，聊以適情；居士偶聽絃歌不染，何妨入道，清
　　曠亦自有致，寂寞無令太枯。(《清言》，卷下，頁5)

文中所呈現的即是：主體脫卻群體價值的桎梏，與儒家經世濟民的淑世意識
疏離，將一己與塵俗拉開距離，任情放縱於山林泉下、滯跡園林，以素朴恬
澹的事物，回歸主體生命本然的狀態，達到悅情適性的目的。屠隆將自適的
內涵賦予閑雅的品質，主張人的存在應該頹然自放、恬淡適意，影響所及，
將晚明人的自適取向導引至淡適之途。屠隆的淡適思想本是一種以主體自由
爲前提，含具自得、自在的自適狀態，與早期心學提出的「去欲」「守寂」是
密切相關的。〔註4〕最終在主體普遍理性的遺落與山人文化的推波助瀾下，走
向偏重個人情欲的閑適之路。

　　至於屠隆所撰的《娑羅館清言》，乃是晚明清言這一特殊文學樣貌的濫
觴。其作品零星而且屬隨意之作，承襲早期筆記餘習，編輯形式屬隨筆雜錄
零散條列的方式。屠隆的〈清言序〉直道：

　　余于詩文外纂一書，譚大人之際，命曰《鴻苞》，積二十卷，吳郡管
　　登之遺書規我，必無遂播通都，姑庋之篋笥，古至人著書多自道成
　　名根盡後，子期未至，何急而擊鼓以求亡羊爲？余受其誡秘焉。園
　　居無事，技癢不能抑，則以蒲團銷之，跏趺出定，意興偶到，輒命
　　墨卿，雲花彩毫，紛然並作，游戲之語復有《清言》。今而始伏，習
　　氣難除，清障難斷，鷟公眞神人，蚤見及此矣！雖然，余之爲《清
　　言》，能使愁人立喜，熱夫就涼，若披惠風，若飮甘露，即令鷟公見
　　之，亦或爲一解頤。〔註5〕

文中提及，《清言》乃是在編撰《鴻苞集》時所做的餘事，雖自稱清言爲遊戲
之作，實是個人多方閱讀、再三思索，甚或實參實悟的心得，此餘事寄寓個
人深層的關懷，而且與當代的學術密切相關。屠隆的清言系列可視爲《鴻苞
集》的小品，乃是經過萃煉凝聚後之精華，猶如《般若波羅密多心經》爲《金

　　卷數、頁碼，不再重複標明詳細出處。
〔註4〕黃卓越《佛教與晚明文學思潮》，第五章〈自適說〉北京：東方出版社，初版
　　　一刷，1997年10月，頁202。
〔註5〕屠隆《娑羅館清言》，〈清言序〉，卷首。見《寶顏堂祕笈》，藝文印書館，頁1。

剛經》之小品，小品不但幅短精簡，墨永旨遙，甚且對清言這一特殊文學樣貌之蔚盛，具有深遠之影響。

屠隆《娑羅館清言》問世後，風從者眾，而且成爲一種有別於其他文學樣貌的典範作品。就形式而言，大多篇幅短小，屬小言細響，其文采雋永，文句簡短，組織結構自由多元。〔註6〕在內容方面，由於清言的內容廣泛而蕪雜，含括山林泉石、魚蟲花鳥、政治教化、人情心性，古今學問等諸多題材。明‧吳從先（萬曆時人）所編撰的《小窗自紀》《小窗清紀》《小窗艷紀》等作，就是仿《娑羅館清言》而作，作品不但分門部類，而且加入批點。王宇（1617～1663）於〈清紀序〉指明，屠隆《娑羅館清言》一出，形成當時人喜共談論的焦點，猶有進者，且將「清言」視爲君子居家必著之作，以表身分特徵，清言之風行可知矣。〔註7〕明天啓年間，刊行的《快書》、《廣快書》各五十種，亦是依仿《娑羅館清言》而作，作品一問世，消費者爭相賞識。〔註8〕清言撰述的風潮在明清鼎革之際仍未衰退，康熙年間付梓的《檀几叢書》以及陸續輯印成書的《昭代叢書》，即依循《快書》和《廣快書》之體例與旨趣編撰成書，沿襲了明末清言蔚盛之風。〔註9〕

屠隆所撰之《娑羅館清言》《續娑羅館清言》，約成於萬曆二十八年（1600）。《清言》系列作品無門類，無細目，亦無標題，也無評點，逕以條

〔註6〕 明‧李鼎《偶譚》有云：「李生掩關山中，闃然無偶，既戒綺語，絕筆長篇，興到輒成小詩，附以偶然之語，亦云無過三行，蓋習氣難除，聊自寬耳，如其驪技長鳴，即犯虎谿，嚴律豫章。李鼎長節識。」（《寶顏堂祕笈》本，藝文印書館，1965，頁1）清言大多爲語錄、駢偶儷句、格言、短文、故事等短幅之作，且不具謀篇擘畫之型態，其中語錄類篇幅最短，其篇幅大多如李長卿所言，以三行爲限，唯短文、故事類較爲耗費筆墨。

〔註7〕 王宇《小窗清紀‧清紀序》便云：「近日清話如娑羅園一帙，語多感憤，人共快談，寧野《清紀》撰述類是，顧隱居放言，知罪任之緯眞猶可，寧野猶將用世，而越世高談是可異也。客曰：君子出表清節，居著清言，如子之云濁而可乎？」見《四庫全書子部存目》，253冊，莊嚴文化事業公司，頁282。

〔註8〕 何偉然〈廣快書五十種序〉道：「以快之說、韻之初行五十種，爭相賞矣！快矣！咸曰：「末已也，子其益之益矣，而猶不滿人之快也。因廣焉，仍以五十種計侔於初也。」明‧何偉然‧閔士行合編，《廣快書》，卷首。國家圖書館藏，頁4。

〔註9〕 清‧王晫‧張潮編纂的《檀几叢書》計有初集、二集、餘集，收隨筆雜著一五七篇，於康熙三十四年付梓；張潮‧楊復吉‧沈懋惠編纂《昭代叢書》計有甲、乙、丙、丁、戊、己、庚、辛、壬、癸十集與別集一集。至於《快書》、《廣快書》、《檀几叢書》、《昭代叢書》所輯錄的清言書目，可參考鄭幸雅《晚明清言研究》，〈附錄二〉，中正大學中文所博士論文，2000年6月，頁380～385。

列方式出之，屬語錄體。內容集中於存在處境的體認與回應，省思主體自主性的可能，映現煙霞山林的氣息，文本內容雖融三家之思想，但因屠氏對釋教多所精研，不但《清言》中佛理之論述居內容之半，其於省思人生之存在時，對主體的修持，自主性的可能，生命情境之描述等方面，多取佛教之說，深具禪意。是書發紅塵世事、人情心性感悟之語，期使「愁人立喜，熱夫就涼」，讀之可令人「若披蕙風，若飲甘露」，使人息卻奔競之心，明心見性以修道。其例如：

> 三九大老，紫綬貂冠，得意哉！黃梁公案，二八佳人，翠眉蟬鬢，銷魂也，白骨生涯。（《清言》，卷上，頁1）
>
> 甜若備嘗好丟手，世味渾如嚼蠟，生死事大急回頭，年光疾于跳丸。（《清言》，卷上，頁2）
>
> 人生于五行，亦死于五行，恩裡由來生害，道壞于六賊，亦成于六賊，妙處只在轉關。（《清言》，卷上，頁7）
>
> 疾忙今日轉盼已是明日，纔到明朝，今日已成陳跡，籌閻浮之壽，誰登百年生，呼吸之間勿作久計。（《續清言》，頁9）

《清言》系列的內容，往往體認生命存在的無常，感富貴貧賤，得失榮辱時來相煎，面對人之年命有限、韶光易逝，人世之興衰榮辱、貧富貴賤，轉瞬成空的無奈與空虛，如何回應以根除人對生命的焦慮與畏懼？文中指出：人應於不自主、不自由的現境中急回頭，將向外紛馳的情欲，向內收攝，關注主體轉煩惱出人生火宅，得入清涼蓮界的轉關所在與可能。

屠隆《清言》系列作品以生命存在的省思與回應為核心課題，正視人生死流轉的無常，對人的存在作省思，進而尋求生命的價值、主體的歸宿與自主性的可能，其書載道：

> 虛空不拒諸相，至人豈畏萬緣，是非場裡出入逍遙，逆順境中，縱橫自在，竹密何妨水過，山高不碍雲飛。（《清言》，卷上，頁11）
>
> 英雄降服勁敵，未必能降一心；大將調御諸軍，未必能調六氣。故姬亡楚帳，霸主未免情哀疽發，彭城老翁終以憤死。（《清言》，卷上，頁12）
>
> 宰相匡時懶殘豫占，李泌英雄求火圖，南蠻乖崖，故龍翔豹隱大冶之鼓鑄，由天雌伏雄飛，至人之灑柄在我。（《清言》，卷下，頁9）
>
> 入市而嘆，過路客紛紛擾擾，總是行尸；反觀而照，主人翁靈靈瑩

瑩，無非活佛。(《續清言》，頁 2)

上文指出：人之能在勞擾的塵緣與生死大事中急回頭，轉煩惱出人生火宅，得入清涼蓮界，其中之灑柄在我。人若能反觀自照，則主體不昏昧，性珠朗然自現，自能彰著主體的自主性。自主的主體，在自淨其心的過程中，或置身於煙霞山林、花月涼風之間，解消所執，主體與自然萬物往來，而各適其性，各得恬淡適意之樂。亦即主體或悟虛空不拒諸相，煩惱不礙菩提的自性，既不執人我之相、亦不生差別之心，主體能轉迷入悟，可全個人之天眞、可得自性之眞如。

屠隆所作《清言》，主要關注個人安身立命的課題，不斷地對生命進行省思，勾勒個人對存在情境的感受與回應，配合文人普遍退離守默的政治傾向、三教交涉之宇宙、人生、社會的心性關懷，通過即境調心的轉關，將生命存在的不安消解，使本體回歸纖介不染的冲融眞性。此類問題不僅是屠隆作品的內容核心，而且是晚明清言所關注的重要課題。《清言》系列作品，不但標誌尋求主體自主的方向，成就獨樹一格的里程碑，同時也是晚明人由主體自主的自適生命滑轉至任眞率性之閑適生活的關鍵所在。

三、屠隆《清言》中淡適的生命情境

探討屠隆《清言》中淡適的生命情境，主要分四方面加以論述：一是淡適根源的探究，指出淡適的生命情境乃是以無我爲本，無我是本體、是工夫、也是境界。二是揭示淡適的思想性格，重視主體的參與及內心的體驗，側重主體的存在感受，屬存在論與解脫論的層次，深具存在論的意義。三是淡適的工夫論述，闡發除心不除境的消解工夫，是實踐淡適生命情境的總綱。四是淡適生命境界的呈現，淡適的生命境界即是洒落的自得境界，此境界所呈現的自得之樂是心境倆寂，無入而不自得的冲融眞性。茲依序加以論述。

(一)淡適的根源──無我爲本

「無我」是儒釋道三家通用的詞彙，儒家所言「克己」即是毋固、毋意、毋必、毋我，四者之中以「毋我」爲要，毋我則私欲盡淨，私意亦無由而生，其他三者的牽擾、執滯亦去之遠矣。能克盡己私，則道亦行乎久矣。佛家以「諸行無常、諸法無我、涅槃寂靜」爲三法印，其中以諸法無我爲中心，貫通無常與寂滅，由於體悟緣起無我的智慧，遠離我癡、我見、我慢、我愛四

煩惱，則能轉迷成悟，於無常相續的世間，轉向出世無生的解脫。至於道家所言「至人無己，神人無功，聖人無名」無己即是無我，其本質是自然虛靜，從精神上解消功名利祿是非善惡的束縛狀態，超越一切，歸於本眞的我，達至逍遙自如的境界。三家所言「毋我」、「無我」、「無己」，在無的哲學範疇下，具有多義性，「無我」不但揭示無纖介染著的本體，而且通過「無我」的工夫，化去心中一切滯礙，實現來去自由、無滯無礙的境界，此一境界由人生態度與精神境界方面來說，所代表的是注重內心寧靜平和與超越的自我境界，也叫作「自得」，表示精神由充實平和而有的自我滿足感。〔註10〕「無我」既是本體，又是工夫，也是境界。

　　屠隆淡適的生命情境自是融攝三家無我之義理而來，其「無我」側重在本體自性的自覺，通過不取不捨的工夫，發揮主體性的妙用，達至無所滯礙，任運通流的淡適境界。其於《清言》便道：

> 張三不是他，李四亦不是他，挩認郵亭爲本宅；長卿不是我，緯眞亦不是我，莫把并州當故鄉。（《清言》，卷下，頁1）

> 從身上求佛則無常，幻泡之身如何作佛？當求之我心，從心上求佛則今日緣慮、不寔之心亦非汝心，佛性不在是，逐經綸而生解，則經綸即是障緣，了文字而悟心，則文字便是般若，諸佛所宣乃是宣其般若，初祖所掃乃是掃其障緣。（《續清言》，頁11）

> 如來爲凡夫說空，以凡夫著有故，爲二乘人說有，以二乘人沉空故，著有則入輪轉之途，沉空則礙普度之路，是故大聖人銷有以入空，一法不立，從空以出，有萬法森然。（《清言》卷上，頁4）

由上文可知：自性並沒有常住不變的自體，故不宜在幻泡之身求佛，亦不宜於緣慮拘執之心上求佛性，佛在領悟不取不捨的自覺中成就本來面貌，本體在無我中常保機靈動感，一切萬有皆無自性。屠隆所謂無我，並非沒有個人存在，而是心中沒有我見我執。即是不要執著任何意見，應客觀地、如實地去觀察一切事物，不加以心意的造作。即不生妄情計執，對外境不起染著，方能不落凡聖之兩邊，起無窮之妙用。〔註11〕

〔註10〕陳來《有無之境：王陽明哲學的精神》〈緒論〉，北京：人民出版社，一版三刷，1997年2月，頁1～8。

〔註11〕吳汝鈞《游戲三昧：禪的實踐與終極關懷》〈壇經的思想特質——無〉，臺灣：學生書局，初版一刷，1993年2月，頁29～61。

　　一切眾生有我執之故，不知生死苦，而起惑造業，流轉三界，所以我執是生死流轉的根本。若無我執，可知宇宙人生的現象，並無任何永恆的實體存在，祇是剎那生滅的連續狀態，無常是空，無我也是空。莊子於〈齊物論〉中，又稱"無己"為"吾喪我"。人能無己、喪我也就解決了人生的最大最後的一個問題──生死問題。王陽明《傳習錄》也說：

> 學問功夫於一切聲利嗜好，俱能脫落殆盡，尚有一種生死念頭，毫髮掛滯，便於全體有未融釋處。人於生死念頭從生身命根上帶來，故不易去，若於此見得破透得過，此心全體方是流行無礙。〔註12〕

喜生畏死，人之常情，看破生死，以無我為本體，來去自如。生死既不礙於心，本體真性自然清淨靈明而無所染著，則生命方能進入恬淡適意之情境。

（二）淡適的思想性格──理性意義到存在意義

　　由中國哲學主流的變化觀，宋明時期的新儒家，經歷了由理學到心學的轉向，此一哲學轉向突顯的特點是：心學要求以心為中心，側重個體的存在，強調主觀性真理的意義，關注實踐的工夫，重視主體的參與與內心的體驗。本體性範疇與終極實在的問題不再重要，情感性和情緒性範疇佔有重要地位，如何讓個體之存在自得自適成為重要課題。〔註13〕

　　明代自得自適之說與心學「為己論」密切相關。「為己論」在心學家的理論學說中，仍不出儒家傳統「為己自得」的理性內涵，王陽明有所謂"自慊"之說，其說大致遵循傳統的規矩，其文載道：

> 心得其宜之謂義，能致良知則心得其宜矣。故集義亦只是致良知，君子酬酢萬變，當行則行，當止則止，當生則生，當死則死，斟酌調停，無非是致其良知以求自慊而已。〔註14〕

觀上文之意，"自慊"不出「自得」「自任」之意涵，但陽明於此除了合道之欣悅，尚透露著注重主體意願的訊息，主體的個體性原則有具體化的傾向，自慊並非單純地屬於本質的復歸、展現成聖的指向，尚且透顯出注重內心體驗的態勢。陽明之說，基本上兼具理性義涵與存在義涵，雖未捨棄普遍的客

〔註12〕王陽明《傳習錄》下，〈明人黃省曾錄〉三一，臺北：金楓出版有限公司，1987年3月，頁201。

〔註13〕陳來《有無之境──王陽明哲學的精神》，〈第一章緒言〉，北京：人民出版社，1997，頁14～19。

〔註14〕王陽明，《傳習錄》，卷中。金楓出版社，1989年3月，頁134。

觀之理，但張揚了個人情緒性與情感性範疇，王學對主體存在的關注，為其後的心學閃現了為己自得的情意我之途。

王陽明之後，後學者在普遍理性與個人情感主體、情感體驗存在著疏離。左派王學中的泰州學派，首將見成良知舉措於日用人倫之中，削弱普遍理性的天理之性，而日趨側重存在的情緒本體與情感體驗，將情意我與德性我等量齊觀，強調情感性和情緒性範疇的重要地位，含具以感性生命為本位之嫌。心學的後學者側重個體情感性和情緒性範疇，而且突顯其正當性，為晚明文人悅情適性的人生態度，大開方便之門。至此，陽明的「為己之學」已滑轉為一種生命存在的方式，突破了理學本初客觀而理性的理氣命題和體系，心學所呈現的存在的意義，大幅提昇。主體性原則取代了客體性原則，心物的對立被消解，情感的主體壓倒了知識的主體。

屠隆淡適生命情境的思想性格與晚明人關注人存在的情境，側重自得的解脫義相符應，彰現情感個體的存在意義。為己的真實意義乃是一種生命存在的方式，普遍理性的本體與生命終極的關懷被輕忽，個人的情緒性與情感性範疇成為關注的課題，《清言》載道：

> 持論絕無鬼神，見怪形而驚怖；平居力詆仙佛，遇疾病而修齋，儒者可笑如此。稱柴數米時，翻名理于廣筵，媚灶乞墦，日挂山林于齒頰，高人其可信乎？（《清言》，卷下，頁10）

> 來今往古，逝者如斯，貴賤賢愚，誰能免此，三尺紅羅，過客而吊過客，一堆黃土，死人而哭死人，興言及此，哀哉，當下修行晚矣。（《續清言》，頁6）

> 一目十行，難超生死之路；心持半偈，徑入涅槃之門。道在真修非關質美。（《續清言》，頁10）

> 隔壁聞釵釧聲，比丘名為破戒，比丘之心入，故也；同室與婦人處，羅什不礙成真，羅什之心不入，故也。固知染淨在心，何關形跡。（《清言》，卷下，頁7）

上文首先對儒者敘正人倫，注重普遍理性的本體論，忽略死生大事提出質疑，轉而正視人了脫生死與人身生命安頓的需要，關注情緒主體和情感體驗。對人生命存在向度的取捨，則由理性的戒慎敬畏走向自性和樂洒落之途，人在生存意義上的這種境界，就終極關懷狀態而言，其標誌是突破生死關，要徹

底達到心之全體流行無礙的境界，就要勘破生死，從根本上使人的一切好惡脫落殆盡，以實現完全自由自在的精神境界。〔註15〕由於晚明人心理上懷著迫切需要安頓自我的願望，「自得」所具的解脫論意義比工夫論意義倍受關注，解脫意義的注重，同時也是對自我存在意義的加強。〔註16〕屠隆淡適的思想性格受時代思潮的影響，揭露真理必須是一種與我們切己相關的實踐方式和存在態度。歷來在思想中佔主導地位的普遍理性之本體，至此已然讓位給人存在情境中的情緒主體和情感體驗。

屠隆對性命加以反省，審思性命保持的問題，從中感受到生死流轉，年命有限、人身易老的問題。原本儒者以「死生為本分」的觀念，不足以除卻生死問題為人類所帶來的基本焦慮。死生對個人是具有切身之感，所以，對生死問題認真的省察，參禪學佛，求學問道，在主體的存在感受上溯源立本，藉由三教的體驗中力求生命價值的超越，取得可遵循的生命軌跡以尋求二度和諧，達至恬淡適意的自得情境，以安頓身心。

（三）淡適的工夫——除心不除境

屠隆的學術思想，受到佛學和心學兩方面的影響，故其淡適的生命情境，在實踐的工夫方面，自然也就依循儒佛融合的道路前行，屠隆於《與王元美先生》中說得很明晰：

> 日從政理之暇，諦觀深省，乃知文字業習，殊損元神，因妄求真，恍若有悟。修持之要，在淘洗漸頓，不染塵垢，不著色相，以境驗真，以事煉心，在靜中所得，動處用之，常動常靜，常有常虛，久之，淨瑩圓門，庶幾有證。〔註17〕

文中所謂的「元神」、「淨瑩圓門」指的就是虛靈，也就是在《清言》中所言的「性珠」「自性」「主人翁」「真性」，雖然真性沖融自若，但真性是以「無我為本」，在有所消解的前提下，排斥諸如文字等欲望、妄想，使一心不染塵垢、不著色相，方能達至。屠隆於《清言》中亦就此作多方提點，其文道：

> 詩堪適性，笑子美之苦吟；酒可怡情，嫌淵明之酷嗜。若詩而嫉妒

〔註15〕陳來《有無之境——王陽明哲學的精神》，〈第一章緒言〉，北京：人民出版社，1997，頁9～12。

〔註16〕黃卓越《佛教與晚明思潮》，〈第七章自適論〉，北京：東方出版社，1977，一版一刷，頁189。

〔註17〕屠隆《白榆集》，文卷之六。《四庫全書存目叢書》，集部180冊，臺南：莊嚴文化事業有限公司，初版一刷，1997年6月，頁208下。

> 爭名，豈云適性？若酒而猖狂罵座，安取怡情？（《清言》，卷上，
> 頁6）

> 善星腹笥，部藏不免泥犁雲光，口墜天花，難逃闔老，所以初祖來自
> 迦毗，盡掃文字，室利往參摩詰，悉杜語言。（《清言》，卷下，頁4）

> 靈運才高，不入白蓮之社；裴休詩好，何關黃蘗之宗。故子昂杜甫
> 韻語，騁意氣于杌林；寒山船子吟哦，寫性靈于天籟。寫性靈者佛
> 祖來印，騁意氣者道人指呵。（《清言》，卷下，頁4、5）

> 情塵既盡，心鏡遂明，外影何如內照，幻泡一消，性珠自朗，世瑤
> 原是家珍。（《清言》，卷上，頁7）

上文指出：學人在參禪或修持虛靈的過程中，易受文字語言之障蔽，雖有下
筆神妙生花之才，耳目聰明、禪機迅利，出言如墜天花。能知道未必能悟道，
一心若仍向外紛馳，有所執、有所染，凡此皆未能截斷學人內在本體與外在
境緣的糾纏。唯反觀內照，化去心中一切滯礙，以虛豁空寂之心去參究生命，
方能親證實悟，得返回主人翁靈靈瑩瑩的狀態，性珠方能自朗。

　　學人欲斷塵世之攀緣，須無所好樂忿懥、無所意必固我、無所歉餒愧怍。
如何讓心無所虧蔽、無所牽擾、無所恐懼憂患，回到心的本來面目和狀態？　屠
隆於《鴻苞集》中的離境修行條說得好：

> 常人之情，久處塵囂，易生厭惡，既生厭惡，必思逃於清虛。久在
> 寂寞，易生凄涼，既生凄涼，必眷念舊日榮豔。何者？磨鍊不熟，
> 了悟不徹，心不能轉物，而爲物所轉故也。心苟能靜，觸境俱空，
> 心苟不靜，觸境俱礙。遇榮豔，則作榮豔想，遇凄涼，則作凄涼想，
> 雖處深山窮谷，一草一木，一麋一鹿，皆足以動其心也。故余以爲
> 離境修行，不如即境修行。〔註18〕

文中指出：常人在修持的過程中，因磨鍊得不閑熟、了悟得不徹底，往往居
鬧市起岑寂之想，居深山憶炎囂，心隨境轉不得悟眞性。人若能以事鍊心，
一心轉物而不爲物所轉，即境修行，則方寸自可憺然不動。所謂即境修行並
非遠離外在的鏡緣，逃入清虛之境，而是在千態萬狀的境緣中，撤心障破執
著，除妄求眞，心自如如地自得自在。亦即：「對境安心則清靜之體小露，止

〔註18〕屠隆《鴻苞集》，卷二十八，離境修行條。見《四庫全書存目叢書》，子部89
　　　　冊，臺南：莊嚴文化事業有限公司，初版一刷，1997年6月，頁534上。

觀成熟則眞如之理森然。」（《續清言》，頁8）之意。

淡適生命情境的實踐，無非就是「對境安心」。心之安與不安，取決於是否能除心垢？心與境相觸時，內心若能自覺照，摒除外在境緣的染著，自空其性，不爲虛妄萬有所迷，一心自安。一切鏡緣於心之除蔽去妄的反觀自照中，便不礙性靈，可重返湛然自性，達至淡適之生命情境。屠隆的《清言》直道：

> 至人除心不除境，境在而心常寂然；凡人除境不除心，境去而心猶牽絆。（《續清言》，頁2）

> 性源既湛，則鐵面銅頭化爲諸佛，心垢未除，則玉毫金相亦是群魔。（《續清言》，頁2）

> 萬緣虛幻總屬心生，六道輪迴皆由自作，目翳除則空華徒滅，心障撤則妄業全消。（《續清言》，頁3）

> 青谿白石，焂生瀟洒之懷；黑霧黃埃，便起炎囂之念，此是心依境轉，恐于學道無當。必也月隨人走，月竟不移，岸逐舟行，岸終自若，則幾矣。（《清言》，卷下，頁7）

依上文觀：心與境的關係一如月與人、岸與舟，人雖走，舟雖行，但月既未移，岸亦不逐，湛然眞性仍是自若，心似與境周旋，實則是隨境皆安、應緣無礙。屠隆所言「除心不除境」「借境調心」皆是此意，除心並非截斷眾流地與外境隔絕，而是從消解工夫入手，體認除心後的境界（消除成執、染著），掃除一切思慮，於常人心念走作，易受外物干擾之時，以補收放心的功夫。此意即是在「有」的基礎上，使「無」成爲「有」的一個自然結果，其中的工夫就是隨波逐流地物來順應，在靜處體悟也好，在事上磨練也好，意在消解「心」之執持，使其不染塵垢、不著色相，達至無我的眞如境界。

（四）淡適的境界──眞性自若

屠隆淡適生命情境的展現，是通過「除心不除境」的工夫，達至「心境兩寂」，而展現「眞性自若」的境界。其中之「眞性」，即是佛家所言「應無所住而生其心」的自性，是染淨同源、眞妄不二的如來藏心；而「自若」者，即是隨緣處順的自得，此一自得乃是指儒學傳統中被肯定的「洒落」。它不是指肆意放蕩，無所顧忌，所指涉的是心靈自由的一種特徵，是擺脫了一切對聲色貨利的占有欲和以自我爲中心的意識，而達到的超越限制牽擾束縛的解

放境界。《清言》中對眞性自若的境界描寫多矣！如：

> 山河天眼裡，不知山河即是天眼，世界法身中，不知世界即是法身。
> （《清言》，卷上，頁 4）

> 人若知道，則隨境皆安；人若不知道，則觸途成滯。人不知道，則
> 居鬧市生囂雜之心，將蕩然無定止，居深山起岑寂之想，或轉憶炎
> 囂。人若知道，則履喧而靈臺寂若，何有遷流，境寂而眞性沖融，
> 不生枯槁。〈《清言》，卷上，頁 11〉

> 雨過天清，會妙用之無礙；鳥來雲去，得自性之眞如。（卷上，頁 12）

> 來鳴禽于嘉樹，音聞兩寂，悟圓通耳根；印期月于澄波，色相俱空，
> 領清虛眼界。（《清言》，卷上，頁 12）

上文中所謂音聞兩寂、色相俱空，乃是對物事的自性不執著，不起分別意識，
能不以相對的眼光來看待物事，不但要掃虛妄萬有而不著，即是空與無亦不可
偏執，因而能具圓通耳根、清虛眼界，把得佛性常清淨。此中清淨境界，並非
具有一個絕對的清淨物存在，去否定萬法的眞實性；而是以本來無一物、空明
澄徹、晶瑩無垢的眞如之性，發揮般若無所得，無可執著的思想，在念頭、念
慮中運作，而又不爲所滯，達到心境一如，理事融通無礙的「眞性自若」境界，
亦即「情順萬物而無情」「無入而不自得」「應無所住而生其心」的境界。

　　屠隆於《與元美先生》中曾言：「心境兩寂，情累不染，虛空生白，漸入
靈明。」〔註 19〕此話可爲淡適的生命情境作注腳。所謂「心境兩寂，情累不
染」指的是通過除心不除境的工夫，制心神之外馳，保一靈獨覺而不爲境轉，
不爲物遷，不爲慾動，亦不爲理馳。心能轉境轉物，解慾消理，使心寂念止，
不爲情累，不爲根塵所染，一心自虛空生白，方能漸入靈明，心與物交則虛
靈不昧，隨順境緣。《清言》論道：

> 觀虢千秋，吾愧賀老之捨宅；樓高三級，復慚都水之栖眞；物在亦
> 不苦留，期到翛然便去。（《清言》，卷下，頁 4）

> 時來則建勳業於天壤，玉食袞衣是亦丈夫之事；時失則守窮約於山
> 林，藜羹卉服是亦豪傑之常。故子房封侯不以富貴而驕，商皓嚴陵
> 垂釣不以貧賤而慕雲臺。（《續清言》，頁 7）

〔註19〕屠隆《白榆集》，文卷之七。《四庫全書存目叢書》，集部 180 冊，臺南：莊嚴
　　　文化事業有限公司，初版一刷，1997 年 6 月，頁 215 上。

> 昏散者凡夫之病根，惺寂者對症之良藥，寂而常惺，寂寂之境不擾，
> 惺而常寂，惺惺之念不馳。(《續清言》，頁8、)

文中指出，人生窮通有時，富貴時玉食袞衣自然受之，窮挫困頓時，居山林則粗茶淡飯亦怡然受之，對於外在的富貴與貧賤，不驕不餒，重申一心隨境順適之旨。一心隨境順適的情境，並非入於昏沉寂滅，而是要雖寂寂而常惺惺，雖惺惺而常寂寂，心境兩寂，情累不染。

　　屠隆於對淡適生命情境所含具的眞性，是以無念爲宗，無相爲體，無住爲本，中心思想在自性對諸法不取不捨的妙用，含具不可造（淡）而又無不可造（適）之性質，此實是根屬佛教「空」的品性而來。屠隆於《鴻苞集》無住條，對淡適生命情境所含具的空性，說得明晰：

> 諸有妄也，性空眞也，眞不離妄，妄即是眞，除妄無眞。人心一向
> 爲有妄緣纏縛，迷眞逐妄除去諸有，心便清淨，便是空，若起心住
> 淨，淨亦是妄，住空，空亦是妄。六祖云：妄無處所著者是妄，自
> 性含萬法，而亦無一法，妄盡而空，空盡而眞性露，此是般若，此
> 是漏盡，此是了義，此是無所住生其心。[註20]

上文直陳「眞不離妄，妄即是眞」，空性之眞成於虛妄萬有，淡適之理根植於外境萬緣，所以「除妄無眞」，去鏡緣則無淡適可言。人心之歸寂清淨，固然是掃去外在虛妄萬有所致，但若起心對淨有所執持，則心未清淨，性未空，未達究竟。所以《清言》直道：

> 如來爲凡夫說空，以凡夫著有故，爲二乘人說有，以二乘人沉空故，
> 著有則入輪轉之途，沉空則礙普度之路。是故大聖人銷有以入空，
> 一法不立，從空以出，有萬法森然。(《清言》，卷上，頁4)

> 虛空不拒諸相，至人豈畏萬緣，是非場裡出入逍遙，逆順境中，縱
> 橫自在，竹密何妨水過，山高不礙雲飛。(《清言》，卷上，頁11)

> 掃有掃無，即掃字而亦掃；忘形忘物，并忘字而亦忘，斯能所之雙
> 泯，會靈心于絕代。(《清言》，卷下，頁7)

觀人之修持雖於萬緣諸相中鍛鍊出虛空自性，故不論是遭逢是非之場或逆順之境皆能逍遙自在。但如來說法因人而有所權變，眾生若爲萬有染著則說萬法無自性，一法不立；眾生若沉迷於空性則說自性含萬法，萬法森然，不論

〔註20〕屠隆《鴻苞集》，卷三十八，無住條。《四庫全書存目叢書》，子部89冊，臺南：莊嚴文化事業有限公司，初版一刷，1997年6月，頁782下。

著有或沉空皆非修道正法。唯有入空出空，有無俱掃、空有兩忘，方能達至眞妄不二，事理無礙，露「無所住而生其心」的圓融眞性。

屠隆淡適之生命情境以無我爲本，一切萬有皆空，皆無常，故本體對外境不起染著、不起妄念，不停滯於某一種想法或念中始成。其自性是不滯念不迷相，心不住世間法，亦不住於出世間空，本體便能於諸境不染，無所繫縛，常保機靈感動，起用無窮。淡適之生命情境乃是依人之情緒主體和情感體驗而生，注重個體存在的意義，所以關注人的存在感受，對個人的現實生活多所提點，指出心與外在境緣相觸時，能不染著一法，任心自念而不起妄念，則鬧市、深山等外境的遷流，無礙於眞性之沖融。

四、結　論

晚明文學充滿著個體關於生存體驗的記述，其中就清言的編撰而言，因其零散的形式特點，既乏縝密的理論體系，亦不關注本體論的建構，其內容又側重在境界的呈現與工夫的提點，以此欲勾勒出晚明心學的理論體系，自是滯礙難行，缺乏系統性周延性以及完備性。但作爲呈現晚明體認自我的存在與價值，體悟個人情感的意趣以及審美意識的張揚等文化課題，則具有可觀性。

唐代以後，佛老之學盛行，宋明儒面對佛老的挑戰，必然要對二者有所了解與吸收。從根本上說，宋明儒的焦點不囿於如何對待倫理關係與宇宙論的建構，而側重在主體面對死生事大的生存情境及深度感受方面的問題，提供人們以安心立命的答案，唯有深入人的生存結構方能眞正的回應佛道的挑戰。〔註21〕屠隆處於三教混融的晚明，其學術性格與時代相符應，故所言之理論多採儒佛二家之說，兼攝道家之旨，其自適之生命情境亦秉承此特性，融合三家之言。屠隆淡適的生命情境的達成，是帶有各種性質、工夫上的限定，並以無我爲本，通過除心不除境的工夫，呈顯虛靈之本體，本體發用後，趨向一種"淡適"之樂，此淡適之樂可達隨緣順應，隨境而安，理事無礙的沖融情境，此即超然俗世生活的心靈歡暢，意即無入而不自得的洒落胸次。

2005 年發表於《文學新鑰》第 3 期

〔註21〕陳來《有無之境——王陽明哲學的精神》，〈第九章境界〉，北京：人民出版社，1997，頁 235～242。

附錄四 晚明清言中的禪意
——以屠隆爲例

摘 要

晚明禪學思想由於世俗化的趨勢鮮明，成爲近代禪學走向現代化禪學的關鍵所在，筆者試圖以普世性格極高的清言爲研究媒材，俾便對晚明禪學世俗化的主流有所發明。但因晚明清言文獻蕪雜，有待逐一爬梳，方能理解其禪意之所在，是故，揀擇晚明學術中具有高度典型性的屠隆爲研究起點，以便逐步貼近晚明清言中禪意的眞相。

本文以屠隆爲例的晚明禪意之研究，首先，由屠隆作品和晚明清言的密切關係著手，指出其在晚明文學、思想與清言的典型性。其次，對屠隆禪學思想和晚明禪學的關係做宏觀的考察，掌握晚明禪學世俗化的趨勢，有益於認知清言中禪意的內涵。最後，對屠隆清言中的禪意做微觀的釐析，闡發其萬法不離世間覺的入世取向。

關鍵詞：晚明清言　晚明禪學　世俗化　屠隆

一、前　言

「禪」不但是中國文化中，滲透得最爲徹底的質素，而且意味著無限豐厚的內涵。就歷時性而言，宋元明禪宗在思想的發展，由緇衣而流入士林，學者取代禪僧，領導禪學的潮流。在宗門的面向，則由教下、淨土的超越，而轉入參與和入世，此二者促使禪學的發展日趨世俗化。在這歷史的軸線中，禪宗內涵由近代至當代的發展趨勢，主要是通過世俗化的洗禮才得以轉接至現今的現代化之路。而近代禪宗世俗化主流，乃是以晚明禪學爲關鍵所在，因此，晚明禪學實有深入探討的必要。

探討晚明禪學的課題，固然可從佛僧或學士大夫的著作切入，從事學理的探討、源流的追溯與體系的架構，作上層文化的討論。但若能將研究對象由上層文化再推擴至下層文化，選擇普世性特徵明顯的文獻爲研究材料，應能挖掘出更爲深廣的禪學義涵。就晚明的文獻而言，「清言」由文人所編撰生產，消費者不局限於文士階層，平民階層更是重要的消費族群，其作品往往映射出群眾的期望，上下層文化通過清言而產生交流作用。不論就清言的語言文字、義理內涵或審美意識皆涵人間性的認同，深具人間化和世俗化的趨向，如能關切此一議題，對晚明的禪學加以探究，應能博洽地呈現其面目。所以，筆者試圖釐析晚明清言中禪學的課題，期能對晚明時期的禪學義涵有所發明。

由於晚明清言文獻頗爲龐蕪，有待逐一的爬梳，方能較爲中肯地認識其豐富的禪意，本文擬先就屠隆的清言作品加以探討。屠隆是研究晚明文學或思潮不可或缺的典型人物。在文學方面，屠隆作品廣涉詩、文、傳奇、清言等多元的體裁，而且自成一家之言。若以文學流派言，屠隆屬後七子的餘裔，但就文學理論與作品而言，又與晚明性靈文學有著密不可分的淵源。就晚明思潮而言，屠隆吸收了王學與禪學，所交遊者多王學後裔與高僧、居士。故以之爲研究中心，應可貼近晚明清言的禪意所在，進而窺出晚明禪學的端倪。

二、屠隆與晚明清言

屠隆（1542〜1605）字長卿，鄞縣（今浙江寧波）人，號赤水眞人、溟涬子、南宮仙史、文昌遷客居士、鴻苞居士。萬曆五年進士，曾任潁上、青浦縣令，徵授禮部主事，歷員外郎中。著作豐富，有詩文集《由拳集》二十三卷、《白

榆集》二十卷、《栖真館集》三十一卷。戲曲《曇花集》、《修文記》、《綵毫記》。雜著《冥寥子遊》二卷、《鴻苞集》四十八卷、《娑羅館清言》一卷、《續娑羅館清言》一卷、《考槃餘事》四卷、《佛法金湯》二卷等二十餘種，成就卓著。

　　屠隆所編撰的《娑羅館清言》，乃是清言編撰的濫觴。在屠隆之前雖有類似清言的作品，不過作品零星而且屬隨意之作，承襲早期筆記餘習，編輯形式屬隨筆雜錄零散條列的方式。清言之編撰早先並無固定之體例，陸紹珩（萬曆時人）刊出《醉古堂劍掃》之時，便於書前有意識地標誌出編撰的體例，其於編撰的凡例中記載：

> 一從來選清言者，間雜不倫，今以意趣相合者，擬議分類，類各有引，引各導窾，細繹自明。……
> 一集有批點，出韻人口，入韻人目，如磁遇鐵，自然相投，不必點綴為工。茲雖無批點，而已入韻目。〔註1〕

陸氏鑑於編撰清言者，其體例間雜零散而缺乏良好體例，所以一方面將原本間雜不倫的零散條列方式，加以系統的組織，化為分門部類的方式出之。另一方面則提出批點的效用，藉以指導行文精彩之處，指明清言作品若得韻人之目，出韻人之口而加以批注，則作品倍增光彩。雖然《醉古堂劍掃》並無批點，但此後編撰清言者便陸續於編撰的作品中加以批注，對作品之精光加以發揮，此一批注之風，到清・張潮《幽夢影》一書發展到極致。〔註2〕

　　明・王宇（1617～1663）所編撰的《小窗自紀》《小窗清紀》《小窗艷紀》等作承襲《醉古堂劍掃》的體例，不但分門部類，而且加入批點。其於〈清紀序〉便云：

> 近日清話如娑羅圍一帙，語多感憤，人共快談，寧野《清紀》撰述類是，顧隱居放言，知罪任之緯真猶可，寧野猶將用世，而越世高談是可異也。客曰：君子出表清節，居著清言，如子之云濁而可乎？〔註3〕

〔註1〕 陸紹珩，《醉古堂劍掃》，〈劍掃凡例〉。老古文化事業公司，五版二刷，1993，頁1～2。

〔註2〕 清・張潮《幽夢影》一書，不但有魯僧原的眉批，原文更是間附當時文人雅士所寫的讀後評語，在二一八則原文中，只有十一則無人寫評語，評語的內容或對原文加以引申、品評、討論，或寫個人讀後的感想、聯想，充分發揮文人自由清談的本質。在《幽夢影》之後，清・張錫綬與近人鄭逸梅皆仿其體例創作出《幽夢續影》與《幽夢新影》，此一清言體例，在創作藝術與審美情趣等方面，闡揚了不少前人未發的新論。

〔註3〕 明・吳從先《小窗清紀》，卷首。見《四庫全書子部存目》，253冊，莊嚴文化

王氏之文指明，屠隆《娑羅館清言》一出，形成當時人喜共談論的焦點，甚至開始以之爲典範而加以仿作，猶有進者，且將「清言」視爲君子居家必著之作，以表身分特徵，清言之風行可知矣。

　　《清言》不但是屠隆有意地編撰，而且此作一出，風從者眾，甚至成爲一種有別於其他文學樣貌的典範作品。明天啓年間，刊行的《快書》、《廣快書》各五十種，所選錄者多爲讀書體悟類的清言。《快書》一出風靡於當時，所以續編《廣快書》以饗同好。何偉然〈廣快書五十種序〉便道：

> 以快之說、韻之初行五十種，爭相賞矣！快矣！咸曰：「未巳也，子其益之益矣，而猶不滿人之快也。」因廣焉，仍以五十種計侔於初也。〔註4〕

由於消費者爭相賞識，不得不廣收材料完成《快書》之續編，清言的蔚盛可見一般。此一風潮在明清鼎革之際仍未衰退，康熙年間付梓的《檀几叢書》以及陸續輯印成書的《昭代叢書》，即依循《快書》和《廣快書》之體例與旨趣，遍採讀書體悟與生活閒賞等清言編撰成書，沿襲了明末盛行清言之風潮。〔註5〕

　　清言風行於晚明，不論是撰述者或閱讀者多如過江之鯽，所以引起同時人的指責，陳龍正於崇禎四年所刊行的《幾亭外書》，對清言展現高度的敵意。其於卷二說：

> 古人醉眠採花，都有高趣，嘻笑怒罵，皆成文章。何者？淵明天機素心，出生死之外，遊羲皇之上；東坡正議名疏在朝廷，高篇大牘滿天壤，故足貴也。有本原方有餘致，爭上截不爭下流。近世風氣，專慕其下半，以俗腸搆「清言」、學韻事，以菲劣才而蒐綴閭巷煨瑣無益之談，刊布零散玩弄之書，作者不自賤，而觀者又從而貴之，是相率而爲賤丈夫也已。〔註6〕

　　事業公司，頁282。
〔註4〕明·何偉然·閔士行合編，《廣快書》，卷首。國家圖書館藏，頁4。
〔註5〕清·王啅·張潮編纂的《檀几叢書》計有初集、二集、餘集，收隨筆雜著一五七篇，於康熙三十四年付梓；張潮·楊復吉·沈懋惠編纂《昭代叢書》計有甲、乙、丙、丁、戊、己、庚、辛、壬、癸十集與別集一集。至於《快書》、《廣快書》、《檀几叢書》、《昭代叢書》所輯錄的清言書目，可參考鄭幸雅《晚明清言研究》，〈附錄二〉，中正大學中國文學研究所博士論文，2000年6月，頁380～385。
〔註6〕明·陳龍正《幾亭外書》，卷二，明崇禎刊本，國家圖書館藏，頁59～60。

陳氏之文對清言未經作者涵養性情本原即隨意出之，大加撻伐。認為清言專
以醉眠採花、嘻笑怒罵為內容，此種文學作品，為下流之作，非可與經世濟
民、文以載道之上截大作相提並論，文中不但對清言加以鄙薄，甚至完全否
定其價值，然而陳龍正之排闥，並不能阻擋時勢之所趨。

清言一詞原有雅雋的言論、以佛老與三玄之學理為談說內容的活動等二
義，到了晚明時期衍生出具有特殊樣貌的文學作品一義，本文所指稱的清言，
正是以文學的特殊樣貌為指涉內容。就內在性能論，清言歸屬於子部雜家類，
含有閒適消遣的本質，浣濁濯俗的清趣與快心悅性的韻致等根本質素。就作
家而言，清言不是精心構思的宏篇巨製，不必搜枯索腸、嘔心瀝血地經營謀
篇，而是隨感頓悟，信手所記者居多。就形式而言，大多篇幅短小，屬小言
細響，其文采雋永，文句簡短，組織結構自由多元。〔註7〕在內容方面，由於
清言的內容廣泛而蕪雜，含括山林泉石、魚蟲花鳥、政治教化、人情心性，
古今學問等諸多題材，大可將之區分為讀書體悟之屬與生活閒賞之屬兩大
類。〔註8〕

屠隆所作《清言》屬讀書體悟類，主要關注個人安身立命的課題，不斷
地對生命進行省思，勾勒個人對存在情境的感受與回應，配合文人普遍退離
守默的政治傾向、三教交涉之宇宙、人生、社會的心性關懷，充分顯現普世
性格。清言形式雖篇幅短小，但墨永旨遙。明・章載道（萬曆時人）於〈清
言序〉：

> 夫大道之旨，書不盡言，西方以來，教亦多術，然而諦文害義則失
> 魚何取忘筌。揮塵晤言則一日便當千載，故知見斗生，悟絕照由心，
> 顧影興言，精思出要，用以化誘愚俗，何須萬論千經，若夫指點沉
> 淪，只取單詞隻字，此緯真先生清言所由作也。〔註9〕

〔註7〕 明・李鼎《偶譚》有云：「李生掩關山中，閒然無偶，既戒綺語，絕筆長篇，
興到輒成小詩，附以偶然之語，亦云無過三行，蓋習氣難除，聊自寬耳，如
其驢技長鳴，即犯虎谿，嚴律豫章。李鼎長節識。」（《寶顏堂祕笈》本，藝
文印書館，1965，頁1）清言大多為語錄、駢偶儷句、格言、短文、故事等短
幅之作，且不具謀篇擘畫之型態，其中語錄類篇幅最短，其篇幅大多如李長
卿所言，以三行為限，唯短文、故事類較為耗費筆墨。

〔註8〕 關於清言觀念的掌握，可詳參鄭幸雅：《晚明清言研究》，〈第二章 清言觀念
的釐析〉；關於清言的內容分類，可參論文第六、七章。嘉義：中正大學中國
文學研究所博士論文，2000年6月。

〔註9〕 明・章載道〈清言序〉。見屠隆《娑羅館清言》，卷首，《寶顏堂祕笈》，藝文

章氏文指出，屠隆之作《清言》乃是針對晚明禪宗末流所生「諦文害義」、「失魚忘筌」之弊而發。禪學的流衍如江河布滿大地，離源頭愈遠，支流愈多愈細，雜質自然益增。禪宗接引學人乃是應機施教，沒有一定的軌道與形式可遵循，隨著歷史的積累，到了明代禪宗接引學人的方式，眞是形形色色、光怪陸離。清言之文雖僅單言隻字，不但對晚明禪病有矯治之功，在化誘愚俗、指點沉淪之力，亦遠在萬論千經之上。章氏進一步對《清言》作具體的描述，其文載：

> （守拙）上人乘佛理以御心，假斯文爲宗錄，謂變化物由心作，受想宜除，而行爾不在多言，提斯貴約，故有能了清語之義者，將金面棋盤一時拍碎，而吉祥妙喜，虛室洞明，先生實普度乎來茲？上人豈小補於禪定，可謂克明明德，無忝徽音者矣。嗟乎！淵源淡泊則釋門不異於禪，宗旨神光則儒道本通於佛，倘指掌而意喻，則目擊而道存，如其將心覓心，不免因我喪我，幾失清言之意矣！〔註10〕

章氏認爲，屠隆《清言》的言語一如佛教宗鏡之錄，幅短而旨永，以簡約的言語提撕人要御心、除執。人若能了《清言》之意旨，則可體悟虛室洞明的一如境界，展現人心之吉祥妙喜，而且通過三教之法門，皆可殊途而同歸地通達體悟的境界。章載道的《清言序》雖針對屠隆《清言》立說，指出其幅短旨遙的特質與勸誘愚俗的功用，並且凸出清言與禪宗義理的密切關係。若將章氏之語用以說明清言作品與晚明禪學之間的綿密關係，亦不爲過。

三、屠隆的禪學思想

　　由於元明兩代各派禪宗思想間的滲透、綜合之勢，導致禪宗思想的變異。此一變異的特點從思想發展上來看，並不是單純指禪宗自身的因革損益，更大的程度上是就其對其他思想的滲透，並造成思想上的嫁接立論。晚明禪學居此一變異的風潮之下，雖異說紛呈，但大體上是對宗杲（1089～1163）看話禪和士大夫禪學的繼承、發揚，進而更加注重淨土歸向。綜觀晚明禪學的發展，禪教一致、性命雙修、禪淨合一、三教一體等觀點，皆是促使禪宗步上世俗化的推手，其中影響晚明禪學思想最爲深遠者，當推禪淨合一、三教一

　　　印書館，頁3。往後行文所用《娑羅館清言》的文獻，悉依此版本，只注明卷
　　　數、頁碼，不再重複標明詳細出處。
〔註10〕同前註，頁3～4。

體的思潮。對於屠隆而言，其禪學思想自是依循著晚明的禪學思潮而立。

中國的文士向來不脫「達則兼善天下，窮則獨善其身」的價值取向，屠隆早年所懷抱的即是儒家經世濟民、兼善天下的理想，雖久困場屋之中，仍堅持入仕之途。萬曆五年屠隆中進士得第，懷抱著入世精神，步入仕宦之途。出仕後政績卓著，迅速地由穎上縣令選調爲青浦縣令，繼而擢升爲禮部制司主事。未幾，萬曆十一年因刑部尚書俞顯卿對屠隆提出彈劾，誣陷屠隆與西寧侯宋世恩淫縱諸狀，結果俞顯卿以「挾仇誣陷」罷黜，神宗以「詩酒放曠」之名，將屠隆免職。屠隆憤懣不平之情，可想而知。

屠隆於青浦令時與王世貞兄弟往來密切，進而結識王錫爵次女王燾貞（即曇陽子：1558～1580），於曇陽子得道化去之前，被收錄爲弟子，此後屠隆便一心向道，從政的剛健信心開始動搖，逐漸產生沉寂靜定的自省力量，後再遭逢放廢的境遇，不得不重新審視個人的生命價值。屠隆本以經世濟民爲終身之志業，既已無能發揮，生命存在的意義與目標勢必成爲關注的核心。黃汝亨（萬曆時人）於〈鴻苞集序〉即道：

> 長卿少負不羈，以文章自豪，釋褐成進士，爲青浦令時，與馮開之、沈君典、丁右武諸公相頡頏，青雲睥睨當世，入爲儀曹郎仍以豪，罷歸。志業不遂而益注其才情於著作之林，幾與弇州新都軋爭流競爽，晚乃棲心于禪玄二氏，又欲綜三教之旨於一毫端，時出而爲竺乾、爲柱下、爲尼山。〔註11〕

仕途沉滯之後，人生價值亟需重新審思，屠隆一方面通過文學的寫作以平胸中之塊壘，一方面向道之心益形堅固，認真地習禪問道，久經修習薰染，晚年更棲心于禪玄二氏。

屠隆既棲心于禪玄二教，自然關注人生命存在的意義和目的，思索過程中，難免體味人生的虛幻與無奈，備感生命的滄茫，不得不將死生大事細細思量。故屠隆道：

> 甜苦備嘗好丟手，世味渾如嚼蠟，生死事大，急回頭，年光疾于跳丸。（《清言》卷上，頁2）

由於酸甜苦辣兼備的世味不宜執迷，死生急趨的年光宜早珍惜，引生宦時不能不思歸，生時不能不思死的覺醒，死生事大，成爲屠隆在思索生命之存在

〔註11〕黃汝亨〈鴻苞集序〉。屠隆《鴻苞集》卷首，見《四庫全書子部存目》，子88冊，莊嚴文化事業公司，頁625。

和意義時，首須關注的課題。了悟生死大事，原是禪學的內容之一，元・中
峰明本（1263～1323）便說：

> 自有宗門以來，雖云直指人心，其涉入門戶，千途萬轍，各各不同。
> 蓋師家據一個直指之理，各人根性及自家悟入之由不同，所以誘引
> 不同。原其至理究竟之處，一皆了脫死生大事爲期，餘無可爲者。
> 〔註12〕

文中指出，禪宗之接引學人以直指人心、明心見性爲宗旨，雖宗門分立，教
法有異，但皆就個人自性加以誘引，參禪啓悟的根本原則乃在了生死。屠隆
參禪之門徑，自未出此戶牖，其對死生大事的關注，依循宗杲直至中峰的路
徑，將生死大事進而視爲禪宗參究的鮮明目的甚或終極的目的，修行之路便
逐步地由禪宗向淨土宗過渡，透露禪淨合一的消息。

　　晚明禪淨合一的思潮主要由明代「國初第一宗師」楚石梵琦（1290～1370）
發端，經過臨濟宗笑岩德寶（1512～1581）以及曹洞宗無異元來（1575～
1630）、永覺元賢（1587～1657）的發揚，至明末藕益智旭（1599～1655）而
形成完整的融混體系。〔註13〕就禪淨合一的提倡來說，佛教各宗皆兼修淨，
禪淨雙修本在情理之中，只是禪淨雙修已蔚然成風。明代高僧再次標舉禪淨
合一之說，由於太過強調念佛達淨土的作用，便逐漸遺落慧能以來明心見性、
不假外求、直了成佛的頓悟法門之實踐原則。而原始佛教探索人生之眞諦，
進而探討宇宙大元之玄奧的超越精神，亦顯隱微之態。淨土歸宿的根本理由
是淨土法門方便易修，禪宗的發展至此轉向念佛，完成念佛禪的轉化過程，
爲淨化禪宗的發展開闢一條新的道路。同時，此一方便不免將晚明禪學導入
世俗化之途。禪宗向淨土念佛的變異，表現了佛教入世轉向的整體趨勢，禪
宗反觀內照，明心見性之理，以覺悟爲中心的內在超越，變化成以往生爲追
求的禱亡送死、轉世超生的活動，此爲禪門另一種表現形式，也構成宗教世
俗化的必然趨勢。

　　屠隆對於禪淨的觀念，符應晚明禪淨合一的思潮，其於《鴻苞集・禪淨
土》羅列禪宗史上諸高僧以禪淨雙修而得道的事實，強調禪淨合一爲修行之

〔註12〕元・中峰明本《天目明本禪師雜錄》，卷中，〈示英禪人〉。見藍吉富編《禪宗
　　　　全書》，語錄部（十三）。文殊文化有限公司，1987 年 8 月，頁 339。
〔註13〕參潘桂明《中國禪宗思想歷程》，〈元明叢林禪學及 "四大高僧" 佛學〉。今
　　　　日中國出版社，頁 547。

正道，同時推崇永明禪師（904～975）所言「有禪無淨土，十人九蹉路，無禪有淨土，萬修萬人去。」以示一己對淨土的皈依。不過屠隆並未將淨土高置於禪宗之上，他認為人根器不一，修禪的方式本就因人而異，故言「上根上器由禪以得土，中根下器由土以得禪，其實一也。」指明禪與淨的關係密不可分，上根者由禪門入參得悟而達至淨土，中下根者由淨門的工夫入，勤力久修得達淨土的同時，亦能悟禪門之旨。〔註 14〕屠隆於《娑羅館清言》進一步直道：

> 修淨土者，自淨其心，方寸居然蓮界；學坐禪者，達禪之理，大地
> 盡作蒲團。（卷上，頁 2）

屠隆認為心若能淨，此心即是蓮界、即是淨土，並非將心馳於心外的西方淨土。坐禪者亦非將一心靜坐寂默，兀如枯株，與大地萬物絕緣，而是秉持禪宗在日用世事中行禪的精神，方為達禪之理。屠隆對禪淨合一的服膺於此透顯無疑，而且映照出晚明禪學唯心淨土的趨勢。

再就三教一體的潮流來說，晚明禪宗具有「三教同源」的明顯取向，或稱「三教一體」、或名「不昧本心」、或言「三教一理」，凡此皆透顯三教同源的思潮，表達三教所同者心也，所異者在經世、利生的作用上有淺深、小大之別，三教只是名相有異，外現之跡有別。三教同一心的命題要成立，先決條件必肯認心性的存在與作用，足以會通三教，方可證明儒佛道同旨，因此，心性之學再次備受矚目。為了達至三教一體的共通性詮釋，各教固有的殊異性漸次削弱，各教心體存在的個別相不得不向三教的共相趨近。若就三教一體之理論的最高層次而言，拓展了三教對超越性生命及其境界的理解，但相伴而至的是心性之學中世俗化意識的抬頭，使得三教的發展走向通俗化之途。

黃汝亨於〈鴻苞集序〉有言：「（長卿）又欲綜三教之旨於一毫端，時出而為竺乾、為柱下、為尼山。」〔註 15〕文中指出屠隆以宣揚三教合一、大明三教義理為己任。屠隆於《鴻苞集》即特闢二十七卷為討論三教合一論的專卷，此卷的核心觀點有二，一是道明三教合一的必然，二是指出三教合一之關鍵在心。以下就屠隆三教合一的核心觀點加以論述。

〔註 14〕上列之引文出屠隆《鴻苞集》，禪淨土條，見《四庫全書子部存目》，89 冊，莊嚴文化事業公司，1995，頁 541。往後行文所用《鴻苞集》的文獻，悉依此版本，只注明篇名、卷數、冊書、頁碼，不再重複標明詳細出處。

〔註 15〕屠隆《鴻苞集》，子 88 冊，頁 625。

首先，就三教合一乃爲必然而言，三教之學經過長期宣揚，互相滲入社會土壤，對三教之說兼容並蓄、取同存異，漸漸成爲社會人士的普遍思想，所以，明代「三教合一」可說是事有必至。屠隆〈與汪司馬論三教〉中明確地說：

> 三教之理異路同宗，羲軒以前，溟涬混合與媾，爲鬥末法支流，割席分門，互相水火。學出世者，薄儒教爲纏縛，譚經世者，詆二氏爲玄虛。而佛道兩家又各立門戶，羽客則曰：佛昧大丹，止於陰靈善爽，緇流則曰：仙迷般若，未免報盡還來。僕以爲不然，若如三教之徒互相排毀，則可以彼廢此，何自洪荒以來，鼎立自今卒不毀滅也？嘗臆論之：堯舜周孔爲世立法，及世界砥柱，生人命脈，自有生以來，固誠不可一日而少廢。而二氏之道，除煩解縛，見性超眞，玄妙精實，又何可瑕疵？〔註16〕

文中指出，三教由於義理系統的不同，三教之後學者更是互相詆毀，長期爭論不休。但在文化的洪流中，三教中的任一派皆未因此而毀滅，雖說儒重現世，爲世立法，佛道重彼世，除煩解縛，但不論是經世或利生，皆可說是應時因人而設。三教教理體系雖異，實則殊途同歸、異路同宗，三者不可偏廢。

其次，就三教合一之節目在心體而言，儒釋道三教既是同宗而異路，必有三教統合之關鍵存焉，屠隆於《鴻苞集·清淨》指出，心爲三教得道之根源所在。其文載：

> 道者，清淨物也，三教聖人之所以得道者，清淨心也。諸情塵膠擾，不清不淨者，非道也。三教聖人作用成就各立門戶，各分歧路，各抵歸宿，而以清淨心合道一也。正心誠意是儒之清淨也，致虛守靜是仙之清淨也，除妄歸眞是佛之清淨也。〔註17〕

文中指明，三教聖人之作用，或爲立法扶教，修誠意正心之性以涉世，或爲離垢絕塵，修般若、靈光之性而離世，路雖紛歧，歸宿各抵，但同歸洗心滌慮，不染不垢的清淨本性，則能爲三教合一奏功。據此，屠隆不僅爲三教合一張目，進而將三教同歸於一清淨之心體，此與晚明三教一體的思潮相呼應。

就禪宗思想的發展史觀，大慧宗杲（1089～1163）無疑是整個南宋，甚至整個後期禪宗最有影響力的大師之一。歷代不乏提倡看話禪者，元以後的

〔註16〕《鴻苞集·與汪司馬論三教》，卷二十七，子89冊，頁502。
〔註17〕《鴻苞集·清淨》，卷二十七，子89冊，頁495。

臨濟宗不僅保持宋以來叢林禪學的特質，而且對宋代「看話禪」等傳統禪法有所豐富和擴展，使禪宗仍保持一定生機和活力。如臨濟宗下明代禪師普遍提倡看話禪，甚且認為只有接受和實踐大慧宗杲所開創的看話禪，才有可能得悟，看話禪在晚明的傳播者非局限於禪師，在家居士服膺看話禪者眾矣！屠隆便是其一。他們以大慧宗杲的看話禪為本，以「信」為前提，從「疑」入手，參破話頭，求取覺悟，而且更注重實參實悟，視實修重於頓悟，將明心見性的頓悟禪，導入平實展開的軌道。〔註18〕如明‧漢月法藏（1537～1635）即道：

> 大慧一出，掃空千古禪病，直以祖師禪一句話頭，當下截斷意根。
> 任是疑情急切，千思萬想，亦不能如此如彼，有何著落。既無著落，
> 則識心何處繫泊？今人於無繫泊處一逗，則千了百當。可見纔看話
> 頭，則五蘊魔便無路入矣。〔註19〕

法藏肯定宗杲掃除公案禪、文字禪、默照禪等禪病之功，推崇大慧將參禪者的關注點由語言機辯和文字識見方面，拉回到自身的死生大事上。對於默照禪的學者違背了禪宗在日用世事中行禪的精神，一徑地靜坐寂默，兀如枯株，將靜坐默照視為參禪之目的所引生的謬誤加以喝斥，與宗杲反對「說」禪、解「禪」，要學人親證親悟的主張一致。

屠隆對宗杲重視生死事大、參禪貴在起疑情、無字話頭以及親證親參等主張多所發揮。其於《鴻苞集‧大慧語錄》便載：

> 大慧禪師曰：古德云「隨流認得性，無喜亦無憂」。淨名云「譬如高
> 原陸地不生蓮花，卑濕淤泥乃生此花」。老胡云「真如不守自性，隨
> 緣成就一切事法」。又云「隨緣赴感靡不周，而常處此，菩提座豈欺
> 人哉！」若以靜處為是，鬧處為非，則是壞世間相而求實相，離生
> 滅而求寂滅。好靜惡鬧時正好著力，驀然鬧裏撞翻靜裏消息，其力
> 勝竹椅蒲團上千萬億倍。大慧此語，士大夫之津梁哉！士大夫知此
> 可以不離簿領，不脫進賢，而坐證大道。不然，雖居深山數十年，
> 何益之有？〔註20〕

〔註18〕 參吳立民主編《禪宗宗派源流》，〈臨濟法門（四）──臨濟再次分流〉。中國
社會科學出版社，頁497。
〔註19〕 漢月法藏《三峰藏和尚語錄》，卷七。見藍吉富編《禪宗全書》，語錄部（十
七）。文殊文化有限公司，1989年12月，頁633。
〔註20〕 屠隆《鴻苞集》，卷三十六，大慧語錄條。子89冊，頁744。

屠隆承繼宗杲對士大夫參禪的嚴肅批評與熱情引導。文中指出，士大夫之參禪，並非以信仰爲基本前提，往往是因世事不如意，將寺院當作逃避政治鬥爭和世事困擾的場所，此種缺乏信仰的參禪，在參禪態度與方法上也就出現了種種的偏差。宗杲在《大慧語錄》指出，士大夫禪學的偏差有喜靜厭鬧、多求速效、聰明知見太多等三者。〔註21〕屠隆所作的清言直道：

　　善星腹笥，部藏不免泥犁雲光，口墜天花，難逃閻老，所以初祖來自

　　迦毗，盡掃文字，室利往參摩詰，悉杜語言。（《清言》卷下，頁4）

　　皮囊速壞，神識常存，殺萬命以養皮囊，罪辛歸於神識；佛性無邊，

　　經書有限，窮萬卷以求，佛性得不屬於經書。（《續清言》，頁1、2）

　　上文重申看話禪所論者，乃是對學人參禪易受文字語言之障蔽而加以提醒，意在截斷學人思維理路，放棄向外馳求的習慣，反求諸己，著力參究。所謂一刀兩斷，直下方歇，參話頭必須將心中一切知識成見，統統放下，以虛豁空寂之心去參究，方能親悟親證而有所得。

　　屠隆的禪學思想因循晚明禪學的趨勢，在繼承、發展看話禪之餘，順應「禪淨合一」「三教一體」的思潮，形成轉向入世的新禪學。而禪淨合一、三教一體的主張，標誌了晚明禪學世俗化的主流。

四、屠隆清言中的禪意

　　屠隆的禪學思想，以宏觀的角度，對個人與時代的關係加以考察得知，大體與晚明繼承、發揚宗杲看話禪的潮流相應和，其與晚明禪學世俗化的趨勢亦若合符節。因此，屠隆清言中閃現之禪意，有著看話禪的遺風與禪淨合一、三教一體的色彩，自屬當然。探討屠隆清言中的禪意，先以宏觀的角度考察屠隆的禪學思想，可免閉門造車之弊，再以微觀的角度釐析屠隆清言中的禪意，則可中肯地認知作品的禪意內涵。因此，以下通過微觀的角度，由原理面與實踐面來顯發屠隆清言中的禪意。

　　首先，就原理面來說，屠隆於清言中所傳達的原理有染淨同源、眞妄不二的本體與空有俱掃的清淨境界二者。先就主體面而言，清言所傳達的禪學智慧，以明心見性爲宗，清言即載「坐禪而不明心，取骨頭爲工課，馬祖戒于磨磚；談經而不見性，鑽故紙作生涯，達磨所以面壁。」（《清言》卷上，

〔註21〕詳參潘桂明《中國禪宗思想歷程》，〈大慧宗杲的禪學〉。今日中國出版社，頁519～530。

頁2）文中明指，參禪一逕地靜坐寂默，兀如枯枝不能悟道，猶如磨磚不能成鏡，而一味地解經亦未能開悟，所以，參禪之要貴在明心見性。心之能明，性之能見，關鍵在於有心能存焉，此心能有二義，一是指本體所具價值標準義的空性，一是指本體所具的能動性。就前者言，本體是眾生平等具有的眞性，而眞性爲何？清言載道：

> 入市而嘆，過路客紛紛擾擾，總是行尸；反觀而照，主人翁靈靈瑩瑩，無非活佛。（《續清言》，頁2）

> 栴檀之形，能出門而迎佛；虎丘之石，解聽法而點頭；故知山河大地咸見眞如，瓦礫泥沙並存佛性。（《清言》卷下，頁1）

> 情塵既盡，心鏡遂明，外影何如內照，幻泡一消，性珠自朗，世瑤原是家珍。（《清言》卷上，頁7）

> 隔壁聞釵釧聲，比丘名爲破戒，比丘之心入故也；同室與婦人處，羅什不礙成眞，羅什之心不入故也。固知染淨在心，何關形跡。（《清言》卷下，頁7）

> 釋迦曾作眾生身，經乎多劫，其他諸佛菩薩誰不來自眾生？闡提亦有佛性，語載於聖經，其他蠢動含靈，誰不具有佛性，若佛祖天然，佛祖修行之法何爲？若眾生只是眾生，向善之途遂絕。（《續清言》，頁4）

由上文可知：本體所具之眞性，乃是指人與萬物皆俱，無所不在的佛性，爲染淨同源之性，而非指究竟純粹的眞如之性，可說是一種如來藏自性清淨心，由於此性涵具染淨二源，故眾生雖具佛性，卻仍是眾生，而未是佛，主因凡人之眞性爲諸多情塵所蔽流於染境故。情塵若能掃除則眾生可以爲釋迦，顯露佛性之自如，眾生之所以能息妄去情塵之蔽而歸眞，則有賴本體的能動性。故清言便載：「萬緣虛幻總屬心生，六道輪迴皆由自作，目翳除則空華陡滅，心障撤則妄業全消。」（《續清言》，頁3）本體之心因具染淨二源，故爲凡爲佛端視一心能否撤障消妄，所以有言道：「眉睫纔交，夢裡便不能張主；眼光落地，死去又安得分明；故學道之法無多，只在一心不亂。」（《清言》卷下，頁6）學道之要法在一心不亂，一心不亂並非將心置於隔絕萬緣的靜默之中，而是要在迷眞逐妄，染心起時，借重本體的能動性悟妄歸眞。

眾生本具的內在眞性爲覺悟成佛的依據，染淨雖同源，但藉主體的能動性，

自可悟妄歸眞。故言「凡夫迷眞而逐妄，智慧化爲識神，譬之水湧，爲波不離此水；聖人悟妄而歸眞，識神轉爲智慧，譬之波平爲水，當體無波。」(《清言》卷上，頁 7）水湧爲波，波平爲水，水波無二，作爲解脫主體的眞心與繫縛根源的妄心同爲一如來藏心，故言此心爲染淨同源、眞妄不二的本體。

　　屠隆清言所呈現的本體是如來藏自性清淨心，主要是肯定一清淨心體，作爲生死流轉與涅槃還滅的根本依，將本體拉回到眾生當下的心念上，對於究竟的眞如與萬法的關係，並不關心。如來藏心是對解脫主體的肯定，關注眾生當下自心的起心動念，當下解脫，故言染淨同源、眞妄不二，旨在強調本體的能動性與成佛的可能，而非去追求一個抽象的精神實體。

　　清言所傳達的第二個禪宗原理是空有俱掃的清淨境界，所謂清淨境界，並非具有一個絕對的清淨物存在，而是以本來無一物、空明澄徹、晶瑩無垢的清淨性，去否定萬法的眞實性，發揮般若無所得，無可執著的思想。清言所傳達的佛性常清淨，乃是跳脫二元對立的概念，不持兩端的中道，其文載：

　　　　掃有掃無，即掃字而亦掃；忘形忘物，并忘字而亦忘，斯能所之雙泯，會靈心于絕代。(《清言》卷下，頁 7）

　　　　如來爲凡夫説空，以凡夫著有故，爲二乘人説有，以二乘人沉空故，著有則入輪轉之途，沉空則礙普度之路，是故大聖人銷有以入空，一法不立，從空以出，有萬法森然。(《清言》卷上，頁 4）

　　　　來鳴禽于嘉樹，音聞兩寂，悟圓通耳根；印期月于澄波，色相俱空，領清虛眼界。(《清言》卷上，頁 12）

所謂音聞兩寂、色相俱空，乃是對物事的自性不執著，不起分別意識，能不以相對的眼光來看物事，不但要掃而不著，即是空與無亦不可偏執，因而能具圓通耳根、清虛眼界，把得佛性常清淨。

　　屠隆清言中空有俱掃的清淨境界，乃是植根於慧能的三無法門，發揮宗杲看無字所具止和作兩方面的作用，在止息妄念思慮的同時亦達到明心見性的空明境界。所以屠隆清言載道：

　　　　虛空不拒諸相，至人豈畏萬緣，是非場裡出入逍遙，逆順境中，縱橫自在，竹密何妨水過，山高不礙雲飛。(《清言》卷上，頁 11）

　　　　參悟久則心花頓開，若蓮萼之舒辮；機緣來則性地忽朗，如日月之放光。(《續清言》卷下，頁 6）

> 人不知道則居鬧市生囂雜之心，將蕩無定止；居深山起岑寂之想，
> 或轉憶炎囂。人若知道則履喧而靈室寂，若何有遷流境寂，而真性
> 沖融不生枯槁。（《清言》卷上，頁 11）

上文所提點者，佛性常清淨以無住為本，無住「扣空」而言，一切物事因緣
和合而成，沒有常住不變的自體，因而不應對之取執著，而以「內外不住，
來去自由」的自然任運之心為本，對境隨念隨忘，呈現自性空。所以說「山
河天眼裡，不知山河即是天眼，世界法身中，不知世界即是法身。」（《清言》
卷上，頁 4）在佛性常清淨下，本體只是不為任何樣相所繫縛，於相離相即
無自體、無實性，因此，對境的忘卻不必是絕對義的捨棄。心能不染著一法，
任心自念而不起妄念則鬧市、深山等外境的遷流，無礙於佛性清淨。空有俱
掃的清淨境界，是通過隨時隨因緣而生之念想念慮而存在，佛性之所以常清
淨，乃是本體對外境不起染著、不起妄念，不停滯於某一種想法或念中始成。
所以佛性常清淨之無念，自是在念頭、念慮中運作，而又不為所滯，方得真
性沖融不生枯槁。

其次，就屠隆清言中禪意的實踐面而言，原理面乃是解禪之理，實踐面
則是參禪之行，清言對禪宗實踐方面的行，並未強調具體的實踐程序，而是
教人如何培養一種正確的處世態度，這態度是由消極到積極，由被動到主動。
消極者指的是培養安命的人生觀，積極者指的是主體真性的發行妙用。以下
分別述說。

就參禪實踐的消極面來說，屠隆清言中禪宗的行，以培養安命的人生觀
為要務，參禪的實踐不再注重傳統禪法之靜坐、調息等，而是以「安心」為
宗旨，期能安心無為，稱法而行。所以，要眾生對往昔的宿業，有正確的認
識，並甘心承受之，而無怨憎。故言：「非災橫禍，世人常嘆無因，分付安排，
皇天必自有說，若現在隱微無據，恐過去夙行有虧，彼既不差，我當順受。」
（《續清言》，頁 5）

文中強調，災禍之降臨己身，若非現行不善，即是過去夙行有虧，既有
前因存焉，其果理當順受。人生常感富貴貧賤、得失榮辱時來相煎，塵俗擾
攘，出離人生苦海難期，所以，屠隆清言道：

> 荊扉纔掩，便逢客過，掃門飯粟一空，輒有人求譽墓，萬事從來是
> 命，一毫夫豈由人。（《清言》卷上，頁 10）

> 為龍為蛇，生既謝陽秋于太史；呼牛呼馬，死亦一任彼月旦于時人。

（《清言》卷上，頁 10）

家坐無聊，不念食力擔夫，紅塵赤日，汝官不達，尚有高才秀士白首青襟。（《清言》卷上，頁 10）

酬應將迎，世人奔其羶行；消磨折損，造物畏其虛名。（《清言》卷下，頁 1）

衰年嶺表，餘生相傳仙去；鄰媼夜哭，還勝垂老無家；每想斯人潸然欲涕。（《清言》卷下，頁 1）

人生命也，命者報也，報者業也，如龍王散雨於諸天，同是諸天而雨寔異，天人日享乎美味，同是天人而味寔殊，彼此自有定數，美惡皆由業因，但言命數而不言業報，謬矣。（《續清言》，頁 11）

人的生命有命有數，貧富、榮辱、壽考不能由我，因緣之所在，隨業而轉，徒嘆眾生有身皆苦。若能於苦樂之際，息想無求，得失隨緣、自責、自嗔、忍辱向自性參會，則心無增減，於命安心無爲則菩提可證。命雖有定數，眾生無可逃於業報之外，但業緣之所在，能慎作業者，積福進德，出火宅入清涼界可期矣！故應體怨報，隨緣無求，廣作善業以進於道，以達眾生本具之眞性。

就參禪實踐的積極面來說，屠隆清言中禪宗的行，重在本體的發行妙用，主體性的發用，乃是由本體對於萬緣加以承擔，藉助主觀的心能起動以產生作用。清言載道：

今日騎獅坐象，眾生之境界過來，饒他帶角披毛，佛祖之眞性自若，譬如小水匯爲巨流，入流原是小水，眞金鍛於猛火，出火還是眞金。（《續清言》，頁 3、4）

今生根鈍是前世之行未修，今行苦修則來世之根當利，勿以無緣而自棄，力辦肯心而不回。今世既種善因，來生必成勝果，列聖皆累劫修成大道，豈一世便了！（《續清言》，頁 4）

六道輪轉，如江帆日夜乘潮，乘潮未有棲泊，一證菩提，若海艘須臾登岸，登岸豈復漂流。（《續清言》，頁 2）

青谿白石，悠生瀟灑之懷；黑霧黃埃，便起炎囂之念，此是心依境轉，恐于學道無當，必也月隨人走，月竟不移，岸逐舟行，岸終自若，則幾矣。（《清言》卷下，頁 7）。

文中所言，佛祖由眾生中來，眾生與佛同具眞性，不因根器利鈍而有所別，

眾生與佛之有所異，乃因諸佛累劫修成大道，眾生常以無緣自棄眞性而溺於炎囂之念，心既依境轉，諸塵逐得染污眞性，眾生便輪迴於六道之中。身在六道輪轉，心漂流如江帆日夜乘潮，無處登岸，滄茫無依，無個棲止之所。所以，眾生與佛無異之眞性，貴在現象界中任運起用，以破除執著，轉妄爲眞，得證菩提，得登彼岸。故屠隆清言中禪宗本體的發用，旨在自利利他，攝化眾生，具有深厚的現世情懷，彰明禪道不能遠離現實的一切日用云爲而表現，不論覺悟或悟後皆不離世間，以無染無著，無此無彼，眾相斯空的如來藏處世間，佛性即在隨機中顯現妙用。

　　屠隆清言中的禪意，不論就原理面所闡發的染淨同源、眞妄不二的本體與空有俱掃的清淨境界而言，抑是實踐面所提出消極的培養安命之人生觀與積極的主體眞性的發行妙用而論，二者實皆標誌了禪宗「世間法即佛法，佛法即世間法」的意旨，禪法並非僅是出世間法，更重要的是萬法不離世間覺，於此自然亦可窺知禪學世俗化的訊息。

五、結　語

　　屠隆清言中禪意的探討，就宏觀的角度來說，不但依循晚明對宗杲看話禪和士大夫禪學的繼承、發揚，注重淨土歸向，而且與晚明禪淨合一、三教一體的潮流所引生的世俗化主流相應和。另就微觀的角度來說，屠隆清言中的禪意所闡發者有二：一是禪理走向染淨同源、眞妄不二的本體與空有俱掃的清淨境界。一是實踐方面，或消極地呈現培養安命人生觀的意圖，或積極地指出主體眞性的發行妙用。統觀屠隆的禪學主張，有著強烈的入世傾向，不論就原理面或實踐面所透露的禪意，其核心指向禪宗的現世關懷，高倡萬法不離世間覺。明中葉以後，禪宗在僧人與文士的推動下，禪學思想向淨土信仰蛻變，逐步趨附民俗，明顯地沿著民間發展的道路前進，晚明禪學就逐漸形成世俗化主流。

　　晚明文人自稱清言爲遊戲之作，爲自娛之用，實則包孕扶俗醒心之意。作品雖爲條列式的短幅之文，作者爲文則貴在簡約澹遠。清言的簡約非是隨手摘記而已，大多是個人多方閱讀、再三思索，甚或實參實悟的心得，與當代的學術密切相關，不應將之視爲遊戲筆墨耳。如屠隆所撰之《清言》，乃是在編撰《鴻苞集》時所做的餘事，而此餘事寄寓個人深層的關懷，清言系列可視爲《鴻苞集》的小品，是經過萃煉凝聚後之精華，猶如《般若波羅密

多心經》為《金剛經》之小品，小品雖幅短精簡，實則墨永而旨遙，非可小覷。

　　2003 年收錄於國立中興大學中國文學系主編《通俗文學與雅正文學第四屆國際學術研討會論文集》

附錄五　以興爲衡，以思爲權
——論謝榛的詩論體系

摘　要

　　謝榛的詩論義涵豐厚，在創作論、鑒賞論與藝術構思方面皆有獨到的見解。其詩論體系具有過渡性，一方面因襲格調說否定以意爲主的詩學傳統，強調感發、抒情與審美的傳統。一方面超越格調說崇尙漢魏盛唐，排斥宋詩的特有屬性，通過熟讀以奪神氣，歌咏以求聲調，玩味以裒精華的法古三要則，對格調說的理論加以修正。本文以謝榛的詩論體系爲主題，探討《詩家直說》「以興爲衡，以思爲權」的根荄理論，呈現謝榛詩論體系對嚴羽《滄浪詩話》的繼承以及對格調說的超越，進而一窺明代詩歌理論由格調走向神韻的徵兆。

關鍵詞：謝榛　詩家直說　自然　興　悟

一、前　言

明代詩話在前代詩話的基礎上發展起來，其中以嚴羽（1195～1245）《滄浪詩話》對明代詩話創作的繁盛與詩歌理論的發展，具有深遠的影響。〔註1〕《滄浪詩話》所標舉的興趣、妙悟、重格調以及崇唐抑宋等詩學主張，對格調說與神韻說的產生與影響，皆具有關鍵的地位。〔註2〕明代格調說標舉高格古調的大旗，高唱「文必秦漢，詩必盛唐」的口號，乃是由嚴羽妙悟說與推崇漢魏、盛唐的主張脫化而出。其他如重興趣的創作方法、自然渾成的詩歌審美理想，皆可看出格調說承繼嚴羽《滄浪詩話》的痕跡。謝榛（1495～1575）爲復古派的後七子之一，其於《詩家直說》所提出的詩歌主張，就藝術形式與表現的側重而言，基本上仍繫屬於格調說的體系。除卻對詩之體正、格高、調暢等重視藝術表現之一端外，其對興、悟、入神的強調，實與嚴羽《滄浪詩話》血脈相承。

謝榛的詩論體系周備而且深具時代性，不但是格調說發展的重要標誌，也是顯現明代詩歌理論由格調走向神韻的徵兆。本文以謝榛的詩論體系爲主題，探討《詩家直說》「以興爲衡，以思爲權」的根荄理論，呈現謝榛詩論體系對嚴羽《滄浪詩話》的繼承以及對格調說的超越，進而一窺明代詩歌理論由格調走向神韻的徵兆。本文的論述途徑有三：首先，就謝榛及其《詩家直說》的版本加以說明，並將謝榛面對格調說的詩學理論，流於形式復古與泥古不化的弊端，所提出的救弊之道，加以論述。其次，就《詩家直說》中「以興爲衡，以思爲權」的根荄理論進行探討，總論謝榛的詩論體系。最後，分別就以興爲主，漫然成篇；博覽詳參，悟以見心；以及勤以盡力，琢句入神三者，對謝榛詩論體系作進一步地闡發。

二、謝榛及其《詩家直說》

謝榛，字茂秦，山東臨清人。眇一目，自稱四溟子，號四溟山人，又號脫屣山人，畢生布衣。與李攀龍、王世貞等同爲明代復古派的成員，後七子

〔註1〕周維德〈論明代詩話的發展與專門化〉，《浙江大學學報》（人文社會科學版），33：5，2003.9，頁56。
〔註2〕嚴羽著・郭紹虞校釋《滄浪詩話校釋》，〈詩辨〉。臺北：里仁書局，1987.4，頁44。

結社之初，李攀龍、王世貞得名未盛之時，稱詩選格，多取定於茂秦。謝榛是明代嘉靖、隆慶年間著名的詩人和詩歌理論家，其詩歌理論與創作實踐，表現爲擬古而不泥古。〔註3〕

謝榛的詩學理論見於《詩家直說》一書，《詩家直說》又名《四溟詩話》。現存明代關於謝榛詩學理論的著作，其版本大概有六種，皆以《詩家直說》爲名。明末清初與此書相關的私人書目，亦是稱《詩家直說》。謝榛於《詩家直說》卷四有言：「予著《詩說》，猶孫武子作《兵法》。」〔註4〕《詩說》應是《詩家直說》的簡稱，同時之人以此名稱謝榛詩論作品者亦不少，因此，《詩家直說》應是謝榛自擬的書名。至於《四溟詩話》應是後起之名。至於《詩家直說》的卷數，或爲二卷本，或爲四卷本。據李慶立的考訂，四卷本有四一六則，二卷本僅有詩話三一九則，應是將四卷本併而爲二卷。〔註5〕

謝榛的詩論雖承繼格調說尊崇李杜，以唐詩爲詩學正宗的主張，但對格調說論詩泥乎盛唐，衍生不顧性情、以摹擬爲能事的復古風氣則加以抨擊。《詩家直說》道：「今之學子美者，處富有而言窮愁，遇承平而言干戈，不老曰老，無病曰病。此摹擬太甚，殊非性情之眞也。」（卷二，「今之學子美者」，頁52上）文中指明杜詩雖高古，以之爲摹擬對象堪稱得入門之正，但應體認到文隨世變，賦詩不能失卻性情之眞，而成爲古人的影子。

謝榛對格調說「詩必盛唐，文必秦漢」的主張，提出他的修正理論，在師古的對象上不以盛唐爲限，亦不爲一家之數所囿。《詩家直說》便云：

> 予客京時，李于麟、王元美、徐子與、梁公實、宗子相諸君招予結
> 社賦詩。一日因談初唐、盛唐十二家詩集，并李、杜二家，孰可專
> 爲楷範？或云沈、宋，或云李、杜，或云王、孟。予默然久之，曰：
> 「歷觀十四家所作，咸可爲法。當選其諸集中之最佳者，錄成一帙，
> 熟讀之以奪神氣，歌詠之以求聲調，玩味之以裒精華。得此三要，
> 則造乎渾淪，不必塑謫仙而畫少陵也。夫萬物一我也，千古一心也，
> 易駁而爲純，去濁而歸清，使李、杜諸公復起，孰以予爲可教也。」

〔註3〕 錢謙益《列朝詩集小傳》，〈謝山人榛〉。三版，臺北：世界書局，1985.2，頁44。

〔註4〕 謝榛《詩家直說》，卷四，「詩乃模寫情景之具」條。見《四庫全書存目叢書》，集部417，頁93。以下引用《詩家直說》，僅標明卷數、條名，頁碼。《四庫全書存目叢書》，臺南：莊嚴文化事業有限公司，初版一刷，1997.6。

〔註5〕 李慶立〈謝榛研究三議〉，《文藝研究》，1：2004，頁156～157。

諸君笑而然之。（卷三，「予客京時」，頁 69 上）

文中表明：師法的對象，兼以初唐、盛唐十四家爲模擬之楷範，輯選諸家之擅長者，熟讀吟詠以掌握詩作的神氣、聲調與辭采，提高詩作之格調，充實其氣魄，方可得師法前人之精髓。在師法前人的問題上，謝榛對師法對象的摹擬，不但關注體制、聲調的學習，甚且提出提魂攝魄之法，以奪楷範作品之神氣，其文曰：「詩無神氣，猶繪日月而無光彩。學李、杜者，勿執于句字之間，當率意熟讀，久而得之。此提魂攝魄之法也。」（卷二，「詩無神氣」，頁 51 下）寫詩雖通過楷範作品的學習途徑入手，但並非要人拘執於句字之中。師法者若能通過熟讀諷詠，博取諸名家之精擅者，醞釀於心，久而悟入，不但能得楷範作品之神，個人之作亦能有神而生輝光。

謝榛對典範的取法，一方面兼取初唐、盛唐爲對象，對晚唐亦不完全摒棄。除了標舉「熟讀以奪神氣」的模擬法則，對法古、擬古的理論提出修正外，謝榛還提出歌咏以求聲調與玩味以裒精華的師古主張。在歌咏以求聲調方面，遵循格調說對聲調的高度要求，在《詩家直說》反覆論述詩之聲調應具抑揚之妙。另則，在玩味以裒精華方面，謝榛不但承繼格調說明辨詩歌家數之說，進一步注重各家有別之體制與風格的特點，提倡後學者應具正法眼，走正途的論點。其於《詩家直說》提出「作詩有學釀蜜法者，要在想頭別爾」的說法，對格調說的師古理論作了修正。其文曰：

> 予夜觀李長吉、孟東野詩集，皆能造語奇古，正偏相半，豁然有得，並奪搜奇頭，去其二偏；險怪如夜壑風生，暝岩月墮，時時山精鬼火出焉；苦澀如枯林朔吹，陰崖凍雪，見者靡不慘然。予以奇古爲骨，平和爲體，兼初唐、盛唐諸家，位而爲一，高其格調，充其氣魄，則不失正宗矣。若蜜蜂歷采百花，自成一種佳味，與芳馨殊不相同，使人莫知所蘊。作詩有學釀蜜法者，要在想頭別爾。（卷四，「予夜觀李長吉、孟東野詩集」，頁 90 下）

文中以個人吟咏李長吉、孟東野詩集爲例，主張古人的制作，各有奇特之處，須縱橫於古人眾迹之中，一如蜜蜂歷採百花，再以自心爲權衡，使賦詩的內容、情感和意境有別於人，成全個人的風格。謝榛通過熟讀以奪神氣，歌咏以求聲調，玩味以裒精華的法古三要則，對格調說的理論加以修正。

謝榛屬格調說的一員，對格調說否定以意爲主的詩學傳統，強調感發、抒情與審美多所因襲。但其詩歌理論對格調說崇尚漢魏盛唐，而排斥宋詩的

特有屬性，卻有所超越。〔註6〕格調派的詩歌理論，隨著復古意識的高漲，以崇尚漢魏盛唐，排斥宋詩爲主軸理念。在創作方面，更是繩墨古人、尺寸法古而產生模擬、剽襲的結果。謝榛面對格調說的詩學理論，流於形式復古與泥古不化的弊端，在師古的對象、態度與方法方面提出救弊之道。在師古的對象方面，兼以初唐、盛唐諸家爲正宗，超越格調說「詩必盛唐」的第一義說，擴大學習模擬的對象。在師古的態度上提倡「文隨世變」、「直寫性情」、「出己意」，突出性情之眞，不做古人的影子，重視主體的風格。就師古的方法而言，反對格調說一味的蹈襲。爲矯泥古所生的剽竊與陳腐之弊，主張法古應「熟讀以奪神氣」、「歌咏以求聲調」、「玩味以裒精華」，留心作品的神妙。

謝榛在復古理論方面對格調說的超越，一方面發揮嚴羽《滄浪詩話》中興趣與妙悟之說，傳達側重情興、超悟的傾向，以之爲個人詩論體系的主要根柢。一方面主張師法楷範作品須得其神外，自心的關注，是詩作脫去師法前人所生之駁雜混濁，進而回歸自我情性之清純，成就個人之佳味與芳馨的關鍵，明確指出萬物皆備於我，千古一心而已。於此揭開明代格調說理論進入修正融合階段的序幕，指出明代詩學由格調走向神韻的取向。

三、以興爲衡，以思爲權

謝榛《詩家直說》的詩論體系頗爲富贍，在創作論、鑒賞論及藝術構思方面皆有獨到的見解。綜觀其詩論對格調說的詩學理論採取批判的繼承，一方面承繼格調說重體制、格力、音韻、聲調的底蘊，論詩多集中於藝術形式的探討。一方面對格調說主性情、重氣格的詩學主張多所修正，因此不能單純的以藝術論觀點，對謝榛的詩論體系加以探討。謝榛對格調說「詩必盛唐，文必秦漢」的主張，提出他的修正理論。在師古的對象上不以盛唐爲限，亦不爲一家之數所囿。摹擬古人之作，不但關注體制、聲調的學習，更爲側重提魂攝魄之法。謝榛對典範的取法，兼取初唐、盛唐爲對象，對晚唐亦不完全擯棄。至於模擬的法則不但提出奪神氣、求聲調、裒精華三要之說，而且主張古人的制作，各有奇特之處，須縱橫於古人眾迹之中，一如蜜蜂歷採百花，再以自心爲權衡，使賦詩的內容、情感和意境有別於人，成全個人的風格。

〔註6〕孫學堂，〈對“格調說”及幾個相近概念的省察〉，《求是學刊》，31：3，2004.5，頁95～96。

　　謝榛詩論對格調說主性情、重氣格、崇體制、辨家數、寫近體以及渾成自然等主張，標舉的「興」、「思悟」、「自然」等概念，這些概念雖因襲嚴羽的「興趣」、「妙悟」之說，但其內部義涵仍有所別。〔註7〕謝榛詩論對詩的美學特徵及寫作技巧有著獨到的體會，對藝術的構思更具精到的見解，其縝密周備的詩學體系，可通過「以興為衡，以思為權」，加以概括。謝榛於《詩家直說》道：

> 夫欲成若干詩，須造若干句，皆用緊要者，定其所主，景出想像，情在體貼，能以興為衡，以思為權，情景相因，自不失重輕也。如十成六七，或前後略缺，句字未穩，皆查於案，息燈而臥。曉起，復檢諸作，更益之。所思少室，仍放過，且閱他篇，不可執定，復酌酒酣臥。迨心思稍清，起而裁之，三復探頤，統歸於渾成。若必次第而成，則興易衰而思亦疲矣。（卷三，「嘉靖甲寅春」，頁 76 下）

文中謝榛針對賦詩過程中藝術的構思、寫作的原則與技巧、藝術鑑賞的問題，提出自己的主張。首先，在藝術構思方面，以緊要之句為伊始，引導情感的意向和景物想像的層面，以發興之端，使意隨字生，聯句則能排闥而來。接著通過所見之句，轉而思考學詩為文之法制，體貼當下之情興，以求情興與表現相合，若二者未能相屬而不離，則閱書以見悟於心，鍛句鍊詞，錯綜成篇，使辭意兩美，達至情景相因相生的化境。

　　其次，就寫作的原則與技巧來說，謝榛承繼明代主流詩學否定「詩以意為主」的主張，標立「以興為衡，以思為權」的寫作原則。賦詩為文本以主體感興的對象為材料，以詩人內心的感動為主，旨在表現主體獨特而與尋常感情相關的感覺、印象和經驗，所以寫作活動是以興為裁量定奪的關鍵，在創作過程中具有裁決的優先性。但興到而成的作品，往往失於檢點，在情興與表現兩方面未必能兼舉而相合，欲得辭意相愜，精鍊成章則須萬轉心機，思得字句妥帖、首尾相應，結構相因，方能主客同調。對於心機如何萬轉而達到辭意相愜？謝榛於《詩家直說》論道：

> 予曰：「一速而簡切，一遲而流暢。其悟如池中見月，清影可掬；若益之以勤，如大海息波，則天光無際。悟不可恃，勤不可間。悟以見心，勤以盡力。此學詩之梯航，當循其所由而極其所至也。」（卷

〔註 7〕李劍波〈《滄浪詩話》與明代格調論〉，《南都學壇》（人文社會科學學刊），22：1，2002.1，頁 58。

三，「成臯王傳易及子玄易問作詩有"縮銀法"」，頁75下）

個體爲文賦詩遲速不一，辭章簡切流暢有別，故詩作有待心機萬轉以臻辭意相愜。在創作過程中，心機萬轉之作用，有待悟和勤加以完成。寫作時若能見悟於心，待抒之情興便如池中的月影，清晰可掬；若再佐之以勤，不間歇的斟酌與修繕，作品自可達於極至。謝榛在詩歌創作方法上，所揭示「以興爲衡，以思爲權」的根本原則，乃是指陳興爲創作之主，思爲創作之輔，思通過悟以見心與勤以盡力的途徑，作爲興的必要輔助與補充，強調興到而成的作品，有待思之琢磨與修繕，以成就臻於極至的作品。

最後，在藝術鑒賞方面，謝榛一方面承繼前人重視作家的藝術鑒賞力，依循嚴羽「第一義悟」的法則，涵具正法眼以辨家數，掌握詩作之體格。一方面以情景論詩，說明作家個別的氣格。謝榛以情景論詩，與王夫之居於創作論的觀點，出於表現個人所見所感的需要，提出情景交融之說有別。〔註8〕謝榛以情景論詩，乃是植根於對古人詩作表現的方式與情景運用的分析研究，指出詩歌的體格由情與景所構成，或論情景之虛實、或論情景的多少、或談顏色之濃淡，意在呈現古人制作，各有奇處，可以說是重體格的審美鑒賞理論。謝榛於《詩家直說》道：

> 作詩本乎情景，孤不自成，兩不相背。凡登高致思，則神交古人，窮乎遐邇，繫乎憂樂，此相因偶然，著形於絕迹，振響於無聲也。夫情景有異同，模寫有難易，詩有二要，莫切於斯者。觀則同於外，感則異於內，當自用其力，使內外如一，出入此心而無間也。景乃詩之媒，情乃詩之胚，合而爲詩，以數言而統萬形，元氣渾成，其浩無涯矣。同而不流於俗，異而不失其正，豈徒麗藻炫人而已。然才有異同，同者得其貌，異者得其骨。人但能同其同，而莫能異其異。吾見異其同者，代不數人爾。（卷三，「作詩本乎情景」，頁62上）

上文謝榛以情景論詩，可分三點來加以說明。一是情景爲詩的兩大根本要素，兩者的關係是孤不自成，兩不相背，既不可分又有賓主關係，表現於詩作中，或以情爲主，或以景爲主，情景的組合是一種相因偶然的適會。二是摹寫情景，應自用其力，使內外如一。個體對同一景物生發的感興，悲喜之情多所不同，故情景的調度，透過主觀的能動性，務使內外合一。三是情景適會，內外合一，元氣渾成爲摹情寫情的極至。寫作以情爲胚，以景爲媒，通過自

〔註8〕孫學堂〈論謝榛詩學〉，《華僑大學學報》（哲社版），3：2000，頁95。

用其力可達至「思入杳冥」處，情景適會與此心契合無間，相因相生與造物同其妙，作品可臻於元氣渾成之極至。

謝榛「以興為衡，以思為權」的詩論體系，多集中在藝術形式的討論，此為承繼明詩話以指導寫作為要務的風習，以及格調說的理論而來。通過藝術的構思、寫作的原則與技巧、藝術鑒賞等方面的討論，發現謝榛對詩歌的體制、格調及審美特徵有深刻的認識，對楷範作品的時代風格與個人風格掌握得非常準確，特為關注藝術表現的問題，對古代作家作品的評論作出較前人突出的貢獻。至於謝榛在創作方面以情興為主、彰現個人之氣格的理論，雖未完全脫離格調說之籠照，卻向晚明個性解放的重情尚趣思潮邁進了一大步，同時揭示明代詩歌理論由格調走向神韻的迹象。〔註9〕由於謝榛詩論含具過渡性，所以有必要通過以興為主、悟以見心、勤以盡力三者之細部論述，對謝榛詩論體系之義涵及其過渡性的特徵加以闡發。

四、以興為主，漫然成篇

謝榛與格調說所論之「興」，雖同以嚴羽的興趣說為根源，但在義涵的體認與理論層面的側重多所不同。格調說將興理解為率性而為表現一時情味，一時靈感的方法，留心於藝術表現的層面。謝榛所論之興，則超越以興為表現手法的狹義認識，將興義推廣，視為人觸物起情的一種感動狀態。不但留心藝術表現的層面，並且關注到個體審美感知的層面，側重詩人內心之興發感動所產生的一種情趣，包含外物對內心的感發作用，正視心物相互交涉的關係。

謝榛論詩「以興為主」，承繼明代主流詩學對「詩以意為主」的否定而來，有鑑於宋人以文字、才學、議論為詩，作詩貴先立意，不問興致，往往涉於理路，落於言筌。由於體認到詩人的創作以表現主體獨特的與尋常感情相關的感覺、印象和經驗為主，並非尋求新的感情或傳達某種理念。故於《詩家直說》道：「詩有不立意造句，以興為主，漫然成篇，此詩之入化也。」（卷一，「詩有不立意造句」，頁42下）文中指出「以興為主，漫然成篇」的作品，為詩之化境。詩以興為主雖不以意為主，不以詞為主，但並非否定意的存在，無視創作過程中立意造句、精鍊成章的重要性，只是將整個創作過程依托於

〔註9〕可參陳文新〈從格調到神韻〉，《文藝研究》，6：2001，頁70。孫學堂，〈對"格調說"及幾個相近概念的省察〉，《求是學刊》，31：3，2004.5，頁98。

興，依興取意。〔註 10〕詩以興爲主，只是將整個創作過程依托於興，依興取意，當詩人受到的某種契機的感發，一時的靈動發，佳句隨口而出，詩的大意也就在其中了。

謝榛論詩以興爲主，視興爲主體觸物起情的一種感動狀能，對意的認識則有辭前意與辭後意之說。其於《詩家直說》論道：

> 詩有辭前意、辭後意。唐人兼之，腕而有味，渾而無迹。宋人必先命意，涉於理路，殊無思致。及讀《世說》：「文生於情，情生於文。」王武子先得之矣。（卷一，「詩有辭前意、辭後意」，頁 40 下）

> 有客問曰：「夫作詩者，立意易，措辭難，然辭意相屬而不離。若專乎意，或涉議論而失于宋體；工乎辭，或傷氣格而流于晚唐。竊嘗病之，盍以教我？」四溟子曰：「今人作詩，忽立許大意思，束之以句則窘，辭不能達，意不能悉。譬如鑿池貯青天，則所得不多；舉杯收甘露，則被澤不廣。此乃內出者有限，所謂『辭前意』也。或造句弗就，勿令疲其神思，且閱書醒心，忽然有得，意隨筆生，而興不可遏，入乎神化，殊非思慮所及。或因字得句，句由韵成，出乎天然，句意雙美。若接竹引泉而潺湲之聲在耳，登城望海而浩蕩之色盈目。此乃外來者無窮，所謂『辭後意』也。」（卷四，「有客問曰」，頁 91 下）

依上文可知：謝榛論詩之意有辭前意、辭後意，所謂「辭前意」，是賦詩時先立一意，以意爲中心，束句約辭而成篇。「辭後意」是心由外物起情，以感發之情興爲主，引導審美體驗的自由創造。謝榛論詩強調以興爲主，漫然成篇，無非是爲了免除專乎治意的宋詩之弊，以及工乎辭而流於晚唐之虞。所以論詩推崇兼有辭前意與辭後意的盛唐詩，而對具有辭前意的宋詩有所批評。

宋詩以意爲主，單向地將自身的意圖投射到景物上，未能留心自然界之節氣景物、人事界之生活際遇皆足以感盪心靈，賦詩便輕忽了透過外物所引發一種內心情志上的感動作用，故作品易涉於理路，缺乏興致。唐人以興爲主，關注物我的相互交涉，創作的過程是外物觸發人心，搖蕩人的性靈，通過主體之情感發酵，把原先客觀的外在物象，轉化爲含帶主體個人情感之心象，打破內外在的心物之分，產生婉而有味，渾而無迹的作品。透過外物而

〔註10〕段宗社〈論謝榛詩論的茅盾性〉，《四川大學學報》（哲學社會科學版），2：2004，頁 130。

引發一種內心情志上的感動作用，是詩歌創作上的一種基本要素，所以賦詩應以興爲主、依興取意。作品所捕捉的不是一種抽象預設的意，而是觸景而生的即興之意，即物我相互交涉的瞬間感覺。

謝榛論詩以興爲主，漫然成篇，反對作詩先立意布局之說，本是因循格調說主情性，重氣格的論點而來。不同的是謝榛論詩以興爲主的審美感知過程，內含主體取決的充分主動性與定向性，將前人體制、聲調、氣格通過主體轉化爲一己所用，不但發揚詩歌抒情審美的基本精神，而且對主體精神與個體意識有所彰現，此爲謝榛詩論對格調說摻雜知性形態的詩論有所超越。

五、博覽熟參，悟以見心

謝榛詩論在以思爲權中所提的悟，是指人所具有的一種審美直覺思維，屬於創作論的範疇。謝榛論詩雖以興爲主，但詩論中承襲於格調說師古與尚法的理念，因其涉及傳統繼承與創作的實踐，容易制約個體創作時取決的主動性與定向性。爲免創作之情興因師古理念的執著而被封閉，故以悟爲領悟與把握情興的重要途徑。《詩家直說》載錄：

> 《餘師錄》曰：「文不可無者有四：曰體，曰志，曰氣，曰韵。」作詩亦然。體貴正大，志貴高遠，氣貴雄渾，韵貴雋永。四者之本，非養無以發其眞，非悟無以入其妙。（卷一，「《餘師錄》曰」，頁34上）

文中指明：文與詩皆不可無體制、情志、氣格及韻味，創作時欲得體正大、志高遠、氣雄渾、韵雋永。則必須熟參作品以涵養體、志、氣、韻之正知，欲領會與掌握體、志、氣、韻之妙，則有待於悟，有所體悟後，方能具正法眼。由於謝榛側重藝術的特殊性和風格特色，所以他的悟是通過博覽與熟參的躬行力學，藉以領悟和把握盛唐詩的藝術特性和風格特色。

就創作而言，辭意得就興之緩急是個難題，人的內在情感受外物搖蕩時，念頭遲速有別，心機淺深有異，在情景相會之時，定想頭，鍊心機，則有待於主體審美直覺思維之領會與取捨。《詩家直說》載道：

> 詩乃模寫情景之具，情融乎內而深且長，景耀乎外而遠且大。當知神龍變化之妙：小則入乎微罅，大則騰乎太宇。此惟李、杜二老知之。古人論詩，舉其大要，未嘗喋喋以泄眞機，但恐人小其道爾。詩固有定體，人各有悟性。夫有一字之悟，一篇之悟，或由小以擴

乎大，因著以入乎微，雖小大不同，至於渾化則一也。或學力未全，
而驟欲大之，若登高臺而摘星，則廓然無著手處。若能用小而大之
之法，當如行深洞中，捫壁盡處，豁然見天，則心有所主，而奪盛
唐律髓，追建安古調，殊不難矣。予著《詩說》猶孫武子作《兵法》，
雖不自用神奇，以平列國，能使習之者戡亂策勳，不無補於世也。（卷
四，「詩乃模寫情景之具」，頁93下）

上文之義涵有三：一是指明情景為詩之組成要素，二者相因交涉的變幻，一
如神龍之變化莫測，無所不在。二是詩之家數各有其體，人面對情景所生的
審美領悟各有自性，若能通過一字一篇之悟，而掌握當下的情興，作品自能
臻情景渾化之境。三是個體在創作時，有時學力不全，往往情興昏昧，缺乏
下手之處。〔註11〕此時若能借徑一字一篇之悟，提昇個體審美直覺的能力，
心便有所主，情興亦能於情景交會時，知所取捨。謝榛所論悟以見心之悟，
是一種伴隨形象和語言的詩性體悟，通過對盛唐名家語言性的涵咏默會，久
則體悟其字句、音節、神氣以及情景意象之妙，提高詩人的體悟能力，指向
情景交融、物我互涉的創作妙境。

謝榛的悟，主要師承嚴羽第一義悟與透徹之悟，側重勤與養的作用。勤
以博覽熟參盛唐名家之作，以涵養個體審美感知的能力，累積豐富的審美經
驗，為入悟以見心的必需準備。《詩家直說》載道：

自古詩人養氣，各有主焉。蘊乎內，著乎外，其隱見異同，人莫之
辨也。讀熟初唐、盛唐諸家所作，有雄渾如大海奔濤，秀拔如孤峰
峭壁，壯麗如層樓疊閣，古雅如瑤琴朱弦，老健如朔漠橫雕，清逸
如九皋鳴鶴，明淨如亂山積雪，高遠如長空片雲，芳潤如露蕙春蘭，
奇絕如鯨波蜃氣，此見諸家所養之不同也。學者能集眾長，合而為
一，若易牙以五味調和，則為全味矣。（卷三，「自古詩人養氣」，頁
62下）

文中指出：詩人養氣各有所主，內蘊之襟抱、學識、品格，審美格調各有所
別，英華發於外的作品，各具藝術的風格與特色，但師法者往往未能細辨而
入悟。熟讀初唐、盛唐諸家所作，則對諸家蘊於內之氣與發於外之格有所見，
師法者若能集眾家藝術表現之長，則自能成佳美之全味。通過博覽熟參以養

〔註11〕謝榛著‧李慶立‧孫慎之箋注《詩家直說》，山東：齊魯書社，一版一刷，1987.5，
頁350。

悟，對楷範作品自能見悟於心，體悟前人作品中的情景意象，以形象化的方式獲得對情與景、意與象結合方式的心領神會，讓情興知所取捨，走向創作之妙境。謝榛所論博覽熟參到見悟於心的過程，不但指引情興的取向，而且隱含著語言詩意化表達能力的訓練，同時體認到氣格爲初唐、盛唐詩人共同的時代風格，正視諸家風格的多樣性，明確指出個人風格的差異來自於「諸家所養不同」。〔註12〕

謝榛所提出博覽熟參到見悟於心的主張，雖與格調說注重藝術審美的理念相通，但達至的成果有所不同。格調說尺寸法古的模擬，易流於剽竊之弊。謝榛對典範作品的熟參與涵咏，是通過對前人作品的熟讀默會，領悟與把握名家的神氣、法式及起興之端，達到心領神會，通妙入化的作用。此一藝術表現的練習，所達至的成果，不但包含主觀性的詩性感悟，也必然包含客觀性藝術語言能力的提昇。在悟的作用下將萬物聚於「一我」「一心」，加以「易駁爲純，去濁歸清」的陶冶，淨化，「貴心不貴迹」得以免除剽竊之弊，進而才能超脫形迹，妙合神會，造乎渾淪。謝榛博覽熟參到見悟於心的主張，對繼承前人的經驗，提高藝術技巧，養成創作能力，優化創作境界，實有獨到之處。

六、勤以盡力，琢句入神

「以興爲衡，以思爲權」是謝榛詩論的根核，創作時以興爲衡主，以思爲權輔，而權輔的樞紐是悟與勤。悟雖可提昇審美感知的能力，但在創作實踐的過程中，紛繁的想頭流轉，思悟總有不周、瑜不掩瑕之處，成文自然有失檢點，若假勤奮不輟、苦心經營之力，再三鍛章鍊句，即能沉穩妥帖地彰著妙悟之力，進而琢句入神，精練成章，達至渾化之境。

謝榛論詩本就側重藝術表現，追求完美的藝術表達，對勤以盡力的標榜自是不言可喻。勤之所以能盡妙悟之力，而琢句入神，乃是經過苦心不休地鍛章鍊句，以達語言的渾然之妙。謝榛重視勤以盡力的工夫，於《詩家直說》提出琢句入神的三剗法，其文載：

> 天寶間李謫仙、杜拾遺、高常侍、岑嘉州、王右丞、賈舍人相與結
> 社，每分題課詩，一時寧無優劣？或興高者得警策處，援筆立就，

〔註12〕王順貴〈謝榛詩歌審美主體建構論〉，《喀什師範學院學報》（社會科學版），
21：3，2000.9，頁84。

自能擅場。如秋間偶過園亭，梨棗正熟，即摘取噉之，聊解飢渴，
殊覺爽快人意。或有作，讀之悶悶然，尚隔一間，如摘胡桃并栗，
須三剝其皮，乃得佳味。凡詩文有剝皮者，不經宿點竄，未見精工。
歐陽永叔作〈醉翁亭記〉，亦用此法。」（卷三，「章給事景南過余」，
頁 66 上）

文中以盛唐名家的創作為例，說明個體因當時情興之高下有別，或有人興高
足以援筆立就，自成一格而得以擅場。或有人當下所作，自長吟之後，尚覺
有一間未達，欲得入神之況味，則須再三琢磨、精鍊。創作之時，人之才性
不同，情興因時而異，作品初成，或因認識之模糊，未能明確掌握書寫對象
的本質。或因神思不暢，情興不朗，未能靈敏地捕捉到最有力的意象表達。
或因字辭鍛鍊不足，未能揀選出辭意雙美的話語。凡此皆有待勤以盡力，方
能意到辭工，琢句入神。

　　謝榛勤以盡力，琢句入神的主張，雖再三強調作品經點竄而臻創作極至
之功，但並無冥思苦索以刻削成文之意，尤其反對那種脫離「物」的鑿空強
作。謝榛對詩歌審美的理想在自然渾成。其於《詩家直說》道：

陳繹曾曰：「凡律高則用重，律中則用正，律下則用子。」律大要欲
調句耳，詩至於化，自然合律，何必庸心為哉？（卷二，「陳繹曾曰」，
頁 55 上）

子美曰：「細雨荷鋤立，江猿吟翠屏。」此語宛然入畫，情景適會，
與造物同其妙，非沉思苦索而得之也。（卷二，「子美曰」，頁 56 上）

文中言明，創作時音節、聲調、篇章結構與句字之法，應自然合於各體之律
度，不以步趨形似、強括狂搜之刻削為貴。在作品的思想內容方面，是依情
適景地自然趨向渾融一體，心物自若自恣，看似天機自張，方為詩歌審美的
理想。

　　謝榛勤以盡力，琢以入神的主張，從形式與內容兩方面，標立詩歌自然
渾成的審美理想，同時留意到精工之美。其於《詩家直說》道：

凡作古體、近體，其法各有異同，或出於有意無意之間，妙之所由
來，不可必也。妙則天然，工則渾然，二體之法，至矣盡矣。（卷三，
「宗考功子相過旅館曰」，頁 72 下）

自然妙者為上，精工者次之，此著力不著力之分，學之者不必專一
而逼真也。專於陶者失之淺，易專於謝者失之餖飣。孰能處於陶謝

之間，易其貌，換其骨，而神存千古？子美云：「安得思如陶謝手？」

此老猶以爲難，況其他者手？（卷四，「自然妙者爲上」，頁 99 下）

文中直言：詩之體制有別，創作所依循的法度不一，或無意得其神妙自然，或有意精琢而渾然，二者殊途而同歸於創作之妙境，臻於詩歌審美之理想境界。自然與精工雖有著力不著力之分，但學之者不必捨個體之才性、情興而刻意求索。若專於自然神妙之營造，恐未有淵明質樸自然之美，而流於淺露無味。專於精巧工麗之雕塑，恐未有玄暉精工麗綺之美，而先有辭意不全之弊。自然與精工各有其長，詩歌欲入神，除了功夫、學力的積累外，尚須關注情景交會，物我之交涉相融，自然合律而形成個體的藝術風格與特色。〔註13〕

綜觀謝榛勤以盡力，琢句入神所標示的自然渾成的審美理想，乃是從直抒性情的角度，強調天機自張、意到辭工之美。此自然之美以精工之美爲基點，重視作家的主體性，同時著重藝術的表達，強調創作必須經過千錘百鍊的努力，通過修改與加工，以便有力地傳遞作家自然的個性。以此觀之，謝榛近格調說而遠神韻。整體而論，謝榛自然渾成的審美理想，則較同時代之人更接近晚明的文學觀念。

七、結　語

謝榛的詩論，對格調說採取批判的繼承，理論中有許多看似矛盾齟齬之處，他採取中正之法加以架構，使這些齟齬各得其全，不失其偏，同時也形彰著其詩論的過渡性。謝榛「以興爲衡，以思爲權」的詩論，倡言興與悟，以情爲本，重視意象渾融，看似貼近晚明個性解放的重情思潮，但在藝術表現方面顯現重主體及音律、體制之美，又未脫格調說之基調。若就詩論中所表現出重抒情審美的姿態，又與神韻說有相彷彿之處。謝榛詩論豐富的義涵仍有待開發。

收錄於南華大學文學系主編《傳播、交流與融合——2005 明代文學、思想與宗教國際學術研討會論文集》

〔註13〕王順貴〈謝榛詩歌審美藝術風格論〉，《漳州師範學院學報》（哲學社會科學版），4：2000，頁 38。

附錄六　論劉辰翁評點《世說新語》的文化意蘊

摘　要

　　劉辰翁批點的《世說新語》是中國第一部將小說作爲評點對象的作品，其評點體例對明清小說評點影響深遠。劉辰翁批點《世說新語》，一方面映現個人居末世的國家歸屬以及文化趨勢的認同與焦慮，將個人對文化故國的想像投射於其中。一方面劉辰翁所批點的《世說新語》，對《世說新語》的文體認識與語言藝術兩層面的見解，爲明代繁盛的《世說新語》評論與研究的到來，揭開序幕。本文以劉辰翁評點《世說新語》的文化意蘊爲研究課題，論述的徑有二：一是歷時性的考察，指出劉辰翁在文學評點的耀眼地位以及劉批點《世說》對明代《世說新語》的評論與研究具蓽路藍縷，以啓山林之功。二是共時性的剖析，主要通過劉辰翁批點《世說新語》的自覺意識與讀者意識加以探討，尋繹劉辰翁批點《世說新語》的審美閱讀意識，揭示讀者對《世說新語》意義生成的創造性，賦予《世說》舊經典的新意蘊。

關鍵詞：評點　劉辰翁　文學接受　《世說新語》

一、前 言

　　劉辰翁（1232〜1297）字會孟，號須溪，又自號須溪居士、須溪農、小耐，盧陵人（今江西吉安人）。少家貧力學，遊歐陽守道門下，守道大奇之。景定三年（1262）進士，以廷對言：「濟邸無後可痛，忠良戕害可傷，風節不竞可憾。」大忤賈似道，置爲丙第，出爲濂溪書院山長，曾任臨安府學教授，並且多次爲江萬里招入幕下。劉辰翁一生氣節凜然，宋亡入元不仕，托迹方外，隱居著述，筆耕不輟，著述之豐，涉獵之廣，居當時之冠。元・吳澂〈養吾齋集序〉云：「宋遷江南百五十年，諸儒孰不欲以文自名，可追配五子者誰歟？國初盧陵劉會孟氏突兀而起，一時氣焰震耀遠邇，鄉人尊之，比面歐陽，其子尚友嗣響。」〔註 1〕文中吳澂對辰翁之文多所贊佩，認爲可直追宋之五子，劉辰翁之文學受當時人之推尊可見一般。

　　劉辰翁之學術根源於程朱一系，但因身爲江西人，在文學方面又受到江西詩派與心學的影響，表現出師心自用、主張新變的傾向。劉辰翁的文學觀念，承繼朱熹「文章皆從道中流出，詩從情中發出」，〔註 2〕一方面提倡「夫言雖技也，道亦不離於言」，〔註 3〕強調文道一本之說。另一方面標立自然爲宗的創作觀，指出「詩無改法，生於其心，出於其口，如童謠、如天籟，歌哭一耳！雖極疏戀樸野，至理礙詞藝，而識者常有似得其情焉。」〔註 4〕文中強調創作主體情感之自然，要求文章內容興寄深厚，有風雅之致。至於文章語言則主張流蕩自然，要以暢極而止，惡忌矜持。劉辰翁處於宋元朝代轉折之際，其文學思想呈現融會文理的現象，有著南宋重理轉向金元重情的趨勢。

　　劉辰翁著述之豐除了在詩、詞、散文均有建樹外，評點之作多達二十餘種，評點對象廣博，凡經史子集者無不涉獵。是宋末元初，江浙文壇上影響深遠的文學家與文評家。劉辰翁評點之作中，以詩歌之數量居各文體之冠，所評點之詩人遍及唐宋，僅唐朝一代的詩人，就超過四十家，其於經史子之評點，賞鑒之精爲當時人與後人所推尊，堪稱中國文學史上的評點大師。劉辰翁的評點不但在文學史、批評史以及評點史上貢獻非凡，其評點形式與內

〔註 1〕 劉將孫《養吾齋集》，卷首，《欽定四庫全書》，集部 138，頁 1199-4。
〔註 2〕 王利民〈朱熹詩文的文道一本論〉，32：1，《浙江大學學報》（人文社會科學版），2002 年 1 月，頁 105。
〔註 3〕 劉辰翁〈贈潘景梁序〉，見劉辰翁撰，段大林校點《劉辰翁集》卷六，頁 192。
〔註 4〕 劉辰翁〈歐氏甥植詩序〉，見劉辰翁撰，段大林校點《劉辰翁集》卷六，頁 174。

容對明人評點之學影響深遠，其中尤以評點《世說新語》的影響最鉅，不但開創小說評點之風，而且對明代《世說新語》之研究與評論具發凡起例之功，所以備受後人的重視。

歷來學者對劉辰翁的研究頗為不足，研究劉辰翁學術者，各有不同的研究途徑，亦各自有其見解。但對處於朝代轉折的劉辰翁而言，不論是文學思想、文學風格、創作的藝術或審美趣味等諸多層面，皆具變異性、過渡性與轉折性的特徵。以現有的研究而言，對劉辰翁文學貢獻的抉微，無乃是相當匱乏的。〔註5〕學者對劉辰翁的研究可分三個方面加以觀察，其一是針對文學創作層面加以研究者，研究對象雖及詩文詞三者，但研究者大多聚焦於須溪詞的成就，主因須溪詞藝術造詣高，且深具特色，有意「以詞存史」，詞作具鮮明的遺民色彩，詞風與辛棄疾聲氣相通。雖有專書對須溪詞加以探討，但研究之面向，仍側重在詠春詞與遺民之思，以及辛詞與須溪詞的關係，此類研究承襲況周頤《蕙風詞話》與厲鶚「送春苦調劉須溪」的論斷而來。至於劉辰翁詩歌創作層面的研究，是一片空白，未見學者對其詩歌創作之課題加以研究。〔註6〕對散文創作的探討僅有曹麗萍一文，文中提出南宋散文風格不以平易切直為限，尚有求新求奇的傾向，而劉辰翁散文之尚奇，尤具南宋散文新奇風貌的代表性。〔註7〕

其二是將劉辰翁文論列為研究對象者，僅有吳翔明與孔妮妮，吳文針對劉辰翁文學創作觀加以探討，指出其崇尚自然之傾向。〔註8〕孔文探討心學思想在劉辰翁詩歌創作理論中的體現，指出本心、真情為其詩歌評點的品評標準。〔註9〕現有的研究與劉辰翁文論相關的論著寥寥無幾，以之為研究對象的專書更是缺乏。其三針對劉辰翁評點之作的論著有之，相關的探討舉凡劉辰

〔註5〕 焦印亭〈劉辰翁研究百年述論〉，No4（總154），《中州學刊》，2006年7月。關於劉辰翁之相關研究可參考此文。唯焦印亭所統整者乃是近百年來在大陸的研究概況，未收錄大陸以外與劉辰翁相關的研究。臺灣劉辰翁研究可詳參林淑貞《劉辰翁遺民詞研究》，2001年，臺灣師範大學國文學系的碩士論文。另則楊玉成〈劉辰翁：閱讀專家〉，No3，《國文學誌》，1996年3月，亦可參看。
〔註6〕 曹辛華曾〈劉辰翁的小說評點修辭思想——以《世說新語》評點為例〉，49：2，《山東師範大學學報》（人文社會科學版），2004年。
〔註7〕 曹麗萍〈尚奇：南宋散文的另一種風貌——論劉辰翁的散文〉，No147，《蘭州學刊》，2005年。
〔註8〕 吳翔明《崇尚“自然”——論劉辰翁文學創作觀》，27：5，《井岡山學院學報》（哲學社會科學版），2006年5月。
〔註9〕 孔妮妮〈論“心學”思想在劉辰翁詩歌創作理論中的體現〉，24：2，《合肥學院學報》（社會科學版），2007年3月。

翁文學評點的地位、詩歌評點的理論與實踐、小說評點史上的地位、小說評點的修辭藝術以及小說評點的美學諸層面皆含括在內。現有研究所觸及的層面看似周遍，實則各論述層面的論著，僅有一二篇作爲點綴，相較於劉辰翁眾多的評點之作，依然是寥若晨星。

至於以劉辰翁批點《世說新語》爲研究對象作專文討論者就更爲罕見。唯有曹辛華曾以〈劉辰翁的小說評點修辭思想—以《世說新語》評點爲例〉一文，對劉批點《世說》作專文探討。〔註10〕其餘涉及劉辰翁批點《世說新語》較爲重要的學者有孫琴安與楊玉成。曹辛華對劉辰翁批點《世說新語》所作的探討，主要綜論劉辰翁關於小說修辭的思想，指出劉批點《世說》關注小說與其他文體在修辭上的不同，標舉劉辰翁小說評點在修辭學上的開創意義。曹文將劉批點《世說》的義涵，限囿於小說修辭學的範疇，考察視域未能提昇至文學史或小說評點史的層面，殊爲可惜。孫琴安在〈劉辰翁的文學評點及其地位〉一文，通過劉辰翁詩文小說評點的宏觀論述，標舉劉批點《世說》在文學評點上的耀眼地位，指出劉辰翁評點大多從文學的角度對作品加以批評，其批評經常提出創見性的觀點，帶有辨駁的傾向，孫氏之文雖爲宏觀論述，但對劉辰翁評點之識見，實爲隻眼獨具。〔註11〕

楊玉成對劉辰翁評點之研究，見於〈劉辰翁：閱讀專家〉一文。文中從南宋市民文化的興起入手，通過廣泛的接受美學理論的運用，剖析劉辰翁這一新類型批評家的歷史意義。楊文於第五節環繞《世說新語》評點的部份，以接受美學爲工具，扼要地從敘事、語言、人物與世情四方面，析論劉辰翁評點《世說新語》，在小說評點上的內容與意義。只是採取南宋市民文化的興起的視域，剖析劉辰翁作爲一個新類型批評家的歷史意義，能否充分彰現劉批點《世說》的文化意蘊？楊玉成對劉辰翁閱讀策略多層次的條分縷析，擴展了研究者探討劉辰翁評點《世說新語》的視野，於探索的過程中多所指引。

本文以劉辰翁評點《世說新語》爲研究對象，探討其文化意蘊之所在。論文所關注的課題有二：其一是劉辰翁評點《世說新語》對明代《世說》之評論與研究以及小說評點的影響。其二是劉辰翁作爲《世說新語》的讀者，對作品提出詮釋與詰辯，讀者意識的張揚，不但豐富《世說》的文化意蘊，

〔註10〕曹辛華〈劉辰翁的小說評點修辭思想——以《世說新語》評點爲例〉，49：2，《山東師範大學學報》（人文社會科學版），2004 年。
〔註11〕孫琴安〈劉辰翁的文學評點及其地位〉，No6，《天府新論》，1997 年。

而且彰著宋末元初的文人、文化與《世說》的交流。據此，本文試圖通過歷時性與共時性二途，對劉辰翁評點《世說新語》的文化意蘊加以論述，填補那些尚未被人證明的空白。在歷時性的考察方面，檢視劉辰翁批點《世說新語》的形式與內容，在文學史、批評史與小說評點史的豐富意蘊，揭示劉批《世說》對明代《世說新語》評論與研究所產生的深遠影響。在共時性的剖析方面，尋繹劉辰翁批點《世說新語》的審美閱讀意識，揭示讀者對《世說新語》意義生成的創造性。茲論述如下。

二、歷時性文化意蘊的尋繹

《世說新語》編撰成書後，不論就史學或文學的特性觀，其經典性是不言而喻。各朝對《世說》的側重層面各異，唐代專注其史學性，不論是修史或仿作，皆由史學角度出發。宋代學者的關注層面則不一，孔平仲所作之《續世說》落於史學的性質，劉辰翁之評點《世說新語》則以文學論工拙，顯然將《世說》視為文學之作。劉辰翁評點《世說新語》揭示《世說新語》不同的體性與特異的面貌，為其後《世說新語》之研究，提供多元的可能。對劉辰翁批點《世說新語》的歷時性文化意蘊加以考察，主要是通過劉辰翁在文學評點中的耀眼地位以及劉批《世說》對明代《世說新語》評論與研究的影響立論。

（一）劉辰翁文學評點的成就

劉辰翁在文學評點中的耀眼地位，可由劉辰翁評點的影響力與劉辰翁批點《世說新語》在明代刊刻繁盛的現象加以說明。首先，就劉辰翁評點的影響力而論，劉辰翁批點之作豐碩，所作的評點廣泛而且深入，成就之高為一時之冠冕。劉辰翁評點的形式，開首有序，正文有眉批或夾批等方式。至於評點的內容，超越傳統章句訓詁、音義詮釋以及史實的疏證，從傳統儒家經典的詮釋出走，轉為對作品藝術性或情感性的評賞。劉辰翁的評點態度是以文學論工拙，從文學的風格與特點入手，其評點具有鮮明的主觀性，深得後人的推重，對評點文學之興盛，有推波助瀾之功。劉辰翁評點的體例，開評點文學風氣之先，不但在評點文學中具有典範性，而且對評點史具發凡起例之功。

劉辰翁評點的作品眾多，賞鑒之精大為明人所推崇，文學主張對明代文學思潮亦多所影響。楊慎於《升庵全集》的「劉須溪」條曾說：「盧陵劉辰翁會孟，號須溪，於唐人諸詩及宋蘇黃而下，俱有批評。《三子口義》，《世說新

語》,《史漢異同》皆然,士林服其賞鑒之精。」〔註12〕文中指明:須溪評點的對象廣泛,遍及經、史、子、集,其賞鑒之精爲士林學者所推重。胡應麟於《詩籔》也曾說:「嚴羽卿之《詩品》,獨探玄珠,劉會孟之詩評,深會理窟,高廷禮之詩選,精極權衡,三君皆具大力量,大識見。」〔註13〕胡氏對須溪所作的詩歌評點,大贊其具理論統緒。觀二者之說,可見明代對須溪文學評點及評詩之妙理切中諸家肯綮是推崇備至的。

　　清朝四庫館臣對劉辰翁評點則採取貶抑的態度,其於《須溪集》提要載:「然辰翁論詩評文,往往意取尖新,太傷佻巧,其批點如《杜甫集》、《世說新語》及《班馬異同》諸書,今尚有傳本,大率破碎纖仄,無裨來學。」(《四庫全書總目提要》卷165)文中指陳劉辰翁評點意取尖新,太傷佻巧,尤好纖詭新穎之詞。《箋註評點李長吉歌詩》的提要亦載:「辰翁論詩以幽雋爲宗,開後來竟陵弊體。所評杜詩,每舍其大而求其細。王士禎顧極稱之,好惡之偏殆不可解。惟評賀詩,其宗派見解乃頗相近。」〔註14〕文中指陳劉辰翁評點細碎佻巧,開明代竟陵的先河,唯有評李賀詩得其滋味之至。尤有甚者,《總目》中批評明代人的評點著作時,皆指陳其受了劉辰翁的影響。據此可證,劉辰翁評點在明代文學潮流中所生發的深遠影響,不言而喻。

　　劉辰翁身爲南宋之遺老,將一已嚳嚳之思寄於評點,以全副精神從事評點。其評點之作,擺脫取便科舉之途,專以文學論工拙,具有鮮明的主觀色彩。劉辰翁的評點出於元代,其評點之作深得明人喜愛,當時人曾經匯刻《劉須溪批評九種》。由於明代當時爭相刊刻劉辰翁的評點之作,推動須溪評點的形式與內容對明人評點文學的深遠影響。尤其是《世說新語》的刊刻熱潮,對《世說》在明代的傳播具有重大的貢獻。

　　其次,就劉辰翁批點《世說新語》在明代刊刻的繁盛而論,劉辰翁評點《世說新語》現存最早的版本,是元至元二十四年(1287)劉應登原刊元坊肆增刊評語本。版式爲10行,行17字,註文小字雙行,字數同,左右雙欄,版心小黑口,雙黑魚尾,其中上標《世說》卷數、下列頁碼,文中「桓」「恒」缺末筆避諱,劉氏評點文字列於每則文章之後,爲尾批的方式。至於明代劉批《世說》較早的版本,是萬曆八年王世懋批點及書序,於萬曆九年由喬懋

〔註12〕楊慎《升庵全集》,四十九卷,頁552。
〔註13〕胡應麟《詩籔》外編四,唐下,頁562。
〔註14〕劉辰翁《箋註評點李長吉歌詩》,卷首,頁3。

敬所刊行的《世說新語》三卷本。

喬本刊刻之後，劉辰翁批點《世說新語》的刊本分爲兩系，一系是集劉辰翁、劉應登與王世懋三人的批語，合爲一本的系統。最具代表性者，爲凌瀛初所刊行的四色套印本，書名標爲《世說新語》八卷。凌本的版式與元刊本有所不同，但文本內容完全承襲元刊本，且保留「桓」「恒」缺末筆的現象，唯批語的位置則由尾批，改採眉批的方式。另一系則是王世貞將《世說新語》與何良俊的《何氏語林》加以刪編而成的合刊本，最具代表性的是萬晉十三年（1585）張文柱所刊行的本子，書名標爲《世說新語補》二十卷，此系之刊本除卻王世懋的評點外，尚載錄李卓吾的批點，書中列劉辰翁、王世懋與李卓吾三人之批語於書眉。張氏本是明代翻刊最頻繁，流傳最廣的刊本，歷經多次的翻刻，皆未捐棄劉辰翁之批語。可見明人對劉批《世說》有著一定的敬意。明代坊間不但刊刻劉批《世說》的版本眾多，《世說新語》的刊刻更是興盛，甚且有巾箱本面市。明人對《世說新語》的痴愛居各朝之冠，形成明代文壇的特殊景致。此一現象不得不歸功於劉辰翁評點的引領作用。而劉辰翁批點《世說新語》對明人評論與研究《世說》的影響，實不容小覷。

（二）劉批點《世說》對明代《世說新語》評論與研究的影響

劉辰翁評點《世說新語》的批語約有三百四十餘條，主要以文學觀點論《世說新語》的工拙，其評點原則以自然爲宗，注重情眞語直。劉批《世說》的內容大致可分爲五類：其一對《世說新語》所載記的人與事作評議，一發個人之見。其二就《世說新語》的語言藝術，在敘述與描寫等方面，由文學藝術的角度，進行批評。其三對《世說新語》文體性質與體例作省察，針對分門隸事的恰切性加以評議。其四指出閱讀《世說新語》的關鍵之所在，抉發《世說》隱微不彰的意旨。其五對《世說》涉及小說文體者加以評論，指出《世說》描摹人情世態、敘事曲折以及人物刻劃傳神的藝術，深具小說的意味。

觀劉辰翁批點《世說新語》的內容，對明代《世說新語》評論與研究的影響，主要表現在《世說新語》文體的認識，以及語言的藝術兩方面。首先，就《世說新語》文體的認識而論，劉批《世說》內容不干史實疏證，只關注文學的風格與特色，彰顯《世說新語》由歷史向文學蛻變的痕跡。劉批《世說新語》的批語甚或直標小說之名，透露史傳文向小說轉變的文體傾向，對明人在《世說新語》評論與研究中，認識《世說》爲小說之文體觀念，具有規範性。

　　《世說新語》的記述，以人爲主，根據有關之史籍與舊聞提煉而成，具有實錄的特點。《世說》的實錄性向來爲治史者所重，認爲《世說》既可補正史之闕，又爲後人了解魏晉社會的重要文獻，治史者據此賦予《世說新語》的史學意味。但觀《世說》的載錄對象廣泛，不以名見經傳的王侯將相，博學鴻儒等大人物爲主，所載記者遍及日常生活中待人接物可品賞之細行，所言之事不乏閨房戲語者，與史傳所載三不朽之事跡大相逕庭，其簡澹玄遠的語言風格，更是深具文學的風致。由於《世說》部分的記述具有情節，從特定的生活片斷中，捕捉人物的性格，既擅於記人的奇行異事，又大量運用方言口語，保留當時人說話的語氣與感情色彩，增強作品的通俗性與表現力，提昇人物的形象性及逼眞性，使《世說》具備了小說的因子。

　　秦果在《續世說》的序文言：「史書之傳信矣，然浩博而難觀；諸子百家之小說，誠可悅目，往往失之誣。要而不煩，信而可考，其《世說》之題歟。」〔註 15〕秦果所言，《世說》具史書傳信之意，又具小說娛目之風致，兼具文史之特性，實爲諦論。劉辰翁批點《世說新語》時，則明確地表達與孔平仲撰《續世說》時發「史氏英華」不同的意識。例如「彌衡被魏武謫爲鼓吏」一則，〔註 16〕劉批語：「只爲《世說》自可增入脫衣無害，但覺度者在前極是辛苦，彼鼓吏易衣豈必至前邪！」批語中指出因爲《世說》的文體性質並非史，故可於此，增入脫衣的情節，以鼓吏易衣這個細節，凸顯彌衡的性格，並彰現當時的緊張氣氛。劉批點《世說》的批語，甚或直標「小說」之名，如「小說常情」（卷五，〈容止〉，「魏武將見匈奴使」，頁 1）、「小說多巧」（卷六，〈假譎〉，「魏武常言」，頁 33）、「小說取笑」（卷六，〈儉嗇〉，「蘇峻之亂」，頁 43）。劉辰翁於「羊綏第二子孚，少有儁才」（卷三，〈雅量〉，頁 48）一則，批語爲「寫得直截可憎又自如，見人情有此傳聞之穢，小說不厭。」，稱說此則有如小說細摹世間人情之冷暖。劉批點《世說》意識到《世說新語》將小說虛構、夸飾、巧合等技巧運用於世情的描寫，彰著《世說新語》與小說文體相通之處。

　　劉辰翁批點《世說新語》對《世說新語》文體的認識，除了指出《世說》

〔註 15〕　宋・孔平仲《續世說》，卷首。臺灣：商務印書館。
〔註 16〕　宋・劉義慶撰，梁・劉孝標注，明・王世懋批點《世說新語八卷》，明萬曆間吳興凌瀛初刊朱墨黃藍四色套本。卷一，〈言語上〉，頁 27。本文研究以此刊本爲主，後面引文出於此書者，逐標卷數、篇名、《世說》本文開頭之文句以及頁碼。

文體本脫胎於史傳，卻又超越史傳之體，具有小說意識外，《世說新語》體例亦是關注的課題。劉辰翁批點《世說新語》對《世說》體例詳審細思，提出個人不同的見解。劉辰翁詳審《世說》「分門隸事，以類相從」與「依人而述，品第褒貶」的體例，在「分門隸事，以類相從」的層面，指出《世說》部分的記事，類目與人事不相合，不應選入此類目之下，如「憾而已，非方正之選」（卷三，〈方正〉，「向雄爲河內主簿」，頁 11）。或是門類區辨不清者，如「也是語言，不當入政事」（卷一，〈政事〉，「嵇康被誅後」，頁 16）、「當入夙惠」（卷三，〈雅量〉，「王戎七歲」，頁 34）。在「依人而述，品第褒貶」的層面，提出部分人物品第不當之處。指陳《世說》部分人物之行止，不足以選入此類目之中，如「晉簡文爲撫軍時」（卷一，〈德行〉，頁 16）一則，批語爲「此復何足與以德行？正應彈鼠不應彈人。」對《世說》將簡文帝護鼠的行止，列入德行之門不以爲然。另則「如此爲佞，亦稱政事耶？」（卷二，〈政事〉，「王丞相拜」，頁 18）、「支論有何高妙而稱道甚至」（卷二，〈文學〉，「莊子逍遙篇」，頁 38），凡此點出《世說》「分門隸事，以類相從」與「依人而述，品第褒貶」的體例，在文本編撰的實踐上有所不足。

劉辰翁對《世說》文體的認識，在明代《世說》評論與研究所產生的諸多影響，以王世懋批點《世說》所受的影響最爲顯著。王世懋通過評點方式，對《世說》與劉批點之《世說》進行評論，其文對劉辰翁批點《世說》有因循，有變異。就《世說新語》分類的恰切性而論，劉辰翁批語已指出分類未當者，王世懋往往依之。若劉辰翁批語未指出不恰切之處，王世懋認爲分類有不當或不明者，即於批語中加以補充，或對分類之因由加以說明，例如「謝奕作剡令，有一老翁犯法，謝以醇酒罰之」一則（卷一，〈德行〉，頁 15），劉辰翁於此未加任何評文，王世懋則標「此不當入夙慧耶！然在兒年，故爲盛德。」說明謝安之行雖具夙慧的表現，但因屬盛德之行故納入德行門中。

劉辰翁批點《世說新語》對《世說》特具的文體性質，詳加析解，對明人認識《世說》之文體具有規範性。除卻明人批點《世說》多所因襲外，對《世說》續仿的撰述方式與加以研究者，亦深受劉辰翁批點《世說》之影響。觀明代續仿《世說新語》之作多達三十餘種，其文體性質多歸屬於子部小說家。其分門部類多元，或承襲《世說》三十六門、或在門類設置有所增刪，各門之類目則多取諸《世說》，爲明代續仿《世說新語》之主流。續仿《世說新語》之編撰者，不乏在門類之前列有小序，說明編選此一門類之理由，以

及取捨之標準，並對每一門類的特點進行溯源式的論述，何良俊所編撰《語林》，便是典型之作。《語林》的類目承襲《世說》三十六門外，增加〈言志〉與〈博識〉二門，對當時的文化特性，提出一己之見。凡此，不得不歸功於劉辰翁批點《世說新語》對《世說》文體的審辨。

其次，就《世說新語》語言藝術而論，劉辰翁批點《世說新語》的語言藝術，展現在《世說》語言藝術的賞鑒與小說語言藝術的揭示兩方面。在《世說》語言藝術的賞鑒方面，劉辰翁批語有「能言」、「名言」之讚嘆，如「王朗每以識度推華歆」一則，即標「名言」（卷一，〈德行〉，頁 6）。劉辰翁認為張華「王之學華，皆是形骸之外，去之所以更遠」之言，有莊子意，不但切中事之情實，而且可為常人之座右銘。至於「阮宣子論鬼神之有無者」（卷三，〈方正〉，頁 15）所標「振古絕俗，得意之名言。」劉辰翁便於批語中，指明阮宣子「今見鬼者云，箸生時衣服。若人死有鬼，衣服復有鬼邪？」之言，不但振古絕俗，得方正之風致，而且以子之矛，攻子之盾，可謂善論。另則如「桓公北征經金城」一則（卷一，〈言語上〉，頁 50），批語為「寫得沉至，正在後八字耳！若止於桓大口語，安得如此悽愴。」劉辰翁對文中「木猶如此，人何以堪，攀枝執條，泫然流淚」引生的沉至悽愴，深有所感。認為若非《世說》編撰者在語言藝術的超群，營造含蓄蘊藉的風致，以桓溫之才學，出語必不能如此動人。

劉辰翁對《世說》語言藝術的賞鑒，多所推崇，但對其中語言未合《世說》簡澹玄遠之風者，亦有「不成文」「不成語」「語煩」「語贅」「費辭說」之指陳。如「客有問陳季方」（卷一，〈德行〉，頁 4）一則，批語為「意是耳（按：元刊本「耳」作「尚」）覺此語為煩」，劉辰翁認為陳季方所言，雖得德行之旨，但冗詞過多，行文拖沓，未合《世說》語言精簡之風。劉辰翁對《世說新語》語言的賞鑒，最具特色者，在於《世說》語言隱微不易體會之處，指陳解讀之關鍵所在。如「管寧華歆共園中鋤菜」（卷一，〈德行〉頁 5）有二批語，「捉擲未害其真，強生優劣，其優劣不在此。」與「廢書出觀，優劣當見。」劉辰翁指陳此則觀覽之樞紐，在華歆廢書出觀，而非擲金之事，據此，區辨管上華下的品第。在「桓常侍聞人道深公者」（卷一，〈德行〉，頁 14）有批語「謂不欲人名六父交（按：元刊「六」作「其」），非也，意必有長短之論。」劉辰翁指出正文之意，應是桓彝對竺法深之高名，自有其識鑒在胸，而非因法深與其父有至交之關係，而不願他人評論。凡此類之批語，

皆是劉辰翁批點《世說》語言，勾隱抉微，金針度人的表現。

在小說語言藝術的揭示方面，《世說新語》藝術的衝擊力來自於作品對人物精擅的描述，尤其在人情世態與人物性格的刻畫方面。劉辰翁批點《世說》對小說語言的關注，不僅留意於世情的描摹與人物的刻劃，對《世說》敘事的曲折亦多所關注。如「吳郡陳遺，家至孝，母好食鐺底焦飯」（卷一，〈德行〉，頁21）批語為「如此細事寫得宛至，更有不厭。」劉辰翁對此則敘事讚賞不已，甚至認為再多也不會令人厭煩。正文首將陳遺至孝的行為細述、再言此孝行所帶來意外的裨益與驚喜，最後點出時人的看法。此則故事雖短，但敘事宛轉，層層遞進，概括的深度與廣度，與小說精彩的敘事相比，毫不遜色。

對於《世說》刻劃人物性格精彩者，劉辰翁有「形容甚至」（卷一，〈德行〉，頁9））「有女子風致」（卷一，〈言語上〉，頁55）之批語。其於「劉公幹以失敬罹罪」一則（卷一，〈言語〉，頁30），劉辰翁參酌正文與注文有三批語，分別為「失自責體，以教臣悖」、「說磨石甚有情致」、「狂宜有此，曹公不得不問，磨石甚奇，匡坐似愀。」文中劉孝彪注細繪公幹匡坐正色以磨石的姿態，並載錄劉楨以石不因磨而損其原初之文理自喻，彰現其性格之狂。劉辰翁直指《世說》語言對公幹的性格與語言刻畫傳神，堪稱小說刻畫人物性格典型之作。

《世說》語言藝術除却在小說敘事與人物刻畫方面，表現得精彩外，對世情之描摹更是一絕。劉辰翁對《世說》描摹世情的語言，尤為讚嘆。其批語直標「語悉世情」（卷五，〈賢媛〉，頁38）、「備極世情」（卷五，〈簡傲15〉，頁71）、「說得甚近人意」（卷六，〈輕詆〉，頁31）、「情理具是具是」（卷六，〈讒險〉，頁52）等。劉辰翁於「謝太傅語王右軍曰：中年傷於哀樂」（卷一，〈言語上〉，頁52）一則，批語為「自家潦倒，憂及兒輩，真鍾情語也，此少有喻者。」此則對世情之描摹精微，初記謝安鍾情之人，年歲漸增，對人世之生離死別漸不堪的喟嘆，進而由王羲之指明人一生皆為兒孫憂，死而後已。正文佳，劉辰翁之批語更佳，點明人一生甘為孺子牛，雖子孫未悟長輩之費心，長輩亦一生不悔為兒孫奴。

劉辰翁對《世說新語》語言關注的層面廣泛，影響遍及明代《世說》之評論與研究。明人對《世說新語》的評論與研究，皆將語言藝術列為重要課題。就評論而言，王世懋批點《世說》對劉辰翁批點《世說》的語言藝術，多所繼承，如「鄧艾口喫」（卷一，〈言語上〉，頁34）一則，劉批語「佳對」，

王世懋則下「倉卒對乃妙絕」之批語，不但承襲劉辰翁之觀點，進一步對《世說》語言之妙，詳加提點。

觀明代翻刻《世說新語》以及續仿《世說新語》諸作的序跋，往往揭露時人對《世說》語言藝術的推崇。如吳瑞徵於萬曆二十四年（1596）刊刻巾箱本的《世說》，其於序文指出：《世說》「語言爲宗」、「昭一代之尙」、「成一家之言」。並對《世說》語言加以歸解，分別就立言之宗旨、技巧、原則以及境界加以論述，認爲《世說》語言具有雅言、捷言、形言、反言、偏言以及超言六義。〔註17〕在續仿《世說》之作方面，文徵明爲何良俊之《語林》的語言藝術，深自讚嘆。其於〈語林原序〉便道：「原情執要，寔語言爲宗，單詞隻句，往往令人意消，思致淵永，足深唱嘆。」〔註18〕不論是《世說》或仿作，語言的高度藝術成爲《世說》一系作品必備而獨具的性質。

明代《世說》續仿之作，除了以高度藝術性的語言爲基本屬性外，尙有專就語言藝術纂輯成書者，如曹臣《舌華錄》。曹臣纂輯的原則是取語不取事，語之所取爲倉促之口談，不取往來之郵筆。涉獵子史文集，博采古今警言雋語，所取者，爲特定情景中，由特定人物口頭表述之話語。著重表現人物在倉促應答世務酬酢中所表現語言的機敏智慧。〔註19〕由此可知，明人不但側重語言藝術的課題，而且續仿之作的纂輯，特爲留意語言的藝術，形成撰述的規範。

《世說》語言藝術的講求與賞鑒，不但是續仿《世說》之作的規範，甚且在明代成爲一種風尙。劉辰翁批點《世說新語》對其語言藝術作多層面的剖析，如《世說》語言藝術的賞鑒、小說語言藝術的抉微，對明人《世說新語》的評論與研究，具有筆路藍縷，以啓山林之功。明人以劉辰翁批點《世說》對語言藝術的揭示爲基礎，對《世說》語言諸多層面深入挖掘，擴展《世說》語言藝術的文化意蘊。

三、共時性文化底蘊的剖析

劉辰翁批點《世說新語》之文化意蘊的共時性剖析，主要通過劉辰翁批點《世說新語》的自覺意識與讀者意識二途，加以探討。

〔註17〕吳瑞徵〈世說新語敍〉，見於劉義慶撰・劉孝彪注《世說新語》，卷首。吳瑞徵刊刻之巾箱本。

〔註18〕文徵明〈語林原序〉，見於何良俊《語林》，卷首。《筆記小說大觀》，三十七編。

〔註19〕李靈年・陸林〈晚明曹臣與清言小品《舌華錄》〉，No36，《中國典籍與文化》，頁80～85。

（一）自覺意識

劉辰翁評點的自覺意識，表現在超越傳統經學的注解模式、擺脫時代故習與以文學論工拙的評點態度三者。其一超越傳統經學的注解模式。評點之學，源出古代經籍「傳」、「注」、「疏」、「釋」的學術研究法，與古籍闡釋傳統有一定的淵源。早期的古籍闡釋在形式上，多為單一的夾註。「傳」、「注」、「疏」、「釋」的內容，不出章句訓詁與史實的疏證。宋代傑出的評點家劉辰翁，擺脫古籍闡釋的限囿，在形式方面，開創具足開首有序、有夾註、夾批、眉批以及尾批的批評體例。在內容方面，捐棄章句訓詁與史實的疏證，以作品藝術性或情感性的評賞為主，由疏解經籍意義轉為文學的藝術分析。在評論對象方面，則由經籍擴展到文、詩以及小說，超越傳統經學的注解模式。

其二擺脫時代故習。宋代在文統與道統之爭、為應制舉的時代潮流中，湧現許多評文的大家。理學家真德秀以理學的眼光，編選了一部《文章正宗》，建立文以載道的文章統緒，表達重德輕藝、重道輕文的文學觀。當時的文章家，對真德秀批點的《文章正宗》不以為然。先後有呂祖謙《古文關鍵》、樓昉《崇文古訣》、李耆卿《文章精義》以及謝枋得《文章軌範》，這些文章家選文評點，與理學家相抗衡，企圖建立文與道俱的文章統緒。宋代評點之作，最早的批點對象是文，不涉及到詩，此與宋代貢舉以文取士有關。宋神宗熙寧四年（1071）採納王安石「罷詩賦，以策論取士」，「變詩賦取士為經義取士」。故當時不論是理學家或文章家的評文之作，皆以時文之法對文章加以評點，其作用自是為了取便科舉。劉辰翁的學術根源於程朱一系，承繼朱熹文道一本之說，獨立於文道之爭的時代潮流之外。其批點作品遍及經史子集，尤以評詩之作最豐。擺脫當時的文評家，考量制舉之需，以文為唯一評點對象的故習。劉辰翁有意識地摒棄科舉，以全副精神，從事評點，專以文學論工拙。

其三以文學論工拙的評點態度。劉辰翁的評點，一方面超越傳統經學的注解模式，一方面擺脫時代故習，標立以文學論工拙的評點態度。劉辰翁評點之作，關注作者的情感、作品的結構、語言及風格等文學課題。例如評點李賀詩，便有「妙極自然」（卷一，〈蘇小小墓〉，頁 14）、「末句新巧」（卷一，〈南園十三首·其一〉，頁 30）、「質而不俚麗而不浮，似謠體似令曲」（卷三，〈蝴蝶舞〉，頁 17）等針對文學的語言結構及文學風格的批語。〔註20〕劉辰翁對《世說新語》的批點，聚焦在語言藝術的層面，例如「褚季野語孫安國云」一則（卷二，《文

〔註20〕上述所李賀詩，見於劉辰翁《箋註評點李長吉歌詩》，四庫全書珍本。

學》，頁 35），批語爲「牖中窺日外面光，顯處視月鑕隙透。」劉辰翁不但贊賞《世說》語言的善喻，進一步突出「北人看書，如顯處視月；南人學問，如牖中窺日。」的襟度與氣象。「郭淮作關中都督」一則（卷三，〈方正〉頁 2），批語爲「語甚感動，節次皆是。」劉辰翁指出郭淮上書之言出於眞誠，感人肺腑，不失方正之行。正文不論是郭淮之上書或故事之敘述皆是層次分明，章節段落恰到好處。凡此，充分實踐以文學論工拙的評點態度。劉辰翁批點之作，既超越傳統經學的注解模式，又能擺脫時代故習，堅持以文學論工拙的評點態度，具有鮮明的個性色彩，具體地展現劉辰翁評點的自覺意識。

（二）讀者意識

劉辰翁批點《世說新語》的讀者意識，可藉由劉辰翁批點《世說新語》的話語交流與劉辰翁文化故國的想像投射兩方面加以論述。

首先，就劉辰翁批點《世說新語》的話語交流立論，沃爾夫岡‧伊瑟爾（Wolfgang Iser）認爲：「作者創作的文本只是一個靜態的、有待閱讀去實現的圖示系統（schematized aspects），只有讀者參與審美體驗，才能將文本中的各個靜態的構件和成分，如人物、情節、敘述者、觀點、隱含讀者聯繫起來并加以激活。」〔註 21〕文本是一個未完成的圖示系統，也是一個交流結構，具有不確定的藝術形象，讀者與文本於此進行對話與交流。如果文本以語言形式而存在，則其文本之文學形象便具有不確性。文學形象來自於現實生活中的物、作者的加工以及讀者根據自己的經驗加以想像組合而成，三者隨機的組合，使得文學形象有著不確定性。文學形象的不確定性，隨著文本構件在不同時空中的不同組合，於文本產生空白結構，空白結構是文本角度與角度片斷之間，聯繫的懸置。空白結構意味著文學意義解讀的開放性，在同類相求，互相投映的原則下，將各個讀者游移不定的觀點，組成各個不同的參照域。〔註 22〕

文本在敘事者、人物、情節與讀者的構件中，不論是語符形式的線性排列或構件在讀者的閱讀過程中，時間先後與空間的間隔等方面，都會留有許多空白處，這些空白處使得文本具有開放性。讀者在閱讀交流中將自我的經

〔註 21〕 朱樂奇〈沃爾夫岡‧伊澤爾與文本的開放性〉，No7（總 184），《外語與外語教學》，2004 年，頁 43。

〔註 22〕 汪正龍〈文學語言的空白結構和意義生成〉，N02，《文學理論研究》，2005 年，頁 72～74。

驗加以擴張，偶發性地挪用現實世界的一些元素，對文本的物件作選擇性的感知。但讀者主體並不完全將文本視為對象化存在的客體，而是尊重文本的主體性，將文本主體與讀者主體置於一種複合的狀態，造成自我揭示和自我解釋，達至近似主客相融、物我兩忘的境界。〔註23〕讀者通過對空白處的填充和連接，與文本互動，調控主題的掌握與閱讀視野的調整，將文本構件重構成文本的審美形象，此一審美形象對原文本的文字形象，或趨近，或否定，使得空白有所位移，生發蘊藏在文本表層敘述下的多質因素與異質因素，揭發文本潛在的意義聯繫，也可能有別於主客相融的複合狀態，進而承擔某種社會文化批判與反思功能。〔註24〕

劉辰翁批點《世說新語》的話語交流活動，兼具主客交融的複合狀態和突出批判與反思的功能二者。劉辰翁批點《世說》的話語交流活動，具有明確的批點意識，對《世說》空白結構的補充與連接，彰著讀者的參與，為先前評點家所不及。例如「荀巨伯遠看友人疾」（卷一，〈德行〉，頁4）一則，其批語為「巨伯固高，此賊亦入德行之選矣！」觀正文的主次，讀者易於推崇荀巨伯的高義，而略過賊之行亦合義德，劉辰翁便據文本的空白加以填充。「華歆、王朗共乘船避難」（卷一，〈德行〉，頁6）一則，有「閱世而後知其難，賴有此語。」、「管勝華，復勝王，人不可以無辨。」兩批語，劉辰翁藉由人世艱難，指出華歆德行之可尊，同時以「管勝華，復勝王」之提點，連接《世說》其他的篇章，形成較為完善的圖示系統。據此，呈現主客交融的複合狀態。

劉批《世說》的話語交流活動，突出批判與反思的功能二者亦不少。劉辰翁批點《世說》的批語，若有「何足」一詞者，如「此何足載」（卷一，〈文學〉，「謝車騎在安西艱中」，頁41）、「何足為異」（卷五，〈任誕〉，「張湛好於齋前種松柏」，頁63）、「何足改觀」（卷六，〈汰侈〉，「王右軍少時，在周侯末坐」，頁48），皆是劉辰翁對《世說》所選錄內容的恰當性，有所批判的標誌。其餘如「石崇每要客宴飲」（卷六，〈汰侈〉，頁44）一則，批語為「決無斬人勸飲，血當盈庭矣。」劉辰翁認為文本之敘事誇大其詞，與現實事理相悖。「郭林宗至汝南造袁奉高」（卷一，〈德行〉，頁2）一則，批語為「本語云：奉高清而易挹四字有味，不宜去。」「不濁易見，不清難知，故是能言。」劉辰翁

〔註23〕劉悅笛〈在“文本間性”與“主體間性”之間──試論文學活動中的“複合間性”〉，N04，《文學理論研究》，2005年，頁64～65。

〔註24〕汪正龍〈文學語言的空白結構和意義生成〉，N02，《文學理論研究》，2005年。

認爲郭泰的別傳中有「雖清易挹」之詞，《世說》未錄，減卻文本風致。凡此皆是劉辰翁的批語與文本相詰問，突出讀者的批判與反思功能。

　　劉辰翁批點《世說新語》所形成的話語交流，不爲個人直觀的審美欣賞閱讀所限囿，而是能動的介入參與文本，激活《世說》內在的要素，掙脫詞語符號的舊牢籠，重組構件，使文本擁有現實的生命，擴展作品的生命力。

　　其次，就劉辰翁文化故國的想像投射而爲言，文學接受活動中，讀者已有的經驗和素養，會形成一種對作品潛在的審美期望，此一讀者先在的經驗或知識所形成的理解，即是讀者對文學的期待視野。將這種期待帶入閱讀過程，同時在閱讀中改變、修正或實現它。文學的接受過程成爲一個不斷建立、改變、修正、再建立期待視野的過程。它影響讀者閱讀接受及效果，沒有先在的理解，文學的閱讀就不能進行，作品的價值只有通過讀者才能體現。人們既定的期待視野與文本之間具有一種審美距離，熟識的先在經驗與文本的接受所需求的「視野的變化」之間的距離，決定著文學作品的藝術性。〔註25〕

　　劉辰翁生於宋元鼎革之際，其評點之作完成於宋亡之後，其編閱與書寫的過程中，家國鉅變的創痛是最鮮明的經驗意識。此一經驗意識，隱藏於看似冷靜的評點活動背後，形成劉辰翁批點《世說》話語交流的時代印記。陳繼儒曾分析劉辰翁從事評點遣悶寄懷的心態，其於〈劉須溪評點九種書序〉言：

> 當宋家末造之時，八表同昏，四國交阻，刀槊耀日，鋒烟翳天，車鐸馬鈴，……先生何緣得此清暇，復美筆概文史耶？……先生進不能爲健俠執鐵纏稍，退不能爲逋人采山釣水，又不忍爲叛臣降將，孤負趙氏三百年養士之厚恩。僅以數種殘書，且諷且誦，且閱且批，且自寬於覆巢沸鼎，須史無死之間。正如微子之麥秀，屈子之離騷。
> 非笑非啼、非無意非有意，姑以代裂眦痛哭耳！〔註26〕

不同時代的讀者，對文學的接受有不同的期待視野。《世說新語》所記爲王室南遷，偏安江南，無力揮師北復中原，最後國祚爲異族所鼎移的人事物象。書中人處於末世所展現的生命風姿，對處境與六朝人相似的劉辰翁，具有強烈的吸引力。劉辰翁對《世說新語》的評點，除了作爲文學評論家揭示其審美意蘊外，更寄寓個人的末世情懷與氣慨於其中。

〔註25〕金元浦《接受反應理論》，〈第三章　開拓者：從文學史悖論到審美經驗〉，頁121～126。
〔註26〕陳繼儒《晚香堂集》，卷一。

　　劉辰翁將文化故國的想像，投射於《世說》的批點中。其批語或表現亡國覆家的傷痛，如「孔融被收」（卷一，〈言語〉，頁24）一則，批語為「語自可傷」；「過江諸人，每至暇日」（卷一，〈言語〉，頁39）一則，批語為「俯仰情至。」「衛洗馬初欲渡江」（卷一，〈言語〉，頁40）一則，批語為「似癡似懶似多似少，轉使柔情易斷，非丈夫語，然非我輩未易能言。」劉辰翁於此百感交集，亡國覆家之傷痛逾恒。或為局勢混亂，世道艱難，諸多喟嘆。例如「郗公值永嘉喪亂」（卷一，〈德行〉，頁10）一則，批語為「兩頰所著能幾？足哺二兒，兒非甚小！在穀氣不絕耳！哀哉！」觀此批語，令人喟嘆再三。

　　劉辰翁批點《世說》對古人典型在夙昔，多所嚮往。例如對謝安的傾心，「王右軍與謝太傅共登冶城」（卷一，〈言語〉，頁55）一則，批語為「惟謝東山能為此言，他人不近。」「謝太傅問諸子姪」（卷一，〈言語〉，頁6）一則，批語為「對易問難，他人無此情也。」「謝公夫人教兒」（卷一，〈德行〉，頁16）一則，批語為「使人想見其度，益嘆其真，後人矜飾曠廢，皆當媿此。」劉辰翁對謝安多多許，恨不生同時，仕同朝。

　　劉辰翁批點《世說新語》，不時投射出個人對文化故國的想像，話語交流中實現劉辰翁與《世說》視野的融合與開拓，形成文本的新視野。此一新的接受視野，不但揭示《世說》與劉辰翁之間的現實聯繫，同時也擴大了讀者可能的視域，使讀者轉變審美態度，願意對過去的作品再次欣賞，賦予《世說》舊經典的新意蘊。文學的功能是建築在作品的社會效果之上的。所有時代的文學都不可能斬斷文學與社會的關係，只有在讀者進入特定的生活實踐和期待視野，形成讀者對世界的理解，並因而對其社會行為有所影響之時，文學才真正有可能實現自身的功能。

　　從文學的發展觀，文學的共時系統都具有不可分割的結構因素，此一結構必然同時包括著它的過去和未來，在歷時性與共時性的交匯點上，某一特定歷史時刻的文學視野得以被理解。

四、結　語

　　劉辰翁在《世說新語》的文本基礎上，插入評點，使得劉辰翁批點《世說新語》，形成一種新的文本。劉辰翁批點《世說新語》的閱讀活動，將傳統直觀審美的被動閱讀接受，融入主動的談論探討與思考結合，突出評點的批判與反思功能。因此，文學欣賞便由審美直觀，轉變為話語交流的活動。劉

辰翁所批點的《世說新語》，形成文本多重化的意蘊，提供多重化閱讀的可能，引領不同時代的人們依據個人的理性思維、情感體驗及意志目的，對它進行表述、補充與認同，使《世說新語》具有豐富的文化義涵，形塑《世說新語》文學經典的地位。

2009 年收錄於殷善培主編《文學視閾》